Kapitel 1

»Sie wissen schon, dass wir Sie [illegible]gen können, wenn Sie den Roman [illegible] plant liefern, Frau Kollwitz?«

Dr. Lina Peters, ihres Zeichens Programmleiterin des Ressorts Frauenunterhaltung, mustert mich aus eisblauen Augen, ohne jede Miene zu verziehen. »Und den Vorschuss auf Ihr Honorar hätten wir dann auch gerne zurück.«

Schweißperlen bilden sich auf meiner Nase, mein Herz flattert wie die Flügel eines Vogels, der aus seinem Käfig ausbrechen will. Mein persönlicher Käfig heißt Grundmann Verlag, die Käfigwärterin hört auf den Namen Peters.

»Ich … ich weiß«, murmle ich verlegen und starre auf die Spitze meiner Schuhe. Es sind sehr schöne Schuhe, mein aktuelles Lieblingspaar, und ich wünschte, ich könnte sie nun wie Dorothy in *Der Zauberer von Oz* dreimal zusammenschlagen und wäre schon zu Hause. Auch wenn ich im Moment streng genommen keins habe. Aber dafür können die Schuhe natürlich nichts, die ich – wie mir jetzt gerade auffällt – dummerweise vergessen habe zu putzen. Mein Leben ist derzeit ein wenig aus den Fugen geraten, anders kann man es nicht sagen. Aber wenigstens habe ich es geschafft, aufzustehen, mich zu schminken und pünktlich im Verlag zu erscheinen, wohin ich zu einem Gespräch gebeten wurde, um über mein nächstes Buch zu sprechen.

Oder vielmehr darüber, was passiert, wenn ich meinen Vertrag nicht erfülle und keinen neuen Liebesroman abliefere. Und »gebeten« kann man in diesem Fall getrost durch ein »zitiert« ersetzen.

»Es ist nur leider so, dass mein Freund … nun ja, er hat mich vor einem Monat verlassen.«

Keine Reaktion von meinem Gegenüber.

»Wegen einer anderen«, konkretisiere ich den Tatbestand.

Aber: keine Reaktion.

»Wegen einer *Jüngeren*«, ziehe ich die ultimative Waffe, die zuverlässig für Frauensolidarität sorgt, und zwar weltweit. Mitleid heischend schaue ich Frau Dr. Peters an, die jedoch vollkommen ungerührt ihren Kaffee trinkt.

»Nun, also ... mir geht es einfach zurzeit nicht gut, und ich habe großen Liebeskummer.«

Ob Frau Dr. Peters überhaupt eine Ahnung davon hat, wie sich die schlimmste aller Krankheiten anfühlt?

Seltsam, ich weiß kein bisschen über ihr Privatleben. Hat sie überhaupt eins? Ist sie verheiratet? Lebt sie alleine? Hat sie Kinder? Liebt sie Männer, Frauen oder hochpreisige Küchenmaschinen, mit denen sie Gemüse in Sekundenbruchteilen so klein hackt, wie ich mich gerade fühle?

»Das tut mir aufrichtig leid«, antwortet die Lektorin. Ihr Blick straft diese Aussage allerdings Lügen: Nichts tut ihr leid, außer der Tatsache, dass ich gerade nicht so zuverlässig bin, wie sie es sonst von mir gewohnt ist. »Vielleicht können Sie dieses Gefühlschaos ja nutzen, um es in Ihrer Geschichte zu verarbeiten. Schreiben Sie über eine Frau in Ihrer Situation, aber bitte mit Happy End. Sie wissen schon: so was wie Krise als Chance, neue Wege, neue Männer ...« Sie macht mit der rechten Hand eine wedelnde Bewegung in der Luft, als würde sich der Roman, auf den sie wartet, dadurch von selbst schreiben. »Frauen ab 40 sind noch nicht aus dem Rennen.« Dr. Peters gibt ein undefinierbares Geräusch von sich, in dem möglicherweise Spurenelemente eines freundlichen, motivierenden Lachens enthalten sein könnten. »Und das gilt auch für Autorinnen mit Schreibblockade. Glauben Sie mir, liebe Frau Kollwitz, Sie sind ganz sicher nicht die Erste und Einzige, der so etwas passiert.«

Ich fasse Hoffnung. »Und was raten Sie Autorinnen in dieser Ausnahmesituation?«

»Dass es keine gute Idee ist, unsere langjährige, gute Zusammenarbeit zu gefährden. Das wollen Sie doch sicher nicht?«

Nein, will ich nicht.

Es ist ja nicht so, dass ich nicht gerne schreiben würde – ganz im Gegenteil. Seit ich vor vier Jahren meinen ersten Liebesroman im Grundmann Verlag veröffentlicht habe, konnte ich mein Lieblingshobby zum Beruf machen und davon leben. Das ist aber auch genau das Problem, das mir gerade im Nacken sitzt: Ich schreibe nicht nur, weil ich es liebe, Geschichten zu erzählen – ich brauche das Geld. Und im Moment dringender als jemals zuvor, schließlich bin ich gezwungen, mir kurzfristig eine neue Wohnung zu suchen oder zumindest ein WG-Zimmer, da der Hamburger Immobilienmarkt sich zurzeit gebärdet wie eine raffgierige, geizige Diva.

»Und außerdem«, die Programmleiterin fixiert mich mit ihrem Blick, als sei sie die Schlange und ich das Kaninchen, »wollen Sie doch Ihre Leserinnen nicht enttäuschen, Frau Kollwitz, oder?«

»Auf gar keinen Fall!«, platzt es aus mir heraus. Ich liebe meine Leserinnen! Ohne sie würde diese ganze Schufterei keinen Spaß machen.

»Na, sehen Sie, dann haben wir doch das gleiche Ziel. Sie sind jetzt seit drei Wochen im Verzug – aber Sie haben doch sicher schon den Großteil der Kapitel geschrieben, richtig?«

Oha. Bisher dachte ich, es könnte nicht unangenehmer werden. Kann es aber offensichtlich doch.

»Sozusagen.«

»Und das heißt …?«

Ich merke, wie mein Hals trocken wird. Interessant, vermutlich wird die Feuchtigkeit gerade an anderer Stelle gebraucht – in meinen Augen.

»Das heißt, dass ich … Also … nach der Grundidee, die ja dieses Mal sehr schwer zu finden war …«

»… nachdem wir Sie vor ein paar Monaten hier im Detail besprochen haben?«

Dieses Biest! Wäre ich nicht gerade viel zu niedergeschlagen, um wütend zu werden, dann …

Aber sie hat ja recht.

»Die Geschichte funktionierte für mich leider nicht so, wie ich gehofft hatte, also habe ich noch mal neu angefangen«, rechtfertige ich mich, »aber die Situation mit meinem Freund, die ist schon länger nicht besser, und als ich dann loslegen wollte mit dem Roman, da …« Ich sehe mein Gegenüber Hilfe suchend an.

Frau Dr. Peters seufzt theatralisch. Dann scheint sie sich einen inneren Ruck zu geben; es wirkt auf mich ein wenig so, als würde ein kalter Killerroboter das selten genutzte Unterprogramm »Menschlichkeit« abrufen wollen. »Fahren Sie doch einfach mal ein paar Tage weg«, schlägt sie vor, »lüften Sie Ihren Kopf, kommen Sie auf andere Gedanken, holen Sie sich Inspiration.« Wieder vollführt sie diese wedelnde Handbewegung.

Betreten murmle ich so was wie »Gute Idee«.

»Und dann sprechen wir uns in vier Wochen wieder, wenn Sie das komplette Manuskript persönlich bei mir abliefern.«

In vier Wochen? Herrje. Zugegeben, ich habe zwei meiner Romane innerhalb eines Monats zu Papier gebracht, aber da ging es mir auch gut. Vier Wochen, das schaffe ich nie, das ist …

»Ansonsten hören Sie von unserem Anwalt, Frau Kollwitz, so leid es mir tut.«

»Das ist kein Problem!«, behaupte ich schnell.

Und dann bin ich auch schon entlassen.

Vor der Tür sitzt ein wunderhübsches Mädchen, das sich nun mit der Anmut einer Elfe erhebt und meiner Peinigerin ein strahlendes Lächeln schenkt. Natürlich weiß ich, wer das ist. Dieses Zauberwesen namens Jolly Hope hat ein Vermögen mit eBooks verdient, die sie im Selbstverlag herausgebracht hat, und soeben ist nun ihr erster gedruckter Roman bei Grundmann erschienen. Sie ist blutjung, hat Modelmaße, lässt sich auf Fotos extrem gut in Szene setzen und hat gefühlt eine Trillion Follower auf Instagram.

Man kann also mit Fug und Recht sagen, dass wir so ziemlich nichts gemeinsam haben. Außer vielleicht, dass ihr Roman genau auf der Doppelseite in der Programmvorschau des Verlags steht, für die eigentlich mein neues Werk vorgesehen war … und sie noch dazu offensichtlich ihr Manuskript pünktlich abgegeben hat.

»Lina, wie schön!«, flötet Jolly Hope, als würde sie eine alte Freundin treffen und nicht die gestrenge Programmleiterin aus der Hölle. Ich linse zu meiner Peinigerin hinüber.

»Jolly, meine Liebe!«, tiriliert diese nun auch. »Wunderbar, dass du schon da bist – wollen wir die Pläne für das Marketing und die Lesereise vielleicht bei einem kleinen Lunch besprechen?« Oha. Man ist nicht nur beim »Du«, man mag sich offensichtlich. Klar, ich würde Frau Dr. Peters auch deutlich mehr im Herzen tragen, wenn sie mir nicht mit dem Anwalt drohen würde, sondern vorhätte, mich zum Star aufzubauen.

Ich grüße, doch die Elfe antwortet nicht, da sie bereits auf langen Beinen und Louboutins in schwindelerregender Höhe durch die Tür der Programmleiterin gestöckelt ist.

»Wie wäre es vorher mit einem Gläschen Champagner?«, höre ich Frau Dr. Peters zwitschern, immer noch den leicht bitteren Geschmack von abgestandenem Kaffee auf der Zunge.

Kapitel 2

Meine Beine fühlen sich an, als wären sie aus Blei. Aber ich will mir nicht anmerken lassen, wie sehr mich das Gespräch – und die kurze Begegnung mit dem neuen Superstar der Romance-Unterhaltung – mitgenommen hat. Also ziehe ich die Schultern nach hinten und marschiere mit hocherhobenem Kopf durch die langen Flure, grüße hier und da einen Mitarbeiter und schaffe es so, mit größtmöglicher Haltung am Empfang vorbei nach draußen zu kommen.

Kaum bin ich aus dem Verlagsgebäude heraus, halte ich einen Moment inne, um mich wieder zu sammeln. Was für ein Albtraum! Wie soll ich das schaffen? Wenn die Peters wirklich Anwälte einschaltet … bin ich dann am Ende vorbestraft? Und das alles nur wegen meines gebrochenen Herzens?

Nachdenklich betrachte ich den vor mir liegenden Hamburger Hafen, einen Ort, den ich ganz besonders liebe. Aber selbst dieser Anblick kann mich gerade nicht trösten.

Schräg gegenüber befinden sich die Docklands, um mich herum Restaurants der Spitzenklasse. Dieser Teil des Hafens ist keineswegs urig, sondern denjenigen vorbehalten, mit denen das Leben es gut meint. Autorinnen, die gerade ins Straucheln geraten sind, haben an diesem Ort genauso wenig verloren wie dunkle Regenwolken am strahlend blauen Sommerhimmel.

Tief seufzend, den Kopf voller düsterer Gedanken, lehne ich mich ans Geländer und schaue Containerschiffen dabei zu, wie sie sich von Lotsen und Schleppern durch die Elbe navigieren lassen. Ein Anblick, der mir normalerweise das Herz wärmt, mich aber diesmal innerlich bibbern lässt.

Jetzt hilft nur noch eins.

»Paula, ich brauche deine Hilfe, kann ich vorbeikommen?«, frage ich, nachdem ich mein Handy aus der Beuteltasche gefischt und meine beste Freundin angerufen habe.

Ich brauche jetzt dringend jemanden, der mich durch die Untiefen meiner akuten Krise navigiert. »Frau Dr. Peters droht, mich zu verklagen, wenn ich nicht pünktlich liefere.«

Paula tut genau das, was beste Freundinnen in Momenten wie diesen tun sollten: Sie lädt mich zu sich nach Hause ein. »Was du jetzt brauchst, sind die drei Ts!«, sagt sie. Ich weiß genau, was gemeint ist: ein Trost-Gespräch, dazu Trost-Essen und Trost-Rotwein.

Dass ich zu allem Überfluss gerade drohe, auch in körperlicher Hinsicht aus den Fugen zu geraten, weil ich versuche, meine Krise durch Unmengen Chips und gesalzene Erdnüsse zu kompensieren, ignoriere ich. Denn Paulas *Moules frites* sind ein Traum! Auf diese Kalorien kommt es nun auch nicht mehr an.

Paula hegt eine große Sympathie für alles, was mit Frankreich zu tun hat, wohingegen ich seit einem Besuch in Paris nicht mehr ganz so begeistert bin. Was aber in erster Linie daran liegt, dass Stefan mir den Urlaub vermiest hat, weil er ständig über die Arroganz der Franzosen schimpfte. Genau wie über deren Politik, Filme und Lebensart. *Savoir-vivre* und *laissez faire* sind eine Bedrohung für einen Mann, der nichts dem Zufall überlässt. Eigentlich sollte ich froh sein, dass ich ihn los bin.

Und das bin ich auch, irgendwie. Ich brauche keinen Mann, der mir beim Anblick des Eiffelturms erklärt, dass er sich ganz sicher nicht mit mir davor fotografieren lassen wird, weil er das kitschig und abgeschmackt findet. (Auf die Idee hätte ich vor fünf Jahren kommen können, da wäre mir einiges erspart geblieben.) Ich brauche einen Mann, der mich so nimmt, wie ich bin, der mir meine kleinen kitschigen Wünsche nicht übel nimmt, sondern von den Augen abliest. Ohne Stefan bin ich besser dran, jawohl.

Leider weiß das vor allen Dingen mein Kopf.

Ich seufze und schüttle mich. Weg mit den trüben Gedanken – auf zu den drei Ts!

***

»*Bon?*«, fragt Paula anderthalb Stunden später.

»*Merveilleux!*«, lobe ich das leckere Essen, das meine beste Freundin mal eben so aus dem Ärmel gezaubert hat. Die frischen Miesmuscheln in Kräuter-Weißwein-Sud und die Pommes frites sind der Hit!

Paula ist eine absolute Genießerin und leidenschaftliche Köchin. Doch das ist nicht das Einzige, worin sie gut ist: Im Gegensatz zu mir nimmt sie die Dinge viel leichter, viel optimistischer. Und das ist erstaunlich, weil sie als freiberufliche Grafikerin auch von den Launen ihrer Auftraggeber abhängig ist und, wie sie manchmal lachend sagt, mit einem Fuß immer vor dem drohenden Konkurs steht. Trotzdem kann ich mich gar nicht daran erinnern, wann ich sie zuletzt wirklich deprimiert oder gar verzweifelt erlebt hätte.

»Was hältst du davon, die Idee deiner Lektorin aufzugreifen und tatsächlich Urlaub zu machen?«, schlägt sie nun vor. »Du könntest zum Beispiel endlich mal deinen Traum verwirklichen und nach Südfrankreich fahren, was du ja leider nie geschafft hast, weil Stefan dir bei deinen Plänen im Weg war.«

Stimmt! Nach dem Paris-Debakel brauchte ich nur das Wort Frankreich zu erwähnen, und mein Freund ging ab wie eine Rakete.

»Das mache ich auf gar keinen Fall!«, platzt es aus mir heraus. »Ehrlich, ich schwör's dir – eher sterbe ich!«, versichere ich und versuche, so auszusehen, als ob mich ein Urlaub in Südfrankreich tatsächlich umbringen könnte.

»Spreche ich gerade mit meiner Freundin oder ihrem blöden

Ex?«, will Paula provokant wissen. »Vielleicht ist das ja wirklich die Lösung deines Problems, Caro! Wäre eine Extraportion Frankreich und Sonne vielleicht die beste Therapie, um Stefan endgültig aus deinem System zu schwitzen?«

Ich beschließe, mir ab sofort eine neue beste Freundin zu suchen.

»Ich kann das nicht.«

»Vielleicht entspannt dich dieser Urlaub ja ein bisschen. Und wer weiß? Womöglich erlebst du dort so viel, dass sich dein nächstes Buch wie von selbst schreibt.«

»Ich. Kann. Das. Nicht.«

»Ach, Caro ...« Paula schüttelt den Kopf. »Das Einzige, was du nicht kannst, ist, jetzt zur Köhlbrandbrücke zu fahren und runterzuspringen – denn das würde ich dir nie verzeihen. Alles andere kannst du sehr wohl. Also, mach endlich!«

Wenn das mal so einfach wäre ... Obwohl ich 42 bin, war ich noch nie, noch *nie* in meinem Leben alleine im Urlaub. Der Gedanke macht mir richtig Angst. Und darum habe ich auch nicht vor, jetzt mit solchen Sperenzchen anzufangen.

Nein, ich werde brav in Hamburg bleiben, mir eine neue Bleibe suchen und dann gaaaanz tief durchatmen. Durchatmen und endlich den Roman schreiben, den der Verlag von mir erwartet. Über eine Frau, die sich verliebt, dann ganz gemein betrogen wird und am Ende zur Köhlbrandbrücke ... Aber nein, rufe ich mich zur Ordnung, das ist vermutlich nicht das, was Dr. Lina Peters unter einem Happy End versteht.

»Was ist dein Problem, Caro? Wenn's das Geld ist, kein Problem, das leihe ich dir.«

»Ganz ehrlich? Ich habe kein gutes Gefühl dabei, alleine essen zu gehen und mit niemand anderem reden zu können als mit mir selbst. Gerade jetzt, wo mir die Decke auf den Kopf fällt und ich Angst habe, später mal mutterseelenallein zu sterben. Dann dieses Gefühl, dass alle anderen sehen, dass ich allein unterwegs bin. Was die sich dann denken: *Hmmm, so alt und ohne Mann an ihrer Seite, mit der stimmt ja sicher irgendetwas nicht?* Und ich habe Panik vor allem, was mir auf Reisen passieren könnte so ganz allein. Mein Französisch ist ziemlich eingerostet, und der Franzose an sich spricht ja nun eher wenig Englisch. Angenommen, ich werde krank, was dann?«

Paula grinst, weil sie genau weiß, dass ich zu einer gewissen Form von Hypochondrie neige.

»Sollte dieser unwahrscheinliche Fall eintreten, du kleine Memme, gibt es auch in der Provence Ärzte und notfalls sogar ein Krankenhaus. Außerdem muss es ja auch gar nicht Südfrankreich sein, wenn dir der bloße Gedanke daran schon Bauchschmerzen macht. Du könntest auch ein paar Tage nach St. Peter-Ording fahren oder nach Föhr. Dort ist es auch schön. Andererseits … mhhmmmm, ist dieser Bordeaux nicht köstlich?« Paula leckt sich mit ihrer hübschen, hellrosa Zunge genüsslich über die Lippen. »Wenn ich du wäre, würde ich keine Sekunde zögern und meine Koffer packen. Wirklich schade, dass ich momentan nicht hier wegkann, sonst würde ich dich begleiten.«

»Das finde ich auch, gemeinsam wäre das alles nämlich viel netter«, seufze ich. »Aber ich kann so oder so erst losfahren, wenn ich den Umzug hinter mir habe. Und das schaffe ich auch nur, wenn ich blitzschnell eine neue Wohnung finde.«

Wirklich zu blöd, dass ich damals zu Stefan in dessen Eigentumswohnung nach Uhlenhorst gezogen bin und dafür mein schnuckeliges Apartment in Ottensen aufgegeben habe.

»Es ist also vor allem das Problem mit dem Umzug, das dich hier hält?«, sagt Paula so leichthin, als wüsste sie nicht, wie kompliziert es ist, eine neue Bleibe zu finden. Ich wittere die ultimative Entschuldigung, gegen die auch meine Freundin mit ihrem Optimismus nicht ankommt, und sage: »Ja, genau. Ich kann erst wegfahren, wenn ich weiß, wohin ich danach zurückkommen kann – und Uhlenhorst ist das ganz sicher nicht.«

»Was hältst du davon, erst mal für eine Weile zu mir zu ziehen?«, schlägt Paula mit einem herausfordernden Lächeln vor. »Natürlich müsstest du einen Teil deiner Sachen irgendwo zwischenlagern, aber ich kann durchaus mal für eine Weile auf mein Arbeitszimmer verzichten und es für dich freiräumen. Dann wärst du schon mal eine Sorge los und kannst dir ganz in Ruhe etwas Passendes suchen – wenn du aus dem Urlaub zurückkommst.«

Ich weiß nicht, ob ich lachen oder weinen soll. Einerseits wird mir gerade die tonnenschwere Last von den Schultern genommen, auf der Straße zu landen … andererseits habe ich nun wirklich keine Entschuldigung mehr, mich nicht allein in den Urlaub zu trauen.

»Das ist psychologische Kriegsführung!«, grummle ich.

»Das ist ein Beweis meiner Freundschaft, dass ich dich hier einziehen lasse«, erklärt Paula mir leicht tadelnd – und setzt dann mit einem breiten Grinsen hinzu: »Und ja, psychologische Kriegsführung ist es natürlich auch!«

Kapitel 3

In der Tat haben Paula und ich gemeinsam mit ein paar Freunden zwei Tage später den Umzug klargemacht und den Rest meiner Möbel im Keller meiner Eltern zwischengelagert. Stefan bekomme ich in dieser Zeit nicht zu Gesicht, denn er wohnt im Liebesnest von Yvonne, der neuen Frau seines Lebens, solange er befürchtet, meinen Weg zu kreuzen. Er lässt mich lediglich wissen, wann und wo ich den Schlüssel abzugeben habe und dass er mir noch die Nebenkostenabrechnung für die erste Jahreshälfte schickt. »Ich bin ja kein Unmensch und werde daher keine Mietzahlungen mehr von dir verlangen, obwohl sie mir bis zum Ende einer normalen Kündigungsfrist zustehen würden«, erklärte er jovial am Telefon. Mein erster Impuls ist, mich dafür zu bedanken. Mein zweiter ist dann aber zum Glück, ihm ein paar Dinge an den Kopf zu werfen, die ich ihm längst hätte sagen sollen. Als ich fertig bin, merke ich, dass er aufgelegt hat. Stattdessen bekomme ich eine SMS: *Leider besitzt du nicht die Reife und Größe, die ich in dir vermutet hatte. Du hast mich sehr enttäuscht durch deinen Ausbruch.*

Wie jetzt – auf einmal ist alles meine Schuld, oder was? Allmählich dämmert mir, wieso Paula ihn nie wirklich ausstehen konnte. »Der Mann ist ein Wolf im Schafspelz«, war ihr erster Kommentar, nachdem ich beide einander vorgestellt hatte.

Nur ich war damals viel zu sehr verliebt, um zu merken, dass ich das dumme Schaf war, das überhaupt nicht zu Stefan passte, und viele meiner Bedürfnisse ihm zuliebe hintanstellte. Aber damit ist jetzt Schluss. Die alte Caro Kollwitz, die jeden Kompromiss gemacht hat und sich nichts traut, ist Geschichte. Die neue Caro ist ganz anders, jawohl!

***

Etwas mulmig ist es der neuen Caro schon, aber vier Tage später fahre ich mit dem Auto tapfer die Straße entlang, die sich wie eine staubbedeckte Schlange zum Hotel *Bastide de Gordes* hinaufwindet. Paula hat mich in dem Gedanken bestärkt, es mir auf diesem Kurztrip nach Südfrankreich gut gehen zu lassen und mir ein tolles Hotel zu gönnen. »Wozu hast du schließlich die letzten Jahre geschuftet und ein Buch nach dem anderen geschrieben?«, wollte sie wissen. »Immerhin bist du hochoffiziell Bestsellerautorin.«

Ja, schon richtig. Zumindest *noch.* Allerdings hat sie eine etwas naive Vorstellung von dem, was man als Bestsellerautorin heute so verdient …

Wie eine staubbedeckte Schlange, das klingt literarisch, das klingt gut, denke ich, während ich den Mietwagen, den ich ab dem Flughafen von Marseille genommen habe, die Serpentinen hinauflenke. *Vielleicht könnte diese Metapher ein schöner Auftakt zu meinem neuen Roman sein?* Während ich dem Gedanken nachhänge, vermeide ich es, nach links zu schauen. Da geht es nämlich ziemlich tief runter … und im Steilflug sieht selbst die schönste französische Landschaft vermutlich recht tödlich aus.

Nach meiner Ankunft vor dem Hotel wuchte ich meinen Koffer aus dem Auto. Wie immer habe ich viel zu viel eingepackt: Klamotten ohne Ende, mein komplettes Pflegearsenal und einen großen Stapel Bücher, sogar das neue Werk von Jolly Hope, das gerade erschienen ist und mich vom Bestsellertisch meiner Lieblingsbuchhandlung höhnisch anlachte. Drei Stapel lagen da, ich habe nachgezählt. Sogar der neue Nordseekrimi *Tödliches Watt* von Sören Marquardt, einem der anderen Erfolgsautoren des Grundmann Verlags, und das gefühlt hundertste Historienepos von Marlene Konrad, *Das Geheimnis der Enkelin der Marketenderin,* brachten es nur auf zwei Stapel. Von meinem letzten Werk, *Eine Spur von Liebe,* war auf dem Tisch keine Spur zu finden. Frechheit! Mal sehen, ob ich Jolly Hopes (auch noch mit Glitzerstaub veredeltes!)

Buch wirklich lese. Ansonsten kann ich es ja auch immer noch im Pool ertränken.

Und schon geht es los mit den Problemen: Als ich noch mit Stefan verreist war, hat er die schweren Sachen getragen. Aber jetzt? Jetzt, da ich ein wenig männliche Muskelkraft benötige, ist natürlich weit und breit niemand in Sicht. Allein verreisen ist furchtbar, es ist …

»*Je peux vous aider?*«, reißt mich eine freundliche Stimme aus meinen Gedanken. Vor mir steht der junge Alain Delon und strahlt mich so freundlich an, als habe er sein Leben lang nur darauf gewartet, mir Hilfe anzubieten.

»Äh, ja, also …« An meiner Souveränität muss ich eventuell noch arbeiten. Denn natürlich ist das hier nicht der Klon des legendären französischen Schauspielers, sondern ein Hotelmitarbeiter, der mich freundlich willkommen heißt und mein Kofferungetüm davonträgt, als hätte ich maximal Wattebäusche eingepackt. *Alles kein Problem,* denke ich und meine, eine weitere Stimme zu hören, die verdächtig nach Paula klingt und mir sagt: *Also hör auf, welche zu sehen!*

Nachdem ich eingecheckt und meine Sachen ausgepackt habe, mache ich mich auf den Weg zur Sonnenterrasse. Diese Terrasse – mit einem spektakulären Blick über das Tal von Gordes – soll während der nächsten Tage meine Heimat sein. Zugegeben ein ziemlich kostspieliger Aufenthaltsort, aber was tut man nicht alles, wenn man Opfer einer heimtückischen Schreibblockade geworden ist? Außerdem kann ich es vollkommen reuelos genießen, denn ich zahle diesen Traum von einem Luxushotel noch nicht mal. Als ich meinen Eltern gestanden habe, dass Stefan und ich uns getrennt haben, hat mein Vater einen kleinen Jubelschrei ausgestoßen und mir kurzerhand diese Auszeit vom Alltag spendiert.

»Aber das ist teuer«, gab ich zu bedenken.

»Nichts ist zu teuer, um zu feiern, dass dieses ewig nörgelnde Weichei nun doch nicht mein Schwiegersohn wird!«

Ich muss grinsen, als ich daran denke, wie sehr sich auch meine Mutter gefreut hat. Und es ist schön, so von meinen Eltern verwöhnt zu werden!

Bekleidet mit meinem neuen Badeanzug – den habe ich mir tatsächlich selbst gekauft – und einem wunderbaren Hotel-Bademantel darüber, belege ich eine Liege am Pool, dem Herzstück der rustikal gemauerten Terrasse, die zum Glück noch frei ist. Vorsichtig sehe ich mich um: Werde ich schon angestarrt? Aber tatsächlich scheint mich niemand groß zu beachten; die Frau zwei Liegen weiter lächelt mich freundlich an, das war es aber auch schon. Habe ich mir vielleicht zu viele Sorgen gemacht?

Ich atme tief durch, genieße den Ausblick und die Sonne auf meiner Haut und greife voller Tatendrang zu meinem neuen Moleskine. Schließlich hat schon Hemingway Notizbücher dieser Art benutzt, um seine Gedanken zu Papier zu bringen, bevor seine Romane zu Welterfolgen wurden.

Wenn das mal kein gutes Omen ist!

Allerdings sind die Seiten meines Notizbuchs noch jungfräulich weiß und leer, was sich dringend, dringend ändern muss.

Aus meiner großen Umhängetasche angle ich nun noch einen überdimensionierten Strohhut und meine Gucci-Sonnenbrille. Damit fühle ich mich so weit getarnt, dass mir die anderen Gäste nicht gleich an der Nasenspitze ansehen, wie es um mich und mein Seelenheil bestellt ist. Und dass ich hier bin, um zu arbeiten. Ich bin keine arme Singlefrau, die selbst im Urlaub noch ackern muss, sondern eine mondäne Alleinreisende, die das Leben genießt!

Und tatsächlich: Schneller als gedacht zieht mich der Zauber Südfrankreichs in seinen Bann und schließt mich tröstend in seine Arme. Ich atme diesen unvergleichlichen, betörenden Duft der Provence ein, auf den ich mich so gefreut habe. Wie gut das tut! Beglückt inhaliere ich das Aroma von Lavendel, Sommersonne,

Pinienwäldern und Kräutern – ein Potpourri, wie es nur in Südfrankreich zu finden ist. Sagen zumindest Bestsellerautoren wie Nina George, Sophie Bonnet oder Peter Mayle, letzterer ein ausgewiesener Provence-Experte, dessen Bücher ich früher quasi weggeatmet habe und der irgendwo hier in der Nähe lebt.

»Darf ich Ihnen etwas zu trinken bringen?«, fragt eine Kellnerin, und ich denke, dass ein Schlückchen Alkohol meine lahmgelegte Kreativität vielleicht ein wenig beleben könnte. »Ein Pastis wäre nicht schlecht«, antworte ich spontan, obwohl ich dieses Getränk noch nie probiert habe. Aber nun bin ich ja in Frankreich, und da kann ich schlecht Aperol Spritz, Hugo und Bellinis trinken, oder?

Während ich von der Liege aufstehe und Platz an einem hübschen, aus Eisen gedrechselten Tisch nehme, versuche ich, unterhalb der Hutkrempe hervorzulugen und unauffällig die Personen zu mustern, die sich gemeinsam mit mir auf der Terrasse befinden. Alles in allem eine eher unspektakuläre, aber auch beruhigende Bilanz. Keine Brigitte Bardots, Catherine Deneuves oder Fanny Ardants in Sicht, neben denen ich mich klein und unbedeutend fühlen würde. Aber auch keine jungen und allein reisenden Gérard Depardieus (bevor er so unsympathische Dinge getan hat), Yves Montands (ach was, der ist ja auch schon lange tot) und leider auch kein Olivier Martinez oder sonstige Kaliber dieser Art, mit denen ich ein bisschen flirten und mein angeknackstes Selbstbewusstsein aufpolieren könnte. Es gibt, wenn ich das richtig sehe, nur zwei Männer, die ohne weibliche Begleitung hier sind. Bevor ich dazu komme, sie genauer zu mustern, kommt meine Zunge mit dem Pastis in Kontakt … und einem spontanen Reflex folgend, spucke ich den ersten Schluck quer über den Tisch, was sofort die Aufmerksamkeit des einen Herrn mir gegenüber erregt. Mein Gott, was ist das denn für ein widerliches Zeug! Es schmeckt nach allem, was ich aus tiefstem Herzen verabscheue: nach Lakritz, Anis und Fenchel! Und das soll neben Champagner das französische Nationalgetränk sein? Keine Frage, was ich stattdessen in meinem Urlaub zu trinken bestellen werde …

Um die peinliche Situation ein wenig zu kaschieren, täusche ich einen Hustenanfall vor und versuche, mithilfe eines Taschentuchs elegant die Spuren meiner Entgleisung zu verwischen.

»Darf isch Ihnen beilflisch sein?«, ertönt auf einmal die Stimme meines Gegenübers, nun verdächtig nah. Ich sehe hoch und blicke in ein Paar blaue Augen, die selbst Paul Newman vor Neid gelbgrün werden lassen würden. Zu diesen schönen Augen gehören – wenn ich das trotz des etwas blendenden Gegenlichts richtig erkennen kann – grau melierte Locken, ein Dreitagebart und ein beflissenes Lächeln. Mein Herz macht einen kurzen Sprung. Dieser kurze Glücksmoment verflüchtigt sich allerdings genauso spontan, wie er gekommen ist, als sich eine gestärkte Serviette meinen Lippen nähert und mein Gesicht abgetupft wird wie das eines Kleinkinds, das gerade seinen Spinat wieder ausgespuckt hat. Hallo? Geht's noch?

»Dürfte isch Sie zu einem anderen Drink einladen?«, fragt nun die Stimme hinter der Serviette mit französischem Akzent und einem Timbre, das irgendwo zwischen »atemberaubend« und »ölig« anzusiedeln ist – ich kann mich noch nicht entscheiden. Ehe ich es mich versehe, sitzt der Mann neben mir am Tisch, und wir prosten uns mit eisgekühltem *Dom Pérignon* zu. So lässt es sich leben, denke ich, *das* ist eindeutig leckerer.

»*Allors,* was führt Sie an diesen bezaubernden Ort?«, fragt mein neuer Tischnachbar und sieht mich unverwandt neugierig an. Ich spüre förmlich, wie er seine Blicke von meinen Flip-Flops (die leider keinen besonders schlanken Fuß machen) über meine Beine (glücklicherweise rasiert) hinauf zum Bademantel (den ich nun am liebsten schamhaft nach unten ziehen würde) gleiten lässt. Ich überlege krampfhaft, was ich antworten soll. Denn das Letzte, worauf ich Lust habe, ist, ihm den wahren Grund meiner Anwesenheit auf die Nase zu binden. Ich beschließe, zwar thematisch in der

Nähe der Wahrheit zu bleiben, aber eben nicht ganz. »Ich recherchiere für einen Krimi, der in dieser Gegend spielen soll.« Südfrankreich-Krimis sind zurzeit nämlich nicht nur schwer *en vogue*, sondern verkaufen sich auch noch wie geschnitten Baguette. »Und darf ich Sie fragen, was Sie hierherführt?«, spiele ich nun meinerseits die Boule-Kugel zurück, beglückt von der Vorstellung, derart schnell Kontakt geknüpft zu haben, auch wenn dieser Mann bei genauerem Hinsehen eigentlich gar nicht mein Typ ist. Wenn ich es recht betrachte, sieht er aus der Nähe sogar ein wenig aus wie die französische Ausgabe von Haarstylist Ric Pipino, dem Ex-Ex-Ex-Mann von Supermodel Heidi Klum. Tja, wer's mag …

Ich persönlich finde den anderen Singlemann am anderen Ende der Terrasse, der interessiert beobachtet, was sich nach meinem Pastis-Unfall ereignet, viel, viel spannender. Er hat dunkle Haare (um seine Augenfarbe zu erkennen, bin ich eindeutig zu kurzsichtig), tolle Lachfältchen, ist braun gebrannt und sieht sehr geheimnisvoll aus. Leider vertieft er sich jedoch schnell wieder in die Lektüre seiner Zeitung, sodass ich keine Chance habe, weiter seine Aufmerksamkeit auf mich zu ziehen. Und den guten Champagner werde ich sicher nicht noch mal über den Tisch spucken!

Während der Graumelierte etwas von Weinhändler, guten Jahrgängen und Lourmarin erzählt, ertappe ich mich dabei, wie ich ihm gar nicht richtig zuhöre und stattdessen immer wieder Blickkontakt zu dem Dunkelhaarigen suche. Ich kann mich nicht daran erinnern, wann zuletzt ein Mann, der nicht Stefan war, so meine Aufmerksamkeit erregt hat. Wie er wohl heißt? Ich werde ihn »Monsieur X« nennen, so wie Carry aus *Sex and the City* ihren Traummann auf den Namen »Mister Big« getauft hat. Das klingt geheimnisvoll und abenteuerlich!

Aber auch weit weg und unerreichbar …

Auf die Einladung zum Abendessen, ausgesprochen vom französischen Ric Pipino, gehe ich nur vage ein. Zwar stecke ich seine Visitenkarte höflich in die Tasche meines Bademantels, halte mich jedoch bedeckt in Hinblick auf eine konkrete Zusage. Meine Handynummer rücke ich auch nicht heraus und behaupte einfach, gar keines zu besitzen (Autorinnenallüren, *n'est-ce pas?* Ich erledige meine gesamte Korrespondenz via E-Mail und handgeschriebenen Briefen!), und bete, dass Armand (so lautet sein richtiger Name) nicht das neue Samsung aus meiner Tasche herausblitzen sieht. Monsieur X hat sich mittlerweile einen Café au Lait bestellt.

Nun muss Armand dringend los, jedoch nicht ohne zu bekräftigen, dass er ein wunderschönes Restaurant kenne, wo es sich in einer lauschigen französischen Sommernacht intim und kuschelig zusammen plauschen ließe. »Sie erreischen misch über die Rezeption – ich würde misch freue, Sie ganz gross auszuführän.« Wieder nicke ich unbestimmt, deute auf meinen geschlossenen Moleskine und murmle was von »muss noch arbeiten«.

»Oh ja, die Muse – sie will geküsst werden ... so wie eine schöne Frau!«, ölt Armand. Ich unterdrücke den Impuls, ihm zu erklären, dass Musen in der Regel diejenigen sind, die küssen und nicht geküsst werden, und würde ihn gerne mit einem kleinen Schubs in den Pool befördern: Dieser Mann braucht dringend eine Abkühlung, so viel ist klar. Aber das würde bedeuten, dass ich ihn gar nicht mehr loswerden würde.

Um meinen Aufenthalt auf der Terrasse noch etwas zu verlängern – nicht auszudenken, Armand könnte den Eindruck bekommen, ich würde ihm nachlaufen! –, bestelle ich mir ebenfalls einen Café au Lait und schlage nun demonstrativ mein Notizbuch auf. Das sieht bestimmt wichtig aus und macht einen guten Eindruck! Hoffe ich jedenfalls. Aber was soll ich nur schreiben? Gedankenverloren kaue ich an meinem Kugelschreiber herum. Vielleicht sollte ich wirklich das Genre wechseln und auf Krimis umsatteln? Ich würde mit Sicherheit höhere Auflagen erzielen, genau wie höhere Honorare.

Dumm nur, dass mir das Krimi Gen fehlt, was Stefan sonntags beim *Tatort*-Schauen regelmäßig zur Verzweiflung trieb. Es gab nur wenige Folgen, bei denen ich verstand, wie es zu dem Mordfall gekommen war – und warum überhaupt. Mein kriminelles Potenzial habe ich mit 13 Jahren ausgeschöpft, als ich – was für eine blöde Mutprobe in meiner Klasse – ein Überraschungsei aus dem Supermarkt mitgehen ließ (am Tag danach bin ich hingeschlichen und habe ein anderes Überraschungsei, das ich ordentlich am Kiosk gekauft hatte, hineingeschmuggelt). Es versteht sich von selbst, dass ich immer als Letzte begriff, wer der Bösewicht war und was ihn zu dieser Tat getrieben hatte. Stefan hingegen konnte mir meist schon nach zehn Minuten sagen, wo der Krimi-Hase längshöppelte, und erzielte mit seinen Prognosen eine erstaunlich hohe Trefferquote.

Und nun ist es also Yvonne, die sich an meiner Stelle an ihn kuschelt, wenn die beiden abends beim Filmeschauen auf dem Sofa sitzen … Bei der bloßen Vorstellung dreht sich mir beinahe der Magen um.

Ja, ich weiß, dass Stefan nicht der richtige Mann für mich war. Trotzdem trauere ich um … ja, um was genau? Nicht um ihn, nein, eher um uns. Und vor allem um mich als Teil einer Beziehung, die vielleicht nicht perfekt war, aber doch irgendwie gut aussah und mein Leben in den letzten Jahren geprägt hat. Wie lange wird es dauern, bis dieser bohrende Schmerz endlich nachlässt? Wochen, Monate, Jahre? Ich merke, wie meine Augen feucht werden.

Während ich mich in Kummer und Selbstmitleid verliere, erhebt sich Monsieur X plötzlich … und kommt direkt auf mich zu! Mein Herz bleibt stehen. Nein, halt, das tut es nicht, denn es schlägt so heftig, dass ich fast glaube, es will mit Gewalt aus meinem Körper ausbrechen. Noch 15 Meter … noch 10 Meter … Gott, dieser Mann sieht wirklich unverschämt gut aus, und dieser Körper, der Wahnsinn … und ich sitze hier mit rot schimmernden Augen? Schnell senke ich den Kopf, so aufgelöst kann ich doch nicht dem Mann meiner Träume zum ersten Mal »Hallo« sagen!

Noch fünf Meter, noch zwei Meter … ich schaue so konzentriert zu Boden, dass mir tatsächlich meine Brille von der Nase rutscht. Die gute Gucci! Ich bücke mich unter den Tisch … und in der Zwischenzeit löst sich Monsieur X wie durch Zauberhand in Luft auf.

Na ja. Man könnte auch sagen: Er ist an mir vorbeigegangen, ohne Notiz von mir zu nehmen – wie auch, ich war ja unter dem Tisch abgetaucht! –, und hat die Terrasse verlassen.

Was bleibt, ist ein Hauch von Rasierwasser, das verführerisch-frisch nach Lavendel und Gewürzen duftet … und eine vage Ahnung, dass ich etwas Entscheidendes verpasst habe.

Kapitel 4

Vier Tage bleibe ich im Hotel, sitze täglich auf der Terrasse, laufe gelegentlich vor Armand davon, dem auch meine Behauptungen, mal ein Mann gewesen zu sein beziehungsweise mit einem sehr eifersüchtigen Italiener verheiratet zu sein, nicht den Wind aus den Segeln nehmen, warte auf Inspiration … und Monsieur X! Doch weder sie noch er geben sich die Ehre – sehr zum Bedauern von Paula, die alle paar Stunden Whatsapp-Nachrichten schickt, um sich danach zu erkundigen, ob mir schon etwas eingefallen ist. Ich hasse es, wenn man Druck auf mich ausübt. Das ist aber nur einer der Gründe, weshalb mir partout keine neue Romanhandlung zufliegen will, und nicht einmal der entscheidende. Das traumhafte Ambiente des Bastide de Gordes, das gute Wetter, der Duft der Luft – das alles sorgt dafür, dass meine Gedanken watteweich mal hierhin, mal dahin hüpfen, ohne sich allzu konkret in eine stringente Reihenfolge bringen zu lassen, aus der sich zum Beispiel die Handlung eines Liebesromans entwickeln ließe. Zugegeben, das ist ein herrliches Gefühl … aber es hilft mir gerade nicht weiter. Zumal ich mich so gar nicht kenne. Ich bin bekannt dafür, dass ich eine Idee stringent entwickle und dann routiniert schreibe – deswegen gab es im Grundmann Verlag auch noch nie Anlass, unzufrieden mit mir zu sein. Jedes Halbjahr ein neuer Erfolgstitel, das soll mir mal jemand nachmachen. (Zugegeben, vermutlich soll mir die Elfe Hope das nun ganz konkret nachmachen, aber ich verdränge den Gedanken.) Was mir bei Dr. Lina Peters nun allerdings auch keinen Sympathiebonus oder auch nur ein paar Gummipunkte eingebracht hätte …

***

An Tag fünf beschließe ich, den Standort zu wechseln. Vielleicht ist diese Bergluft gar nichts für mich, vielleicht vernebelt sie nur das Gehirn, anstatt es frei zu pusten! Sollte ich lieber ans Meer fahren? Weht da nicht dieser Wind mit dem schönen Namen, dieser Mistral? Okay, einen Versuch ist es wert – also auf an die Küste! Ich habe schon so viel vom Jachthafen Port Grimeaud gelesen, da will ich jetzt hin. Also recherchiere ich im Internet nach einer neuen Bleibe und sage dem Luxushotel – wenn auch mit etwas schwerem Herzen – *Adieu* und *Au revoir*.

Am Nachmittag habe ich bereits den Schlüssel zu einem hübschen Apartment in der Tasche – und einen neuen, traumschönen Ort, von dem ich mir den endgültigen Durchbruch beim Schreiben erhoffe. Ich befinde mich in Grimeaud, dem bezaubernden Städtchen, das oberhalb des berühmten Jachthafens liegt. Nach einem ausgiebigen Sonnenbad, das leider auch keinen Kreativitätsschub ausgelöst hat, gehe ich abends an die Promenade am Hafen, um in einem der Restaurants zu essen. Natürlich nicht, ohne zuvor Paula meine Erlebnisse zu schildern, die im Grunde aus nichts anderem bestehen, als im hoteleigenen Swimmingpool zu baden, mir die Sonne auf den Bauch scheinen zu lassen und weiter über eine Geschichte für mein Buch zu grübeln. »Vielleicht würde ja Monsieur X einen guten Protagonisten abgeben?«, tippe ich in mein Handy.

»Super Idee«, meldet sich Paula innerhalb von Sekunden zurück.

Bei dem Gedanken an diesen tollen Mann muss ich unwillkürlich seufzen. Der strahlende Unbekannte, den die Heldin nur einmal sah und dann niemals wieder …

Mit Happy End!, schrillt die Stimme von Dr. Peters in meinem Hinterkopf. Jaja, ist ja gut …

»Und schreib auf jeden Fall rein, dass Monsieur X einen Zwillingsbruder hat«, tickert mich Paula wieder an.

»Wieso das denn?«, will ich erstaunt wissen.

»Na, weil der Zwillingsbruder dann mit der irre charmanten Freundin deiner Hauptfigur zusammenkommen könnte … Ich sehe sie förmlich vor mir … so eine nette Grafikerin …« Dahinter setzt Paula so ziemlich jede Variante des lachenden Smileys, die ihr Handy hergibt.

»Haha, schon klar!«, tippe ich. »Aber darf ich dich daran erinnern, dass es da ein Problem gibt? Ich schreibe Romane, keine Real-Life-Reportagen … und selbst wenn Monsieur X einen Zwillingsbruder hätte, hilft uns das gar nicht weiter, weil ich ihn vermutlich niemals wiedersehen werde.«

»Wie war denn das Wetter bei dir heute?«, kommt die etwas verwirrende Antwort von Paula.

»Gut, wieso?«

»Weil du dann keine Schlechtwetterkrähe zu sein brauchst, die schlechte Stimmung verbreitet!« Und wieder jede Menge Smileys.

»Wenn das alles mal so einfach wäre …«

»Das Leben ist einfacher, als man denkt, Caro. Man muss es nur zulassen!«

»Ach, Paula. Wenn man deinen Optimismus in Flaschen abfüllen könnte, würde man reich werden …«

Ich bekomme circa 200 Daumen-hoch-Emoticons und muss lachen.

Im Restaurant habe ich Glück – sollte meine beste Freundin doch recht haben? – und ergattere einen Tisch, obwohl ich nicht reserviert habe, wie mir der junge Kellner mit vorwurfsvollem Unterton sagt. Der Tisch schräg gegenüber ist zwar auch noch frei, jedoch prangt darauf unübersehbar ein Reserviert-Schild in einem Metallständer. Während ich noch aufmerksam die Speisekarte studiere und dabei unauffällig das elektronische Deutsch-Französisch-Wörterbuch meines Smartphones konsultiere, nimmt ein Mann mir gegenüber Platz …

… und mir fallen beinahe die Augen aus dem Kopf.

Es ist Monsieur X, wieder allein und immer noch furchtbar attraktiv. Auf einmal liegt der Duft von Lavendel in der Luft – und meine ich das nur, oder flackern die Kerzen auf einmal viel romantischer als vorher? Doch anstatt ihn anzustarren wie ein Groupie sein Filmidol, ziehe ich es vor, die Kühle, Unnahbare zu mimen. Scheinbar versonnen schaue ich auf die Schiffe, die im Licht der untergehenden Abendsonne im Wasser schaukeln, lausche dem Ruf der Möwen, die um das Restaurant kreisen, gebe gekonnt die Dame von Welt … um dabei aus den Augenwinkeln immer wieder in Richtung Monsieur X zu linsen. So viel zum Thema »kühl und unnahbar« … Ich überlege fieberhaft: Soll ich ihn ansprechen und an meinen Tisch bitten? Dies ist womöglich meine letzte Chance und ein Wink des Schicksals! Aber ist es auch angebracht? In meinem letzten Roman gab es tatsächlich eine Szene, in der die Heldin einen Mann so offensiv ansprach – die hat meine Lektorin mir rot markiert zurückgeschickt: Nicht nur im wahren Leben, sondern auch in gefühlvollen Romanen ist es besser, wenn Frauen darauf warten, dass die Männer sie ansprechen. »Das will man so als Frau«, schrieb die Lektorin dazu. Stimmt das? Will ich das auch? Und vor allem: Will Monsieur X es so oder so oder ganz anders oder gar nicht oder …

Während ich noch darüber sinniere, wie ich ihn zu mir locken könnte, verspüre ich ein Kribbeln, das ich zunächst der Anwesenheit von Monsieur X zuschreibe. Und zwar in meiner Brustgegend, über dem Herzen, ach, wie romantisch … Wobei, nein, es ist, genauer gesagt, in unmittelbarer Nähe meines BHs. *Caro, es ist doch wohl noch nicht so weit, dass du durchdrehst, wenn in deiner Nähe ein attraktiver Mann auftaucht,* rufe ich mich zur Räson. Und spüre, wie sich das Kribbeln räumlich verlagert … und sich plötzlich verdächtig mehr nach Krabbeln anfühlt!

Es wandert unterhalb meiner Brust nach rechts, stoppt einen Augenblick und tritt dann wieder den Rückweg an. Es fühlt sich an, es fühlt sich an wie … Oh nein, das kann nur ein Tierchen sein, das sich in den Untiefen meines Dekolletés verirrt hat und nun verzweifelt nach dem Ausgang sucht! Ich spüre, wie sich ein kleiner Schreianfall in mir aufbaut. Und dazu juckt's dermaßen, dass ich mich anstrengen muss, mir nicht an Ort und Stelle die Kleider vom Leib zu reißen! So unauffällig es geht, fasse ich mir durch den dünnen Stoff meines sommerlichen Abendkleides zwischen die Brüste, um den ungeladenen Besucher zu verscheuchen. Leider ist dies exakt der Moment, in dem Monsieur X Notiz von mir nimmt. Er stutzt einen Augenblick, sein Blick wandert von meinem Gesicht zu meiner Hand, die am gerade unpassendsten Ort der Welt liegt. Im Millibruchteil einer Sekunde lasse ich die Hand auf den Tisch sinken, als wäre nichts geschehen. Monsieur X sieht mir wieder ins Gesicht – in die Augen! –, diesmal wesentlich intensiver, wie ich mir einbilde, und nickt mir dann zu.

Dies wäre eigentlich der passende Moment, um zum Angriff überzugehen, stattdessen spüre ich, wie das Tierchen in Panik verfällt und sich einen Weg in Richtung Rücken sucht. *Oh nein, bitte das nicht,* flehe ich innerlich, bemüht, zumindest äußerlich so etwas wie Contenance zu wahren. *Bitte, lieber Gott, mach, dass das Käferchen sich nicht von meinem Rücken direkt auf den Weg zu meinem Slip macht, das überlebe ich nicht!*

Monsieur X hat mittlerweile sein Getränk erhalten (einen Pastis!) und prostet mir mit einem kurzen Lächeln zu. Während ich Hoffnung schöpfe, ihm zu gefallen, schlägt das Tierchen einen anderen Kurs ein – Gott hat offensichtlich mein Gebet erhört – und kehrt zur Vorderseite meines Körpers zurück.

Heb dein Glas, Caro, sage ich mir selbst, *es ist ganz leicht, Hand ans Glas, Glas in die Luft, lächeln …* Leider bin ich mittlerweile derart verstört, dass ich mir selbst fassungslos und wenig damenhaft in den Ausschnitt starre, den ich noch dazu mit spitzen Fingern vom Körper ziehe. Aber immerhin: Eine kleine Spinne bahnt sich tapfer den Weg ans Licht und in die Freiheit. Ich stoße unwillkürlich einen spitzen Schrei aus, denn wenn ich vor etwas Angst habe (außer davor, alleine zu verreisen), sind es Spinnen, obwohl ich mit 42 echt zu alt für so einen Blödsinn bin.

Monsieur X sieht mich einen Moment irritiert an, wendet sich dann aber dem Studium der Speisekarte zu. Vermutlich findet er es befremdlich, wenn eine Frau Getränke quer über den Tisch prustet, sich auffällig im BH rumfummelt und dann auch noch anfängt zu schreien. Ich verstehe ihn voll und ganz, bezahle und fliehe in mein Apartment, so schnell ich kann.

»Und, schönen Abend gehabt?«, leuchtet es später in meinem Whatsapp-Fenster auf dem Handy. Auf Paulas Nachrichten reagiere ich nicht. Es gäbe schließlich nichts weiter zu vermelden, außer dass ich mich blamiert habe und emotional auf dem Niveau eines Kleinkinds befinde.

Kapitel 5

Am nächsten Morgen erwache ich mit dem dringenden Bedürfnis, erneut einen Ortswechsel vorzunehmen. Ich habe zwar Monsieur X wiedergesehen, aber mich dabei komplett zum Affen gemacht, und der Gedanke, ihm nun wieder zu begegnen, ist auf einmal gar nicht mehr so verlockend …

In meinem Moleskine befinden sich mittlerweile Plot-Skizzen, Figuren-Profile und andere Notizen, aber allesamt nicht das Papier wert, für das ein armer Baum sein Leben lassen musste. Ich bin mir sicher, dass kein Mensch lesen will, was ich da an Unsinn verzapft habe. Zumal es sich stets um Dramen und Schicksalsgeschichten der Art handelt, bei denen das Schicksal am Ende gewinnt.

Auf der Suche nach einer Fluchtmöglichkeit oder neuer Inspiration – oder im Idealfall nach beidem – blättere ich im Reiseführer herum und beschließe, nach dem Frühstück über die berühmte Uferstraße, genannt Croisette, an der Küste entlangzubrausen. Mein Ziel sind die Luxushotels von Cannes und Nizza, vielleicht löst sich dort der Gordische Knoten, zu dem sich mein Schreibproblem mittlerweile ausgewachsen hat?

Gesagt, getan: Keine Stunde später bin ich auf dem Weg, mit meiner Sonnenbrille auf der Nase und einem bunten Schal locker um mein Haar geschlungen, so wie ich das früher in Filmen immer bewundert habe. Das Autoverdeck lasse ich offen und versuche, mich mittels französischer Chansons in Stimmung zu bringen. Aber wie sehr ich auch *Je ne regrette rien* im Duett mit Édith Piaf singe – ich bereue doch so einiges!

Ich bereue es, jemals Schriftstellerin geworden zu sein (was für ein anstrengender und keineswegs krisensicherer Beruf), ich bereue es, jemals Stefan mein Herz geschenkt zu haben (hat er gar nicht verdient), und ich bereue es, dass ich die Gelegenheit, gestern Abend mit Monsieur X ins Gespräch zu kommen, ungenutzt habe verstreichen lassen.

Immerhin: Stefan ist die kleinste Ungerade in dieser Gleichung, die es aufzulösen gilt. Tatsächlich habe ich in den letzten Tagen kaum an ihn gedacht. Frankreich hat ihn mit dem landeseigenen Charme und der Schönheit der Natur regelrecht aus meinem Herz und Kopf gepustet. Es zwickt nur noch ein bisschen, dass ich jetzt wieder Single bin. Aber ich habe wirklich ganz andere Probleme, die allesamt ernster sind – wie zum Beispiel meine Zukunft im Grundmann Verlag.

Mit einer Mischung aus Melancholie, Zukunftsangst und Unzufriedenheit halte ich an einem Parkplatz an, der einen atemberaubenden Blick auf die Strände unterhalb der Steilküste erlaubt. Unter mir schimmert das Mittelmeer in dunklem Türkis, ab und zu durchbrochen von Schaumkronen und Wellen, die ans Ufer rollen. Möwen kreisen mit schneeweißen Schwingen am azurblauen Himmel – eigentlich ist hier das Paradies!

Wie sagen es diese Glücks-Gurus und auch Paula immer so schön? Nicht den Blick auf das Negative richten – sondern auf das Gute, das einem das Leben schenkt, auch wenn man sich selbst gerade den Blick darauf verbaut hat. Es ist tatsächlich dumm, und auch ein bisschen anmaßend, an so einem traumhaften Ort sein zu dürfen und dabei Trübsal zu blasen!

Mitten in meine Gedanken hinein klingelt das Handy. Es ist meine beste Freundin – diesmal muss ich mich wohl oder übel melden. Ich erzähle ihr von meinem Abend in Port Grimeaud und ernte statt Mitleid schallendes Gelächter. »Jaja, lach du nur«, entgegne ich, ein bisschen beleidigt, obwohl die Geschichte mit der Spinne, bei Tageslicht betrachtet, wirklich komisch ist. »Du bist ja nicht diejenige, die sich lächerlich gemacht hat – und das schon zum zweiten Mal in Folge.«

»Mach doch eine Tour in den Calanques, wenn du da sowieso

gerade in der Nähe bist«, schlägt Paula vor; die Calanques sind schmale Buchten, die nur mit dem Schiff zu erreichen sind. »So ein Ausflug bringt dich bestimmt auf neue Gedanken! Übrigens habe ich in der Zwischenzeit ein bisschen den Hamburger Immobilienmarkt im Auge behalten und dabei eine süße Wohnung entdeckt, die wie für dich geschaffen ist: drei Zimmer Altbau in der Deichstraße. Zwar ohne Balkon, aber dafür in einer wirklich schönen Ecke mit tollen Restaurants, urigem Kopfsteinpflaster und ganz in der Nähe der Speicherstadt.«

Ich verkneife mir Unkenrufe à la *Kann ich mir eh bald nicht mehr leisten,* sondern verspreche Paula, mir sofort den Link anzuschauen, den sie mir per Whatsapp geschickt hat, während wir telefonieren.

»Wenn das klappt, hast du eine richtig tolle Einladung bei mir gut«, sage ich zum Abschied und schicke dem Himmel ein Stoßgebet: Eine Freundin wie Paula zu haben ist ein echtes Geschenk, für das ich dem Universum ewig dankbar sein werde.

Auch die Wohnung hat das absolute Potenzial zum Hit! Sie ist zwar teuer, aber für Hamburger Verhältnisse noch halbwegs im Rahmen. Was mich besonders daran reizt, ist die Aussicht auf ein separates Arbeitszimmer, in dem ich endlich genug Platz für all meine Bücher und meine Recherche-Unterlagen habe. Stefan wollte mich immer dazu überreden, meine Bücher zu verkaufen und komplett auf eBooks umzusatteln, weil er den Anblick der unzähligen Romane, Biografien, Lyrik-Bände und Sachbücher nicht mehr ertragen konnte. »Schafft zu viel optische Unruhe im Regal«, war sein Kommentar, »und du weißt doch, dass mich so etwas immer aus dem Gleichgewicht bringt.«

Ich ertappe mich dabei, wie ich mir vorstelle, noch einmal in seine Wohnung zurückzukehren und heimlich, still und leise eine Buchregal-Tapete an die Wände zu kleben. Dann kann Yvonne zusehen, wie sie das ewig nörgelnde Sensibelchen wieder ins Gleichgewicht bringt!

Ich muss lachen bei der Vorstellung und bekomme dadurch richtig gute Laune. Kurz entschlossen, mein Schicksal in die richtigen Bahnen zu lenken, rufe ich darum beim Makler an, der für diese Wohnung zuständig ist. Die Besichtigung der Wohnung findet am Samstag, also in drei Tagen statt. »Da die Vermieterin auch im Haus wohnt, ist es von großer Wichtigkeit, dass der zukünftige Mieter ihren Vorstellungen entspricht«, erklärt mir der Makler. Ich sprudle sofort los, erzähle etwas von »Spiegel-Bestsellerautorin«, extrem ruhig und unauffällig, oft auf Recherche-Reisen, also quasi unsichtbar, dabei äußerst solvent, und versuche auf diese Weise, Eindruck zu schinden.

»Komisch, ich schaue mir die Bestsellerliste immer mal wieder an, aber den Namen Caro Kollwitz habe ich da noch nie gelesen.«

»Ich veröffentliche unter einem Pseudonym«, räume ich ein. »Ich bin einem …«, ich zögere kurz, aber ein bisschen Flunkern hat doch noch nie geschadet, »… einem *Millionen*publikum unter dem Namen Mona Martin bekannt.« Die Wohnung ist mir so gut wie sicher!

»Noch nie gehört.«

»Äh …«

»Und ganz ehrlich: So ein falscher Name macht auf mich eher einen unseriösen Eindruck.«

Mir tritt der Schweiß auf die Stirn. »Nein, das sehen Sie falsch, das ist in der Branche ganz normal, Pseudonyme hat jeder, also wirklich, es ist ja fast eine Frage der Ehre, nicht unter seinem echten Namen zu schreiben …« Ich merke, wie ich mich komplett verrenne.

Den Makler interessiert das alles herzlich wenig, er bittet nun aber, nicht nur pünktlich zu sein, sondern neben meinen letzten Steuererklärungen am besten auch Kopien meiner noch nicht erfüllten Verlagsverträge mitzubringen. Ich unterdrücke ein genervtes und äußerst unelegantes *Merde!* und denke sehnsüchtig an die guten alten Zeiten zurück, als ich noch Gehaltsnachweise meiner

Festanstellung als Redakteurin bei einem Hamburger Zeitschriftenverlag vorzuweisen hatte.

Nachdem sich mein Pulsschlag wieder beruhigt hat, genieße ich noch ein wenig die tolle Aussicht, steige wieder ins Auto, fahre los, nehme die nächste Ausfahrt und parke wenig später am Hafen. Entschlossen, tatsächlich eine Schiffstour zu machen, löse ich ein Ticket und setze mich danach noch in ein Café, bevor die Fahrt in einer halben Stunde losgehen soll.

»Wenn man sich das dritte Mal zufällig begegnet, dann ist ein Drink fällig!«, höre ich plötzlich eine Stimme hinter mir. »Wie wäre es mit einem Pastis?«

Verwundert drehe ich mich um – und blicke direkt in die Augen von Monsieur X. Nun kann ich es deutlich sehen: Sie sind dunkelbraun, warm und wunderschön. Die Erwähnung des verhassten Getränks beschwört jedoch leider unangenehme Erinnerungen herauf, und da man sich auch an Cola verschlucken kann, spucke ich diese aus guter alter Tradition (auch Doofheit genannt) quer über den Tisch.

»Na, na, das scheint bei Ihnen ja zur Gewohnheit zu werden«, lacht der Mann, den ich heiraten werde (jawohl, diesmal gehe ich aufs Ganze!), und klopft mir auf den Rücken.

»Ich, äh …«, hüstle und pruste ich und fühle, wie ich rot werde. Und dann weiß ich einfach nicht, wie ich diesen Satz sinnvoll beenden soll.

»Da Sie gerade etwas unpässlich wirken, sollten wir vielleicht lieber ein viertes Treffen abwarten? Einen schönen Tag noch!«, sagt Monsieur X und ist so schnell verschwunden, wie er aufgetaucht war.

Oder war er etwa nur eine Halluzination, die nach Lavendel duftete?

Kapitel 6

Zwanzig Minuten später sitze ich mit anderen abenteuerlustigen Touristen an Bord der *L'amour!*, eines weißen Fischkutters, der trotz seines stolzen Namens einen ziemlich klapprigen Eindruck macht. Gerome, wie sich der Kapitän uns Fahrgästen vorstellt, sieht auch eher aus wie ein Pirat, nicht wie ein Mann, in dessen Hände man sein Leben geben möchte. Doch für Überlegungen dieser Art ist es jetzt definitiv zu spät, die *L'amour!* legt unwiderruflich ab. Ich mache es mir auf der feuchten und harten Bank so bequem wie möglich. Gerome radebrecht in einer Mischung aus Französisch, Englisch und Italienisch über dies und das. Was auch immer er sagt, es ist mir egal, genauso wie das Spiel der Wellen und der wunderbare Duft von Seewasser und frischer Luft. Denn ich denke ununterbrochen an Monsieur X und daran, wie ich ihn wiedersehen kann – und beim nächsten Mal ohne ein Getränk in meiner Nähe. Und ein Insekt. Vielleicht kann ich mir so einen praktischen Neoprenanzug besorgen. Und wenn ich dann, sagen wir mal, fünf oder sechs Tage ohne Flüssigkeit auskommen sollte, dann … ja, dann …

Ich weiß natürlich, dass diese Gedanken vollkommen albern sind. Aber ist es nicht noch alberner, dass das Schicksal oder das Universum oder wer auch immer mir diesen Traum von einem Mann nun schon dreimal vor die Füße geworfen hat und ich es jedes einzelne Mal verbockt habe?

Es ist zum Heulen!

»Börks … urgks … pfffff …«

Irritiert schaue ich zur Seite. Der Mann neben mir heult nicht, er kotzt. Und zwar in hohem Bogen. Zum Glück aber über die Reling und ins Wasser.

Jetzt merke ich es auch: Das Meer ist hier auf offener See rauer, und einige der Wellen türmen sich auch für meinen Geschmack etwas zu hoch auf. Doch Gerome, lässig eine *Gitanes* im Mundwinkel, lenkt das Boot mit seinen Knien und flirtet nebenbei ungeniert mit einer jungen, blonden Touristin, die in der ersten Reihe sitzt. Allmählich fühle ich leichte Übelkeit in mir aufsteigen. Ruhig, Caro, das bildest du dir nur ein, versuche ich, mir selbst Mut zuzusprechen. Da klingelt mein Handy, es ist mal wieder Paula: »Na? Alles im grünen Bereich auf dem Meer?«, fragt sie, und ich kann nur noch stumm nicken, denn von rechts nähert sich gerade gefährlich hoch eine Welle, die Gerome offensichtlich nicht hat kommen sehen, weil allein die Blonde seine Aufmerksamkeit fesselt.

»Hallo, Caro – hörst du mich?«

»Ich kann jetzt nicht sprechen, wir ertrinken gerade«, hysteriere ich in mein Handy, während donnernde Wassermassen gegen die Wand des Schiffes krachen. Gerome wirft seine Zigarette reflexartig zu Boden und besinnt sich nun darauf, das Schiff – beide Hände ans Lenkrad gekrallt – durch die mörderischen Fluten zu steuern. »Grüß bitte meine Mutter von mir und sag ihr, dass es mir leidtut, dass ich mich neulich über ihre neue Haarfarbe lustig gemacht habe«, brülle ich noch in den Hörer, bemüht, in meiner letzten Lebensminute Dinge zu klären, die mir wichtig erscheinen. »Und ich habe dich immer lieb gehabt, ehrlich, aber deinen roten Kaschmirpullover, den du damals versehentlich im Kochwaschgang hattest, also, den habe möglicherweise ich versehentlich auf deinen falschen Wäschestapel geworfen, und …«

Die Passagiere klammern sich nun Hilfe suchend aneinander, und ich verfluche mich für die blöde Idee, alleine zu verreisen. Wobei, eigentlich ist es Paulas Schuld!

»Du bist schuld!«, keife ich.

»Welcher Pulli?«

»Das tut doch jetzt nichts zur …« Ich komme nicht zur »Sache«, weil eine Welle die *L'amour!* so hart trifft, dass es mir durch Mark und Bein geht.

Natürlich und vor allem ist Stefan schuld! Hätte er mich nicht so arglistig verlassen, säße ich jetzt nicht hier und würde binnen Minuten Fangen mit Arielle der Meerjungfrau spielen!

Als eine weitere gefühlt turmhohe Welle droht, das Boot und damit mein Leben in die tiefsten Abgründe des Meeres zu donnern, werde ich mit riesiger Wucht zur Seite geworfen.

Für einen Moment steht die Zeit still.

Und dann sterbe ich.

Oder falle ich nur in Ohnmacht?

Kapitel 7

Ein dunkelhaariger Mann beugt sich über mich. Er hält meine Hand, küsst sie, sagt »*Enchanté*«, und ich fühle, wie sich himmlische Ruhe meiner bemächtigt. Da ist er – Monsieur X, mein Retter! Ich wusste es! Wie meine Mutter schon früher immer zu mir gesagt hat: Wenn du glaubst, es geht nicht mehr, kommt von irgendwo ein Lichtlein her! Oder war das der Spruch meiner Freundin Claudia aus dem Poesiealbum? Egal – was zählt, ist der Moment, in dem Monsieur X quasi um meine Hand anhält! Beglückt strahle ich ihn an … aber irgendwie riecht hier etwas komisch. Und dann verschwimmt sein Gesicht plötzlich vor meinen Augen.

Als ich schließlich wirklich zu Bewusstsein komme, kann ich meinen dunkelhaarigen Retter deutlich erkennen: Es ist Gerome, die stinkende Gitanes im Mundwinkel, und er ist gerade im Begriff, mir ein Glas Pastis einzuflößen. Reflexartig spucke ich ihm das Getränk mitten ins Gesicht.

»Was ist passiert?«, frage ich verwirrt und versuche, mich aufzurappeln.

»Madame sind ohnmächtig geworden«, erklärt Monsieur le Capitaine, und ich sehe seine Zahnlücke aufblitzen, so nah ist sein Gesicht.

»Wo bin ich?«, will ich wissen – immerhin die klassische Frage, die man stellen kann, wenn man gerade aus einer Ohnmacht erwacht.

»Gleich wieder im Hafen. Machen Sie sich keine Sorgen, Madame. Jetzt wird alles gut.«

Ich bezweifle das stark, bin aber gewillt, meinen natürlichen Widerspruchsgeist einmal im Zaum zu halten.

»So hatte ich mir eine Bootsfahrt jedenfalls nicht vorgestellt«, sage ich, während Gerome mir auf die Beine hilft.

»Ach, man soll nicht immer darüber klagen, was gewesen ist«, entgegnet er achselzuckend, »sondern sich vorstellen, was alles gut werden wird.«

Ich sehe ihn an.

Das ist eigentlich gar keine so schlechte Idee.

***

Die Straße windet sich wie eine staubbedeckte Schlange, tippe ich ein paar Tage später in meinen Laptop.

»Na also, wer sagt's denn?«, strahlt Paula, die neben mir steht, mich begeistert an, und wir prosten uns zu; sie hat extra eine Flasche geöffnet, um den Moment mit mir zu feiern, wenn ich meinen längst überfälligen Roman in Angriff nehme. »Was sagt der Verlag denn zu deiner neuen Romanidee?«

»Die wissen noch gar nichts davon«, antworte ich und speichere die Datei meines neuen, potenziellen Bestsellers. Außer dem ersten Satz habe ich auch schon ein ausführliches Exposé geschrieben und bin sicher, dass ich damit auf dem richtigen Weg bin.

Der Titel steht – *Mein unmöglicher Tag mit Monsieur X* –, der erste Satz auch. Die Schallmauer meiner Schreibblockade dürfte damit durchbrochen sein, hoffe ich zumindest. Aber ich mag meine Grundidee: eine Liebesgeschichte, erzählt aus der Sicht einer Frau und eines Mannes, die sich immer wieder begegnen, aber nie zusammenkommen, weil immer irgendetwas Unvorhergesehenes passiert.

»Komm, lass uns in die Küche gehen und was essen, ich sterbe gleich vor Hunger.«

»Wie gut, dass ich gekocht habe«, entgegnet Paula, schnappt sich das Glas Cidre, mit dem wir auf den Start meines neuen Buchs angestoßen haben. »Nun ja, nicht direkt gekocht, aber gezaubert. Es gibt Flammkuchen mit Feldsalat und eine echte Besonderheit, die dich freuen wird.«

»Erzähl«, fordere ich sie auf, neugierig geworden. In der gemütlichen Wohnküche duftet es ganz himmlisch, beinahe wie in einem französischen Restaurant.

»Als Vorspeise habe ich mich diesmal für Fenchel-Lauchcremesuppe mit Pastis und karamellisierter Birne entschieden, das ist doch ganz nach deinem Geschmack, oder?«

Ich suche in Paulas Gesicht nach einem Anzeichen dafür, dass sie einen Scherz gemacht hat, doch ihre Miene ist todernst.

»Dddas … das ist toll«, murmle ich und versuche es mit einem Lächeln. »Danke schön.«

»Ätschbätsch, reingefallen«, amüsiert Paula sich. »Meinst du allen Ernstes, ich würde dir das antun? Nein, es gibt gar keine Suppe … aber später dann ein Parfait mit Lavendelgeschmack, da stehst du ja im Moment auch sehr drauf …«

»Duuuuuuu!« Ich drohe ihr spielerisch mit dem Finger.

»Willst du wirklich deine Vermieterin und Leibköchin verärgern?«, frotzelt Paula zurück. »Erzähl lieber mal, wie lief es denn bei der Wohnungsbesichtigung? Sah es da wirklich so toll aus wie im Internet?«

»Noch viel schöner«, gebe ich zur Antwort, während Schmetterlinge der Vorfreude in meinem Bauch herumflattern. Äußerst nervöse Schmetterlinge, um ehrlich zu sein – denn es ist in meinem Leben ja leider häufig so, dass die Dinge nicht klappen, die ich mir am meisten wünsche. »Jetzt heißt es Daumen drücken, dass ich den Zuschlag bekomme. Am Montag erfahre ich Näheres. Und weißt du was? Die Wohnung ist im Haus neben dem Ti Breizh. Ist das zu glauben?«

Das Ti Breizh ist, wie der Name schon sagt, ein bretonisches Restaurant, in dem es köstliche Galettes gibt – ich bin verrückt nach diesen Buchweizencrêpes. Und der Cidre wird dort in Keramikteetassen mit rotem Rand serviert. In diesem Restaurant habe ich schon ein paar Mal meine Geburtstage gefeiert, allerdings immer nur zusammen mit Paula, denn Stefan konnte dem Laden natürlich nichts abgewinnen: Dem war das Ti Breizh unheimlich. Zu viele Franzosen, zu viel *Savoir-vivre*.

»Wenn das nicht Schicksal ist, dann weiß ich auch nicht«, sagt Paula, sichtlich beeindruckt. »Jetzt musst du nur noch den Vertrag bekommen, einen Schreib-Flow haben … und …«

»Und?«

»Und Monsieur X aufspüren, dann wäre dein Glück perfekt.«

»Aber wie soll ich das denn machen?«, frage ich und stecke meine Gabel in den Feldsalat, den Paula mit Walnüssen und gebratenen Champignons veredelt hat. Wäre sie nicht Grafikerin, könnte sie auch als Köchin arbeiten oder ein eigenes Restaurant eröffnen. »Eine Suchanzeige aufgeben? Eine Maschine chartern, die mit Bannern über ganz Deutschland fliegt, auf denen steht: *Bitte melden Sie sich bei der Frau, die nicht in der Lage ist, ihre Getränke anständig zu trinken, und die nichts auf der Welt mehr hasst als Pastis?*«

»So eine Suchanzeige wäre doch wirklich eine Idee«, nickt Paula. »Oder – noch besser! – du wendest dich an die Zeitung. So wie dieser Typ aus Eppendorf, der neulich einen Aufruf gestartet hat, weil er versehentlich die Handynummer der Frau, mit der er eine wunderschöne Nacht verbracht hat, falsch notiert hat. Du hast doch noch Kontakte zu deinen alten Redaktionskollegen, oder?«

Das stimmt, die habe ich. Und zwar sowohl beim Hamburger Abendblatt als auch bei der MoPo. »Das ist gar keine so schlechte Idee«, antworte ich, während der Text für den Artikel bereits in meinem Kopf rattert. »Ich rufe gleich nach dem Essen ein, zwei Leute an.«

***

Zum Glück hat Jens, mit dem ich zusammen studiert habe, ein Herz für die Liebe, und ich darf ihm am Sonntag im Café Paris nahe dem Rathausmarkt jedes noch so kleine Detail meiner drei denkwürdigen Begegnungen mit Monsieur X erzählen.

Jens hat Mühe, an sich zu halten, als ich von der Aneinanderreihung der peinlichen Fauxpas berichte. »Und du meinst, er meldet sich, wenn du dich so komisch benommen hast, wie du es gerade erzählst?«

»Na ja …«, antworte ich vage, »man soll nicht immer darüber klagen, was gewesen ist, sondern sich vorstellen, was alles gut werden wird.« Ich muss grinsen. Nicht nur weil Paula mir bei diesem Satz vermutlich anerkennend auf die Schulter geklopft hätte, sondern weil sich die Fahrt auf der *L'amour!* wirklich in mehrfacher Hinsicht gelohnt hat.

»Also, Jens, bist du dabei? Das ist doch eine perfekte Geschichte für euch – lokaler Bezug, große Gefühle, Human Interest vom Feinsten …«

Jens nickt und bestellt einen weiteren Café au Lait sowie ein Stück Tarte au Chocolat. »Aber nur weil du's bist und die Nachfrage der Leser nach romantischen Geschichten wie die des Typen aus Eppendorf gestiegen ist. Du musst dich allerdings damit einverstanden erklären, uns auch weiter auf dem Laufenden zu halten, wenn es mit euch geklappt hat.«

»Mache ich, und ihr bekommt auch unser Erstgeborenes, versprochen«, antworte ich keck und bestelle nun ebenfalls etwas Süßes; zurzeit könnte ich mich in Macarons wälzen, vorwiegend in denen mit Pistazien oder Schokoladencreme zwischen den beiden Baiser-Hälften. Jens grinst, und wir machen uns einen netten Nachmittag, der davon gekrönt wird, dass mein Handy klingelt – und ich tatsächlich die Zusage für die Wohnung bekomme.

»Die Vermieterin findet Sie ausgesprochen sympathisch«, erklärt mir der Makler. Kunststück, denn wie sich herausstellte, ist sie ein Fan von Mona Martin und hatte alle meine Bücher im Regal stehen. Wir kamen sofort über unsere Lieblingsromane ins Gespräch, und einmal mehr bestätigte sich meine Überzeugung, dass man mit Lesern immer ein wunderbares Gesprächsthema hat, das mehr verbindet als alles andere.

»Läuft!«, sagt Jens, als ich einen Jubelschrei ausstoße, der sogar die Gespräche der anderen Gäste übertönt. So schön das Café Paris auch ist, es ist hier drin aufgrund der gekachelten Decke unglaublich laut. Danach rufe ich Paula an, die kurze Zeit später zu uns stößt und sich mit großer Begeisterung auf den Crémant stürzt, den ich uns allen spendiere. Wie sich herausstellt, kennt sie Jens gar nicht, wenngleich ich schwören könnte, dass ich die beiden einander auf einer Party vorgestellt habe. Aber das ist Jahre her, da war Paula noch verheiratet und Jens der totale Aufreißer.

»Was haltet ihr davon, wenn wir die Diskussion ins Ti Breizh verlegen?«, schlägt Paula vor, weil sie sich mit Jens gerade einen verbalen Schlagabtausch über das Model Carla Bruni liefert: Sie bezeichnet die Frau von Frankreichs Ex-Präsidenten Nicolas Sarkozy als schlitzäugige, Botox-gespritzte, machtgierige Schlampe, die zudem nicht singen kann. Jens hält dagegen und lobt explizit den Auftritt von »La Bruni« in Woody Allens hinreißendem Film *Midnight in Paris*.

Ich enthalte mich der Stimme, weil ich mit Spannung und Freude beobachte, wie zwischen den beiden die Funken sprühen.

Stattdessen rufe ich im Ti Breizh an, das normalerweise auf Wochen im Voraus ausgebucht ist – und wieder habe ich Glück, denn kurz vorher haben Gäste aufgrund von Krankheit abgesagt.

»Ich sterbe vor Hunger«, sagt Jens, als wir in der Deichstraße, meinem künftigen Zuhause, angekommen sind. Hohe Schuhe vertragen sich zwar nicht mit holprigem Kopfsteinpflaster, aber das ist mir egal. Hinter der nächsten Ecke wohnt meine neu gewonnene Freiheit, mein künftiges Leben.

Was es mir wohl bringen wird?

»Guck mal, diese gestreiften Shirts!«, ruft Paula entzückt aus und deutet auf die bretonischen Fischerhemden und Shirts in Ringeloptik, die in der Boutique verkauft werden, die zum Restaurant gehört. Beim Anblick des verlockenden Angebots wird das sonst herrschende Modegesetz »Querstreifen machen dick« außer Kraft gesetzt, denn jeder, der diese schöne Kleidung sieht, denkt sofort an Urlaub in Frankreich, an Bilder von Brigitte Bardot am Strand von Saint-Tropez und an die berühmten Fotografien, die den Maler Pablo Picasso in diesem Look zeigen. Gut, dass die Boutique schon geschlossen hat, sonst würden Paula und ich sicher in einen kostspieligen Shoppingrausch verfallen …

»*Bon soir*«, begrüßt ein äußerst schnuckeliger Kellner mit schwarzen Wuschellocken, der ebenfalls ein gestreiftes Shirt trägt, uns strahlend und führt uns über die knarzende, weiß lasierte Holztreppe in den ersten Stock. Ich folge ihm verzückt, den Duft köstlicher Aromen in der Nase, der mich an Frankreich und damit an Monsieur X erinnert.

Hachseufz!

»Man weiß ja gar nicht, was man nehmen soll«, sagt Jens, der neben Paula auf den weißen Stühlen mit bunten Kissen sitzt. »Das klingt alles so köstlich.«

»Bist du einer von den Männern, die sich nie entscheiden können?«, zieht Paula ihn auf.

»Oh, ich habe einen ganz einfachen Geschmack …«, setzt Jens an, und dann sagen er und Paula gemeinsam wie im Chor: »Immer nur das Beste.«

Wir lachen schallend.

Ich darf zur Feier des Tages auf die Bank, mit Blick über die Galerie des Restaurants und einen Teil des Parterres. Doch weit mehr als die verführerischen Gerichte auf der Speisekarte fesselt mich plötzlich die Rückenansicht eines dunkelhaarigen Herrn. Er trägt ein helles Leinensakko und streicht sich mit einer Geste durchs Haar, die mir irgendwie bekannt vorkommt; dann wendet er den Kopf leicht zur Seite und …

Ahhhhhh!

Ich glaub's ja nicht.

BINGO!

Es kribbelt in meinem Bauch – und diesmal ist sicher kein Krabbeltier daran schuld.

Ich will gerade nach unten stürmen und »Hallo« sagen, als der Kellner kommt, mir die Sicht versperrt und uns erneut anstrahlt. »Wissen Sie schon, was Sie trinken wollen? Wasser? Einen Aperitif? Cidre?«

»Ähem, ich komme gleich wieder, ich … äh … ich muss mal«, murmle ich, vollkommen außer Rand und Band mit heiß glühenden Wangen, springe auf und will in Richtung Treppe sprinten. Doch ich werde am Abstieg gehindert, weil der charmante Kellner mich sanft am Arm fasst und in die andere Richtung dirigiert. Die *Lavabos*, so erfahre ich, befinden sich hier oben, im ersten Stock.

»Aber ich will gar nicht … also, ich muss …«, stammle ich, bis mir einfällt, dass ich ihm gar keine Rechenschaft darüber schuldig bin, wohin ich jetzt so eilig möchte. Ich habe ja bislang noch nicht einmal etwas bestellt, muss also auch nichts bezahlen.

Als ich schließlich, wie von Furien gehetzt, die Treppe hinuntergelaufen bin und dabei fast über einen Hund gestolpert wäre, ist der Tisch, an dem Monsieur X mit seinen Freunden gesessen hat, leer. Es liegen nur noch Geldscheine und ein paar Münzen auf der rot-weiß karierten Decke und der Rechnung. Ich laufe auf die Straße – aber weit und breit ist niemand zu sehen, der aussieht wie der Mann meiner Träume.

Wie elektrisiert laufe ich ins Lokal zurück, schnappe mir den Bon, sprinte im Galopp wieder nach oben und halte dem verdutzten Kellner das kostbare Stück Papier unter die Nase. »Wissen Sie, wem die gehört, war das vielleicht ein Stammgast, und haben Sie seine Telefonnummer?«, frage ich – und höre gleichzeitig, wie schrill meine Stimme auf einmal klingt. Laut Rechnung müssen mindestens vier Personen an diesem Tisch gegessen haben. So schnell konnte ich vorhin nicht nachzählen, weil mich der Anblick meines Traummannes so verwirrt hat.

Jens und Paula wechseln bedeutungsvolle Blicke – halten die

mich jetzt für genauso durchgedreht, wie ich mich vermutlich gerade aufführe? –, der Kellner kneift die Augen zusammen und studiert den Bon.

»Tut mir leid, aber ich weiß es nicht«, sagt er nach einer Weile, die sich anfühlt wie ein halbes Jahrhundert. »Das waren keine Stammgäste, ich kannte keinen von ihnen.«

»Auf welchen Namen wurde der Tisch denn reserviert?«, springt nun Jens mir bei, ganz investigativer Journalist.

»Wollen Sie nicht erst einmal bestellen, und wir sehen dann weiter?«, fragt der Kellner.

»Kann das bitte warten, denn dies hier ist ein Notfall«, meldet sich nun auch Paula zu Wort. »Es geht hier um eine Frage der … um eine Frage der Liebe …«

Wir schauen den Kellner alle drei gebannt an und erwarten insgeheim, dass dieser sich mit dramatischer Geste an die Stirn schlägt und so etwas sagt wie: »Oh, là, là, das ätten Sie aber eher sagen sollen. Bien sûr elfe isch Ihnen gern. Isch rufe eben beim französischen Konsul an. Seien Sie versischert, wir finden den Mann.« Im Film findet sich an dieser Stelle schließlich immer schnell des Rätsels Lösung, der Gesuchte wird aufgespürt, die Liebenden sinken sich, seufzend und heiße Küsse tauschend, in die Arme, und irgendwer applaudiert. Allerdings ist das nur im amerikanischen Kino so, die Franzosen machen es immer spannend und extrem kompliziert. Das Ganze endet dann meist in einer Tragödie (Autounfall in letzter Minute) oder in einer Ménage-à-trois oder Amour fou (die später in einem tragischen Autounfall mündet).

»Es tut mir leid, aber ich muss erst wissen, was Sie essen möchten. Außerdem warten noch andere Gäste darauf, bedient zu werden«, sagt der Kellner stattdessen freundlich, aber bestimmt, und sieht uns erwartungsvoll an. »Danach sehen wir weiter. Es läuft ja nichts weg.«

Das sehe ich zwar ganz anders, zwinge mich aber dazu, mich

wieder hinzusetzen und eine Galette zu bestellen. Ich weiß, wann es an der Zeit ist, die Waffen zu strecken und Ruhe zu geben.

Jens und Paula tun es mir gleich, scheinen aber ebenso wenig bei der Sache zu sein wie ich. Keine Ahnung, wie die Buchweizencrêpe geschmeckt hat, worüber wir uns unterhalten haben oder sonst etwas. Dies alles entzieht sich meiner Kenntnis und Wahrnehmung, denn ich habe nur ein einziges, tiefes Bedürfnis: nach unten zu stürmen, dem Personal das Reservierungsbuch zu entreißen und es bis auf die letzte, kleine Zeile zu sezieren. Doch leider läuft alles ganz anders als erhofft, denn die Restaurantleiterin entschwindet samt Reservierungsbuch in die Nacht, bevor der Kellner oder ich es uns schnappen können.

»Aber warum hat sie das Buch denn mitgenommen?« Ich höre, wie meine Stimme sich dabei überschlägt.

»Ein dummer Zufall!«, vermutet er.

Ich habe nun langsam, aber sicher genug von Zufällen!

Kapitel 8

Bis morgen früh sind es doch nur ein paar Stunden«, versucht Paula, mich zu trösten, als wir wieder bei ihr daheim sind und noch einen Lavendeltee trinken. Schließlich duftet Lavendel nicht nur gut, sondern hat auch eine beruhigende, schlaffördernde Wirkung. Doch diesmal versagt die Wirkung der traumschönen, wohlduftenden Pflanze aus Frankreich. Gegen meine innere Unruhe ist kein Kraut gewachsen.

Um sechs Uhr morgens google ich, wann das Ti Breizh öffnet. Zwölf Uhr mittags?

Bis dahin halte ich es auf gar keinen Fall aus!

Schlaftrunken setze ich mich in Paulas Küche und trinke einen Café au Lait aus einer wunderhübschen Schale, die ich Paula damals aus Paris mitgebracht habe.

»Guten Morgen.« Paula kommt gähnend in die Küche. »Warst du erst gar nicht im Bett, oder bist du schon wieder herausgepurzelt?« Sie blinzelt ein paarmal, holt sich einen Becher aus dem Hängeschrank und beantwortet sich die Frage selbst: »Lass mich raten – du überlegst gerade fieberhaft, wie du vor heute Mittag an die Daten aus dem Reservierungsbuch kommst. Schon mal an Einbruch gedacht?« Sie grinst.

»Hab ich, genau wie an einen Hausdurchsuchungsbefehl«, antworte ich. »Ich überlege gerade, ob ich jemanden beim Finanzamt kenne, der sich der Sache annehmen könnte.«

Paula lacht. »Vielleicht solltest du deine Energie eher auf dein Romanprojekt lenken?«

»Ich kann jetzt unmöglich schreiben!«

»Wer sagt das?«

»Ich. Und die Erfahrung.«

»Na, ihr müsst es ja wissen.«

Etwas übellaunig setze ich mich in meinem Zimmer – also streng genommen in Paulas Arbeitszimmer – an meinen Laptop. Eigentlich mehr, um ihr zu beweisen, dass man einfach nicht an einem Roman arbeiten kann, wenn man so angespannt ist wie ich gerade. Aber auf einmal bin ich mittendrin. Meine Nervosität verwandelt sich in eine flirrende Intensität, mit der ich das Liebesleid, die Enttäuschung, die Hoffnung meiner Heldin beschreibe. Ich tippe atemlos vor mich hin, der Kaffee, den ich mir noch gemacht habe, wird kalt, und während sich auf dem Bildschirm Zeile hinter Zeile hinter Zeile hinter Zeile mehrt, merke ich, dass ich mitten in meinem Element bin.

Es ärgert mich regelrecht, als Paula auftaucht. »Du, es ist jetzt elf.«

»Ja, und?«

»Na, was meinst du – wann fängt so eine Restaurantleiterin wohl an? Die ist doch sicher eine Stunde vorher da.«

»Aber natürlich!« Ich schnappe mir das Handy. Es klingelt ein paarmal durch, und dann meldet sich eine weibliche Stimme. »Ti Breizh, salut«, flötet sie in den Hörer. Ich habe Glück, es ist tatsächlich die Restaurantleiterin.

»Hallo, ich bin's … Also, äh, mein Name ist Caro Kollwitz. Ich war gestern – also, auch schon vorher mal, aber gestern wieder – bei Ihnen zu Gast, und …« Und dann sprudelt es einfach so aus mir heraus. Es dauert einen Moment, bis Madame versteht, was ich von ihr will, weil ich vor lauter Aufregung kaum einen fehlerfreien Satz zustande bringe.

Weitere Zeit nimmt in Anspruch, dass sie sich fragt, ob eine Preisgabe des Namens nicht sowohl gegen den Datenschutz als auch gegen den Ehrenkodex des Restaurants verstößt. Natürlich tut es beides, aber Madame ist eine echte Französin und damit auf der Seite der Liebenden. »Halten Sie mich bitte auf dem Laufenden, wie sich die Sache entwickelt, ich wünsche Ihnen viel Glück«, sagt sie zum Abschluss – und rückt dann neben dem Namenskürzel L. P. und der Information, dass der Tisch für vier Personen reserviert war, eine Handynummer heraus, die mir irgendwie bekannt vorkommt, obwohl ich mir nur schlecht Zahlen merken kann.

»Vermutlich ist es Bestimmung«, nimmt Paula an. »Soll ich dich allein lassen?«

»Nein, bleib hier«, sage ich rasch und stelle auf Lautsprecher, bevor ich die Nummer wähle. »Und stell den Kaffee da weg, ich will auf Nummer sicher gehen ...«

Paula stellt die Tasse ins Regal und sich dann hinter mich. Mit ihrer Hand auf meiner Schulter fühle ich mich sofort besser.

Es tutet einmal ... zweimal ... Dann wird abgenommen.

»Lina Peters?«, meldet sich die eiskalte Stimme meiner Programmleiterin.

Natürlich habe ich sofort aufgelegt. Was für ein Schreck! Sicherheitshalber habe ich im Nummernspeicher noch mal nachgesehen – nein, ich habe mich nicht vertippt, der Tisch war tatsächlich von meiner Verlags-Nemesis reserviert worden.

»Was hat diese Hexe denn bitte schön mit Monsieur X zu schaffen?«, fragt Paula, während es in meinem Kopf zugeht wie auf einer Einkaufsmeile im Weihnachtsgeschäft.

»Ich habe keinen blassen Schimmer«, antworte ich gequält. »Alles, was ich weiß, ist, dass ich auf gar keinen Fall noch mal anrufen und fragen kann, wieso sie gestern Abend in Begleitung meines Traummannes essen war.«

»Und wieso nicht?«, fragt Paula und macht kugelrunde Augen.

So klug meine beste Freundin ist, so naiv ist sie auch manchmal.

»Zum einen würde sie mich sofort fragen, wie weit ich mit meinem neuen Roman bin, und zum anderen: Was soll ich denn bitte schön sagen, woher ich Monsieur X kenne und wieso ich so an ihm interessiert bin? Vielleicht ist er ... ist er ...« Ich muss schlucken. »Vielleicht ist er ja sogar ihr Freund.«

»Der Traummann und die Eiskönigin?«

»Kann alles möglich sein«, sage ich und stoße dann noch das Wort hinterher, das ich seit einigen Tagen hassen gelernt habe: »Zufall.«

»Sag mal …« Paula zieht die Nase kraus, ein sicheres Zeichen dafür, dass sie gleich beginnen wird, Detektivin zu spielen. »Könnte es sein, dass Frau Dr. Peters dir Monsieur X auf den Hals gehetzt hat, also eine Art … Aufpasser? Damit sie sichergehen kann, dass du auch wirklich für den Roman recherchierst?«

Ich lasse im Geiste die drei Begegnungen in der Provence, die auf mich wie zufällig gewirkt haben, Revue passieren.

»In diesen romantischen Komödien, die sonntagabends im ZDF laufen, schicken die Verlage den Bestsellerautoren mit Schreibblockade doch auch immer die Agenten hinterher oder die Lektorin oder sogar den Verleger selbst«, fährt Paula fort, und ich bereue es sofort, ein paarmal zu ihr geflüchtet zu sein, wenn Stefan sich am Sonntag wieder nicht von seinem heiß geliebten *Tatort* lösen konnte. Manchmal neigt Paula nach zu viel Filmkonsum dazu, Fiktion und Realität ungünstig miteinander zu vermengen.

»Du vergisst, dass ich weder die Hauptrolle in einem Film spiele noch sooooo erfolgreich bin, dass der Verlag derartig kostspielige Anstrengungen unternehmen würde, um mich unter Kontrolle zu halten. Ich bin zwar Bestsellerautorin, spiele aber keinesfalls in der Liga der Charlotte Links und Kerstin Giers dieser Welt mit. Andererseits: Frau Dr. Peters wusste nicht, dass ich mich im Hotel Bastide de Gordes eingemietet hatte … Und mit Monsieur X habe ich kein einziges Wort gewechselt, weil ich entweder damit beschäftigt war, Pastis und Cola durch die Gegend zu spucken oder Spinnen aus meinem Ausschnitt zu verscheuchen.«

Die Erinnerung an diese Peinlichkeiten treibt mir immer noch die Schamesröte ins Gesicht.

Eigentlich kann ich Monsieur X überhaupt nicht mehr unter die Augen treten. So kindisch, wie ich mich in seiner Nähe benommen habe, glaubt er mir nie und nimmer, dass ich 42 bin (es sei denn, ich habe wieder vergessen, meinen Haaransatz zu tönen, und das Licht fällt ungünstig auf die steile Stirnfalte, die sich beim Grübeln über den Inhalt meines neuen Romans gebildet hat).

»Okay, verstehe …« Wie es scheint, gibt sich Paula geschlagen. »Dann weiß ich, ehrlich gesagt, auch nicht weiter. Allerdings finde ich es ziemlich schade, wenn du die Spur jetzt nicht weiterverfolgst. Gestern wolltest du sogar noch eine Suchanzeige in der Zeitung aufgeben … Dieser Jens ist übrigens ziemlich süß. Weißt du, ob er zurzeit Single ist?« Paula sagt das so ganz nebenbei, als wolle sie nur daran erinnern, dass man später auch noch mal das Fenster aufmachen könnte und nach einem Freitag immer ein Samstag kommt.

Ich sehe sie amüsiert an. »Ach, das interessiert dich also?«

»Nö, eigentlich gar nicht …«

»Höchstens ein kleines bisschen?«, frage ich und deute mit Daumen und Zeigefinger eine Distanz von ein, zwei Zentimetern an.

»Ja, höchstens so ein ganz kleines bisschen.« Sie breitet die Arme so weit aus, wie sie kann, und wir müssen lachen.

»Er hat zumindest nichts von einer Freundin erwähnt, als wir gestern im Café Paris saßen«, sage ich dann. »Frag ihn doch einfach, wenn es dich so interessiert. Ich schicke dir mal eben seine Handynummer.«

Keine zwei Sekunden später checkt Paula bereits das Whatsapp-Profilbild von Jens; sein Facebook-Profil hat sie bereits gestern Abend gestalked, wie sie zugibt. Und ich könnte schwören, dass ich Sternchen in ihren Augen funkeln sehe. Bleibt nur zu hoffen, dass es Jens umgekehrt genauso geht, dann hätte meine Suche nach Monsieur X zumindest in dieser Hinsicht Sinn.

»Meinst du, ich sollte ihn heute anrufen und fragen, ob er Lust hat, nächstes Wochenende mit mir ins Kino zu gehen … oder spazieren?«, fragt Paula, doch ich schüttle den Kopf.

»Wart mal lieber ab, ob Jens sich bei mir meldet, um nach deiner Handynummer zu fragen. Das ist wesentlich cooler.«

»Ich bin 43«, sagt Paula und zieht einen Flunsch. »Ich habe jetzt vielleicht die nötige Reife und Ruhe, um warten zu können … aber habe ich noch die Zeit?« Sie prustet los.

Auch wenn wir beide Anfang vierzig sind: Die Dating-Regeln werden bis in alle Ewigkeiten dieselben bleiben. Und in diesem Regelwerk ist immer noch der Mann derjenige, der jagen möchte und es vergleichsweise uninteressant findet, wenn eine Frau ihm eindeutige Avancen macht. Auch wenn ich persönlich so ein Verhalten komplett überholt und schwachsinnig finde.

Andererseits …

Ich schaue auf die Uhr. »Jens ist früher jeden Mittag zu einem kleinen Italiener gegangen beim Verlag ums Eck – kannst du dich erinnern, da waren wir auch mal.«

Paula nickt. »Ja, und?«

»Wer nicht warten will, bis sich jemand meldet, muss vielleicht mal spontan eine Nudel essen gehen.«

Paula lacht. »Wäre das nicht wirklich verrückt?«

»Du meinst so verrückt, wie einer Zufallsbekanntschaft aus Frankreich in Hamburg hinterherzujagen?«

»Okay, der Punkt geht an dich … und ich bin dann mal schnell weg!«

Eine Stunde später bin ich wieder mitten im Schreibrausch. Das neue Projekt motiviert mich sehr, zumal es ein großer Spaß ist, mir vorzustellen, wie meine männliche Hauptfigur die verrückten Kapriolen der Heldin empfindet.

Als ich gerade dabei bin, einen wirklich geschliffenen Dialog zu beenden, klingelt mein Handy. Ohne hinzusehen, nehme ich das Gespräch an, ist ja sowieso Paula, die mir den aktuellen Stand der Dinge durchgeben soll.

»Ja, Süße?«, frage ich.

Als keine Antwort kommt, will ich schon auflegen, als plötzlich eine wohlbekannte Stimme erklingt.

»Hallo, Frau Kollwitz, hier ist Lina Peters. Das ist nun eher eine unerwartete Begrüßung.«

Erdboden, tu dich auf!

»Oh, Frau Dr. Peters, hallo … ja, äh, also – ich hatte mit jemand anderem gerechnet.«

»Nachdem Sie mich heute Morgen schon mal angerufen und wieder aufgelegt haben?«, hakt die Verlagsleiterin des Grauens nach.

»Das war … äh … nicht ich. Ich hatte das Handy in der Hosentasche, irgendwie muss dabei die letzte gewählte Nummer noch mal angerufen worden sein, Wahlwiederholung, Sie wissen schon …«

»Sie haben mich das letzte Mal vor über einer Woche angerufen.«

»Äh, ja, aber ich telefoniere auch gar nicht sooooo viel mit dem Handy. Neumodischer Kram, braucht doch eigentlich kein Mensch, haha …« Das Schlimme daran, sich um Kopf und Kragen zu reden, ist, dass man sich dabei auch noch selbst zuhören muss.

»Nun, sei es, wie es ist. Ich nehme an, dass Sie gar keine Zeit haben, weil Sie gerade inmitten einer produktiven Schreibphase stecken, aber ich muss Sie dennoch bitten, Ihren Flow zu unterbrechen und heute Nachmittag zu einer Besprechung in den Verlag zu kommen.«

Was sie wohl von mir will? »Wenn es um mein neues Projekt geht, also …«

»Geht es nicht. 17 Uhr, seien Sie bitte pünktlich.«

Der Tonfall der Programmleiterin ist nach der anfänglichen Verwirrung wie immer zackig und duldet keinerlei Widerspruch.

Ich sage zu und verkneife mir wohlweislich jede weitere Frage nach dem Grund für das spontan angesetzte Meeting.

Kapitel 9

Nachdem ich mich besonders sorgfältig gestylt habe, treffe ich Punkt fünf vor fünf am Empfang des Grundmann Verlags ein. Wie immer werde ich freundlich begrüßt, bei Frau Dr. Peters angekündigt und nach dem Aussteigen aus dem Fahrstuhl von der aktuellen Volontärin der Programmleiterin in Empfang genommen.

Als ich den Konferenzraum betrete, trifft mich beinahe der Schlag. Neben Frau Dr. Peters und Verleger Volkmar Jansen sitzt …

Halluziniere ich etwa?

… Monsieur X.

Der attraktive Hauptdarsteller meiner wilden, südfranzösischen Träume stutzt kurz, gibt dann aber nicht im Mindesten zu erkennen, dass wir einander schon einmal begegnet sind, als er mir charmant lächelnd die Hand reicht. Während Frau Dr. Peters ihn mir als Sören Marquardt, seines Zeichens Krimiautor und mir vom Namen nach wohlbekannt, vorstellt, rattert mein Hirn auf Hochtouren.

Ich scanne das Gesicht meines Gegenübers und versuche, es mit dem Autorenfoto in Einklang zu bringen, das ich bis dahin von diesem Superstar der Crime-Szene gesehen habe – es zeigt ihn offensichtlich in jüngeren Jahren, mit Vollbart und dem klassischen Philip-Marlowe-Outfit – tief in die Stirn gezogener Hut und Trenchcoat mit hochgestelltem Kragen.

Tatsächlich und hier vor mir hat Sören Marquardt ein paar Fältchen mehr, die ihm aber eine Extraportion Charme verleihen. Und glatt rasierte Männer fand ich immer schon attraktiver. Unwillkürlich schnuppere ich – und ja, da liegt wieder ein Hauch eines Lavendel-Aftershaves in der Luft wie vor einigen Tagen in Frankreich …

Jetzt kann ich noch ein bisschen besser verstehen, weshalb die weiblichen Leserinnen auf Buchmessen und bei Lesungen beinahe in Ohnmacht fallen und ihn anhimmeln.

»Und das ist, wie bereits angekündigt, Caro Kollwitz, unsere erfolgreiche Autorin für das Thema große Gefühle, den Leserinnen besser bekannt unter dem Namen Mona Martin.«

Das Thema große Gefühle … wie nüchtern das klingt. Und wie emotionslos!

»Freut mich, Sie kennenzulernen.« Ich lasse mir ebenfalls nicht anmerken, dass Sören Marquardt mir schon mal tief in den Ausschnitt geschaut hat, wenngleich aus einer gewissen Distanz.

»Sie fragen sich bestimmt, weshalb wir dieses Treffen so spontan anberaumt haben«, ergreift nun der Verleger persönlich das Wort. Volkmar Jansen bekomme ich in der Regel nicht zu Gesicht, es sei denn, er gibt eine Party oder ich habe mal wieder die Top 20 der Bestsellerliste geknackt und werde auf ein Glas Champagner in den Verlag eingeladen. »Und ich möchte mich dafür bedanken, dass Sie sich unseretwegen vom Schreibtisch losgeeist haben. – Frau Kollwitz schreibt seit Wochen unter Hochdruck an ihrem neuen Roman«, fügt er als Erklärung hinzu. Ich sehe aus dem Augenwinkel, dass Sören Marquardt seinen Mund zu einem leicht belustigten Lächeln verzieht, versuche aber, mich nicht irritieren zu lassen. Einen weiteren Fauxpas kann ich mir auf gar keinen Fall leisten, eher sterbe ich.

»Darf ich Ihnen etwas zu trinken anbieten?«, fragt Sören Marquardt mit einem unverfänglichen Lächeln. Dieser Schurke! Zum Glück gibt es keinen Pastis, sondern Kaffee, Wasser und Säfte. Das sollte zu schaffen sein.

»Ich nehme gerne ein Wasser.«

»Ich schenke Ihnen eins ohne Kohlensäure ein – wir wollen ja nicht, dass irgendetwas überblubbert.« Er lächelt dabei so nonchalant, dass ich nicht weiß, ob ich ihn ohrfeigen oder küssen will – allerdings mit starker Tendenz zu Letzterem.

»Der Grund für unser Zusammentreffen …«, fährt Volkmar Jansen fort.

»… ist eine Idee, die Herr Marquardt hatte und zu der wir gerne Ihre Meinung hören würden«, vervollständigt Frau Dr. Peters den Satz ihres Vorgesetzten. Herrn Jansen scheint dies ebenso zu stören wie mich (das sehe ich am ungeduldigen Wippen seiner Füße), doch er lässt sie gewähren.

»Darf ich selbst etwas dazu sagen?«, meldet sich nun auch Sören Marquardt zu Wort. Seine Frage ist gar keine, sondern eher ein Signal, dass er sich durch die Verlagsmischpoke entmündigt fühlt. Schließlich ist er schon groß und kann durchaus für sich selbst sprechen. »Ich plane eine neue Krimireihe, die in Südfrankreich spielt, mit zwei Ermittlern in der Hauptrolle. Ein Kommissar und eine Psychologin, die einen, sagen wir mal …«

»… Hang zum Chaos hat?«, ist es nun an mir, den Satz zu vervollständigen.

Sören nickt. »Die Bücher sollen aus zwei unterschiedlichen Perspektiven erzählt werden, und da kommen Sie ins Spiel, Frau Kollwitz.«

Mir wird erst heiß, dann kalt, dann wieder heiß. Kommt jetzt etwa das, was ich denke? Ein Buch aus zwei Perspektiven? Das kommt mir doch gerade sehr bekannt vor!

Dr. Lina Peters scheint vor Ungeduld zu platzen: »Was wir damit sagen beziehungsweise Sie fragen wollen, ist, ob Sie sich grundsätzlich vorstellen könnten, den weiblichen Part zu schreiben. Unter einem neuen Pseudonym natürlich.«

»Ich würde ebenfalls unter einem neuen Namen auftreten, um meine Stammleser nicht zu verwirren und neue Lesergruppen dazuzugewinnen«, fährt Monsieur X fort.

Mir liegt natürlich sofort eine Frage auf der Zunge: *»Aber wieso gerade ich? Sie kennen meine Arbeit doch gar nicht. Und ich habe an sich auch nichts mit Krimis am Hut. Und außerdem schreibe ich schon an einem Zwei-Perspektiven-Buch, können Sie etwa auch* *noch Gedanken lesen?«* Stattdessen stammle ich wenig elegant: »Ich, ich …«, bevor ich mich daran erinnere, dass ich ja eigentlich eine intelligente Erwachsene bin und kein minderjähriges Girlie auf dem Weg zum Justin-Bieber-Konzert. »Ich fühle mich natürlich sehr geschmeichelt, dass Sie bei diesem neuen, tollen Projekt an mich denken, aber ich bin nicht die Richtige. An Kriminalgeschichten scheitere ich genauso regelmäßig wie am Schachspielen oder Backen. Meine Stärke ist die Beschreibung von Emotionen, die Darstellung der weiblichen Denkweise, ihres Fühlens, ihres Handelns, die oft das Gegenteil von strategischer Planung ist, die man für das Spannungsgenre braucht.«

Sören lächelt charmant. »Und genau das ist der Grund, weshalb ich Sie brauche. Ich bin leider kein Autor wie Daniel Glattauer, dem es in *Gut gegen Nordwind* gelungen ist, beide Erzählperspektiven glaubwürdig zu vermitteln.« Er räuspert sich, schaut mir tief in die Augen und sagt mit einem Schmelz in der Stimme, von der ich mal annehme, dass er mich durchaus ein bisschen verunsichern will: »Was ich brauche, ist eine Frau.«

»Ich soll also Ihre Emmi Rothner sein?«, frage ich ganz geschäftsmäßig, während prickelnde Vorfreude mein Herz zum Hüpfen bringt und meine Fantasien zum Tango tanzen.

»Wenn Sie so wollen«, antwortet Sören, offenbar amüsiert. Volkmar Jansen und Lina Peters verfolgen unseren Dialog gespannt.

»Waren Sie denn schon einmal in Südfrankreich, und mögen Sie diese Gegend?«, hakt mein Gegenüber nach. Will der Mann mich jetzt auf den Arm nehmen?

»Oh ja«, spiele ich mit, »ich war gerade in Gordes, Port de Grimeaud und in der Gegend von Nizza.«

»Ist das nicht ein Zufall?«, freut sich Volkmar Jansen.

»Wahre Koinzidenz!«, zwitschert Dr. Lina Peters, was mich instinktiv zusammenzucken lässt – der Eisberg zwitschert? »Ein Zeichen von unglaublicher Synchronizität?« Oha, meine Programmleiterin, sonst so nüchtern, ist kurz davor, vor lauter Begeisterung zu hyperventilieren.

»Das ist es in der Tat«, antwortet Sören. »Aber vielleicht sollten wir beide uns erst einmal ein bisschen näher kennenlernen, uns über meine Ideen, mein Konzept austauschen, über Arbeitsmethoden, Zeitpläne. Kurz: Haben Sie heute Abend Zeit, mit mir essen zu gehen?«

»Selbstverständlich auf Kosten des Verlags«, beeilt sich nun Volkmar Jansen zu versichern. »Das Restaurant Marseille in Altona ist äußerst empfehlenswert, genau wie die Brasserie la Provence in Ottensen, das La Mirabelle, das Au Quai am Hafen«, referiert er in einer Weise, als hätte er vor, demnächst einen Restaurantführer zu schreiben.

»Wollen wir nicht erst einmal abwarten, ob Frau Kollwitz überhaupt Zeit und Lust hat, heute mit mir auszugehen«, entgegnet Sören und heftet nun seinen Blick aus nougatfarbenen Augen auf mich, der mich dahinschmelzen lässt wie Mousse au Chocolat auf der Zunge. »Sicher ist eine hinreißende Frau wie Sie bereits auf Wochen im Voraus verplant.«

Zuerst bin ich geschmeichelt und will schon begeistert »Ja! Ja! Ja!« antworten, doch dann fällt es mir zum Glück wieder ein: Der Mann an sich ist ein Jäger, und ich scheine in dieser Runde gerade extrem gute Karten zu haben. Dann spiele ich also mal dieses selten kostbare Blatt!

»Da haben Sie in der Tat recht«, höre ich mich sagen und klopfe mir innerlich lobend und lachend auf die Schulter. »Ich könnte Ihnen übermorgen Abend anbieten, aber da sind Sie ja sicher nicht mehr in Hamburg, oder?« Soweit ich mich erinnere, lebt er in Münster oder Göttingen.

»Wenn das so ist, verlängere ich sehr gerne meinen Aufenthalt«, antwortet Sören, den Nachnamen lasse ich im Geiste schon mal weg. »Denn manchmal lohnt es sich doch, darauf zu warten, jemanden kennenzulernen – meinen Sie nicht auch?«

Der Schalk zuckt in seinen Augenwinkeln – und ich schwebe irgendwo zwischen Ohnmacht und einem spontanen Halleluja-Chor.

»Schreiben können wir Autoren ja schließlich überall, nicht wahr?«

Irre ich mich, oder spielt Sören mit dieser Frage auf meine kläglichen Versuche an, unter Frankreichs wärmender Sonne, den Duft von Pinien und Rosmarin in der Nase, etwas zu Papier zu bringen, das sich guten Gewissens Exposé oder gar Roman nennen darf? Dieser Mann legt es wohl darauf an, mich durch ein Wechselbad der Gefühle zu ziehen – aber was soll ich sagen: Ich liebe jede Sekunde davon!

»Bevorzugen Sie ein bestimmtes Restaurant, in dem ich uns einen Tisch reserviere?«

»Das übernimmt selbstverständlich meine Assistentin«, sagt Dr. Peters, offensichtlich erfreut über den Verlauf des Gesprächs. »Sie wird auch die Reservierung im Hotel verlängern. Ich freue mich riesig darüber, dass Sie beide sich die Zeit nehmen, um den Vorschlag zu überdenken.«

»Und manchmal führen auch Umwege ins Ziel.« Sören hält mir die Hand hin. »Bis übermorgen, Frau Kollwitz.«

»Bis übermorgen, Herr Marquardt.«

Kapitel 10

Zwei Tage und viele, viele Vorbereitungen später ist es so weit: Ich habe in schlaflosen Nächten dreieinhalb Krimis gelesen, war beim Friseur, der Kosmetikerin, in meiner Lieblingsboutique und habe ganz nebenbei auch noch sechs Kapitel geschrieben – es ist erstaunlich, was man alles auf die Reihe bekommt, wenn man ... nun, was eigentlich ist? Verliebt? Das trifft es nicht, ich kenne Monsieur X ja gar nicht. Verknallt? Auch dafür müsste ich ihn zumindest schon einmal länger als zehn Minuten gesprochen haben. Nein, eigentlich bin ich aufgeregt und elektrisiert, denn der schöne Nicht-mehr-ganz-so-Unbekannte bringt mich dazu, die engen Fesseln meines Alltags abzuschütteln und mich jung, verwegen, verrückt und aufregend zu fühlen; die Tollpatschigkeit, die ich bei unseren ersten drei Begegnungen an den Tag gelegt habe, lassen wir mal unerwähnt.

Und nun habe ich endlich mein – wenn auch berufliches – Date mit Monsieur X. Anstelle eines französischen Restaurants habe ich das Nil gewählt, eine tolle Adresse im Hamburger Schanzenviertel, da ich – und da bin ich ganz ehrlich – gar nicht so scharf auf französisches Essen bin. Baguette, Käse, Tartes, Quiche, die mag ich. Auch mal ein deftiges Cassoulet oder Ratatouille. Ansonsten bevorzuge ich indisches Essen, Thai-Food oder bodenständige Gerichte wie Aufläufe und Pasta in allen Variationen.

»Toll sehen Sie aus«, lobt Sören, der mich an der Bar des Nils erwartet, weil ich – aus taktischen Gründen – zehn Minuten zu spät gekommen bin. Genau wie Paula, die heute Abend ein Date mit Jens hat. Sie ist vorgestern tatsächlich ein paar Mal auf ihrem Rad an dem kleinen Italiener vorbeigefahren, ohne aber anzuhalten und hineinzugehen; er hat sie durch die Scheibe gesehen und sich daraufhin bei mir gemeldet und nach der Telefonnummer meiner »rasanten Freundin« gefragt.

Sörens Lippen sind voll und scheinen weich zu sein. Aber dennoch männlich. Wie seine Küsse wohl schmecken? Riechen tut er – wie immer – gnadenlos gut und anziehend …

Ich bedanke mich und streiche mir eine Strähne des extra vom Friseur geföhnten Haares aus dem Gesicht. Auf ungewohnt hohen Absätzen stöckle ich die halbe Treppe ins Souterrain hinunter, wo der Tisch für uns beide gedeckt ist. *Très belle* und leider auch *très romantique* – wie soll ich mich denn da aufs Geschäftliche konzentrieren?

Nachdem wir beide einen Crémant als Aperitif gewählt haben, stellt Sören die Frage aller Fragen: »Kommen Sie gut mit Ihrem aktuellen Manuskript voran?«

Ich bin ein wenig verwirrt, denn ich dachte, er würde nun doch durchblicken lassen, dass wir uns bereits aus Frankreich kennen.

»Ich hatte diesmal Probleme, die richtige Geschichte zu finden«, antworte ich ausweichend, aber ehrlich. Ist das jetzt nicht der perfekte Zeitpunkt, um ihn auf unsere Begegnungen in der Provence anzusprechen?

In den vergangenen Tagen habe ich immer wieder darüber gegrübelt, ob es nicht sein kann, dass ich mich irre. Dass Monsieur X (den ich ja nie von ganz nah gesehen habe) Sören Marquardt nur unglaublich ähnlich sieht. Wir Menschen sind, so heißt es, alle um sieben Ecken miteinander verwandt.

»Aber jetzt bin ich mit Feuereifer dabei«, antworte ich. »Keine Ahnung, was diesmal mit mir los ist, mir fließt die Geschichte momentan geradezu aus der Feder – ich denke sogar schon darüber nach, aus dem Roman eine eigene kleine Serie zu machen.« Zu spät bemerke ich, dass meine Ehrlichkeit ein fataler taktischer Fehler sein könnte – denn wenn ich hier den Eindruck erwecke, dass ich auf die nächsten Monate oder sogar das ganze Jahr ausgebucht bin, wird vielleicht nichts aus unserer Zusammenarbeit und er entscheidet sich doch für die wunderschöne Jolly Hope. Wie ich inzwischen von Lina Peters weiß, war die nämlich zuerst im Gespräch, seine Co-Autorin zu werden. Aber ich will den Job, ICH! Gemeinsame Recherchereisen nach Südfrankreich, Baden im Mittelmeer, um glaubhaft beschreiben zu können, dass das Wasser dort türkiser ist als in der Karibik. Dass es anders duftet und anders von der Haut abperlt. Dazu Essen unterm Sternenhimmel, weil Leser es nun mal lieben, von französischer Küche und den Weinen zu lesen, die auf den Châteaus in Reims angebaut werden, genau wie in Ay oder dem Rest der Champagne.

Ja, ich kenne diesen Mann nicht, aber ich möchte Hand in Hand mit ihm durch Lavendelfelder spazieren, um zu erkunden, ob es dort wirklich so duftet, wie man es sich beim Anblick der schönen Fotos aus der Region vorstellt, und herausfinden, ob der Duft von Lavendel neben der beruhigenden womöglich auch eine aphrodisierende Wirkung hat …

»Von Ihrem Elan kann ich mir noch eine Scheibe abschneiden«, antwortet Sören und seufzt. »Das ist einer der Gründe, weshalb ich sowohl den Spielort wechseln möchte als auch Sie als Teamplayerin gewinnen: Ich brauche einfach mal Tapetenwechsel von meinen Ostfriesland-Krimis, sosehr ich die Nordsee auch liebe. Und ich kann es kaum erwarten, mich mit Ihnen über das Thema Schreiben auszutauschen.«

»Wollen Sie mich etwa ausspionieren?«, frage ich, weil mich plötzlich die Sorge beschleicht, dass Sören mich nur aus einem Grund an seiner Seite haben will: um von meiner intuitiven Art zu schreiben zu profitieren, genau wie von meiner Fanbase. »Und ich habe noch eine Frage an Sie: War das Ganze wirklich Ihre Idee oder die des Verlags?«

Ich denke an Dr. Peters Formulierung *den Vorschlag überdenken*. Dient dieses Gemeinschaftsprojekt am Ende nur dazu, zwei Autoren mit Schreibblockade wieder auf die Sprünge zu helfen?

»Meine Idee war das Setting. Frau Dr. Peters brachte dann Sie und eine andere Kollegin als mögliche Co-Autorin ins Spiel. Daraufhin habe ich Ihre drei letzten Romane gelesen und muss sagen: Chapeau, Frau Kollegin, und Respekt. Sie beherrschen Ihr Metier, das kann ich nicht anders sagen. Wenn wir beide unsere Stärken bündeln, können wir ganz schön was rocken!« Sörens Augen glänzen voll Vorfreude. In diesem Moment erinnert er mich an ein Kind, das vor dem Weihnachtsbaum steht und beinahe ungläubig auf die vielen Päckchen schaut, die darunterliegen. Hübsch verpackt und verführerisch.

Nur leider hat noch keiner erlaubt, die Geschenke zu öffnen.

»Halten Sie sich an Abgabetermine? Schreiben Sie tagsüber oder eher nachts? Werfen Sie während des Arbeitens Handlungsstränge über Bord? Sind Sie diszipliniert?« Ich bemühe mich, ein möglichst strenges und professionelles Gesicht zu machen, während ich die Fragen abschieße, denn ich fühle: Noch habe ich ihn am Haken. Und ich habe nicht vor, ihn wieder loszumachen und ins Wasser zurückzuwerfen.

»Waren Sie früher mal Lektorin? Leiterin einer Pfadfindergruppe? Stasimitarbeiterin?«, fragt Sören, halb amüsiert, halb bewundernd. Wird ja auch Zeit, dass der Mann Respekt vor mir bekommt und in mir etwas anderes sieht als die Pastis um sich spuckende Alleinreisende. Vorausgesetzt natürlich, Sören ist identisch mit Monsieur X, was ja immer noch nicht klar ist.

»Nichts davon«, antworte ich trocken. »Aber ich möchte gern wissen, womit ich es zu tun bekomme, wenn ich diesen Auftrag annehme. Schließlich gilt diese Vereinbarung ja dann vielleicht für länger … Wir sprechen ja hier nicht von einem literarischen One-Night-Stand, oder?«

Ooops, habe ich das jetzt wirklich gesagt?

Verdammt noch mal, reiß dich zusammen und starr nicht ständig auf seine muskulösen, gebräunten Unterarme – ein Urlaubsmitbringsel aus Frankreich? Denk nicht mal im Traum dran, dir zu überlegen, wie es wäre, in ebendiesen Armen zu liegen … und …

»Ich gebe Ihnen vollkommen recht«, antwortet Sören, ohne auch nur eine Miene zu verziehen. »Besser, wir klären diese Dinge jetzt als im Laufe des Schreibprozesses, wenn es womöglich zu spät ist, um einen Rückzieher zu machen. So, wie ich überhaupt finde, dass man im Leben die Dinge besser nicht aus einem spontanen Impuls heraus überstürzen sollte.«

Meinte Sören damit etwa seine Ehe, die vor einem Jahr gescheitert ist, wie ich bei meinen Recherchen herausgefunden habe?

»Und ich glaube, ich kann Sie beruhigen: Ich arbeite am besten tagsüber, wenn mein Kopf noch halbwegs frisch und ausgeruht ist. Abgabetermine und Zusagen sind für mich verbindlich, genau dasselbe erwarte ich auch von meinem Gegenüber. Stimuliert und inspiriert werde ich weder durch Wein noch durch sonstige Drogen – der Rausch entsteht durch das Schreiben selbst, durch die Freude am Plot, meine Liebe zu den Figuren und das Setting.«

»Sie meinen Gordes, Grimeaud, die Calanques?«, hake ich nach. *Dies ist der Moment, an dem du zugeben könntest, dass wir gemeinsam da waren!*

Doch Sören sagt nichts dergleichen, sondern sieht mich fragend an. Es ist zum Verrücktwerden … und irgendwie aufregend.

Dann beginnt er, mir den Plot des ersten Bands und den großen Bogen der Liebesgeschichte zwischen dem Kommissar und der Psychologin zu erzählen, der die Leser, unabhängig von den Kriminalfällen, von Band zu Band tragen soll, in sehnsüchtiger Erwartung eines Happy Ends.

»Und? Werden sie sich kriegen?«, frage ich, vollkommen gefangen von der Stimmung und Welt, die Sören vor meinem inneren Auge hat erstehen lassen. Ich spüre mit jeder Faser meines Körpers und meiner Seele, dass ich gern Teil dieses Projekts sein möchte.

»Sagen Sie es mir«, antwortet Sören. »Oder finden wir es gemeinsam beim Schreiben heraus.«

***

Eine Woche später sitzen wir beide zusammen in einem Mietwagen, den wir am Flughafen in Marseille abgeholt haben. Unser erstes Rechercheziel ist das Hotel Bastide de Grodes, in dem laut Plot ein Filmstar ermordet am Pool aufgefunden wird – in der Hand ein Notizbuch mit Aufzeichnungen über ihre verflossenen Liebhaber. Auf dem Tischchen neben ihrer Liege ein halb volles Glas Pastis.

Die vor uns liegende Straße windet sich wie eine staubbedeckte Schlange hinauf nach Gordes, unserem ersten Etappenziel von vielen weiteren wie Port Grimeaud, die Calanques und die Croisette. All diese Ziele hat Sören vorgeschlagen, aber auch ich habe kein Wort darüber verloren, dass ich vor wenigen Wochen exakt dort gewesen bin.

Inzwischen kann ich mit Fug und Recht sagen, dass ich verknallt bin – und zwar über beide Ohren. Es liegt nicht nur daran, dass Sören gut aussieht, verdammt gut sogar. Er ist viel mehr als das: aufmerksam und neugierig auf das, was ich sage und denke, intelligent, humorvoll … ein echter Hauptgewinn. Er bringt mich zum Lachen, nimmt sich selbst nie zu ernst und riecht auch ohne Aftershave so gut, dass ich manchmal verstohlen an ihn heranrücke, nur um seinen ganz eigenen, männlichen Duft zu genießen.

»Und jetzt ganz ehrlich, wieso gerade ich?«, frage ich, als wir abends in dem schnuckeligen Restaurant am Brunnen auf dem Marktplatz von Gordes sitzen und mit Rosé auf den Start unseres Projekts anstoßen. »Es hätte im Verlag neben Jolly Hope auch genug andere Autorinnen gegeben, mit denen du die Bücher hättest schreiben können. Zum Beispiel Krimiautorinnen, die bessere Voraussetzungen mitbringen als ich.«

»Aber keine von ihnen hat solche Angst vor Spinnen, hasst Pastis so sehr und ist so zauberhaft wie du, selbst wenn du gerade etwas über den Tisch spuckst …«

Da ist sie endlich! Die Bestätigung, auf die ich die ganze Zeit gewartet habe. Und noch dazu ein hinreißendes Kompliment …

»Und eines solltest du auch noch wissen: Frau Dr. Peters hat mir tatsächlich eher zu dieser Holly Jope oder wie die heißt, geraten, weil sie dich gern als Autorin für die großen Gefühle behalten wollte. Sie glaubt sehr an dich und dein Talent und schätzt dich. Doch ich habe darauf bestanden, mit dir zu arbeiten. Denn seit dem Moment, als ich dich in diesem Konferenzraum gesehen habe und erfuhr, dass du die Frau bist, die mich schon auf der Terrasse des Bastide de Gordes neugierig gemacht hat, da wusste ich: Das ist die Frau, mit der ich diese wunderschöne Gegend gemeinsam bereisen und beschreiben möchte. Das und, wenn sie auch will, noch sehr, sehr viel mehr …«

Ich schmelze dahin, versinke in seinen Augen. Und dann mache ich etwas, was man vermutlich nicht tun sollte. Weil Frauen doch immer warten sollen, um die Jäger nicht zu verschrecken – aber ich bin es leid, auf Nummer sicher zu gehen. Also lehne ich mich über den Tisch und fange seine Lippen in einem Kuss, von dem ich mir wünsche, dass er niemals enden wird.

Epilog

Die Straße windet sich wie eine staubbedeckte Schlange hinauf zum Hotel, in dem Sören und ich unsere Flitterwochen verbringen werden. Unser erster gemeinsamer Krimi hat soeben die Top Ten der Bestsellerliste geknackt – und wir haben geheiratet, um die kurze Lücke zwischen dem Erscheinen des Debüts und dem Beginn des zweiten Buchs für uns und unsere Liebe zu nutzen.

»Ich habe sie gefragt«, erklärte Sören meinen Eltern, als er auch bei ihnen noch einmal offiziell um meine Hand anhielt. »Bei Caro muss man als Mann ja schnell sein, die wartet nicht ab, sondern nimmt sich, was sie will.« Er lachte und blinzelte mir vergnügt zu.

»So emanzipiert kenne ich meine Tochter ja gar nicht«, amüsierte sich meine Mutter.

»Aber genau darum liebe ich Caro auch so – weil sie mich immer wieder überrascht.«

Im Cabriolet hinter uns sitzen Paula und Jens, unsere Trauzeugen. Die beiden sind ebenfalls schwer verliebt und freuen sich auf ein paar Tage Auszeit in diesem schönen Romantik-Hotel.

Als Sören mich – ganz wie im Film – über die Schwelle des Hotelzimmers trägt, fällt mein Blick auf eine Flasche Pastis, die in einem Eiskühler steht.

Noch nie zuvor habe ich ein Getränk so sehr geliebt, auch wenn ich keinen Schluck mehr davon trinken werde. Kein Champagner der Welt kann da mithalten!

Zeit der Apfelrosen

Kapitel 1

Ich wünsche euch beiden eine ganz, ganz tolle Zeit«, sagt meine Mutter.

»Habe ich eigentlich das blaue Top schon eingepackt?«, murmele ich, da ich telefoniere, während ich gleichzeitig packe. Meine Mutter scheint das nicht zu stören, denn sie fährt ungerührt fort: »Und ich bin so froh, dass sich nun alles endlich für dich zum Guten wendet.« Sie ist offenbar in Plauderlaune. Das ist sie meistens, und da ihre zahlreichen Orchideen, die sie liebevoll züchtet und in jedem freien Plätzchen ihrer Wohnung ansiedelt, noch weniger gesprächsbereit sind als ich, liegt nah, dass sie mich oft anruft. Sehr oft. Nahezu immer. Was meine Mutter zum Glücklichsein braucht, ist eine gewisse Gewächshausstimmung und eine Standleitung zu mir. Während ich mich nun wirklich meinem Koffer widmen muss.

»Und was ich dir noch gar nicht erzählt habe …« Mama nimmt Anlauf zu einer neuen Runde Klatsch und Tratsch aus ihrer Nachbarschaft, das höre ich schon an der Tonlage – ein kleines bisschen höher als bei Geschichten über den Gesundheitszustand ihrer Orchideen und mit der leichten Betonung auf dem »ä« in »erzählt«, die klarmacht, dass es nun nicht um bahnbrechende Neuigkeiten aus der Familie geht. Ich liebe meine Mutter, ehrlich! Aber ich liebe sie ein kleines bisschen mehr, wenn ich sie anrufe und sie mich nicht im ungünstigsten Moment überhaupt erwischt. Was sie, ich muss es kaum erwähnen, mit schlafwandlerischer Sicherheit tut.

Da ich im Gegensatz zu ihr gerade wirklich im Stress bin, beende ich eilig das Telefonat: »Lass es dir gut gehen, ich melde mich, wenn ich gelandet bin.«

»Kind, ich wünsche dir eine schöne Zeit und …«

Ich lege auf. Das ist natürlich unhöflich. Aber meine kleine Rache dafür, dass meine Mutter früher, wenn sie mich ins Bett gebracht hat, auch keine Gnade kannte und sich nie auf meine Verzögerungstaktik eingelassen hat. Gut, seitdem sind 30 Jahre vergangen, aber so genau kann ich es nun gerade nicht nehmen.

Ich beäuge panisch den Haufen, der immer noch auf meinem Wohnzimmersofa liegt. Momentan sieht es eher danach aus, als wollte ich nicht verreisen, sondern auswandern. Hoffentlich passt das auch alles in meinen Koffer, schließlich liegen noch Berge von Klamotten im Schlafzimmer! Nur das blaue Top ist auf mysteriöse Art und Weise verschwunden.

Ich könnte natürlich auch einfach gar nichts mitnehmen, bloß mich selbst und meinen rattenscharfen schwarzen Bikini …

Als ich das nagelneue Ding in die Hand nehme, um es noch einmal ausgiebig zu bewundern, platze ich beinahe vor Stolz. Stefan wird hin und weg sein, wenn er mich darin sieht. *Kondome,* schießt es mir durch den Kopf, *habe ich eigentlich genug Kondome?* Ich kichere albern wie ein Teenager.

Das Lachen vergeht mir allerdings, als ich zufällig sehe, was auf dem Etikett steht: Größe 34.

Schluck.

Wieso 34? Ich habe doch …

Und dann fällt es mir wieder ein: Das Mädchen an der anderen Kasse hatte sich exakt für dasselbe Bikini-Modell entschieden wie ich, nur eben zwei Nummern kleiner. Wir hatten noch einen kleinen Scherz darüber gemacht, dass wir dringend absprechen müssten, wer welchen Strand damit schmückt, damit es zu keinem peinlichen Fashion-Fauxpas kommt. Die Kassiererinnen stimmten in unser Gelächter ein, und offenbar ist wegen des Gewusels beim Einpacken dann etwas schiefgegangen.

Mist, Mist, Mist!

Und: *hicks, hicks, hicks* – wie immer, wenn meine Nerven zu flattern beginnen, bekomme ich Schluckauf. Sehr nervig! Und vor allem hilft es mir gerade absolut nicht weiter. Denn so kurz vor dem Abflug kann ich keinesfalls noch mal los, um das Teil umzutauschen. Und die Option, meinen wohlproportionierten, aber nun mal eben WOHL und PROPORTIONIERTEN Körper in das kleine schwarze Nichts zu quetschen, scheidet auch aus. Stefan soll schließlich große Augen machen und sie nicht entgeistert aufreißen.

Das Klingeln des Telefons im Flur unterbricht meine kurze Irritation, die sowieso keine Chance hat, sich zu echtem Ärger aufzublasen – dazu freue ich mich zu sehr auf diesen Urlaub. Auf eine Woche, in der ich Stefan endlich ganz für mich allein habe. Der erste gemeinsame Urlaub seit … na ja, seit überhaupt, denn außer einem verlängerten Wochenende hatten wir noch nie die Möglichkeit, längere Zeit in trauter Zweisamkeit zu schwelgen. Und ich unterschlage hier bewusst, dass »verlängertes Wochenende« für Stefan eine Anreise in der späten Freitagnacht und Abreise am frühen Montagmorgen bedeutet.

Es klingelt weiter. Noch mal Mama? Nein, dafür habe ich nun wirklich keine Zeit! Mit einem mehr oder weniger eleganten Hechtsprung, wie ihn Dagobert Duck stets in seinem Geldspeicher vollführte, werfe ich mich in den Kleiderhaufen, tauche gefühlt meilenweit unter und suche nach einem anderen Bikini. Ist ja nicht so, dass ich keine Auswahl hätte.

»Und? Bist du startklar?«, spricht meine Freundin Vera auf den Anrufbeantworter und klingt ein bisschen so, als hoffte sie insgeheim, eine Sommergrippe, eine Fischvergiftung oder etwas ähnlich Gemeines hätte mich in letzter Sekunde außer Gefecht gesetzt. Hat es aber nicht, und das ist auch gut so.

Ha! Triumphierend halte ich das weinrote Bikinioberteil in die Höhe, von dem ich weiß, dass ich darin fabelhaft aussehe. Noch dazu mag Stefan alle Rottöne an mir. Er sagt immer, dass er sich dann wie ein Stier fühlt, der magisch von mir angezogen wird. Romantisch, oder? Als ich Vera davon vorschwärmte, fragte sie mich, ob mir die Rollenverteilung beim Stierkampf bewusst wäre und kommentierte gewohnt spitz, dass Mordgedanken jeder Art in einer aussichtsreichen Paarbeziehung deutlich fehl am Platz wären. *Pfff, Vera.* Eine Seele von Mensch, aber manchmal eine echte Spielverderberin!

Ich beschließe, nicht dranzugehen und Vera später vom Taxi aus anzurufen. Juhu, dahinten liegt ja das Bikinihöschen, jetzt kann nichts mehr schiefgehen! Und das blaue Top kann wirklich zu Hause bleiben. Auch mein Schluckauf hat sich inzwischen verzogen – jetzt wird alles gut!

Habe ich auch wirklich an alles gedacht? Mal sehen: Meine Tochter Lilly ist seit gestern Abend bei ihrer Oma und freut sich darüber, eine Woche lang nur Süßes essen und bis zum Umfallen fernsehen zu dürfen. »Ich habe jetzt keine Zeit für dich, Mama«, erklärte sie mir heute Morgen, als meine Mutter ihr kurz den Hörer gab, »ich bin doch jetzt die Orchideenprinzessin.«

Sie ist jetzt die …? Nee, klar geworden. Vermutlich steht ein Staatsbesuch des Gummibaums an, der seit Jahren im Hausflur meines Elternhauses residiert, da muss Fräulein Prinzessin sich entsprechend vorbereiten …

In der Redaktion wissen auch alle Bescheid, dass ich dieses Mal keinesfalls im Urlaub gestört werden möchte und deshalb kein Handy mitnehme. (Was natürlich nicht stimmt, denn ich will ja für Lilly erreichbar sein.) Ein Novum für alle Beteiligten, denn eigentlich lebe ich 24/7, wie man neumodisch sagt, für meinen Job und bin immer erreichbar. Auf der letzten Weihnachtsfeier habe ich darüber mit einem älteren Kollegen geplaudert, der nur den Kopf schüttelte. »Früher gab's einen Redaktionsschluss, fertig – heute habt ihr jede Sekunde Redaktionsschluss, weil ihr noch die kleinste Neuigkeit sofort ins Internet blasen müsst: Kein Wunder, dass ihr alle durchgestresst seid.« Da war durchaus etwas dran. Aber ich mag es auch so. Ich bin eine Adrenalinkönigin und ein Stresswellensurfer … und noch dazu perfekt organisiert, wenn man von kleineren Ausrutschern im Textilbereich absieht. Außerdem neige ich zur Unpünktlichkeit. Nicht im Job, versteht sich. Ich würde lieber sterben, als eine Deadline zu verpassen. Aber wenn es um private Verabredungen geht, bin ich ein schrecklicher Chaot. Außer bei meinen Treffen mit Stefan, versteht sich. Da bin ich ähnlich penibel wie im Job. Er erwartet das schließlich von mir.

Also, weiter im Text: Meine Nachbarin kümmert sich um die Post, Pflanzen habe ich keine, Haustiere schon gar nicht. Der Kühlschrank ist leer geräumt bis auf die Sachen, die sich problemlos halten, den Müll habe ich heute Morgen in aller Früh runtergebracht, und …

Das Telefon klingelt schon wieder. Weil ich sowieso gerade mit meinem prall gefüllten, aber natürlich absolut überlebenswichtigen Kulturbeutel durch den Flur wirbele, sehe ich die Nummer auf dem Display: Diesmal ist es Stefan, und darum gehe ich natürlich sofort ran.

»Ich freue mich schon so auf die Zeit mit dir, mein Liebling«, säuselt er durch den Hörer, und ich turtele verliebt zurück: »Sommer, Sonne und Amore …«

»Amor«, korrigiert er mich sofort.

»Natürlich, es geht ja nach Spanien …«

»Streng genommen geht es nach Katalonien.«

Stefan ist ein toller Typ … aber manchmal auch ein entsetzlicher Besserwisser. *Und das, obwohl er dich mit krummen Torero-Vergleichen umgarnt,* meldet sich Veras Stimme in meinem Hinterkopf. Ich verscheuche sie wie eine lästige Fliege, lege das Telefon auf die Ladestation zurück und eile in mein Wohn- und Arbeitszimmer, wo der Koffer auf mich wartet. Sicherheitshalber schließe ich die Tür zum Flur hinter mir; wegen der Hitzewelle, die seit Wochen herrscht, habe ich alle Fenster sperrangelweit aufgerissen, um die halbwegs frische Vormittagsluft in die Wohnung zu bekommen, aber eine knallende Tür will ich auch nicht riskieren. Frau Schompkes, die nebenan wohnt, ist zwar schwerhörig und spielt ihre geliebten Karel-Gott-Schallplatten deswegen stets so weit aufgedreht, dass die Klassiker des Sängers aus Prag in meiner Wohnung locker Zimmerlautstärke überschreiten, aber wehe, sie hört zwischendurch mal etwas aus meiner Wohnung ... Dann schaue ich auf die Uhr und stelle fest, dass es höchste Zeit ist, die letzten Vorbereitungen zu treffen: Der Flug nach Barcelona geht um 14 Uhr. Stefan und ich sind um halb eins am Schalter des Abflugbereichs verabredet.

Beim Gedanken daran schlägt mein Herz einen kleinen Salto: Ich kann es immer noch nicht glauben, dass wir zusammen wegfliegen – und uns auch nach der Woche in Spanien ... *pardon, in Katalonien* ... nicht von Wolke sieben verabschieden müssen. Drei Jahre lang habe ich darauf gewartet, dass Stefan sich von seiner zickigen Frau trennt, die ihm das Leben seit Ewigkeiten zur Hölle macht, und für mich entscheidet. Drei Jahre, die sich für mich anfühlten wie ein halbes Leben.

Der Barcelona-Trip soll der Auftakt für unsere gemeinsame Zukunft sein: Bei der Vorstellung, dass Stefan nach dem Urlaub bei Lilly und mir einziehen wird, bekomme ich Gänsehaut vor Vorfreude. Wir werden endlich eine kleine glückliche Familie sein!

Ich rechne zum gefühlt hundertsten Mal nach: Wenn ich um halb eins am Flughafen sein muss, sollte ich das Taxi für spätestens zwölf Uhr bestellen, und das mache ich am besten jetzt sofort.

Nachdem ich noch schnell alle wichtigen Unterlagen von der Ablage des Schreibtisches in eine abschließbare Schublade gelegt habe, öffne ich die Tür zum Flur, um die Taxizentrale anzurufen.

Das heißt: Ich will sie öffnen.

Doch es klappt nicht.

Denn ich halte plötzlich die Klinke in der Hand!

Mist, die wollte ich doch schon seit Wochen reparieren, aber immer ist irgendetwas dazwischengekommen, im Zweifelsfall ein Anruf aus der Redaktion, weil irgendwelche wahnsinnig wichtigen News dringend von mir höchstpersönlich in Worte gekleidet und sekundenschnell gepostet werden mussten.

Routiniert stecke ich das Eisenteil in das Vierkantloch an der Tür – da höre ich es auf der anderen Seite poltern.

Ich rüttle an der Klinke, die keinerlei Widerstand zu haben scheint, und kann es kaum fassen: Es rührt sich nichts.

Ruhig, ganz ruhig!, rede ich mir zu und probiere es noch einmal.

Nach drei weiteren ergebnislosen Versuchen ist klar: Ich sitze hier fest.

Nun steigt doch Panik in mir auf. Es ist zwanzig vor zwölf. Und ich bin eine Gefangene in meinem eigenen Wohnzimmer!

Das Handy ist in meiner Handtasche in der Küche, das Telefon im Flur. Alle denken, ich bin auf dem Weg nach Barcelona.

Zu allem Überfluss wohne ich auch noch im fünften Stock eines Altbaus. Keine besonders günstigen Voraussetzungen, um einfach aus dem Fenster zu klettern …

Denk nach, Olivia, denk nach!

Mir fällt doch sonst auch immer eine Lösung ein, sporne ich mich selbst an. Ich muss es irgendwie schaffen, mich bemerkbar zu machen, egal, wie.

Hätte ich meinen Laptop nicht gestern Abend zur Reparatur gebracht, könnte ich wenigstens eine SOS-E-Mail verschicken. Warum musste das Ding auch ausgerechnet jetzt seinen Geist aufgeben?

Ob ich es schaffe, von hier oben einen Passanten auf mich aufmerksam zu machen? Wenn ich laut genug schreie, müsste es eigentlich klappen.

Doch bevor ich meine Stimmbänder ruiniere, versuche ich es erst einmal mit der Wohnung nebenan. Ich ziehe meine Sandaletten aus und haue mehrfach damit gegen die Wand. Frau Schomkes wird mich retten! Jeder weiß, wie hellhörig unser Altbau ist, warum sich also diesen nervigen Zustand nicht einfach einmal zunutze machen?

Leider dröhnt es zwar ordentlich, und der Putz beginnt zu bröckeln, aber Frau Schomkes ist entweder nicht zu Hause oder endgültig taub.

Und was ist mit den Nachbarn unter mir? Ich beginne, auf den Boden zu stampfen, als wollte ich eine Tarantella tanzen, und hüpfe schließlich wie ein Flummi auf und ab, bis da unten die Kronleuchter wackeln müssen. Aber dann fällt es mir wieder ein: Die Wohnung steht leer, weil sie saniert wird. Na toll!

Okay – bleiben offenbar doch nur noch die Passanten auf der Straße.

Doch sosehr ich auch gewillt bin, mir die Kehle aus dem Leib zu schreien, es bringt nichts, weil kein Mensch unterwegs ist: Kunststück – es sind Ferien und Mittagszeit. Und es ist sehr, sehr heiß. Alle, die nicht arbeiten müssen, sind im Schwimmbad, am See oder essen irgendwo ein kühles Eis. Was ich unter anderen Umständen ja auch machen würde.

Ich versuche es trotzdem. »Hilfe!«, rufe ich. Na ja, es ist eher ein lauteres Sprechen. Wann schreit man schon einmal so richtig los? Ich bin hier schließlich nicht in der Germany's-Next-Topmodel-Villa! Aber nun muss es sein. »HILFE!«, brülle ich und erschrecke über mich selbst. Aber auf der Straße zeigt sich trotzdem niemand.

Bis kurz vor zwölf stehe ich tapfer am geöffneten Fenster, übe mich – inzwischen heiser – in positivem Denken, schicke Stoßgebete ans Universum und verrenke mir den Hals in der Hoffnung, doch noch jemanden zu entdecken, der mich aus meiner misslichen Lage befreien kann. Dummerweise gibt es gegenüber auch kein anderes Haus, ich blicke lediglich auf einen idyllischen kleinen Park mit angrenzendem Spielplatz. An sich ja ganz schön, momentan aber eine Katastrophe!

Um zehn nach zwölf klingelt erst mein Handy, dann das Telefon. Stefan spricht auf den Anrufbeantworter und klingt ein bisschen gereizt: »Olivia, wo bleibst du? Ich stehe am Schalter und würde gern einchecken. Du gehst nicht an dein Handy und scheinst auch nicht zu Hause zu sein. Bist du denn wenigstens schon unterwegs? Melde dich bitte!«

Sosehr ich auch versuche, mich gegen apokalyptische Visionen zu wehren (ich werde NIE MEHR aus diesem Zimmer kommen und elendiglich verhungern/verdursten/ersticken), gelingt mir das nur bedingt. Noch dazu sehe ich Stefan schon mit der Bodenstewardess flirten, die selbstverständlich weiß, dass man in Spanien *Amor* sagt statt *Amore,* sich in die Verkäuferin am Kiosk verlieben, die ihm noch schnell einen Reiseführer für Katalonien anbietet, oder in seine Nachbarin im Flugzeug, die aus mir unbegreiflichen Gründen ein blutrotes, tief dekolletiertes Abendkleid trägt – *olé!*

Stefan wird nicht ohne mich fliegen!, behauptet meine innere Stimme, die ein bisschen zittert.

Natürlich wird er das, schließlich freut er sich seit Wochen auf diesen Urlaub!, widerspricht das Teufelchen auf meiner Schulter energisch, das ein kleines bisschen wie Vera aussieht. *Nach Hause kann er schließlich nicht, denn da sitzt seine Frau, die ihn angeblich sofort ermorden würde, sobald er auch nur einen Fuß auf die Schwelle setzt.*

Da ich momentan nichts unternehmen kann, bleibt mir wohl nur übrig, auf meine liebsten Mitmenschen zu vertrauen beziehungsweise darauf, dass sie sich irgendwann wundern, wenn sie nichts von mir hören.

Die Betonung dabei liegt allerdings auf dem Wort *irgendwann.* Meine Mutter wird denken, ich würde mich einfach nicht melden wollen, und eingeschnappt mit Lilly ihre Orchideen bewundern. Vera könnte möglicherweise davon ausgehen, dass ich mich gar nicht bei ihr melden will, um spitze Kommentare zu vermeiden; es ist weniger als 24 Stunden her, dass wir uns das letzte Mal wegen Stefan gezofft haben. Sie findet nämlich nicht nur ihn im Besonderen unausstehlich, sondern es auch allgemein ganz, ganz schrecklich und außerdem unsolidarisch gegenüber allen anderen Frauen auf dieser Welt, sich mit einem Mann einzulassen, der seine Frau verlässt, um sofort nach der Trennung mit seiner Geliebten nach Barcelona abzudüsen.

Natürlich nagt dieser Gedanke an mir, seit Stefan nach unserer ersten gemeinsamen Nacht mit der Tatsache herausrückte, dass der Singlestatus, den er in dem Flirtportal angeklickt hatte, in dem wir uns kennenlernten, durchaus Definitionssache wäre.

»Vor dem Gesetz bin ich noch verheiratet«, erklärte er mir mit Dackelaugenblick, »aber tatsächlich bin ich schon lange Single, weil meine Frau mich verlassen hat – so ideell und intellektuell.« Er blieb nur noch bei ihr, weil sie ihn finanziell in der Hand hatte. Und mit eingebildeten Krankheiten an sich fesselte. Und überhaupt tagtäglich terrorisierte.

»Das ist doch ein bisschen viel des Guten, oder?«, erkundigte sich Vera, als ich ihr davon erzählte. »Oder um es anders auszudrücken: Das ist 1:1 übernommen aus dem Lehrbuch *Was ich meiner Affäre erzähle, um sie hinzuhalten* von Professor Dr. Dr. Chauvi-Schwein.«

Und so ungern ich es auch zugebe: Sie könnte natürlich recht haben. Also, theoretisch. Aber bei Stefan und seiner Ehefrau aus der Hölle war das natürlich etwas ganz anderes!

»Du gönnst mir mein Glück nicht«, habe ich gestern Abend traurig gesagt, als Vera und ich uns nach ewiger Zeit mal wieder einen netten Abend bei unserem Lieblingsgriechen machten. Lilly war bereits bei ihrer Oma, und so hatte ich endlich, endlich mal wieder Gelegenheit, richtig schön auszugehen, ohne die besorgte Mama sein zu müssen, die immer ein Taschentuch, ein Spielzeug oder etwas anderes parat haben muss, um die kleine Prinzessin zu versorgen, oder die Verführung pur, die sich mit Push-up, Shapewear und Mörder-High-Heels so hochpimpt, dass Stefan gar nicht anders kann, als hingerissen zu sein.

»Natürlich gönne ich es dir, schließlich bist du meine beste Freundin«, antwortete Vera empört und bestellte sich einen zweiten Ouzo. »Ich wünschte nur, du würdest es finden, ohne dabei das Lebensglück einer anderen Frau zu zerstören.«

»Das Einzige, was hier gerade zerstört wird, ist unsere Freundschaft«, zickte ich, und obwohl ich mich gleich darauf entschuldigte und sofort einen Versöhnungs-Champagner bestellte, hing ein schwarzer Schatten über dem Abend.

So, wie jetzt eine schwarze Wolke über der Stadt aufzieht. So eine richtig riesengroße Gewitterwolke, um genau zu sein. Wo ist die denn so plötzlich hergekommen? Einen Moment lang sehe ich ihr dabei zu, wie sie sich immer drohender auftürmt, dann fällt mir auf, dass plötzlich jede Menge Leute unten auf der Straße stehen, die gebannt nach oben schauen. Die müssten mich doch sehen? Ich rudere mit den Armen, ich brülle »HILFE!« und »FEUER!«, weil ich mal gelesen habe, dass Menschen darauf am schnellsten reagieren, aber niemand scheint mich zu hören. Weder Frau Schomkes, die ich dort unten erkenne, noch meine Kolleginnen aus der Redaktion, die aus unerfindlichen Gründen hier aufgetaucht sind, noch Vera und Mama, die keine Notiz von mir nehmen. Und während mein Hals beim Schreien so wehtut, als wäre jedes Stimmband aus Stacheldraht, und die ersten Blitze unheilvoll donnern, schlägt hinter mir die alte hohe Standuhr und verkündet, dass es 14 Uhr ist und Stefan mich verlassen hat, um allein in sein neues Leben zu starten …

Halt.

Ich habe keine Standuhr.

Und woher kommt dieses Klingeln direkt neben meinem Ohr?

***

»Sie brauchen mich doch gar nicht, um diesen Traum zu interpretieren, nicht wahr, Olivia?«, behauptet Doktor Randolf Thesenfitz und sieht mich über den Rand seiner Lesebrille hinweg an.

Mir ist warm, ich spüre, wie Schweißperlen an meinem Rücken

hinunterrinnen. Ich fühle mich ertappt – und zerfließe gleich. Hoffentlich sehe ich trotz der Hitzewallungen einigermaßen manierlich aus. Ich bin wirklich ein Fan von Sommer und Sonnenschein, aber in diesem Jahr übertreibt es der Wettergott und knechtet uns selbst hier in Hamburg mit Temperaturen, die man eher in Afrikas Wüsten vermuten würde als am Elbstrand.

»Noch etwas Eistee?«, fragt Dr. Thesenfitz und zeigt zum ersten Mal in dieser Sitzung so etwas wie eine menschliche Regung.

Während ich überlege, wie man bei 30 Grad im Schatten so aussehen kann, als wäre man gerade einer Kühltruhe entsprungen, schenkt er nach. Ich umklammere das Glas, dessen Inhalt herrlich nach frischer Zitrone duftet, und grüble darüber nach, was ich jetzt am besten sage.

»Wollen Sie damit andeuten, dass ich mich in eine unmögliche Situation hineinmanövriert habe, aus der ich den Ausweg selbst finden muss?«, frage ich und schaue aus dem Fenster. Ausnahmsweise ist es nicht gekippt – dazu ist es draußen einfach zu heiß. Nur die Apfelrosen, die vor Dr. Thesenfitz' Fenster wuchern, scheinen sich nicht daran zu stören.

Der hellgelb lackierte Standventilator in der Ecke zieht summend seine Kreise und neigt sich mir immer wieder zu, wie eine Sonnenblume. Ach, wie schön wäre es jetzt, an einem anderen Ort zu sein als an diesem. Zum Beispiel in Barcelona …

»Sagen Sie mir, ob das wirklich so ist«, entgegnet Thesenfitz.

Kann der Mann nicht auch einmal etwas anderes tun, als meine Frage mit einer Gegenfrage zu beantworten? Das ist erstens unhöflich und zweitens kontraproduktiv. Außerdem kostet mich der ganze Spaß jedes Mal einen Haufen Geld.

»Was glauben Sie denn, wie Ihr Traum weitergegangen wäre, wenn ich Sie nicht durch meinen Anruf geweckt hätte?« Er sieht mich herausfordernd an. *Soso,* denke ich, *also keine Gegenfrage, sondern jetzt mal eine Kreativaufgabe? Na warte, die lös ich dir aber so was von souverän!*

»Ähh … ja. Also.«

»Also?« Täusche ich mich, oder spielt da wirklich der Hauch eines herausfordernden Lächelns um Thesenfitz' Mundwinkel? Eine Frechheit!

»Wenn Sie mich nicht geweckt hätten, dann … dann hätte das Gewitter für eine Klärung gesorgt, es hätte sich abgekühlt, diese Hitze ist ja nicht auszuhalten, weder im Traum noch im … öh … im Nichttraum … im Leben … also: JETZT«, behaupte ich und recke trotzig das Kinn. »Und in dem Moment, in dem das Gewitter sich verzogen hätte, wäre ein Taxi vorgefahren, und Stefan wäre herausgesprungen und zum Haus gelaufen und über die Feuertreppe zu mir nach oben gekommen, dabei ist er ja gar nicht schwindelfrei, und dann hätte er dagestanden in seinem tollen Anzug und …« Soll keiner behaupten, ich könnte mir keine Rettung in letzter Sekunde durch einen Ritter in Form meines Lovers zurechtfantasieren. Aber kaum habe ich es ausgesprochen, würde ich am liebsten einen Rückzieher machen. Ich weiß doch eigentlich, dass ich nicht auf einen Retter warte. Das ist einfach nicht mein Stil. Ich bin ein Macher, kein Abwarter. Und im Traum hätte ich doch nun wirklich spontan aufs Fensterbrett steigen und mit der Eleganz einer Wildkatze an der Fassade runterklettern können, oder? Aber nun ist sie raus, die Kleinmädchenfantasie.

Allerdings hat die einen Haken. Und würde ich nicht gerade auf ihm sitzen, müsste ich mir eigentlich selbst in den Hintern treten. Denn eigentlich will ich gar nicht mehr von Stefan gerettet werden. Oder mit ihm in den Urlaub fliegen.

»Und das wünschen Sie sich immer noch so?« Mein Gegenüber scheint einen sechsten Sinn dafür zu haben, was in meinem Kopf vorgeht.

Woher soll ich das wissen?, will ich sagen, entscheide mich aber für ein verbindlicheres: »Das habe ich nicht gesagt. Sie wollten wissen, wie der Traum weitergegangen wäre, wenn Sie mich nicht geweckt hätten mit Ihrem Anruf. Und bitte: So wäre er weitergegangen. Also … vielleicht. Das kommt vermutlich«, behaupte ich nun, ohne es wirklich zu glauben, »ganz tief aus meinem Unterbewusstsein.«

»Sie wissen schon, dass sich Ihr Unterbewusstsein recht genau an die letzte Szene von *Pretty Woman* erinnert?«, hakt Thesenfitz nach und wechselt dabei wieder einmal die Taktik – denn eine wertneutrale Frage ist das jetzt ganz sicher nicht.

»Sie schauen solche Frauenfilme an?«, schieße ich zurück.

»Tun wir das nicht alle?«

»Aber Sie sind keine Frau.« Meine nahezu brillante Schlussfolgerung perlt an ihm ab wie Wasser aus einer Spritzpistole, die ich jetzt gerade gerne hätte, um ihn endlich mal aus der Fassung zu bringen.

»Da haben Sie fraglos recht«, bemerkt Randolf Thesenfitz ohne erkennbare emotionale Regung und schaut mich abwartend an.

Ich werfe einen Blick auf die Uhr, die links neben ihm auf einer Kommode steht. Meine Sitzung ist in fünf Minuten zu Ende, was also soll ich jetzt noch groß sagen?

Für drei Minuten schweigen wir uns an. Dabei bin ich nicht so der Typ fürs Schweigen, wirklich nicht: Ich finde das meistens unangenehm und mache lieber schnell eine geistreiche Bemerkung, um das Gespräch neu in Gang zu bringen. Also: im Idealfall geistreich. Manchmal auch eher nicht … Aber bei aller professionellen Strenge, die Dr. Thesenfitz bei unseren Sitzungen an den Tag legt, versteht er es doch, mir das Gefühl zu geben, dass ich einfach mal die Klappe halten kann. Vermutlich, um in mich hineinzuhorchen. Deswegen nimmt man sich ja schließlich einen Lebenscoach: damit er hilft, etwas zu ergründen, was man eigentlich tief in sich schon weiß, aber noch nicht so richtig versteht. Oder so. Klappt bei mir allerdings nur bedingt.

»Eine Frage hätte ich aber noch, bevor Sie gehen«, geht Dr. Thesenfitz nun doch wieder zum Angriff über. »Haben Sie einmal darüber nachgedacht, weshalb Sie im Traum eine kleine Tochter haben?«

Die Tochter. Huch. Die hätte ich jetzt tatsächlich vergessen … was einmal mehr beweist, dass mir das Mutter-Gen fehlt. Ich gehöre nicht zu den Frauen, die irgendwann Kinder in die Welt setzen wollen. Viele Menschen – allen voran meine Mutter – finden das merkwürdig. Aber so ist es nun einmal. Ich antworte knapp »Nein« und stehe auf.

Das Rattan, aus dem der bequeme und trotzdem stylishe Patientenstuhl geflochten ist, knarzt ein bisschen. Ordentlich, wie ich bin, klopfe ich das daraufliegende Kissen zurecht. Dann stelle ich mein leeres Teeglas auf das Beistelltischchen.

»Nächste Woche wieder am Donnerstag?«, fragt Dr. Thesenfitz mit Blick auf seinen Terminkalender, und ich nicke stumm.

Mein Lebenscoach bringt mich zur Tür, gibt mir zum Abschied seine – auf ebenso rätselhafte wie höchst angenehme Art kühle – Hand und bedankt sich dafür, dass ich der spontanen Terminverschiebung heute Morgen zugestimmt habe.

»Keine Ursache. Sie hatten meinem Traum sowieso schon ein abruptes Ende bereitet, da konnte ich also genauso gut gleich herkommen …«

Mit diesen Worten trete ich aus der Praxis und werde draußen von einem Schwall schwül-tropischer Luft empfangen, der mir beinahe den Atem nimmt.

Mir ist ein bisschen schwindelig, am liebsten würde ich umdrehen und mich in der klimatisierten Wohnung von Dr. Thesenfitz aufs Ohr hauen. Da er aber Lebenscoach und kein Psychiater ist, hat er keine Couch. Dafür diese fein geschwungene und doch markante Nase, dunkle Haare, die stets akkurat nach hinten gekämmt sind, und strahlend grüne Augen, in denen man versinken könnte, wenn …

… na ja, wenn er ein Mann wäre, in dessen Augen man das gerne tut, und nicht mein Lebenscoach, der mich mit Fragen löchert, die ich mir alle nicht stellen möchte. Manchmal frage ich mich, warum ich mir das antue. Daran sind nur diese verdammten Apfelrosen schuld!

Kapitel 2

Noch mehr Schuld als die Apfelrosen trägt natürlich Stefan. Oder Vera? Na ja, vermutlich vor allen Dingen ich – diese Erkenntnis habe ich dem unermüdlichen Einsatz von Randolf Thesenfitz zu verdanken. Aber der Reihe nach.

Als Stefan und ich uns kennenlernten, war das Liebe auf den ersten Blick. Also, für ihn. Jedenfalls sagt er mir das immer wieder. Für mich war es … nun … was soll ich sagen: Ich war seit drei Jahren Single. Es war ein wunderbarer Sommerabend. Dieser charmante, gut aussehende Mann führte mich in ein wunderbares bretonisches Restaurant aus, die Kerzen flackerten auf dem Tisch. Das Essen war köstlich. Die warme Luft küsste meine Haut, und irgendwann übernahm Stefan diese Aufgabe … und das ausgesprochen geschickt. Man kann über ihn sagen, was man will, aber küssen, das kann er.

Als er dann am nächsten Morgen mit der Sprache herausrückte, wäre genau der richtige Zeitpunkt gewesen, um mich für den schönen Abend und die heiße Nacht zu bedanken und hocherhobenen Hauptes das Weite zu suchen. Aber dann hat Stefan mich mit seinem Dackelaugenblick eingefangen. Er wirkte so niedergeschlagen und traurig, gleichzeitig hatte er aber immer noch blonde Wuschelhaare, blau glitzernde Augen, diese unverschämt schönen Arme und diesen hinreißend knackigen Po … *Nur noch ein bisschen,* habe ich mir geschworen, *nur noch einen Kuss oder noch eine Nacht* … Und daraus ist dann plötzlich mehr geworden.

Ich habe es genossen, mich immer wieder von Stefan verführen zu lassen – und damit meine ich nicht nur unsere prickelnden Stelldicheins, sondern auch die Momente, wenn ich eigentlich Schluss mit ihm machen wollte und er mich wieder eingefangen hat. Ein Mann, der aufmerksam ist, perfekte Geschenke macht, Nähe zulässt und trotzdem nicht klettet … so was gibt es eigentlich nur in modernen Märchen … und eben in diesem charmanten Gesamtpaket, das mir die gute Fee aller Singlefrauen in den Schoß geworfen hat.

Ich weiß nicht genau, wie es dazu kommen konnte, aber irgendwann habe ich mir mehr gewünscht. Wollte Stefan aus seiner trostlosen Ehehölle retten und ganz für mich haben. Und ohne es richtig zu merken, habe ich angefangen, mich regelrecht daran abzuarbeiten, mich mit jeder Faser meiner Seele nach etwas zu sehnen, was ich am Anfang gar nicht wollte.

»Ich kann es nicht mehr hören!«, schleuderte mir Vera irgendwann entgegen. »Stefan hier, Stefan da, Stefan holla-hopsasa … Mensch, Olivia, so geht das nicht weiter!«

»Weiß ich ja selbst«, stimmte ich ihr zerknirscht zu. »Aber findest du nicht auch, dass …«

»Ich finde, dass ich deine beste Freundin bin«, unterbrach Vera mich. »Ich geh mit dir durch dick und dünn, versprochen, aber ich kann dir nichts anderes sagen, als ich dir jetzt seit zwei Jahren sage. Vielleicht … vielleicht wird es Zeit, dass du mal mit jemand anderem darüber sprichst.«

»Willst du mich jetzt zum Therapeuten schicken?«, fragte ich erstaunt.

Vera sah mich nachdenklich an. »Ich will gar nichts, Ollilly«, sagte sie nach einer Weile und benutzte dabei den Kosenamen, den sie nur für ganz, ganz besondere Momente reserviert hat. »Ich will nur, dass es dir wieder gut geht. Und wenn«, sie überlegte, »und wenn zum Beispiel mein Auto wieder mal bockt, dann bringe ich es in die Werkstatt, damit es durchgecheckt wird. Das ist doch das Normalste von der Welt.«

Ich knuffte sie spielerisch gegen den Oberarm. »Und ist es jetzt auch das Normalste von der Welt, dass du mich mit deinem rostigen Peugeot vergleichst?«

Vera hatte recht: Ich drehte mich mit meinen Gedanken im Kreis. Liebte ich Stefan, oder liebte ich es, so von ihm geliebt zu werden? Glaubte ich wirklich, dass er seine Frau jemals für mich verlassen würde … und wollte ich das überhaupt? War ich wirklich glücklich bei dem Gedanken, ihn irgendwann vielleicht ganz für mich zu haben, oder war er ein weiteres Projekt, an dem ich unermüdlich arbeitete wie an meinen langen Reportagen, für die ich beruflich immer wieder gefeiert wurde? (Mein Lebenscoach wäre nun vermutlich sehr stolz, dass ich mir all diese Fragen stelle und die Antworten auch schon parat habe. Aber ich will nicht vorgreifen.)

Nun ist es eine Sache, sich dafür zu entscheiden, professionelle Hilfe in Anspruch zu nehmen – und eine ganz andere, sie dann auch wirklich zu bekommen. Meine Krankenkasse versorgte mich zwar diskret und freundlich mit einer Liste von Psychologen, aber keiner von ihnen hatte Zeit: »In sechs Monaten hätte ich einen Termin für Sie frei.«

»Aber ich brauche sofort Hilfe. Ich bin ja schließlich jetzt unglücklich verliebt, nicht erst in sechs Monaten.« Kaum hatte ich es ausgesprochen, kam ich mir wie ein verwöhntes kleines Kind vor, das energisch mit dem Fuß aufstampft, weil es unbedingt Zuckerwatte *und* Waffeln haben will, und beendete das Gespräch schnell.

Zwei Therapeuten erbarmten sich meiner, aber schon nach dem ersten Probetermin war klar, dass ich mich bei ihnen nicht wohlfühlen würde: Dr. Friedemann Waltersheim schien mir kurz vor dem Rentenalter zu stehen und wirkte so staubtrocken, dass ich fast husten musste. Dr. Dorothea Langenhagen-Münz hingegen erinnerte mich an einen übellaunigen Kobold, der mich aus strengen Augen beobachtete und noch dazu zwei Orchideen auf der Fensterbank hatte, die meiner Mutter die Mitleidstränen in die Augen getrieben hätten. Konnte ich mich ernsthaft einer Frau anvertrauen, die es nicht einmal schaffte, relativ anspruchslose Zimmerpflanzen zu pflegen? Nein, ganz sicher nicht.

Ermattet schleppte ich mich nach diesem Gespräch zu einer Verabredung mit Vera, deren Schule, an der sie arbeitet, in der Nähe war. Die Sonne brannte vom Himmel, und weil ich damals noch nicht ahnen konnte, dass ich mich ein Jahr später nach diesen im Vergleich fast angenehmen Temperaturen zurücksehnen würde, war es mir eindeutig zu heiß. Die Straße wirkte staubig, die Balkonpflanzen an den ansonsten tadellos gepflegten Häusern ließen ihre Köpfe hängen. Es hätte mich nicht gewundert, wenn wie in einem Westernfilm eine dieser großen Strauchkugeln vorbeigerollt wäre.

Und genau in diesem Moment sah ich ihn, einen Traum aus Pink und Grün. Einen Strauch, dem das lang anhaltende Hochdruckgebiet offensichtlich gut bekam. Die leuchtenden Blüten schienen mich regelrecht anzulocken, und wie eine etwas ermattete Hummel trottete ich auf sie zu. Im Näherkommen bemerkte ich, dass die Farbenpracht wild vor sich hin wucherte und einen deutlichen Gegensatz bildete zu den gepflegten Rasenflächen vor den anderen Häusern. Ein dünnes Rinnsal, das über den Bürgersteig lief, zeigte, dass die Büsche regelmäßig gegossen und in ihrer Wildheit gepflegt wurden.

»Schön, oder?«, riss mich eine Stimme aus meinen Gedanken.

»Sehr!« Urteilte ich so über die Blütenpracht oder den Mann, der vor mir stand? Er war groß, sicher eins neunzig, attraktiv und offensichtlich sportlich. Trotz der Hitze war er sehr korrekt gekleidet mit einem eng geschnittenen Anzug in Dunkelblau und einem perfekt gebügelten weißen Hemd. Vor allem aber strahlte er eine Souveränität aus, die mich sofort für ihn einnahm.

»Sind das Ihre?«

Er lächelte. »Ich würde behaupten, dass sie nur sich selbst gehören, aber da sie vor meiner Praxis wachsen: Ja, ich nehme an, dass sie mir gehören. Zumal die Nachbarn der Meinung sind, dass es meine Aufgabe wäre, sie abzuschneiden und durch« – er deutete auf die von einer niedrigen Buchsbaumhecke eingerahmte Rasenfläche des Hauses nebenan – »so etwas zu ersetzen. Aber wer wäre so herzlos, eine perfekte Kartoffelrose rauszureißen?«

»Kartoffelrose?« Diesen Namen hatte ich noch nie gehört.

»Sie können auch Japanrose dazu sagen oder«, er lächelte, »Kamtschatkarose.«

Ich musste lachen. »Das klingt aber sehr martialisch für so eine schöne Pflanze.«

»Dann wird Ihnen der vierte gebräuchliche Name gefallen: Apfelrose.«

Apfelrose. Das Wort hing einen Moment in der Luft, fast wie ein Schmetterling, von dem man sich wünscht, dass man ihn länger beobachten kann, aber schon weiß, dass er gleich davonflattern wird.

»Sind Sie Botaniker?«

»Nein. Eigentlich bin ich Promenadologe.«

»Sie sind … Arzt?«, wagte ich einen Versuch.

»Eigentlich eher ein hoffnungsloser Fall.« Er seufzte, schien aber ganz zufrieden mit sich zu sein. »Ich habe mich eine Zeit lang sehr für die Wahrnehmung der Umwelt durch den Menschen interessiert – die Promenadologie wird darum auch Spaziergangswissenschaft genannt.«

»Und das ist ein Beruf?«, entfuhr es mir.

»Das ist auf jeden Fall eine ausgesprochen interessante Art, seine Zeit zu verbringen … aber nein, es war Teil des Architekturstudiums, das ich aber irgendwann abgebrochen habe.«

Ich musterte ihn neugierig. Wie ein Studienabbrecher sah er eigentlich nicht aus. »Und was machen Sie jetzt?«

»Ich habe noch dieses und jenes ausprobiert und mich gerade mit einem neuen Projekt selbstständig gemacht.« Er deutete auf ein Schild, das oberhalb der Apfelrosen an der Hauswand angeschraubt war. *Randolf Thesenfitz* stand dort und darunter: *Lebenscoach.*

»Sie sind also Psychologe?«

»Nein, wobei ich auch einige Semester in dieser Richtung studiert und eine klassische Coachingausbildung absolviert habe – Letztere sogar mit Abschluss.«

»Da werden Ihre Eltern stolz auf Sie sein«, sagte ich keck.

»Das wären sie vielleicht, wenn sie nicht schon gestorben wären.«

Ich und meine freche Klappe! Ich hätte mir am liebsten auf die Zunge gebissen, wenn das nicht so verdammt schmerzhaft wäre. »Oh, tut mir leid, ich wollte nicht …«

Er machte eine beschwichtigende Handbewegung. »Keine Sorge, das ist schon vor Jahren passiert. Und tatsächlich hat mein Vater immer Scherze darüber gemacht, dass ich es endgültig schaffen werde, unser Familienvermögen durchzubringen – er selbst ist mir da mit gutem Beispiel vorangegangen.«

Ein echter Luftikus, dachte ich. Auf so was stand ich gar nicht. Für mich war es wichtig, dass ein Mann wusste, was er will, und das dann auch durchzog. So wie Stefan: Der wollte mich und blieb hartnäckig am Ball. »Nun, wenn man's sich leisten kann …« Ich musterte erst ihn, dann das schmucke zweigeschossige Haus.

Randolf Thesenfitz schien sich nicht angegriffen zu fühlen. »Kann ich«, erklärte er leichthin. »Aber um auf Ihre Frage zurückzukommen: Nein, ich bin kein Psychologe, ich bin Coach und helfe Menschen, die sich in einer Lebenskrise fühlen.«

»Aha«, gab ich von mir, weil ich mir darunter nichts Konkretes vorstellen konnte.

»Ich stelle Fragen, um dabei zu helfen, Antworten zu finden und sich weiterzuentwickeln.« Während er das erklärte, ging Randolf Thesenfitz in die Knie, um eine Blüte, die sich unter einen Zweig geschoben hatte und Gefahr lief, abzuknicken, zu befreien. Ganz sanft und vorsichtig machte er das. Und in diesem Moment kam mir eine Idee.

»Ich bin tatsächlich gerade auf der Suche nach jemandem, der … nun … der mir hilft, ein paar Problemstellungen in meinem Leben in den Griff zu bekommen. Haben Sie noch Termine frei?«

Er richtete sich wieder auf. »Ja, habe ich. Aber der Fairness halber sei gesagt: Sie wissen, dass ich Anfänger bin, was das Lebenscoachen angeht, richtig?«

»Das trifft sich gut, ich bin auch Anfängerin, wenn es um Lebenskrisen geht.«

»Dann hoffen wir mal, dass nur einer von uns Profi wird.«

Und so begannen meine Donnerstage bei Randolf Thesenfitz, den ich in meinen Gedanken mehr oder weniger liebevoll Doktor nenne, auch wenn ich weiß, dass er es nicht ist. Aber aus irgendeinem Grund fühlt es sich für mich richtig an; vielleicht weil es mir dabei hilft, diesem Mann Woche für Woche meine intimsten Gedanken anzuvertrauen. Ich fühle mich wohl in seiner Gegenwart, und tatsächlich hat er mir sehr geholfen. Nicht auszudenken, was sonst vor anderthalb Monaten passiert wäre, als Stefan mich … ja, was eigentlich? Verließ? Ausrangierte? Fallen ließ wie eine heiße Kartoffel?

Um es kurz zu machen: Stefan lud mich zum Essen ein, wir verbrachten einen wunderbaren Abend miteinander und eine ebenso wunderbare Nacht, was auch deswegen aufregend war, weil wir in den Monaten davor kaum noch Sex hatten. Es wirkte fast so, als wären wir dabei, ein altes Ehepaar zu werden (abzüglich der Ehe wohlgemerkt). Aber an diesem Abend war Stefan flirty wie lange nicht mehr, er umgarnte mich nach allen Regeln der Kunst und zeigte auch später zwischen den seidigen Laken, die ich vorsorglich aufgezogen hatte, eine Einsatzbereitschaft, die mich begeisterte; bei *Let's Dance* hätte selbst der gestrenge Herr Llambi für unseren horizontalen Tanz die Wertungskarte mit der Zehn gezückt. Als wir später schwer atmend nebeneinanderlagen, streichelte ich ihm versonnen über die breit trainierte Brust und sagte: »Das war so gut wie beim ersten Mal.« Eine halbe Stunde später wusste ich, dass es passenderweise auch das letzte Mal war.

Stefan beendete das, was zwischen uns war, übrigens nicht, um zu seiner Frau zurückzukehren, sondern weil er sich in eine andere verliebt hatte. »Caro versteht mich auf eine Art und Weise, wie ich es noch nie erlebt habe. Das kann mir meine Frau nicht bieten … und du auch nicht, Olivia. Es tut mir leid, wenn ich das so sagen muss.« Er setzte seinen Dackelblick auf. »Aber ich möchte doch ehrlich mit dir sein.«

Hicks! Da ist er wieder, mein altvertrauter Freund in jeder Lebenslage: der Schluckauf. »Und ich möchte jetzt allein sein – *hicks*.« Ich schmiss ihn raus und war einen Moment gewillt, die Tür hinter ihm zuzuknallen, aber dann besann ich mich. Letztendlich war das passiert, was ich immer geahnt hatte. Und seit ein paar Wochen wusste ich dank Randolf Thesenfitz auch, dass ich es – ganz tief in mir drin – auch nicht verhindern wollte. Stefan war in mein Leben gerauscht, hatte es eine Zeit lang auf den Kopf gestellt … und nun war es Zeit, alles wieder geradezurücken.

Nur der Traum von letzter Nacht, der passte so gar nicht dazu. Wollte ich Stefan vielleicht doch zurück? Nein, ganz sicher nicht. Aber was hatte er dann zu bedeuten?

Kapitel 3

Unschlüssig stehe ich neben den vergnügt wuchernden Apfelrosen und überlege, was ich mit dem Rest des Tags anfangen soll. In der Redaktion werde ich heute nicht mehr erwartet, also kann ich genauso gut nach Hause gehen. Und auf dem Heimweg ein Zitroneneis essen. Oder vielleicht bei Vera vorbeischauen, schließlich ist bald Schulschluss.

Noch vor einem Jahr wäre ich nicht so locker gewesen. Da wäre ich sofort ins Büro gefahren und hätte pflichtbewusst dem Tropenklima getrotzt, um zu arbeiten, meine Pflicht zu erfüllen, mir meinen eigenen Wert zu beweisen, indem ich ein nachweisbares Ergebnis produzierte. Nicht dass ich jetzt ein Laissez-faire-Typ bin, ganz sicher nicht. Aber in den letzten Monaten habe ich von Randolf Thesenfitz viel gelernt über Achtsamkeit mir selbst gegenüber, über Radical Self Love, über die hohe Kunst, als fleißiges Bienchen trotzdem auch mal fünfe gerade sein zu lassen, und den Wert, den es hat, die Zügel aus der Hand legen zu können. Glück ist nicht immer etwas, was man sich verdienen muss – Glück kann auch ein Geschenk des Lebens sein, wenn man bereit ist, es anzunehmen. Klingt vielleicht bescheuert. Ist aber genau so.

Ich versuche, meine Freundin auf dem Handy zu erreichen, und zu meiner Überraschung geht sie auch gleich dran. »Hi, Süße, schön, dass du anrufst! Ich hab den Kids hitzefrei von der Hausaufgabenbetreuung gegeben. Wie sieht's aus? Kommst du mit in den Beach-Club, ein bisschen im Pool planschen? Ich bin schon fast da.«

Der Tag nimmt eine unerwartet schöne Wendung. Mein Artikel über Städter, die ihre Sommerferien zu Hause verbringen, kann ruhig bleiben, wo er ist: als Fragment in meinem Computer.

»Das nenne ich mal eine gute Idee!«, rufe ich begeistert in den Hörer und überlege, wie ich, ohne zu kollabieren, an die Elbe komme. Mein Rad steht mit einem Platten zu Hause im Keller, zu Fuß bin ich Stunden unterwegs, und Bus und U-Bahn sind jetzt bestimmt stickige Orte des Grauens und eher dafür geeignet, ohnmächtig zu werden, als von A nach B zu fahren.

Also doch zu Fuß. Beherzt mache ich mich auf den Weg und fächere mir währenddessen mit einem Prospekt aus der Praxis von Randolf Thesenfitz Luft zu. Titel: *Neue Perspektiven in der Lebensmitte.* Ich muss grinsen. Der Flyer hatte vermutlich nie die Perspektive, mal von der Sachinformation zum Hitze-Accessoire zu mutieren.

Zwei Straßenecken weiter ist mir nicht mehr nach Lachen zumute. Die Abgase der Autos stinken heute fünfmal so sehr wie sonst, ich bekomme schwer Luft und überlege, ob es wohl schon Ozonalarm gegeben hat, während ich meinen Traum bei Randolf Thesenfitz bearbeitet habe.

Vielleicht sollte ich mir lieber den Luxus eines Taxis gönnen, als womöglich auf dem kochend heißen Asphalt mein Leben auszuhauchen? Auch wenn ich weder Mann noch Kind mein Eigen nennen kann, habe ich doch ein Anrecht auf eine Zukunft! Und laut Dr. Thesenfitz auf alle Fälle eine *Perspektive.* Wobei: Bin ich überhaupt in der *Lebensmitte?* Nee, dann wäre ja mit 68 schon Schluss, das geht nun wirklich nicht. Aber selbst die Erkenntnis, dass ich eigentlich noch ein junger Hüpfer bin – es kommt schließlich immer auf die Perspektive an! –, kann mich gerade nicht vor der immer bleierner werdenden Ermattung befreien.

Mit letzter Kraft schreie ich »Taxi!« und werfe mich einem cremefarbenen Kombi in den Weg. Hoffentlich ist es nicht besetzt oder auf dem Weg zu einer Vorbestellung …

Tatsächlich fährt es einfach weiter. Hallo? Der hatte doch sogar das Licht obendrauf an! Schon Hitzeschlag, oder was?

Ich spreche mir Mut zu: Wo ein Taxi ist, kommt auch ein zweites. Ist ja nicht wie an Silvester.

Leider kommen innerhalb der nächsten 20 Minuten nur noch drei Fahrzeuge ortsansässiger Taxiunternehmen an mir vorbei, und keines zeigt auch nur das geringste Interesse daran, mich mitzunehmen.

Mittlerweile läuft mir der Schweiß in Strömen herunter, und ich ahne den Grund für die Verweigerung: Die Fahrer haben Angst um ihre edle Innenausstattung. Zumal ich mich auch nicht mehr ganz standfest fühle. Herrje, torkele ich etwa?

»Olivia, ist alles in Ordnung mit Ihnen?«, höre ich plötzlich eine Stimme, die mir sehr vertraut vorkommt. Sie klingt ein bisschen wie die von Randolf Thesenfitz.

Irritiert drehe ich mich um. Und tatsächlich: Es ist mein Lebenscoach. Interessant. Ich habe den Mann so oft gesehen – aber noch nie außerhalb seines natürlichen Habitats, der Praxis.

Er hat das Fenster eines roten BMW-Mini heruntergekurbelt und sieht ganz anders aus, als ich ihn kenne: Sein sonst streng nach hinten gekämmtes Haar fällt ihm lockig ins Gesicht, den Anzug hat er gegen ein cooles Shirt und eine ausgewaschene Jeans getauscht. Mit anderen Worten: Er sieht plötzlich nicht mehr aus wie der Herr Doktor, sondern wie ein Mann. Und ein überaus lässiger noch dazu …

Wo kommt denn jetzt dieser Gedanke her? Weg damit!

»Danke, alles bestens«, antworte ich mit zusammengebissenen Zähnen. Wer noch vor einer Stunde vollmundig vor sich selbst behauptet hat, keinen rettenden Prinzen zu brauchen, sollte auch in so einer Situation souverän bleiben. Ist ja auch gar nichts. Nur ein bisschen zu viel Sonne, Ozon, Durst, Übermüdung …

Auf einmal geschieht etwas Merkwürdiges: Das rote BMW-Mini verliert den Glauben an die Schwerkraft und steigt ganz langsam in die Höhe. Habe ich gerade noch von oben zum besorgt aussehenden Randolf Thesenfitz hinabgeschaut, sind wir auf einmal auf Augenhöhe. Wie in Zeitlupe öffnet sich sein Mund. Und während er aus meinem Blickfeld verschwindet, begreife ich, dass sich das Auto gar nicht nach oben bewegt, sondern ich nach unten, und …

***

»Wie geht es Ihnen?«, fragt eine männliche Stimme, die von weit, weit her zu kommen scheint. Ich lasse mich grundsätzlich nicht von irgendwelchen Typen ansprechen, deswegen gebe ich nur ein unwirsches »Hmpf« von mir.

»Olivia? Können Sie mich hören, Olivia?«

Hmmm, offensichtlich kennt mich der Mann, der da auf mich einredet. Langsam dämmert mir, wer es sein könnte. Mühsam versuche ich, die Augen zu öffnen, und komme allmählich zu mir. Was auch immer passiert ist, ich bin eindeutig bei Randolf Thesenfitz.

Allerdings nicht in seiner Praxis.

»Hier, trinken Sie das«, sagt er, und sein Ton verrät, dass Widerspruch zwecklos ist. Ich stürze etwa einen Liter stilles Wasser hinunter, bis ich das Gefühl habe, dass es mir gleich zu den Ohren und den Nasenlöchern herauskommt. Mein Herz rast, mein Kopf surrt. Wüsste ich es nicht besser, ich würde denken, ich habe einen Kater. Zu allem Überfluss ist mir jetzt auch noch übel – und nicht zu knapp!

»Was ist passiert?«, frage ich verwirrt.

»Sie sind auf dem Gehweg kollabiert. Zum Glück hatte ich gerade angehalten, um zu fragen, ob ich Sie irgendwohin mitnehmen kann. Daran können Sie sich doch hoffentlich noch erinnern, oder?«

Aha, aha, aha … ja, da war was!

»Tut mir leid, wenn ich Sie aufgehalten habe«, sage ich matt. »Bitte, ich will keine Umstände machen.«

»Das lassen Sie mal meine Sorge sein. Momentan ist doch viel wichtiger, dass es Ihnen bald besser geht«, antwortet Randolf Thesenfitz barsch und sieht dabei verdammt sexy aus. *Nein,* rufe ich mich zur Ordnung, *natürlich tut er das nicht. Er ist ein attraktiver Mann, mehr nicht.*

Ich sehe sicherheitshalber noch mal genauer hin.

Verdammt. Der ist nicht nur attraktiv, der ist eindeutig *sexy*.

Was ist denn nur mit mir los? Habe ich mir den Kopf angestoßen, als ich umgekippt bin?

In dem Moment, als mir klar wird, dass Randolf Thesenfitz ohne sein strenges Lebenscoach-Styling tatsächlich ein Mann ganz nach meinem Geschmack ist, wird mir erst recht schlecht. Ich kann gerade noch »Badezimmer?« stammeln – Sekunden später hänge ich über der Toilettenschüssel.

»Ich habe einen Sonnenstich, ganz eindeutig«, diagnostiziere ich in Richtung Tür, hinter der ich Randolf Thesenfitz vermute. »Alles halb so wild, gleich geht es mir schon besser.« Ich erinnere mich nebulös daran, dass mir so was als Kind auch passiert ist. Daher kommt dann wohl auch die Übelkeit, die sich nun erneut bemerkbar macht. Und schon umarme ich den Keramik-Gott ein zweites Mal.

Nachdem ich mich eine gefühlte Ewigkeit später, so gut es geht, erfrischt und wieder in Ordnung gebracht habe, verlasse ich das Badezimmer und finde mich in einem Flur mit Sideboards und modernen Fotografien an der Wand wieder. Die Möbel erinnern mich an die Serie, mit der auch Thesenfitz' Praxisraum eingerichtet ist. Wohnt der nicht obendrüber …? Ja, das wird es sein. Immerhin weiß ich nun, wo ich bin.

Mit leicht wackligen Knien gehe ich zurück in das helle, elegant eingerichtete Wohnzimmer. Dort werde ich von Randolf Thesenfitz erwartet und von meinem Handy, das freudig aufpiept, als ich den Raum betrete. Na ja, vermutlich will es mir nur anzeigen, dass ich eine SMS bekommen habe.

»Vermutlich haben Sie recht, und es ist ein Hitzschlag«, bestätigt Dr. Thesenfitz meine Diagnose, kommt auf mich zu und mustert mich eingehend.

»Lassen Sie mich raten: Medizin haben Sie auch mal studiert?«, fordere ich ihn frech heraus, lasse mich dann aber ausgesprochen gerne von ihm in einen der bequemen Sessel bugsieren.

»Bis zum ersten Physikum, dann kam mir etwas anderes dazwischen … Aber so oder so ist klar, dass Sie sich dringend professionell durchchecken lassen sollten. Können Sie mir den Namen Ihres Hausarztes nennen?«

»Nein, kann ich nicht. Ich habe nämlich gar keinen«, presse ich hervor, weil mir schon wieder ganz kodderig ist. »Aber ich brauche auch keinen. Mir genügen eine kalte Dusche, etwas Eistee und danach ein paar Stunden Schlaf.«

»Nun, wenn Sie meinen«, entgegnet Dr. Thesenfitz, sieht aber alles andere als überzeugt aus. »Dann fahre ich Sie nach Hause, wenn Ihnen das lieber ist.«

Eine laute Stimme in mir sagt: *Ja, bitte!* Eine kleine, leise, fiese aber flüstert: *Na, brauchst du doch einen Helden, oder was? Und einen so attraktiven noch dazu …*

»Das kommt nicht infrage, ich nehme ein Taxi. Sie haben heute schon genug für mich getan«, protestiere ich, obwohl ich damit ja vorhin eher schlechte Erfahrungen gemacht habe. »Tun Sie, was immer Sie heute ursprünglich tun wollten, und kümmern Sie sich nicht weiter um mich. Mir geht's gut, ehrlich!«

Diesen Worten folgt ein erneuter Anfall von Übelkeit. Zum Glück schaffe ich es wieder rechtzeitig ins Bad.

Mann, Mann, Mann. So schlecht ging es mir ja lange nicht mehr.

Aus der Ferne höre ich mein Handy klingeln. Das ist sicher Vera, die im Beach-Club auf mich wartet. Ich muss sie unbedingt zurückrufen und erzählen, was passiert ist.

»Wollen Sie nicht lieber hierbleiben, und ich rufe einen Notarzt?«, fragt Randolf Thesenfitz. Zum ersten Mal, seit ich ihn kenne, sehe ich echte Besorgnis in seinem Blick.

»Da hören Sie sich seit nunmehr zwölf Monaten Einblicke in die finstersten Abgründe meiner Seele an und tun so, als sei das alles das Normalste der Welt. Und bei so einem kleinen Formtief machen Sie ein Gewese um mich, als wäre ich in höchster Lebensgefahr?« Ich schüttle leicht den Kopf. »Herr Thesenfitz, Herr Thesenfitz, Sie …« Ich verstumme abrupt.

Er legt den Kopf schräg und mustert mich eindringlich. »Noch mal ins Bad?«

»*Brmpf!*«

Er schafft es gerade noch rechtzeitig, mich zu meinem neuen Freund aus weißer Keramik zu schleppen, bevor ich erneut zu spucken beginne.

Danach entscheide ich mich spontan, sein Angebot doch anzunehmen. Ich meine, hey, der Mann ist mein Lebenscoach und lebt gut von meinem Honorar. Warum soll ich mich also nicht zur Abwechslung mal ein bisschen umsorgen lassen?

»Ich muss nur kurz meiner Freundin Vera Bescheid geben, dass sie sich ohne mich im Beach-Club amüsieren muss, und dann würde ich wirklich gern hierbleiben.«

Randolf Thesenfitz sieht erleichtert aus. Ich bin es auch.

»Außerdem sollten Sie wirklich einen Notarzt holen, denn ich fühle mich hundeelend.«

Nun hellt sich sein Gesicht auf, er strahlt mit der Sommersonne um die Wette. Ob das daran liegt, dass er froh ist, weil ich ihm zustimme (Männer sind doch alle gleich!), oder ob er sich darüber freut, dass ich *gut für mich sorge* (klassischer Lebenscoachsprech!), weiß ich nicht, ist mir aber auch gerade egal.

Mein Handy zeigt zwei verpasste Anrufe von Vera an, vier Whatsapp-Nachrichten und drei SMS, die alle einen gemeinsamen Nenner haben: *OMG – das glaubst du nie – wo bleibst du?*

»Das glaubst du nicht!«, posaunt meine beste Freundin mir darum auch entgegen, kaum dass ich ihre Nummer gewählt habe. »Ich muss dir unbedingt etwas erzählen … wo bleibst du denn?«

Ich erkläre ihr kurz, was passiert ist.

»Auweia«, sagt Vera und klingt sehr besorgt. »Soll ich zu dir kommen?«

»Nein, lass mal, Dr. Thesenfitz kümmert sich um mich. – Aber was ist denn nun so wichtig?«

Vera schweigt einen kurzen Moment. »Ach, du, lass mal, das kann ich dir auch morgen erzählen«, sagt sie dann.

»Wenn ich das noch erlebe«, kalauere ich matt.

»Unkraut vergeht nicht!«

»Soll das jetzt eine Aufmunterung sein?«

»Klappt's denn?« Ich höre Vera an, wie breit sie grinst, während sie das sagt, und merke, wie sich auch meine Mundwinkel ganz leicht nach oben heben.

»So ein bisschen …«

»Gut, Süße, dann pass auf dich auf. Und melde dich, wenn irgendetwas ist, ja?«

Während ich mit Vera telefoniert habe, hat Randolf Thesenfitz den ärztlichen Notdienst bestellt. »Kann aber leider eine Weile dauern, denn es haben heute viele Leute Probleme mit der großen Hitze«, verkündet er schließlich mit bedauernder Miene und schenkt mir erneut ein Glas Wasser ein.

»Lassen Sie mich raten: Die meisten dieser Patienten sind weit über 70?« Ich kichere, obwohl es mir wirklich schlecht geht. Was ist denn daran eigentlich so lustig? Aber ich kann es nicht verhindern: Ich kichere leise vor mich hin. Und fühle mich dabei, als hätte ich die Kontrolle über mich verloren. *Wer bin ich? Und wenn ja, wie viele?* Dieser ganze Tag ist komplett gaga und absurd: Erst dieser blöde Traum, dann der Anruf von Dr. Thesenfitz, die Hitze, mein Kollaps, die Erkenntnis, dass mein Lebenscoach ein ganz schön scharfes Käterchen ist, Veras mysteriöse Andeutungen … Was passiert wohl als Nächstes? Bis Mitternacht sind es noch einige Stunden, da ist noch Luft nach oben. Aber eigentlich kann es jetzt nicht mehr schlimmer werden.

Kapitel 4

Ohne Test kann ich es Ihnen nicht hundertprozentig sagen«, erklärt die freundliche junge Ärztin mir eine Stunde später, »aber meiner Erfahrung nach würde ich sagen, dass Sie schwanger sind!«

Mir klappt die Kinnlade nach unten, und ich fühle mich, als würde ich in der Trommel meiner Waschmaschine hin und her geschleudert.

Ich starre die Frau an, die mich gründlich untersucht, nach Symptomen befragt und mit strahlend blauen Röntgenaugen durchleuchtet hat. Aber gibt es sie auch wirklich, oder ist sie ein Produkt meiner Hitzeverwirrungen? Bin ich möglicherweise im Delirium?

Ich höre mich selbst »Aha! *Hicks!*« antworten. Für mehr fehlen mir die Worte. Selbst der Schluckauf hat sich erst nach einer Schrecksekunde geregt und verzieht sich so schnell, wie ich es noch nie erlebt habe.

Offensichtlich ist die Ärztin es gewohnt, dass die Ankündigung einer Schwangerschaft für gemischte Reaktionen sorgen kann. »Dann schon mal prophylaktisch herzlichen Glückwunsch von mir«, gibt sie sich betont freundlich und sieht dann zu Randolf Thesenfitz hinüber, »und das gilt natürlich auch für den möglicherweise werdenden Vater.«

»Das ist nicht mein Mann«, stoße ich hervor. »Das ist mein Doktor.«

Die Ärztin sieht Thesenfitz erstaunt an. »Oh, Herr Kollege, ich wusste ja nicht …«

»Ich bin kein Doktor«, kommt es von ihm. »Sie ist einfach nur meine Patientin. Also … meine Klientin. So. Ja. Also …«

Wären wir hier in einem Comic, würde über dem Kopf der Ärztin nun vermutlich eine Armada kleiner Fragezeichen schweben. Stattdessen setzt sie ein unverbindliches Lächeln auf. Randolf Thesenfitz macht derweil ein Gesicht, als hätte ihm jemand einen Cocktail aus Lebertran, Chili und Zitrone eingeflößt, wippt mit den Füßen und sagt erst mal – nichts.

Die nette Ärztin packt ihre Siebensachen wieder ein, lächelt mich freundlich an und sagt: »Es tut mir leid, aber ich muss dann mal wieder. Alles Gute für Sie.« Dann sehe ich nur noch zwei Rücken vor mir, während mich eine neue Welle der Übelkeit überrollt.

»Ich gehe mal eben zur Apotheke und hole einen Test«, ruft Randolf Thesenfitz vom Flur aus in einer Lautstärke, als sei ich nicht potenziell schwanger, sondern definitiv schwerhörig. Nachdem er zusammen mit der Ärztin verschwunden ist, hallt das ebenso harmlose wie alles verändernde Wort in mir nach.

Schwanger?

Wirklich?

Oh mein Gott, wie konnte das nur passieren?

Ich versuche, mich zu konzentrieren, und rechne nach. Das Ergebnis ist zwar nicht ganz so eindeutig wie der rosa oder blaue Streifen auf einem Teststäbchen, aber rein rechnerisch würde es hinkommen: Meine letzte Nacht mit Stefan könnte noch ganz andere Folgen gehabt haben als die Trennung.

Unter Aufbietung aller Kräfte krieche ich vom Sofa und angele nach meiner Handtasche. Ein Blick in meinen Timer bestätigt meine Vermutung – meine Periode ist tatsächlich überfällig. Das war sie allerdings schon häufiger, denn meine Tage sind ähnlich unpünktlich wie ich.

»Sind Sie noch da?«, höre ich die wohlvertraute Stimme von der Tür. Als Randolf Thesenfitz ins Wohnzimmer kommt, empfange ich ihn mit einem freundlichen »Nein, ich bin schon unterwegs, um mich für den nächsten Haspa Marathon anzumelden«.

»Ihren Humor haben Sie immerhin nicht verloren«, attestiert er mir, ohne beleidigt zu sein.

»Wer weiß, vielleicht muss ich ja bald für zwei lachen«, mutmaße ich. »Was haben Sie da?«

Er wedelt mit drei kleinen Kartons. »Ich habe sicherheitshalber nicht nur einen Test mitgebracht.«

»Sie wollen es wohl ganz genau wissen.«

»Sie nicht?«

Kapitel 5

Hicks – hicks – hicks.

Eine halbe Stunde später steht es 4:0 und ist somit amtlich: Die Ärztin hatte recht. Ich werde Mutter …

Ich bleibe noch einen Moment auf dem Badewannenrand sitzen und versuche, mich zu sammeln. Das stellt sich als sinnloses Unterfangen heraus, denn in meinem Kopf geschieht das Unmögliche: Einerseits rasen meine Gedanken wild durcheinander, andererseits ist da ein riesengroßes Vakuum in mir. Da ist alles und nichts zugleich. Während ein paar Stockwerke tiefer nun definitiv etwas in mir ist …Wenn Thesenfitz mich nun wie so oft fragen würde, was ich empfinde, müsste ich vermutlich antworten: *»Woooooaaaaaaah! Mit Tendenz zum Hurra-kreisch-schluchz.«*

Ich stehe auf.

Setze mich wieder.

Kneife mich.

Halte ein paar Minuten die Luft an.

Schlage meine Fersen gegeneinander und flüstere »There's – *hicks* – no place – *hicks* – like – *hicks* – home«.

Aber das alles ändert nichts.

Also atme ich tief ein, straffe die Schultern und verlasse das Badezimmer.

Randolf Thesenfitz sitzt auf der vordersten Kante seines Sofas und zuckt zusammen, als ich das Wohnzimmer betrete. Er schaut mich groß an. In seinen grünen Augen spiegelt sich … Tja, nun … es spiegelt sich definitiv *etwas* in ihnen, und das ist nicht nur das Licht, das durch die großen Fenster fällt. Er wirkt aufgewühlt und verwirrt. Vermutlich überlegt er gerade, welches Studium er noch hätte anfangen müssen, um der aktuellen Situation gewachsen zu sein.

Wortlos reiche ich ihm die Testergebnisse. Allmählich ist mir nichts mehr peinlich. Außerdem kennt er die Geschichte mit Stefan und das ganze Elend, das daran hängt.

»Und wie fühlen Sie sich jetzt?«, fragt er, plötzlich wieder ganz der sachliche Lebenscoach.

»Ich … also, ich, ich … weiß es nicht«, stottere ich grenzdebil und versuche, das Gedankenkarussell in meinem Inneren zu stoppen oder zumindest das Gefühlschaos zurückzudrängen, das mich zu überwältigen droht. Kann ich das Vakuum von gerade zurückhaben, bitte? »Ich würde sagen, ich bin … verwirrt.« Wobei verwirrt sehr milde ausgedrückt ist, ich fühle mich nämlich wie im falschen Film. Besser gesagt, in der falschen Serie, die weiter und weiter gedreht wird, weil das Publikum nicht genug bekommen kann von Olivias Pleiten, Pech und Pannen.

»Werden Sie es Stefan sagen?«

»Wem?«, frage ich blöd.

Hach, Stefan, stimmt, er ist ja der Vater …

Stefan, der Mann, zu dem ich seit Wochen keinen Kontakt mehr habe, weil er einerseits Schluss gemacht hat mit mir und ich andererseits auch kein Interesse hatte, daran etwas zu ändern. Weil mich mein Verhältnis zu ihm, die Aussichtslosigkeit der Lage und dieses ganze nervenaufreibende Hangen und Bangen zu einem Menschen gemacht hat, der mir ganz und gar nicht gefällt.

»Ich habe keine Ahnung, ob ich es ihm sagen werde … aber momentan denke ich, eher nicht«, sage ich mit zunehmend festerer Stimme. Das ist auch etwas, was ich an den Donnerstagen ein Stockwerk tiefer gelernt habe: Man muss die Dinge laut aussprechen, dann versteht man oft besser, wie man zu ihnen steht. »Es hat so lange gedauert, einzusehen, dass er mir nicht guttut, und nun das … Ich kann mir einfach nicht vorstellen, dass es mich weiterbringt, ihn wieder zu treffen – egal aus welchem Grund. Und darum ändert dieser … dieser Umstand auch nichts.«

Randolf Thesenfitz nickt nachdenklich und fährt sich dabei mit den Fingern durch das gelockte Haar. Wieso sind mir diese zarten silbernen Strähnen eigentlich zuvor noch nie aufgefallen?

Er murmelt »Gut, gut, gut«, und ich frage mich, was genau jetzt eigentlich gut ist.

Zum Glück ist mir nicht mehr übel, selbst die Kopfschmerzen schleichen sich leise davon. Stattdessen macht sich ein sanftes Ziehen in meiner Bauchgegend bemerkbar, und ich fühle auf einmal: Hier entsteht neues Leben.

Wooooaaaaaaah! Hurra-kreisch-schluchz … hurra?

Dann muss ich plötzlich kichern.

Mein Gegenüber sieht mich irritiert an. »Was ist denn so lustig?«, will er wissen.

Ich deute giggelnd auf den Prospekt zum Thema *Lebensperspektiven,* der – arg ramponiert – vor mir auf dem Couchtisch liegt. Wenn Mutterwerden keine Perspektive ist, was dann?

Randolf Thesenfitz' Augen folgen meinem Blick, und nun beginnt auch er zu lachen.

Muss ich betonen, dass ich ihn bislang noch nie richtig habe lachen hören? Klingt schön und so lebendig!

»Dann wollen Sie es also behalten?«, schlussfolgert er und sieht mich erwartungsvoll an. »Immerhin haben Sie ja heute Nacht geträumt, dass Sie eine kleine Tochter haben. Sie hieß Lilly, wenn ich mich richtig erinnere.«

»Lilly ist ein schöner Name«, seufze ich verträumt und streichle mir doch tatsächlich über den Bauch. »Aber was, wenn es ein Junge wird?«

»Dann nennen Sie ihn eben Linnart oder Liliom.«

»Mit einem dieser Namen kann ich meinen Sohn jetzt schon auf die Warteliste beim Therapeuten setzen, finden Sie nicht?«

»Ich finde, dass das tolle Namen sind.« Er sieht mich pikiert an.

»So wie Randolf?«

»Nun werden Sie mal nicht frech!« Scherzhaft droht er mir mit dem erhobenen Zeigefinger. »Den Namen habe ich von meiner

Mutter bekommen.« Kaum hat er es gesagt, scheint sich ein Schatten über sein Gesicht zu legen.

»Sie haben recht, es hätte schlimmer kommen können«, lenke ich darum schnell ein. »Thorwald zum Beispiel. Oder Waldemar. Oder Horst-Dietrich. Oder Friedemann. Friedemann Thesenfitz, stellen Sie sich das mal vor.«

»So hieß mein Vater …«

»Auweia – tut mir leid!« Wieso bin ich manchmal so eine Fettnäpfchenkönigin?

»… nicht.« Er grinst mich breit an.

Ich spiele die Empörte. »Machen Sie sich gerade lustig über mich?«

Er hebt Daumen und Zeigefinger mit Millimeterabstand. »Vielleicht ein ganz kleines bisschen.«

Ich sehe ihn verschmitzt an. »Gut so. Weiter so. Das steht Ihnen irgendwie gut.«

Tatsächlich fühlt es sich schön an, so mit meinem Lebenscoach zu scherzen. Ansonsten könnte ich ja auch gleich anfangen, eine Krise zu bekommen: Da sitze ich nach einem vermeintlichen Hitzekollaps in der Privatwohnung eines verboten attraktiven Mannes, dem ich wöchentlich Geld überweise, schütte literweise Wasser in mich hinein und überlege mir Namen für einen Sohn oder eine Tochter, von deren Existenz ich gerade mal eine halbe Stunde weiß … Nun beginnt sich doch eine leichte Hysterie in mir aufzubauen: Ich habe als Redakteurin ein Gehalt, das bequem für eine, aber nicht für zwei Personen reicht, und bin schwanger von einem Mann, für den ich nichts weiter war als ein netter Appetithappen zwischendurch. Unter normalen Umständen würde ich mir jetzt einen dreistöckigen Whiskey genehmigen, aber Alkohol ist ja ab sofort gestrichen, genauso wie Kopfschmerztabletten und Ähnliches.

Himmel, hilf, bin ich wirklich für dieses Abenteuer geschaffen? Und kann diese unerträgliche Hitze bitte endlich mal nachlassen?

Kapitel 6

Ich erwache schweißgebadet von ohrenbetäubendem Lärm und grellem Licht. Bin ich gestorben und in einer besonders gut ausgeleuchteten Ecke der Hölle gelandet? Momentan würde mich auch das nicht mehr wundern.

Doch was ich irrtümlich für das berühmte *Licht am Ende des Tunnels* gehalten habe, entpuppt sich als infernalisches Gewitter. Die Naturgewalten treiben es richtig bunt und werfen sogar hühnereigroße Hagelkörner gegen die Fensterscheiben.

Vielleicht kühlt es ja endlich ein bisschen ab, denke ich hoffnungsvoll und tapse verschlafen Richtung Küche, um einen Schluck Wasser zu trinken.

Im Flur bleibe ich allerdings ruckartig vor dem Garderobenspiegel stehen, der gerade durch einen grellen Blitz erleuchtet wird, dem kurz darauf Donner folgt. Ich zucke zusammen, denn ich hatte schon immer große Angst vor Gewitter. Instinktiv streiche ich mir wieder über den Bauch und flüstere: »Hab keine Angst, es ist nur ein Gewitter. Ich pass auf, dass dir nichts geschieht.«

Huch? Habe ich das eben wirklich gesagt?

Erstaunt über die plötzliche Intensität meiner Gefühle, die mich gerade überfluten, drehe ich mich zur Seite und betrachte meinen Bauch, der noch ganz flach und fest ist.

Wie er wohl in drei Monaten aussieht?, frage ich mich, schaue noch eine Weile nachdenklich mein Spiegelbild an und setze mich dann mit einem Glas Wasser auf die Couch. Draußen blitzt und donnert es, als gäbe es kein Morgen mehr.

Überrascht stelle ich fest, dass dieses Gewitter mir gar nicht so viel ausmacht wie sonst. Ich habe keine Angst davor, dass das Haus vom Blitz getroffen wird oder in Regenmassen zu versinken droht. Diesmal hat das Spektakel etwas Reinigendes, Erfrischendes – eine

Wohltat nach der Gluthitze der vergangenen Tage. Ich bin auch gar nicht mehr traurig darüber, dass ich – anders als die meisten meiner Freunde – dieses Jahr nicht in den Urlaub gefahren bin. Die Nachricht meiner Schwangerschaft hätte ich nämlich ungern in Rom, in Südfrankreich oder auf einer griechischen Insel bekommen.

Nein, sie ist hier, in meinem kuscheligen Nest unter dem Dach, am besten aufgehoben.

Unserem kuscheligen Nest.

Wie lange ich wohl noch zu Fuß die fünf Stockwerke hinaufsteigen kann? In nicht allzu weiter Zukunft werde ich nämlich das Gewicht von zwei Menschen mit mir herumschleppen, auch wenn einer davon sich noch in meinem Bauch befindet. Später kommen dann noch Buggy, Kinderkarre und haufenweise anderer Kram dazu.

Ob es einen Lieferservice für Windeln, Feuchttücher, Babybrei und Co. gibt?

Bislang habe ich das Fehlen eines Fahrstuhls durchaus als Vorteil gesehen, weil ich die vielen Stufen als tägliche Fitnessübung betrachtet habe – egal, wie schwer die Einkäufe waren, die ich heraufzuwuchten hatte. Meine Beine waren dadurch immer gut in Form und mein Kreislauf ebenfalls.

Meine Beine, die Stefan so geliebt, bewundert und immer wieder zärtlich gestreichelt hat …

Seltsamerweise macht sich nun ein kleiner Hauch von Melancholie breit, als ich an Stefan denke. Was er wohl gerade macht? Ist er womöglich mit seiner Frau nach Barcelona geflogen oder mit dieser Caro, die ihn so viel besser versteht als jede andere Frau, bis er ihre Nachfolgerin trifft? Ich horche in mich hinein und versuche zu ergründen, was ich fühle. Vermisse ich Stefan? Nein. Ist er ein Teil von mir, weil ein Teil von ihm nun ein Teil von mir geworden ist? Herrje, was für ein komplizierter Gedanke. Ich werde darüber mit Randolf Thesenfitz sprechen müssen. Wo der wohl in diesem Jahr Urlaub macht?

Im Grunde weiß ich gar nichts über diesen Mann, der im Gegensatz dazu alles über mich und von mir weiß – wahrscheinlich mehr als ich selbst.

Als das Telefon klingelt, zucke ich zusammen. Es ist mitten in der Nacht – wer ruft denn um diese Uhrzeit an? Hoffentlich ist nichts passiert!

Mein erster Gedanke gilt meiner Mutter. Meiner zweiten Vera, denn wer außer diesen Menschen würde es wagen, sich um halb zwei Uhr morgens bei mir zu melden?

»Ja, bitte?«, melde ich mich schwer atmend und auf das Schlimmste gefasst.

»Bitte entschuldigen Sie die späte, äh, frühe Störung«, sagt eine männliche Stimme, die nach Randolf Thesenfitz klingt, aber irgendwie anders, als ich ihn jemals habe sprechen hören. »Ich hatte gerade einen unschönen Traum, bin vom Gewitter aufgewacht … und wollte … nun ja … ich wollte einfach fragen, ob es Ihnen gut geht …«

Was stammelt er denn da für wirres Zeug? Hat er zu tief ins Glas geguckt?

»Oh, Sie sind's«, murmele ich verwirrt. »Mir geht es so weit ganz gut, danke der Nachfrage. Aber was ist mit Ihnen? Haben Sie etwa Angst vor Gewitter?« Bei der Vorstellung, mein Lebenscoach könne sich vor Blitz und Donner fürchten, steigt schon wieder dieses Glucksen in meine Kehle, das seit gestern Nachmittag zu mir zu gehören scheint wie das Kind in meinem Bauch.

»Nein, das ist nicht der Grund meines Anrufs … Es ist vielmehr … Ich … also, ich … ich würde morgen gerne mit Ihnen reden. Können Sie am Nachmittag in meine Praxis kommen? So gegen 16 Uhr? Es ist dringend!«

Mein sonst so cooler und souveräner Therapeut klingt auf einmal wie ein Schuljunge, der von einer besonders strengen Lehrerin examiniert wird und kurz davor ist, in Ohnmacht zu fallen.

»Finden Sie es nicht ein bisschen merkwürdig, um diese nachtschlafende Zeit einen Termin für ein Lebenscoaching zu vereinbaren?«, frage ich, plötzlich hellwach – und auch ein bisschen streng. Schließlich brauchen mein Baby und ich dringend Schlaf (Randolf Thesenfitz kann ja schließlich nicht wissen, dass wir gerade durch die Wohnung geistern).

Was ist, bitte schön, so dringend, dass er mich schon morgen wiedersehen will?

»Ja, Sie haben recht, es tut mir auch leid. Es war nur … ist nur … der gestrige Tag, diese Neuigkeiten, mein Traum …« Randolf Thesenfitz ist ganz offensichtlich sehr durcheinander, klingt aber nicht betrunken.

»Mögen Sie mir nicht einfach jetzt schon sagen, was Sie auf dem Herzen haben? Schließlich sind wir nun beide wach.« Und mit einem Lächeln setze ich hinterher: »Sie wissen doch, wie befreiend es sein kann, etwas auszusprechen. Verfestigung der Gedanken beim Sprechen und so.«

Am anderen Ende der Leitung bleibt es einen Moment still. »Ich wollte nur sagen … oder Sie vielmehr bitten … sich einen neuen Coach zu suchen«, sagt Randolf Thesenfitz nach einer gefühlten Ewigkeit leise.

In meinem Kopf geht es rund. Warum will er mich nicht länger als Patientin haben? Hält er mich für einen aussichtslosen Fall? Will er seinen Beruf schon wieder aufgeben?

»Gibt es einen bestimmten Grund für Ihre …«, ich suche nach dem passenden Wort, »… Kündigung?«

»Ich denke, Sie sind jetzt auf einem guten Weg und kommen ganz gut ohne mich aus. Sie haben sich nach der Trennung von Stefan erstaunlich stabilisiert und entwickelt, und nun ja, äh …«

»Dann brauche ich also Ihrer Meinung nach gar keinen Coach mehr und brauche mir auch keinen neuen zu suchen?«, schlussfolgere ich und finde mich irre logisch.

»Ja, nein, aber …«, stammelt das, was von meinem gestrengen Fragesteller übrig ist, und hat nun absolut nichts mehr von dem scheinbar unfehlbaren und überlegten Mann, als den ich ihn kennen- und schätzen gelernt habe. »Wie auch immer. Ich hoffe, meine Entscheidung kommt nicht allzu plötzlich für Sie. Sollte es wider Erwarten Probleme mit der … Umstellung geben, empfehle ich Sie sehr gern einer kompetenten Kollegin, die, soweit ich weiß, gerade Kapazitäten frei hat.«

Ich brauche keinen Lebenscoach mehr.

Ich werde Randolf Thesenfitz nicht mehr sehen.

In Gedanken flüstere ich diese beiden Sätze. Der eine erstaunt mich, erfüllt mich aber auch mit Stolz.

Der andere … der andere macht mir … Hey, Gefühl, komm raus und zeig dich. Was bist du?

Und dann merke ich es: traurig. Der Gedanke macht mich unglücklich.

Ich überlege fieberhaft. Gibt es in diesem Gewerbe denn nicht so etwas wie eine Kündigungsfrist?

Wie kann der Mann denn gestern einen auf besorgt machen und mich nun holterdiepolter im Regen stehen lassen?

Ist so ein abruptes Ende nicht total kontraproduktiv? Noch dazu in dieser neuen Lebensphase, mit der ich überhaupt noch nicht umzugehen weiß?

Die Traurigkeit bekommt gerade einen neuen Spielgefährten: Ich glaube, ich werde sauer.

Nein, ich *bin* sauer.

Und zwar so was von!

Der Mann hat doch nicht mehr alle Latten am Zaun! Mich einfach so hängen lassen? Was ist denn das für eine Arbeitsmoral! Ich breche doch auch keinen Auftrag mittendrin ab, weil ich plötzlich der Meinung bin, dass es schon genug Artikel zum Thema Fatburning, Fremdgehen oder Faszien gibt (ach nee, Letztere sind ja eh schon wieder out). Aber klar. Was erwarte ich eigentlich? Randolf Thesenfitz kokettiert schließlich damit, dass er vieles angefangen, aber nie etwas zu Ende gebracht hat. *Pah!*

»Ja, also dann würde ich mal sagen: Gute Nacht! Und Ihnen noch ein schönes Leben«, sage ich knapp und lege auf, ohne abzuwarten, ob der überhaupt nicht attraktive und vollkommen eindeutig windhundige Idiot darauf noch etwas erwidert.

Der soll mir doch gestohlen bleiben! Ich brauche keinen Kerl in meinem Leben. Keinen Stefan, keinen Randolf, keinen!

Hoffentlich wird Lilly kein Junge! Liliom? Aber so was von ganz sicher nicht!

Beschämt über diesen Gedanken, korrigiere ich mich und flüstere in die Nacht: »Was auch immer du wirst, ich heiße dich willkommen in meinem Leben. Und wir zwei werden es auch so schaffen. Ohne Vater wider Willen und Lebenscoach ohne Standvermögen, jawohl!«

Wie zur Bestätigung schickt der Himmel zum letzten Mal in dieser Nacht ein lautes Donnergrollen auf Hamburg hernieder.

Dann ist es still.

Durch das geöffnete Schlafzimmerfenster strömt kühle, frische Luft. Ich sauge sie auf wie eine Verdurstende und genieße diesen Moment.

Und dann sinke ich endlich wieder in tiefen, tiefen Schlaf.

Kapitel 7

»Wow, das sind ja Neuigkeiten!« Vera sieht ein wenig fassungslos aus, während wir hoch über den Dächern der Stadt auf meinem winzigen Balkon sitzen und Eiskaffee schlürfen. Das heißt, Vera schlürft die koffeinhaltige Version, ich hingegen trinke Eisschokolade.

»Wie konnte das denn passieren?«

»Brauchst du eine allgemeine Erklärung des biologischen Vorgangs?«

»Man sagt doch eigentlich, dass Mutterglück jede Frau weicher macht – bei deiner spitzen Zunge scheint das noch nicht zu klappen!« Vera lacht und nimmt sich noch eine Erdbeere von dem kleinen bunten Teller, den ich für uns bereitgestellt habe. »Aber jetzt mal ehrlich: Hast du nicht aufgepasst?«

»Tja, gute Frage. Die Antwort darauf lautet wohl: ein bisschen zu viel Alkohol, ein Tick zu viel Übermut, gepaart mit einem offensichtlich verrutschten oder geplatzten Kondom.«

»Es war also keine Absicht …?«, fragt sie betont vorsichtig.

Ich denke einen Moment nach und horche in mich hinein. »Du meinst, ich hätte unterbewusst versucht, Tatsachen zu schaffen, um ihn endlich von seiner Frau loszueisen? Nein, ganz sicher nicht. Das wäre so niederträchtig – nicht nur ihm gegenüber, sondern vor allem auch für das kleine Würmchen.« Ich lege, gefühlt zum hundertsten Mal heute, die Hand auf meinen Bauch.

Vera wirkt erleichtert. »Du bist echt über ihn hinweg?«

Ich muss lachen. »Aber so was von!«

»Willst du es ihm trotzdem sagen?«

Komisch. Warum wollen alle immer erst einmal wissen, ob ich es Stefan sage, bevor sie danach fragen, wie ich mich fühle und ob ich glücklich bin?

»Ich glaube nicht«, antworte ich und lasse meinen Blick über die Umgebung schweifen. Wie toll ist das eigentlich, einen Spielplatz direkt vor der Tür zu haben. »Was soll das auch bringen? Ich will ihn nicht durch das Baby an mich binden, ich will keinen Unterhalt, und ich möchte ihn auch nicht in Schwierigkeiten bringen, schließlich würde dadurch unsere Affäre, genauer gesagt, Ex-Affäre, auffliegen. Und wozu soll ich seine Frau verletzen, wenn ich sowieso keine Zukunft mit Stefan habe?«

»Tja, nun …« Vera nimmt einen großen Schluck von ihrem Eiskaffee, als könne sie sich damit Mut antrinken. »Ich muss dir noch was sagen, Olivia.«

Ich merke, wie sich heimlich, still und leise der Schluckauf anschleichen will, und ringe ihn unter Aufbringung aller mir zur Verfügung stehenden Energie nieder. »Ja?«

»Es ist … puuuh … Ich weiß nicht genau, wie ich dir das jetzt sagen soll, aber …«

»Schatz, ich habe gerade erfahren, dass ich schwanger von meinem verheirateten Ex bin – glaub mir, es gibt nichts, was mich noch umhauen kann.«

»Stefan ist nicht verheiratet.«

HICKS!

Kapitel 8

»Stefan ist … waaa-*hicks*-ssss?«

Vera greift nach meinen Händen, hält sie fest und sieht mir tief in die Augen. »Er ist nicht verheiratet, Olivia.«

Wie sich nun herausstellt, hat sie gestern Nachmittag im Beach-Club eine alte Freundin getroffen, die von ihrer Traumhochzeit im letzten Frühjahr erzählte. »Natürlich wollte ich das Kleid sehen, also hat Vanessa mir Fotos auf ihrem Handy gezeigt – und da war er plötzlich auf einem der Gruppenbilder vor dem Standesamt, dein Stefan.« So erfahre ich nun, dass Stefan der Trauzeuge von Vanessas Mann war. Und definitiv nicht verheiratet ist.

»Aber … aber …« Ich weiß nicht, was ich sagen soll.

»Vanessa sagt, dass Stefan eigentlich ganz nett ist, aber ein echter Womanizer, der nichts anbrennen lässt.« Vera schüttelt den Kopf. »Und er ist in seinem Freundeskreis wohl dafür bekannt, dass er eigentlich ständig zwei- oder dreigleisig fährt, ohne sich festzulegen.«

»Du meinst also, er hat mich – *hicks* – die ganze Zeit verarscht?«

Vera nickt. »Es tut mir so leid, Süße! Verstehst du jetzt, warum ich dir das gestern nicht sagen wollte … in deinem Zustand?«

»Nun, an meinem *Zustand* hat sich seit gestern eher weniger geändert – da müssen wir noch neun Monate warten.« Ich fange an zu giggeln. Sind das nun die ersten Anzeichen einer Hysterie? Nein, tatsächlich finde ich es so absurd, was ich gerade erfahre, dass ich gar nicht anders kann, als zu lachen. Trotzdem mischen sich Tränen in die blubbernde Heiterkeit, die sich meiner bemächtigt. Und so lache und weine ich gleichzeitig, weil mich dieses Schwein drei Jahre lang belogen hat.

Als ich mich wieder beruhigt habe, fragt Vera noch einmal: »Und jetzt? Willst du es ihm immer noch nicht sagen?«

»Eigentlich nicht. Das Einzige, was ich ihm noch mitteilen möchte, ist ein herzliches *Fahr zur Hölle.*« Ich seufze. »Es gibt nur ein kleines Problem.«

»Und das wäre?«

Ich deute auf meinen Bauch. »Lilly. Der muss ich erklären, warum ihr Papa nicht bei uns lebt. Und das möglichst, ohne die Worte Lügner, Charakterschwein und Betrüger zu verwenden. Das wird das größte Problem.« Mir wird flau. »Und davor habe ich gerade wirklich Angst. Dass ich das nicht hinbekomme. Dass ich das mit diesem kleinen hilflosen Menschen verbocke.«

Vera steht auf, zieht mich auch auf die Füße und nimmt mich dann in den Arm. »Du wirst das hinbekommen, Ollilly. Und wenn nicht, dann bin ich auch noch da. Ein Kind kann ohne Vater aufwachsen, wenn es von ganz viel Liebe umgeben ist. Und ich verspreche hoch und heilig: Ich werde mein kleines Patenkind lieben, als gäbe es nichts Schöneres auf dieser Welt.«

Und dann fangen wir beide an zu weinen, weil wir so gerührt und glücklich sind.

Ich atme ihren pudrig-samtenen Vera-Duft ein und fühle mich geborgen.

»Soso, Patentante, ja?«, necke ich meine beste Freundin, als wir uns wieder gesetzt haben. »Du machst auch direkt Nägel mit Köpfen, oder?«

»Klaro! Eine muss ja sagen, wo's langgeht. Und das bin jetzt eben mal ich und nicht immer nur du mit deinem Sturkopf. Wobei …« Sie sieht mich nachdenklich an. »Du hast dich wirklich verändert in den letzten Monaten. Du bist nicht mehr so streng mit dir und anderen. Das muss der gute Einfluss von deinem Dr. Thesenfitz sein. Wie gut, dass du den gefunden hast.«

Bei der Erwähnung meines Ex-Lebenscoachs fange ich zu meiner eigenen Überraschung an zu kichern. Ich habe ja schon von

Schwangerschaftsdemenz gehört, aber von dementem Schwangerschaftsgekicher?

»Der hat sich letzte Nacht von mir getrennt«, sage ich glucksend … und beginne gleich darauf zu weinen.

Hormone, Hormone, Hormone.

Vera reißt erschrocken die Augen auf: »Aber wieso das denn? Und warum ausgerechnet jetzt, wo du ihn doch am meisten brauchst?«

Ich erzähle ihr von dem mysteriösen Anruf und davon, dass Randolf Thesenfitz sich offenbar nicht ganz im Klaren darüber ist, ob ich weiteres Coaching brauche oder nicht und ob er möglicherweise mal wieder den falschen Karriereweg eingeschlagen hat.

»Das ist ja ein Ding«, murmelt Vera betreten, als ich mit meiner Erzählung am Ende bin. »Und nun?«

»Keine Ahnung«, antworte ich. »Aber irgendwie wird das alles schon werden. Offensichtlich will mir das Universum sagen, dass ich auch allein auf meinen Füßen stehen kann. Und auch muss, schließlich soll es Lilly gut bei mir haben.«

»Bei uns«, korrigiert mich Vera. »Durch dick und dünn und wieder zurück!«

***

»Oh!« ist alles, was meiner Mutter spontan einfällt, als ich ihr die frohe Botschaft verkünde. Die feine englische Art ist es natürlich nicht, so etwas am Telefon zu machen. Aber muss ich erwähnen, dass sie genau in dem Moment anrief, als ich mich auf den Weg zu ihr machen wollte, und nicht lockerließ, bis sie erfuhr, warum ich dringend mit ihr sprechen wollte?

»Oh, wie schön oder oh, wie schrecklich«, frage ich vorsichtig nach und merke, wie mir die Tränen in die Augen steigen. Wenn ich die ganze Schwangerschaft hindurch so nah am Wasser gebaut habe, werde ich mir ernsthaft Gedanken um das Thema »Dehydrierung« machen müssen …

»Oh wie Oma!«, schallt es aus dem Hörer. »Das ist ganz und gar wunderbar, meine Kleine! Freut Stefan sich denn?«

Ich bin kurz davor, mich schreiend auf den Boden zu werfen. Stefan, Stefan, Stefan. Ich kann diesen Namen bald nicht mehr hören.

»Er weiß es nicht und wird es wohl auch nicht erfahren, denn wir haben uns vor fünf Wochen getrennt.«

»Oh.« Einen Moment ist es still in der Leitung, doch ich höre meine Mutter förmlich nach Luft schnappen. Ich schwanger und ohne dazugehörigen Vater, das ist so ziemlich das Gegenteil von dem, was sie verkraften kann.

»Aber wieso das denn?«, presst sie mühsam hervor. »Ihr wart doch glücklich, oder etwa nicht?«

Es ist wohl an der Zeit, ihr reinen Wein einzuschenken und zu beichten, dass Stefan gar nicht dauernd auf Dienstreisen ist, wie ich ihr gegenüber behauptet habe, sondern verheiratet. Und dass sich das nun auch als Lüge herausgestellt hat.

»Du hattest also eine Affäre?«, fasst Mama zusammen, was ich ihr gerade alles gebeichtet habe. »Oder besser: Du dachtest, dass du eine hast.«

»Ja«, gebe ich zerknirscht zu. »Ich weiß, dass es falsch von mir war, mich darauf einzulassen, ehrlich. Bitte verurteil mich nicht.«

»Kind!«, entfährt es meiner Mutter. »Kind, wo denkst du hin? Natürlich verurteile ich dich nicht.«

»Du findest also nicht, dass es unmoralisch von mir war?«, hake ich vorsichtig nach.

»Das weiß ich nicht. Vielleicht war es das. Aber es ist doch so: Leben ist das, was passiert, wenn man andere Pläne hat … Und davon ganz abgesehen – du bist meine Tochter. Ich liebe dich mehr als alles andere auf der Welt. Mir gefällt vielleicht nicht immer, was du machst, aber das heißt nicht, dass ich nicht hundertprozentig hinter dir stehe.«

»Danke, Mama, das bedeutet mir so viel!«

»Aber der Mann muss trotzdem Verantwortung für dich und das Kind übernehmen!« Meine Mutter klingt jetzt äußerst kampflustig. »Wenn du es ihm nicht sagst, ich übernehme das gern. Du willst doch nicht zum Fall für die Sozialhilfe werden?«

***

Sozialhilfe.

Arbeitslosigkeit.

Ein hungerndes Kind.

Am Morgen nach dem Telefonat mit meiner Mutter hat mich endgültig der Mut verlassen.

Natürlich muss ich Stefan sagen, dass er Vater wird, denn auch wenn ich nichts mit ihm zu tun haben will – ohne Unterhalt von ihm werde ich das Abenteuer Kind nicht bewältigen können. Außerdem soll Lilly nicht erst anlässlich ihres 18. Geburtstags erfahren, wer sie – außer mir – in die Welt gesetzt hat.

Doch um es mit Scarlett O'Hara aus *Vom Winde verweht* zu sagen: Verschieben wir es doch auf morgen …

Erstens bin ich heute viel zu durcheinander und zu verheult. Und zweitens weiß ich, dass es nur einen gibt, mit dem ich mich richtig vorbereiten kann, damit das Gespräch mit Stefan nicht aus dem Ruder läuft. Doch mein Lebenscoach, den ich nun so nötig habe wie kaum jemals zuvor, zieht es ja vor, mich in dieser Sache im Regen stehen zu lassen. Wut und ein Gefühl von Ohnmacht blubbern und schäumen in meinem Bauch herum, und gleichzeitig rollen Tränen. Im selben Augenblick überlege ich, ob der griechische Imbiss nebenan wohl auch schon am frühen Vormittag liefert, denn ich habe auf einmal unglaublichen Appetit auf Zaziki und Galaktoboureko, griechischen Grießkuchen. Oder doch eher auf Pasta mit Tomatensoße und Kapern? Auf Sushi?

Anstatt Stefan oder Dr. Thesenfitz zur Schnecke zu machen, google ich, welche Lebensmittel man in der Schwangerschaft am besten vermeiden sollte, schließlich will ich Lilly von Anfang an eine gute Mama sein. *Roh* scheint echt böse zu sein, egal, ob in Verbindung mit Milchprodukten, Fisch, Fleisch oder sonst was. Dann scheidet Sushi also schon mal aus. Waldpilze, Sprossen und Keimlinge kommen ebenso auf die schwarze (Einkaufs-)Liste wie Petersilie, Liebstöckel, Zimt und Süßholz, weil diese Gewürze eine Frühgeburt auslösen können. Ahhhh! Das ist ja eine Geheimwissenschaft! Und wie soll ich Weihnachten ohne meine geliebte Zimtschokolade überstehen?

Während ich weiterlese, wird mir auf einmal so übel, dass mir jeder Gedanke an Nahrungsaufnahme so bedrohlich erscheint, wie den Himalaja ohne Sherpa oder Sauerstoffgerät besteigen zu müssen. Schwups, hänge ich auch schon über der Toilette und überlege zwischen zwei Würgeanfällen fieberhaft, ob ich noch Zwieback und Kamillentee daheim habe.

»Alles gut bei dir?«, fragt Vera, die eine halbe Stunde später unangekündigt vor meiner Tür steht und eine Flasche alkoholfreien Prosecco schwenkt.

»Es ging schon besser«, antworte ich, froh über Gesellschaft. »Das Telefonat mit meiner Mutter lief zwar nicht so berauschend, aber es hat mir immerhin klargemacht, dass ich es Stefan auf alle Fälle sagen muss.«

»Sehr gut, meine Süße, ich bin stolz auf dich.« Vera nickt und hantiert an meinem Hängeschrank in der Küche herum. Kurz darauf schenkt sie den schäumenden Prosecco in zwei langstielige Gläser und füllt Dinkelkekse in eine Schale. Ich beäuge beides misstrauisch, aber da mir nicht schlecht wird, greife ich zu.

»Wissen die in der Redaktion eigentlich schon Bescheid?«, will Vera wissen.

Oh nee, bitte nicht noch ein Stolperstein auf dem Weg zu ungetrübtem Mutterglück!

»Bislang glauben sie, dass ich einen Magen-Darm-Infekt habe, und wissen Bescheid, dass ich meinen nächsten Artikel drei Tage später als geplant abliefere. Da ich sonst immer pünktlich wie ein Uhrwerk bin, war das weiter kein Problem. Meine Chefredakteurin vertraut mir.«

»Pünktlich?«, fragt Vera und zieht oberlehrerinnenhaft ihre rechte Augenbraue in die Höhe. Ich bin immer noch sehr froh darüber, dass ich ihr die Idee mit dem Permanent-Augenbrauen-Make-up ausreden konnte, nachdem ich wegen eines Artikels über Pannen bei ebensolchen Behandlungen recherchiert hatte. Nicht schön, das alles.

»Bei Abgabeterminen schon«, verteidige ich meine Berufsehre, »das weißt du doch.«

»Tja, aber bei sonstigen Verabredungen bist du ja eher …«, neckt sie mich.

»… lässig«, kontere ich. »Die Welt braucht mehr Lässigkeit. Wir sind alle viel zu verplant, viel zu sehr eingeengt … gar nicht im Flow und so …«

Vera grinst, sagt »Cheers« und erhebt ihr Glas. »Auf dich, auf das Kind, auf uns und auf den«, sie rollt mit den Augen, »Flow!«

Es ist beinahe Mitternacht, als Vera geht, und ich bin hundemüde. Wenn es nach mir gegangen wäre, hätte ich mich schon um neun in mein Bett gekuschelt, aber Vera und ich haben uns die Köpfe heißgeredet. Unter anderem darüber, wie ich das mit dem Schreiben organisiere, wenn Lilly auf der Welt ist.

Wieder so ein Moment, in dem ich gerne Randolf Thesenfitz um weisen Rat und um Hilfe gebeten hätte. Oder, besser gesagt, durch sein Schweigen oder gezielte Gegenfragen selbst auf die Lösung meines Problems gestoßen wäre. Ich vermisse ihn richtig, was vollkommen albern ist, denn in der Vergangenheit wollte ich mich manchmal vor unseren Terminen drücken. Und eigentlich weiß ich doch inzwischen, dass er wirklich ein Luftikus ist, auf den ich mich nicht verlassen kann.

Kapitel 9

»Wir müssen reden!«

Hm, wohl eher nicht, denn wenn Männer eines hassen, ist es dieser Satz. Da ist der Fluchtinstinkt geweckt, und alles, was danach kommt, rauscht an ihnen vorbei.

Vielleicht besser so: »Ich habe eine gute und eine schlechte Nachricht für dich. Welche willst du zuerst hören?«

Nein, das geht auch nicht, viel zu flapsig.

»Ich will nichts mit dir zu tun haben, aber dein Geld will ich schon.«

Herrje, das wird ja immer schlimmer!

Ich stehe vor dem Spiegel und versuche, mich auf mein Gespräch mit Stefan vorzubereiten, in dem ich ihm von Lilly erzähle. Randolf Thesenfitz hat mir schließlich beigebracht, dass es hilfreich ist, schwierige Situationen im Voraus zu proben, um so wenig wie möglich dem Zufall zu überlassen. Der Spiegel soll eigentlich dazu dienen, meine eigene Wirkung auf das Gegenüber besser einschätzen zu können, aber ich schlage gerade drei Fliegen mit einer Klappe: Ich übe meine Ansprache, stelle sicher, dass ich weder wie das heulende Elend noch eine kampfbereite Amazone rüberkomme, *und* teste auch noch verschiedene Outfits. Bin ich genial oder genial?

Rot scheidet aus bekannten Gründen von vorneherein aus. Nach einem gescheiterten Versuch mit Schwarz (macht zwar schlank, wirkt aber, als würde ich eine Todesbotschaft überbringen) bin ich von Dunkelblau (das alle Jahre wieder als das neue Schwarz gehandelt wird, aber nicht so trostlos ist, mich andererseits aber auch an ein Bewerbungsgespräch erinnert) auf blasses Rosa umgeschwenkt. In der Farbpsychologie steht dieser Farbton für Harmonie, Ausgeglichenheit und löst … nun ja, Beißhemmungen beim Gegenüber aus. Stefan neigt zwar nicht zu Vampirismus, aber ich kann mir auch nicht wirklich vorstellen, dass ihn die Nachricht, Vater zu werden, jubeln lässt.

Ich stemme die Hände in die Hüften, straffe die Schultern und recke das Kinn – und ja, das gefällt mir so. Im Spiegel sehe ich eine glückliche werdende Mutter, die weiß, was sie will – nämlich Alimente – und was nicht – nämlich den betrügerischen Dreckskerl zurück, der nie eine Sekunde meiner Zeit wert war und zu blöd ist, ein Kondom richtig zu verwenden.

Okay. An Letzterem müsste ich vermutlich noch ein wenig feinjustieren …

Doch all das Üben und Strategie-Spielchen-Spielen nützt nichts, wenn ich Stefan nicht endlich anrufe und um ein Treffen bitte. Vera hat mir nämlich unmissverständlich klargemacht, dass ich das auf gar keinen Fall am Telefon machen kann, und konnte mich mit Mühe und Not davon abhalten, ihm eine Quasselnachricht auf Whatsapp zu schicken.

Okay, muss ja nicht jeder von Facebook bis Timbuktu erfahren, dass ich schwanger bin.

»Herr Hansen ist gerade in einer Besprechung. Kann ich ihm etwas ausrichten?« Die Stimme von Stefans Sekretärin klingt kühl und streng. Bei all meinen Vorbereitungsszenarien habe ich nicht bedacht, dass es eventuell gar nicht so einfach sein könnte, Stefan an die Strippe zu bekommen.

»Äh, nein danke, ich versuche es dann … äh … auf seinem Handy«, stammle ich. Meine Knie schlottern, auf meinem Nasenrücken bildet sich ein leichter Schweißfilm. Immerhin haben wir heute 28 °C, kein Pappenstiel für eine Schwangere.

»Er. Ist. In. Einer. Besprechung«, wiederholt die Sekretärin (oder wäre Assistentin die korrektere Bezeichnung … oder Zerberus?) ihre Ansage roboterhaft.

»Es ist wirklich wichtig«, versuche ich es noch einmal.

»Das ändert nichts daran, Frau Nielson«, eiswürfelt sie mir entgegen, »dass Herr Hansen nicht zu sprechen ist.«

Ist die immer so, oder habe ich ihr etwas getan? Ich merke, wie der Kampfgeist in mir erwacht. Immerhin bin ich die Mutter des Kindes ihres Chefs. So nicht, Fräulein!

»Wie war noch gleich Ihr Name?«, sage ich in meinem besten *Das-gibt-aber-so-was-von-eine-Beschwerde*-Tonfall.

»Caroline Linde«, kommt es mit deutlichem *Du-kannst-mich-mal*-Unterton zurück.

Moment mal.

»Sie – *hicks* – sind *Caro?*«, platzt es aus mir heraus.

Damit scheine ich nun bei ihr einen Nerv getroffen zu haben. »Für Sie bin ich immer noch Frau Linde.« Aber da ist ein leichtes Wackeln zu hören, Jahre der Telefonstimmenanalyse meiner Mutter zahlen sich eben doch aus. Caro also. Scheint so, als hätte sich Stefan das fehlende Verständnis in nächster Nähe gesucht … und sich bei ihr vermutlich ausgiebig über mich ausgeheult. Das erklärt zumindest, warum sie auf meinen Namen so allergisch reagiert hat. Soll ich ihr reinen Wein einschenken über ihren Chef und Lover? Nein, das lasse ich besser. Nicht dass sie nun doch Stefans ganz große Liebe ist und ich ihr das potenzielle Glück ihres Lebens vermassle. *Ignorance is bliss,* hat Randolf Thesenfitz mir mal erklärt: Manchmal ist es besser, etwas nicht zu wissen.

Stattdessen wähle ich nach einem eisigen »Tschüss« Stefans Handynummer, erreiche aber natürlich nur die Mailbox. Mit fester Stimme (ja, ich kann mich auch zusammenreißen) bitte ich ihn um Rückruf, aber pronto.

Danach lasse ich mich erschöpft auf das Sofa fallen, Auge in Auge mit meinem nächsten Problem: dem Artikel, den ich spätestens morgen abgeben muss, wenn ich keinen Ärger mit meiner Redakteurin riskieren will. Er hockt immer noch in meinem Laptop und mag noch nicht das Licht der Welt erblicken, ähnlich wie ein Baby, das sich im Bauch der Mama noch hübsch macht, wie es so schön heißt. Mit dieser Form der präpubertären Renitenz dann allerdings so ziemlich alles über den Haufen wirft, was Mütter, Kliniken, Hebammen und Gynäkologen zuvor in mühevoller Arbeit strategisch ausgetüftelt haben.

***

»Olivia, wie schön – geht es Ihnen besser?«, fragt meine Chefredakteurin, als ich ihr Büro betrete. »Sie sehen gut aus. Irgendwie strahlen Sie regelrecht …« Sie mustert mich eindringlich. Ich fühle, wie mir der Schweiß ausbricht. Aber nun gibt es kein Zurück.

»Es gibt etwas, was wir besprechen müssen«, sage ich nervös, aber dann straffe ich die Schultern. Den Kopf kann sie mir schließlich nicht abreißen. Und alles andere wird sich finden.

Tatsächlich läuft das Gespräch besser, als ich angenommen habe. Frau Merz bricht zwar nicht in spontanen Applaus aus, als ich ihr meine Schwangerschaft beichte, aber sie ist ebenso professionell wie authentisch freundlich. Und während sie über Mutterschutz und freie Mitarbeit spricht, über Wiedereingliederung und Homeoffice, fallen immer wieder Worte wie »Edelfeder« und »unverzichtbar«. Nach anderthalb aufregenden Stunden kehre ich glücklich und zuversichtlich an meinen Schreibtisch zurück – und noch dazu mit einem spannenden neuen Auftrag.

***

Zwei Tage später sitze ich mittags auf einer Bank an der Alster und mache mir Notizen für meinen nächsten Coup. Genauer gesagt: für gleich zwei. Zum einen bin ich die frischgebackene Kolumnistin für den neuen Mütterblog unserer Zeitschrift, den Frau Merz und ich gestern spontan aus der Taufe gehoben haben, zum anderen schreibe ich für die nächste Printausgabe ein Special zum Thema »Und plötzlich ist alles anders – Wenn ein Tag das ganze Leben ändert«. Ich habe schon ein tolles Konzept und erste Interviewzusagen und bin richtig in meinem Element. Aber jetzt brauche ich erst einmal eine Pause.

Ich beobachte Mütter, die stolz ihre Buggys vor sich herschieben, herumtollende Hunde, Fahrradfahrer und Segelboote, die wie Spielzeugschiffchen über das glitzernde Wasser gleiten. In diesem Moment bin ich glücklich. Denn Lilly ist bei mir (ja, es wird ein Mädchen, da bin ich mir sicher), und ich freue mich darauf, ihr das alles in ein paar Monaten zeigen zu können. Wie war das noch mal? Zählt man die Zeit nach der Befruchtung auch mit oder erst ab Ausbleiben der letzten Periode? Ich kann es kaum erwarten, morgen früh endlich mit meiner Gynäkologin zu sprechen!

Das Klingeln meines Handys durchbricht das Idyll, und ich hoffe sehr, dass es nicht Stefan ist, der im letzten Moment unser Treffen absagt. Wir sind zum Spaziergang an der Alster mit anschließendem Mittagessen in der Alsterperle, einem Szenetreff mit fantastischem Blick aufs Wasser und vielen Sonnenplätzen, verabredet.

Doch es ist nicht mein einer, sondern mein anderer Ex, von dem ich seit dem Telefonat in der Gewitternacht nichts gehört habe. »Na, das ist ja eine Überraschung!«, begrüße ich Randolf Thesenfitz und blinzle in die Sonne. »Was kann ich für Sie tun?« Ich versuche, so sachlich und geschäftsmäßig zu klingen wie nur irgend möglich. Immerhin hat der Mann mich verlassen. Und zu meiner eigenen Überraschung stelle ich fest, dass mich das gerade deutlich mehr schmerzt als die Tatsache, dass Stefan mich abgeschossen hat.

»Sie können sich mit mir zum Abendessen treffen, Olivia«, sagt er mit klarer, fester Stimme. Aber mir macht er nichts vor. Ich höre heraus, wenn jemand sich auf einen Satz vorbereitet hat. Nanu? Hat er ein schlechtes Gewissen, oder was?

»Und wie komme ich – *hicks* – zu dieser … äh … Ehre?«, frage ich und fühle, wie mir das Herz bis zum Hals schlägt. Ich merke, wie sehr mir seine Stimme, wie sehr *er* mir gefehlt hat. *Hicks!*

»Ich würde zunächst mal sagen, dass die Ehre eher auf meiner Seite läge, denn Sie haben ja eigentlich allen Grund, sauer auf mich zu sein. Aber genau deshalb würde ich Sie auch gern ausführen. Ich würde Ihnen gern erklären, was mich zu diesem drastischen Schritt veranlasst hat.«

Die Neugier bringt mich beinahe um. Ich hasse es, wenn man mir gegenüber etwas andeutet und mich dann warten lässt.

»Mein Ja bekommen Sie erst, wenn Sie bereit sind, eine klitzekleine Andeutung zu machen«, sage ich fordernd und beobachte, wie die Möwen die Nachbarbank umkreisen, wo eine Oma altes Brot auf den Boden krümelt. *Ich werde später mit Lilly Enten füttern können.*

»Okay, ich nenne ein Stichwort: Apfelrosen!«, antwortet er.

Apfelrosen? Ich denke an die wuchernde Blütenpracht vor seinem Haus, verstehe aber nicht, was das nun bedeuten könnte. Gleichzeitig klingt es so, als wäre es enorm wichtig für ihn, dieses Wort ausgesprochen zu haben.

»Ja, nun … gut, Herr Thesenfitz, dann nehme ich Ihre Einladung gerne an.«

»Sehr schön, ich freue mich und hole Sie um kurz vor acht ab? Ich reserviere bei Ihrem Lieblingsitaliener – das ist doch immer noch das D'Alba?«

Ich bin beeindruckt, dass er sich den Namen gemerkt hat – ich bin sicher, das Lokal nicht mehr als einmal erwähnt zu haben. Respekt, Randolf Thesenfitz, Respekt.

Nachdem ich das Gespräch beendet habe, schaue ich versonnen auf das in der Sommersonne glitzernde Wasser und denke … Nun, eigentlich denke ich gar nichts. Ich strahle einfach ein bisschen mit dem blauen Himmel um die Wette.

Ein langer Schatten verdunkelt plötzlich meine Sicht. Ich schnuppere Altvertrautes, und prompt kribbelt es erst in meiner Nase und dann in meinem Bauch.

»Da bist du ja, schön, dich zu sehen«, sagt die mir so bekannte Stimme.

Ich will gerade scherzhaft antworten »Geh mir aus der Sonne, Stefan«, bringe aber keinen Ton heraus. Ich hatte vergessen (oder verdrängt?), wie gut er aussieht und wie toll er duftet. Wie schön seine Hände sind. Und was die alles können …

Ehe ich protestieren kann, zieht Stefan mich von der Bank hoch und küsst mich links und rechts auf die Wangen; dabei kommen seine Lippen meinen verdächtig nah. Ein Teil von mir möchte sich am liebsten auf ihn stürzen (die Hormone! Die Hormone!), der andere flüstert mir zu: *Mach den Mistkerl fertig!*

»Ich muss dir was sagen«, stoße ich hervor und könnte mich selbst in den Hintern treten: Wozu habe ich eigentlich all diese geschliffenen Eröffnungssätze geübt, nur um dann mit dieser Nullnummer zu eröffnen? Aber egal, nun ist er raus … und erstaunlicherweise schlägt er Stefan auch nicht in die Flucht, ganz im Gegenteil. Denn er sagt: »Ich dir auch.«

»Also, wer zuerst?«, fragen wir beide wie aus einem Mund, und schon wieder bahnt sich dieses leicht irre Schwangerschaftsgekicher seinen Weg. Stefan lacht auch und legt seinen Arm um meine Schultern. »Ladys first!«

»Du wirst bald Papa«, platzt es aus mir heraus.

Stefans Augen werden kugelrund.

Das war nicht anders zu erwarten.

Aber dann fragt er aufrichtig verdattert: »Woher weißt du das?«

Kapitel 10

Äh, hat der Mann verstanden, was ich gesagt habe? Oder eher so was wie *Du tanzt bald Samba?*

»Wer außer mir sollte es denn wohl sonst wissen?« Zugegeben, inzwischen habe ich es einer ganzen Reihe Menschen erzählt, von Randolf Thesenfitz bis zu meiner Chefredakteurin, aber das tut ja nun wirklich nichts zur Sache.

Auf Stefans Stirn hat sich eine überaus unattraktive steile Falte gebildet. »Olivia, noch mal: Woher weißt du das?«

Ganz ruhig, sage ich mir selbst, *jetzt nicht die Nerven verlieren, bleib ruhig und sachlich und …* »Weil ich schwanger bin, DU SUPERSPACKEN!«, platzt es aus mir heraus. »*HICKS!*«

Und in genau diesem Augenblick verstehe ich, was Sache ist. Monsieur hat nicht einen Volltreffer gelandet, sondern gleich zwei. »Da bin ich wohl nicht die Einzige, was?«

Stefan ist kreidebleich geworden. »Aber wie …«

Ich kann ein Kichern nicht unterdrücken. »Na, wie das geht, das hast du ja vermutlich mittlerweile raus.« Und damit erwacht mein Kampfgeist, der im Handumdrehen die romantische blöde Kuh in mir niederringt, in die ich mich in der Sekunde verwandelt habe, als Stefans Duft mir in die Nase stieg. »Sag mir doch einfach, wem ich gratulieren kann: deiner *Frau* oder deiner *Caro?*«

»Das ist das … ähhh … worüber ich mit dir, also … jetzt reden wollte«, entgegnet er, fängt sich dann aber und setzt seinen patentierten Dackelblick auf. »Ich … ich bin nämlich ein freier Mann, wie man so schön sagt.«

»Weil deine Frau sich von dir getrennt hat?«, frage ich mit pochendem Herzen. Jetzt bin ich aber mal gespannt, ob Stefan sein Lügenmärchen weiter durchziehen wird.

»Nein, weil …«

Eine Nanosekunde glaube ich, dass er die Wahrheit sagen und mir alles gestehen wird. Jetzt wird alles gut. Ich habe das mit der Schwangerschaft falsch verstanden. Wir werden doch noch ein Paar. Ich werde lernen, ihn zu lieben. Und Lilly wird mit Mama *und* Papa aufwachsen.

»… weil *ich* sie verlassen habe«, schließt Stefan.

Meine Träume zerplatzen schneller als Seifenblasen. Ich bin dermaßen fassungslos, dass ich gar nicht weiß, was ich sagen soll.

Natürlich könnte ich ihm erlauben, sein Lügennetz weiter aufrechtzuerhalten, und entsetzt fragen: »Waaas? Aber wieso das denn?« Aber ich habe keine Lust. Stefan soll ruhig wissen, dass ich weiß, was er für ein Schwein ist.

»Jetzt sag ich dir mal was, Freundchen«, froste ich ihm entgegen. »Ich weiß, dass du nie verheiratet warst. Ich weiß, dass deine Freunde dich für einen ganz coolen Checker halten, weil du jede Frau, die du ins Bett charmierst, nach Strich und Faden verarschst. Ich! Weiß! Bescheid!« Was seine Sekretärin kann, kann ich schon länger.

»Was? Und woher …« Stefans Augen sind rund und kullerig.

»Das spielt doch jetzt keine Rolle«, antworte ich und versuche, drei Dinge unter Kontrolle zu bekommen: das wilde Pochen meines enttäuschten Herzens, die Tränen, die gleich rollen werden, und … Schluckauf. Die Summe von allem setzt mich dermaßen unter Druck, dass sich der nächste »HICKS!« in ein wahres Inferno verwandelt – es klingt fast wie ein von mehreren Stereoanlagen verstärktes Hundebellen, und tatsächlich schauen mich eine riesige Promenadenmischung, die gerade an der Bank vorbeimarschiert, und sein Herrchen erschrocken an.

»Aber – *HICKS* – nun mal Butter bei die Fische: Ist Caro auch – *HICKS* – schwanger?«

Er nickt.

Ich fasse es nicht.

»Und jetzt … lass mich raten … wird ge-HICKS-heiratet?«

Mehr als ein betretenes Nicken kommt auch diesmal nicht von ihm.

Ich krame hektisch in meiner großen Beuteltasche nach einer kleinen Flasche Wasser, die ich eingesteckt habe. Ah, da ist sie ja. Vielleicht hilft ein Schluck gegen Schluckauf?

»Und was genau willst du – hicks – jetzt von mir?«

»Ich …« Er räuspert sich und schaut mich mit dem treusten Dackelblick an, den es jemals auf dieser Welt gegeben hat. »Sorry, ich hatte dieses Gespräch ganz anders geplant, ich …« Man könnte fast Mitleid mit ihm haben, so sehr scheint er unter Schock zu stehen. »Ich will dich zurück.«

Ich verschlucke mich am Wasser, die Flasche kullert zu Boden – und endlich ist es still. In mir macht sich eine fassungslose Ruhe breit, aber immerhin: Der Schluckauf ist weg.

Stefan grinst schief und sagt: »Siehste, das mit dem Erschrecken funktioniert eigentlich immer.«

Und bevor ich ihm ein *Du Mistkerl, was erzählst du hier für einen Mist, nur damit mein Schluckauf verschwindet* um die Ohren hauen kann, legt er nach: »Ich weiß, das kommt jetzt alles ein wenig überraschend für dich. Aber ich hatte in den letzten fünf Wochen sehr viel Zeit, um über uns beide nachzudenken. Du hast mir gefehlt, und ich habe erkannt, was ich für ein Idiot war. Du brauchst jetzt nichts zu sagen, außer mir ein kleines Zeichen zu geben, dass du zumindest bereit bist, darüber, also über uns nachzudenken, ja?«

Wer ist dieser Mann, der da vor mir steht?

Hat Stefan einen Avatar geschickt, um sich den Stress mit mir vom Hals zu schaffen?

»Du hast mir gerade gesagt, dass du heiratest, Stefan«, sage ich. »Und gleichzeitig fragst du, ob ich dich zurücknehme?«

Er schaut mich blöd an. »Also, wenn du es jetzt so sagst, dann klingt das wirklich irgendwie …«

»*IRGENDWIE?*«

Er hebt beschwichtigend die Hände, die plötzlich alles andere als wohlgeformt auf mich wirken. Wenn ich es genauer betrachte, hat er Hände wie Donald Trump.

»Ich hab mich da in einen ganz schönen Schlamassel reinmanövriert«, versucht Stefan, sich zu erklären. »Caro ist schwanger, und jetzt macht sie einen Megastress, weil … also, dazu musst du wissen, dass sie meine …«

»Sekretärin ist«, vervollständige ich seinen Satz.

»Woher weißt du das?« Er glotzt mich blöd an.

»Weil ich das gottverdammte Orakel von Delphi bin! Ich bin besser als die NSA!«, keife ich los, merke aber, dass ich genauso gut losprusten könnte vor Lachen. »Und lass mich raten: Caro ist gar nicht begeistert davon, dass du sie nicht von selbst heiraten willst, und droht nun, dich zu verklagen – Sex mit Abhängigen oder so?«

»Hör auf, Olivia, du machst mir Angst!«

Hach, ich bin gerade so richtig schön im Schwung. Gerade will ich hinterherfeuern, dass er vermutlich dachte, dass er zu mir zurückgekrochen kommen kann, weil er nun bald tatsächlich eine Ehefrau hat, mit der er nicht zurechtkommt. Aber dann merke ich, dass diese sogenannte Morgenübelkeit genauso unpünktlich ist wie ich, immerhin ist bald Zeit fürs Mittagessen. Und obwohl es mir ein bisschen peinlich ist, hat es eine gewisse Folgerichtigkeit, dass ich Stefan jetzt übergangslos vor die Füße kotze.

***

»Das glaub ich jetzt nicht!« Vera ist fassungslos, als ich ihr von meinem Treffen mit Stefan berichte. »Der hat also wirklich gedacht, du nimmst ihn zurück, und er hat dann parallel zur schwangeren Ehefrau noch ein heißes kleines Sexhäschen in petto?«

»Genau das!« Ich kann ein Kichern nicht unterdrücken. *Lilly, komm, das ist jetzt gar nicht so witzig,* sage ich in Gedanken zu meiner Tochter, die ich insgeheim für meine merkwürdige

Schwangerschaftsheiterkeit verantwortlich mache. »Unglaublich, oder? Aber da hat der saubere Herr Stefan sich verrechnet. Und jetzt hat er echt ein Problem … weil ich nämlich sofort bei dieser Caro angerufen habe.«

»Das hast du nicht!«

»Und wie ich habe!«

Vera lacht. »Mensch, Olivia, erinnere mich beizeiten daran, mich nie mit dir anzulegen …«

»Das will ich dir auch nicht geraten haben, hihi!«

»Und wie hat sie reagiert?«

»Lass es mich so sagen … an Stefans Stelle würde ich in absehbarer Zeit einen weiten Bogen um sein Büro machen. Mit dieser Caro ist wirklich nicht gut Kirschen essen. Aber wer will ihr das verdenken? Ich sicher nicht.«

»Und wie geht es jetzt weiter?«, fragt Vera vorsichtig.

Ich atme einmal tief ein und aus. Dann sage ich: »Frag mich das morgen. Jetzt will ich erst mal meine Ruhe haben. Aber mach dir keine Sorgen. Ich weiß, dass ich das packen kann. Meine Mutter hat schon einen Anwalt für mich ausfindig gemacht, der sich auf Sorgerechts- und Unterhaltsfragen spezialisiert hat, mit dem habe ich nächste Woche einen Termin. Und alles andere kommt, wie es kommt. Ich schaffe das.«

»*Wir* schaffen das«, korrigiert mich Vera.

Und so sitze ich in meinem Wohnzimmer, mit der Stimme meiner besten Freundin im Ohr, dem Bild meiner Mutter auf dem Regal gegenüber und meiner kleinen Lilly unter dem Herzen, und weiß mit einer Klarheit, wie es sie nur ganz selten im Leben gibt: Alles wird gut.

Kapitel 11

»Schön, Sie zu sehen«, sagt Randolf Thesenfitz, der pünktlich wie ein Uhrwerk am darauffolgenden Abend an meiner Tür klingelt, um mich, wie verabredet, zum Abendessen bei meinem Lieblingsitaliener D'Alba abzuholen. Diesmal bin ich übrigens auch pünktlich, was an ein Wunder grenzt.

Ein bisschen nervös bin ich schon, das muss ich zugeben. Keine Ahnung, wie oft ich mich vorhin umgezogen habe. Den ganzen Klamottenhaufen wieder in Ordnung zu bringen wird mich später Stunden kosten.

Schon komisch: Als ich noch in seine Coachingstunde gegangen bin, war es mir schnurzegal, was ich anhatte, wie sehr meine Augen nach einer Heulattacke verquollen waren, wie stumpf mein Haar herabhing, wenn ich mal wieder eine Überdosis Conditioner erwischt hatte. Aber jetzt bin ich perfekt geschminkt – na ja, so perfekt, wie ich es eben kann, was bedeutet, dass ich keinen Lippenstift auf den Zähnen habe und meine Smokey Eyes durchaus geheimnisvoll aussehen und nicht nach Pandabär. Dazu trage ich das blaue Top, das in meinem merkwürdigen Traum eine nicht zu verachtende Rolle spielte, und einen schmalen knielangen Rock; solange ich noch reinpasse, sehe ich darin einfach fabelhaft aus und weder zu gestylt noch zu leger.

Randolf Thesenfitz hat sich für einen Mittelweg entschieden zwischen seinem formellen Outfit, das ich bereits so gut kenne, und dem Freizeitstil, den ich erst einmal bewundern durfte – er trägt ein sportliches Jackett über einem lässigen Hemd, schmal geschnittene Jeans und schicke Lederschuhe. Seine Haare sind lockig und laden dazu ein, mit den Fingern hindurchzufahren … was ich aber natürlich nicht mache. Immerhin ist das Randolf Thesenfitz, der mich im Stich gelassen hat, als ich ihn dringend brauchte!

»Sie sehen toll aus«, sagt er, als er mir die Tür seines Autos aufhält und mich einsteigen lässt. Ich bedanke mich mit einem Lächeln – und sage nichts. Die ganze Fahrt über sprechen wir kein Wort. Aber während ich dies sonst zum Aus-der-Haut-Fahren anstrengend gefunden hätte, finde ich es jetzt einfach nur angenehm, den Fahrtwind zu genießen, den leisen Bossa-nova-Rhythmen aus dem CD-Spieler zu lauschen und meinen eigenen Gedanken nachzuhängen.

Zum Glück finden wir einen Parkplatz ganz in der Nähe des Restaurants, einen Stadtteil weit entfernt. Als ich die Tür öffne, verschlägt es mir beinahe den Atem: Die Duftmischung aus Knoblauch, frischen Kräutern, gebratenem Fisch und Espresso, die ich sonst so liebe, verwandelt sich innerhalb einer Nanosekunde in einen olfaktorischen Super-GAU. Ich gerate auf meinen High Heels ins Schwanken und klammere mich in meiner Not an Randolf Thesenfitz.

»Alles in Ordnung?«, fragt mein Begleiter. »Sie sind auf einmal ganz blass und zittern.«

»Ja, doch, ich denke schon«, murmle ich und versuche, die Situation durch regelmäßiges Ein- und Ausatmen unter Kontrolle zu bekommen. Schließlich bin ich nur schwanger, nicht krank.

Und sosehr ich Lilly auch liebe, sie gewöhnt sich besser schon mal an das Essen bei D'Alba, denn ich habe vor, sie hierher auszuführen, sobald sie groß genug dafür ist.

Während wir beide einige Minuten die Speisekarte studieren, stelle ich fest, dass ich die Seite mit den hausgemachten Pasta-Spezialitäten schon dreimal gelesen habe, ohne genau zu erfassen, was darauf steht. Es ist so ungewohnt, mit meinem Lebenscoach hier zu sitzen, das hat schon beinahe etwas Surreales.

Ich habe Randolf Thesenfitz schließlich noch nie etwas essen sehen, auch nicht trinken. Ich war immer diejenige, die sich in seinen Sitzungen literweise Tee hinter die Binde gekippt hat; er saß stets nur da, schaute klug in die Weltgeschichte, machte sich eifrig Notizen und wirkte äußerst kontrolliert.

»Geht's denn wieder, oder wollen wir das mit dem Abendessen lieber bleiben lassen?«, fragt er ausgesprochen fürsorglich.

Und jetzt sehe ich zum allerersten Mal, dass seine grünen Augen mit goldenen Sprengseln durchsetzt sind. Stefans Augen sind hellblau, hatten aber gestern die Farbe von Gletscherwasser, was mich immer noch ein bisschen frösteln lässt.

»Ich dachte immer, Sie kennen mich gut genug, um zu wissen, dass man sich niemals zwischen mich und eine Mahlzeit stellen sollte, wenn einem das eigene Leben wichtig ist …«, scherze ich.

Er lacht leise auf. »Ich kenne Sie vor allem gut genug, um zu wissen, dass Sie mich immer wieder begeistern mit Ihrem Humor.«

Huch – war das ein Kompliment? Ganz eindeutig! Mir wird etwas heiß. »Ich esse heute Spinatsalat mit Pinienkernen, Pecorino und getrockneten Tomaten statt Pasta«, lenke ich das Gespräch schnell wieder in sicheres Fahrwasser, »vorausgesetzt …« Im Geiste rufe ich die Liste der *bösen* Lebensmittel auf. Fällt Salat auch unter *roh?*

»Ich möchte Sie nicht bevormunden, liebe Olivia, aber Pecorino ist Rohmilchkäse«, gibt mein umsichtiger Begleiter zu bedenken. »Davon sollten Sie zurzeit lieber Abstand nehmen.«

Ach, wie süß! Randolf Thesenfitz macht sich Sorgen um Lillys und mein Wohl und kennt sich zudem mit solchen Dingen aus. *Hach!* Vermutlich hat er mal ein paar Vorlesungen zur Ökotrophologie besucht oder einen Hebammenkurs absolviert … Ein kleines Glucksen perlt aus mir hervor. Er sieht mich erstaunt an, also sage ich schnell: »Oh, das wusste ich nicht, danke. Ich weiß nur, dass Pecorino aus Schafsmilch ist. Tss. Wieder was dazugelernt. Und was nehmen Sie?«

Randolf Thesenfitz entscheidet sich für gegrillten Fisch mit Gemüse und Rosmarinkartoffeln. Yummy! Darin könnte ich mich unter normalen Umständen wälzen, aber ich gehe mal lieber auf Nummer sicher. Ein bisschen neidisch bin ich auf das Glas Rosé, das die Patrona ihm kurze Zeit später serviert, wohingegen ich mich mit einem Pellegrino begnügen muss; immerhin schwimmen zwei Scheiben Limetten darin, und so bekommt das Mineralwasser einen Touch Sommerdrink.

»Schön, dass Sie wieder einmal bei uns zu Gast sind, Signore Andy«, sagt die Patrona, bevor sie uns wieder allein lässt. Ich bin sprachlos. Nicht nur dass sie mich in all den Jahren, die ich das D'Alba nun schon besuche, nicht einmal nach meinem Namen gefragt hat – sie sagt *Andy* zu *Randolf* Thesenfitz?

»*Salute*«, sagt mein Gegenüber und stößt mit mir an. »Auf einen schönen Abend.«

Wir trinken. »So, *Andy*«, sage ich dann betont, »was wollen Sie mir heute so Wichtiges sagen?« Allmählich platze ich vor Neugierde. »Ich habe immer noch keinen blassen Schimmer, was die Apfelrosen mir sagen sollen.«

Randolf Thesenfitz – nein, Andy! – setzt das Glas ab, das er sich gerade noch einmal an die – übrigens vollen und schönen – Lippen führen wollte, und sieht mir ganz furchtbar tief in die Augen.

Sein Blick ist nicht prüfend oder bohrend, sondern voller Wärme und … hui, mir wird ganz warm im Bauch. Und ums Herz!

»Eigentlich wollte ich damit ja bis nach dem Essen warten, aber ich kenne Sie und Ihre Ungeduld.«

»Echt jetzt? Ich bin ungeduldig? Aber nicht doch!«, gebe ich mich entrüstet und unterdrücke ein Kichern.

Er schüttelt leicht den Kopf. »Sie werden keinen Bissen Ihres Salates herunterbekommen, geschweige denn genießen, solange Sie nicht wissen, warum wir hier sitzen.« Er räuspert sich. »Nun, die Sache ist die: Ich habe unsere Sitzungen aufgeben müssen, weil …«

WEIL?

»… weil ich mich in Sie verliebt habe. Ich habe das lange nicht wahrhaben wollen, aber ich kann mich nicht dagegen wehren.«

Mir zerbröselt das Stück Brot unter den Händen, das ich mir eigentlich gerade in den Mund stecken wollte.

Hat der Mann, dem ich ein Jahr lang einmal die Woche mein Herz ausgeschüttet habe, vor dem ich mein Innerstes nach außen kehre, der jede meiner Schwächen, meiner dunkelsten Seiten kennt, gerade allen Ernstes gesagt, dass er sich in mich verliebt hat?

Lilly findet das offensichtlich ganz wunderbar: Schon wieder beginne ich zu kichern. Es gluckst und perlt nur so aus mir heraus, und ich kann dieses nahezu grenzdebile Lachen leider ebenso wenig stoppen wie gestern meinen Schluckauf.

Die Patrona wirft mir vom Tresen aus einen fragenden Blick zu, was mich dummerweise noch mehr anstachelt. Ich fühle mich wie bei der versteckten Kamera, nur irgendwie noch blöder.

Was ist denn in den beiden letzten Tagen in die Männer gefahren?

Ist denen allen die Hitze zu Kopf gestiegen?

Haben die alle eine Art kollektiven Sommerkoller?

Ich wäre an Andys Stelle tödlich beleidigt, wenn jemand auf so ein liebevolles Geständnis mit einem nicht enden wollenden Kicheranfall reagieren würde. Doch er sieht relativ gelassen aus, was mich zu der Annahme verleitet, ich hätte mich verhört.

Hat er vielleicht gesagt, dass er sich in mir vertan hat? Verliebt … vertan … verdammt, wieso ist es hier drin auch so laut! Wie gut, dass ich noch nicht geantwortet habe.

»Kann ich Ihnen noch ein Glas Pellegrino bestellen?«, fragt mein Gegenüber, nachdem ich das Wasser in einem Zug hinuntergekippt habe, um etwas zu tun zu haben und um Zeit zu schinden.

Bilde ich mir das nur ein, oder hüpft Lilly in meinem Bauch umher und klatscht Beifall?

OMG, jetzt drehe ich komplett durch. Lilly ist nicht mein *inneres Kind,* das gerade außer Kontrolle gerät, ermahne ich mich selbst, sondern mein echtes, dem ich in ein paar Monaten – aber eigentlich ab sofort – eine seriöse, gute Mutter sein möchte.

Die Patrona eilt von selbst herbei und serviert mir Wasser,

schließlich ist sie weder blind noch taub – und kennt mich auch ein kleines bisschen. »Ich heiße übrigens Olivia«, sage ich schnell, bevor sie den Tisch verlässt. Das geht ja gar nicht, den Thesenfitz vertraulich Andy zu nennen und mich nur durch ein Nicken zu begrüßen …

Während ich auch das zweite Glas in einem Zug leere, beruhigen sich meine flatternden Nerven, das Glucksen verebbt, und ich atme einmal tief durch.

Und dann merke ich es.

Das hier fühlt sich alles so richtig an.

Ich weiß, ich sitze hier am richtigen Ort, zur richtigen Zeit … und mit dem richtigen Menschen.

»Aber wieso sagst du mir das erst jetzt?«, frage ich. »Jetzt, wo ich schwanger bin?«

»Weil ich es mir erst in dem Moment, als du bei mir daheim auf dem Sofa lagst und die Ärztin dir gesagt hat, dass du ein Kind bekommst, eingestanden habe, wie sehr ich mir wünsche, dass es von mir ist. Und dass du und dieses Baby für immer auf meiner Couch bleibt. Also nicht, dass ihr immer in meiner Wohnung hocken sollt … sondern … sondern … dass ihr bei mir seid. Alle beide. Verstehst du, was ich meine?«

Ich nicke stumm und versinke in seinen Augen. Um uns herum verebbt der Geräuschpegel des Lokals. Auf einmal ist es so, als wären wir ganz alleine hier.

»Und was hat das mit den Apfelrosen zu tun?«, frage ich und höre, wie kratzig und belegt meine Stimme klingt.

Andy lächelt und schaut einen Moment versonnen in sein Weinglas.

»Weißt du, meine Mutter … meine Mutter war ein ganz besonderer Mensch. Sie ist als junge Frau viel durch die Welt gereist, sie hatte Affären ohne Ende, sie wollte niemals sesshaft werden. Als sie meinen Vater kennengelernt hat, dachte sie zuerst, dass er nur eine weitere Eroberung für sie sein würde, ein kurzes Intermezzo – aber dann ist sie bei ihm geblieben, ihr ganzes Leben lang, und hat es nicht einen Tag bereut. *Ich bin wie eine meiner Apfelrosen,* hat sie kurz vor ihrem Tod zu mir gesagt. *Ich gehöre eigentlich nicht hierher, aber ich habe Wurzeln geschlagen, weil ich wusste, dass es keinen besseren Ort auf der ganzen Welt für mich gibt als bei deinem Vater.*« Er nippt an seinem Wein und räuspert sich. »Darum habe ich in meinem Leben schon so viel angefangen und wieder aufgehört – weil ich bei nichts und niemandem dieses Gefühl hatte, bedingungslos richtigzuliegen. Und deswegen … deswegen habe ich dir auch gesagt, dass ich nicht weiter dein Coach sein kann. Weil ich selbst so überwältigt war von dem Gefühl, den einen Menschen gefunden zu haben, ohne den ich nicht sein will. Das hat mir Angst gemacht, Olivia. Aber noch mehr Angst habe ich vor dem Gedanken, ohne dich leben zu müssen. Weil …« Er schluckt. »Weil …« Er sieht mich hilflos an – ohne Dackelblick, ohne Inszenierung, sondern verletzlich und unverstellt offen. »Verstehst du, was ich meine?«

»Ich verstehe«, murmle ich – und dann küssen wir uns.

Keine Ahnung, wer von uns beiden zuerst aufgestanden und wer von uns beiden zuerst zu wem gegangen ist, aber auf einmal stehen wir hier inmitten meines Lieblingsrestaurants und küssen uns, als hätten wir all die Jahre nachzuholen, in denen wir uns nicht geküsst haben.

Und da das ziemlich viele waren, wird diese Küsserei wohl noch eine ganze Weile andauern. Wie gut, dass die Italiener viel Verständnis für Amore haben. Denn die liegt definitiv in der Luft. Und dann will ich, dass er mich nach Hause bringt – dorthin, wo die Apfelrosen blühen.

Epilog

Sechs Jahre später

»Da seid ihr ja, da seid ihr ja«, ruft der Junge aufgeregt und springt von einem Bein aufs andere. »Papa, sie sind da!«

»Und dank dir weiß es jetzt die ganze Nachbarschaft, Leon.« Andy lächelt seinen Sohn an und hilft mir dann aus dem Auto. »Hallo, ihr zwei«, sagt er sanft und küsst erst mich und dann die kleine Lilly, mit der ich gerade aus dem Krankenhaus komme.

Leben ist das, was passiert, wenn man andere Pläne hat: Ich war damals nicht mit einer Tochter schwanger, sondern mit einem Sohn. So kann man sich irren. Als meine Ärztin es mir sagte, bin ich aus allen Wolken gefallen – und kicherte augenblicklich leicht verrückt vor mich hin. Mädchen oder Junge, welche Rolle spielt das schon? Zumal wir jetzt, wenn auch mit einiger Verspätung, unsere kleine Tochter bekommen haben.

»Dann lass ich euch jetzt erst mal allein«, sagt Vera, die aus ihrem Wagen ausgestiegen ist und Andy nun meine kleine Tasche in die Hand drückt.

»Danke, dass du mich abgeholt hast«, sage ich.

»Ehrensache! Außerdem«, sie schnappt sich Leon und drückt ihm einen Kuss auf den Scheitel, »wollte ich den kleinen Racker hier fragen, ob es bei unserer Verabredung morgen für den Zoo bleibt.«

»Ja!«, strahlt Leon. Seine Patentante und er sind ein Herz und eine Seele. »Aber Paul kommt doch mit, oder?«

»Natürlich, ich hole ihn zuerst ab, und dann sind wir so um zehn hier bei euch.«

Paul ist Leons Halbbruder, Caros Sohn. Die Jungs sind gleich alt und die allerbesten Freunde. Das kann man von uns Müttern nicht behaupten, aber wir kommen miteinander aus und sind froh, dass die Brüder so gerne Zeit miteinander verbringen. Außerdem kann ich mir vorstellen, wie schwer sie es als Singlemutter hat, und greife ihr deswegen unter die Arme, wo ich kann.

Caro und Stefan haben es nicht vor den Traualtar geschafft – es kam eine gewisse Monika dazwischen, an die wir uns allerdings kaum noch erinnern, weil sie nur die erste in einer langen Reihe von Frauen war, die wie Sternschnuppen an Stefans Firmament auftauchen, um genauso schnell wieder zu verschwinden. Caro und ich haben deswegen eine strenge Regel aufgestellt: An dem einen Wochenende im Monat, an dem Stefan seine Söhne bei sich hat, sind nur Freundinnen zugelassen, von denen er uns schwört, dass sie in einem Jahr noch am Start sein werden. Bisher hat es keine so weit gebracht. Stefan ist … Stefan ist einfach Stefan. Aber ich habe meinen Frieden mit ihm gemacht. Er ist ein Windhund, ein Idiot, leider auch ein Lügner, aber er nimmt sich Zeit für seine Kinder. Ob er ein guter Vater ist? Nein, eher nicht. Aber er ist so etwas wie ein großer Kumpel, bei dem sich die beiden Jungs wohlfühlen können.

»Bringst du die beiden danach direkt zu meiner Mutter?«, frage ich. Morgen ist Freitag, und Freitag ist – je nachdem, wen man fragt – Oma-Abend für die Brüder oder Date-Night für die Eltern. Meine Mutter ist durch ihre Enkel (sie hat Paul in gewisser Weise adoptiert, weil Caros Eltern in Nürnberg wohnen und sie nicht so gut unterstützen können) regelrecht aufgeblüht, hat sich von mehr als der Hälfte ihrer Orchideen getrennt und in meinem alten Zimmer ein regelrechtes Kinderparadies eingerichtet. Caro und ich vermuten, dass es dort inzwischen sogar eine Xbox oder Playstation gibt, die wir selbst nicht im Haus haben wollen, aber Genaueres wissen wir nicht: Oma und die Jungs halten zusammen wie Pech und Schwefel und bewahren ihre kleinen Geheimnisse.

»Ja, klar, dann kann ich noch einen Kaffee mit Ingeborg trinken, bevor …«

He, wird meine beste Freundin gerade ein klitzekleines bisschen rot?

»Bevor …?«, hake ich nach.

»Bevor ich mich mit Mark treffe.«

»Ach nee!«, sage ich.

»Ach, wie schön!«, freut sich Andy.

»Ach, der«, gibt sich Leon unbeeindruckt. Zwischen ihm und Caros bestem Freund gibt es eine unausgesprochene Rivalität, seit der ganz offensichtlich ein Auge auf Vera geworfen hat.

»Irgendwann werden wir ihm erklären müssen, dass sein Plan, Vera zu heiraten, wenn er groß ist, eventuell nicht aufgeht«, raune ich Andy zu.

»Keine Sorge, ich kenne einen guten Lebenscoach, der übernimmt das bei Gelegenheit.« Er grinst mich an.

Seine Praxis hat sich wirklich gut entwickelt. Und Wunder über Wunder, Andy ist diesem Job wirklich treu geblieben. *Wenn man findet, was einen glücklich macht – warum sollte man es ändern,* sagt er immer. Allerdings arbeitet Andy nur halbtags, weil er sich um Leon und den Haushalt kümmert. Das gibt mir die Möglichkeit, weiter als Redakteurin zu arbeiten. Und irgendwie schaffe ich es noch, jedes Jahr ein Buch zu schreiben. Angefangen hat es mit einer Printausgabe meines Mütterblogs, der ein ziemlicher Erfolg geworden ist, und dadurch bin ich auf den Geschmack gekommen. Aber jetzt brauche ich erst einmal eine Pause, um mich um Lilly zu kümmern.

Als würde meine Tochter ahnen, dass es um sie geht, fängt sie an, sich lautstark zu beschweren. »Ohhhh, meine Süße, was ist denn?«, frage ich sie in einem weichen Singsang. Und füge, an Andy gerichtet, hinzu: »Unsere Date-Night können wir jetzt erst mal für ein Jahr vergessen, fürchte ich.«

Er grinst mich an. »Wer braucht schon eine Date-Night, wenn er ein Leben mit dir haben kann?«

»Da hast du zweifelsohne recht, Doktor Thesenfitz!«

Lachend gehen wir zusammen ins Haus, vorbei an unserem kleinen, verwilderten Vorgarten, in dem die Apfelrosen große, leuchtende Hagebutten tragen.

Inselglück und Friesenkekse

Kapitel 1

»Guten Morgen, Anna«, tönt es zärtlich an mein Ohr, und ich räkle mich zufrieden im kuschelwarmen Bett, »bist du auch schon wach?« Nein, bin ich eigentlich nicht. Aber es ist trotzdem schön, so geweckt zu werden. Wunderschön! Ein echter Traummann kennt meinen Namen, und er nimmt sich sogar die Zeit, mir etwas vorzusingen …

Zugegeben: Kritische Geister würden unsere Beziehung als etwas einseitig bezeichnen. Womit sie möglicherweise meinen könnten, dass ich zwar den Mann kenne, der da gerade singt – und vielleicht ein kleines bisschen anhimmle –, er von meiner Existenz aber keine Ahnung hat. Ich bin gerne bereit, über diesen kleinen Makel hinwegzusehen. *Nobody's perfect.*

Während Johannes Strate weiter seinen Song performt, sich an seine Jugend am Spiekeroger Strand erinnert und sich dabei selbst mit der Gitarre begleitet, reibe ich mir verschlafen die Augen. Auf der Party gestern Nacht ist es mal wieder spät geworden, deshalb werde ich wohl nach dem Frühstück bei Lina ein Nickerchen einlegen müssen, wenn ich diesen Sonntag heil überstehen will.

Und jetzt vielleicht erst mal ein Aspirin? Mein älterer Bruder Peer schwört an solchen Morgen immer auf ein »Konterbier«, mit dem man dem Kater mutig entgegentreten soll – nun, sagen wir mal eher: entgegentrinken. Aber wer hat schon am frühen Morgen einen Konter-Gin-Tonic, einen Konter-Prosecco und einen Konter-DJ-der-mich-die-Nacht-hat-durchtanzen-lassen zur Hand?

»Tschüss, Johannes, es war mir ein Fest«, murmle ich und drücke den Aus-Knopf meines Weckers, der mir eigentlich jeden Song vorspielen könnte, mit dem ich ihn gefüttert habe, aber trotz des Zufallsmodus eine besondere Hingabe zu diesem einen Lied zu haben scheint. Wobei ich absolut nichts gegen Johannes Strates

Karamellstimme habe, ganz sicher nicht. Neulich hat der Wecker mich mit »Woman Up« von Meghan Trainor aus dem Schlaf gerissen, und ich gehöre eindeutig nicht zu den Frauen, die sich von einem zackigen »Put your favorite heels on / 'cause they make you feel strong« motiviert fühlen, wenn sie sich eigentlich eher nach kuscheligen Pantoffeln und einem großen Kaffee sehnen … und dazu einem leckeren Croissant mit Erdbeermarmelade …

Apropos Essen: Zack, zack, Anna, raus aus den Federn und ab ins Bad mit dir, auf die Waage und dann unter die Dusche, sonst kommst du zu spät.

Eindeutig zu viele Kekse und Chips!, stelle ich zwei Minuten später fest und falle beinahe rückwärts von diesem Biest mit der Lizenz, mir regelmäßig zu bescheinigen, dass mein zweiter Vorname nicht Disziplin ist.

Ob ich sicherheitshalber das Ergebnis noch mal überprüfe?

Ich kann doch unmöglich schon wieder fast ein Pfund mehr auf den Rippen haben!

Vielleicht hat ja der heiße Dampf vom Duschen die empfindliche Digitalanzeige gestört? Oder die Waage steht am falschen Platz? Oder meine nassen Haare sind schwerer als im trockenen Zustand? Ja, das muss es sein. Wieso bin ich auch direkt in die Dusche gestolpert, statt zuerst den inneren Offenbarungseid zu leisten und auf die Waage zu steigen? Das ist doch allgemein bekannt, dass Haare im feuchten Zustand mindestens … tja, also *mindestens* … öh … irgendwie mehr wiegen. Insbesondere, wenn man eine so volle Lockenpracht hat wie ich.

Zugegeben: Das stimmt jetzt nicht so ganz. Aber der Spiegel ist noch beschlagen, und so kann ich mich für ein paar kostbare Augenblicke der Vorstellung hingeben, ich hätte da oben mehr zu bieten als Schnittlauchlocken. Andererseits: Wo ein Wille ist, ist bekanntlich ein Weg, und nach anfänglichen desaströsen Ergebnissen bin ich inzwischen eine Meisterin des Rundbürsten-Einsatzes.

Ich föhne meine Haare andächtig und überlege dabei, wie viele Kalorien man wohl bei einem solchen Vorgang verbrennt. Eine? Hundert? Und gibt's noch mal was obendrauf, wenn man den Schaumfestiger energiegeladen ins Haupthaar knetet? Und dieses ganze Vorbeugen beim Über-den-Kopf-Föhnen und Aufrichten, um das Ergebnis zu überprüfen, das ist doch praktisch ein Workout … oder ähnelt einer total komplizierten Yoga-Position … oder so.

Doch auch der zweite Gang auf die Waage (nach dem Föhnen) und der dritte (nach dem Eincremen und Schminken) bringen dasselbe Ergebnis. Keinerlei Gewichtsreduktion! Vielmehr scheint das Gegenteil der Fall zu sein. Verfluchte Digitalanzeige! Warum habe ich bloß ein hoch technisiertes Ding und nicht die gute alte Waage, die nur Kilos anzeigt? Plötzlich haben sich 30 weitere Gramm dazugeschummelt. Was ja auch schon schlimm genug ist.

Wie kann das sein? Misstrauisch beäuge ich meine Bodylotion, die behauptet, wertvolle Öle zu enthalten, aber eventuell doch voller schwerem Blei steckt? Und, um Gottes willen, wiegen eine leichte Foundation, etwas Puder, Eyeliner und Wimperntusche wirklich *so* viel?

Die Waage ist kaputt, denke ich und beschließe, das bei meiner Freundin Lina zu überprüfen, um den Gegenbeweis anzutreten. Denn:

ICH HABE NICHT ZUGENOMMEN!

DAS KANN NICHT SEIN!

ALLES NUR EIN GRAUSAMER IRRTUM!

***

Als ich mit gefühlter Überschallgeschwindigkeit aus dem Haus stürme, stoße ich fast mit dem Mann zusammen, der nebenan wohnt und gerade dabei ist, die wild wuchernden Blumen in seinem Vorgarten zu gießen.

»'tschuldigung, Randy!«, rufe ich und sprinte weiter.

»Du sollst mich doch nicht Randy nennen«, tadelt er mich, aber ich muss mich gar nicht umdrehen, um zu wissen, wie er es meint, denn bei Randolph – so heißt er nämlich wirklich – kann man das Lächeln in der Stimme hören, zumal er jetzt auch noch hinterherschickt: »schöne Frau.«

Schöne Frau, nicht nettes *Dickerchen?* Vermutlich meint er das ironisch. Frechheit! Aber ich habe jetzt keine Zeit, ihn deswegen zur Rede zu stellen.

Kapitel 2

Eine halbe Stunde später haste ich die sechs Etagen zu Linas Wohnung hoch, nehme dabei jeweils zwei Treppenstufen auf einmal und breche japsend vor ihrer Tür zusammen.

»Was ist denn mit dir passiert?«, fragt meine beste Freundin besorgt, als sie die Tür öffnet. »Bist du etwa hoch*gelaufen?*« Sie betont das Wort »gelaufen« derart amüsiert, dass ich mich selbst frage, was da in mich gefahren ist. Wo es doch einen Fahrstuhl gibt, der einen bequem nach oben transportieren kann. Wobei ich gar nicht sicher bin, ob Lina den selbst nutzt. Sie ist die Art Frau, die immer alles im Griff hat – ihr Leben, ihren Job, ihr Aussehen. Dabei ist sie keine gertenschlanke Amazone, eher das Gegenteil ist der Fall. Und trotzdem ist es unvorstellbar für mich, dass Lina mal außer Atem gerät, ganz egal, ob sie zu Hause Treppen steigt oder spontan auf die Idee kommt, vor einer Expertenjury die Relativitätstheorie zu widerlegen. Ich kenne viele Frauen, die sich von Lina – Dr. Lina Peters, um genau zu sein – eingeschüchtert fühlen, aber für mich ist sie vor allem meine beste Freundin. Wobei ich mich in schwachen Momenten frage, ob ich vielleicht ihr Schönheitspflaster bin – der kleine Makel, der ihre Perfektion noch deutlicher hervortreten lässt …

»Komm erst mal rein«, sagt meine beste Freundin und zieht mich mit sich, während ich versuche, eine Antwort zu stammeln. »Hier, trink das, dann geht's dir bestimmt gleich besser. Bringt den Blutzuckerspiegel auf Trab.« Sie hält mir einen Becher heiße Schoki unter die Nase.

»Bist du wahnsinnig?«, kreische ich und schlage ihr dabei fast das Getränk aus der Hand. »Weißt du, wie viel Fett und Kalorien das Zeug hat?«

Lina zieht eine Augenbraue in die Höhe. »Aber heute ist doch unser Cheat-Sunday, an dem wir es uns richtig gut gehen lassen ohne Rücksicht auf Verluste?«

So was kann auch nur eine Frau sagen, die noch nie ernsthaft mit ihrer Figur gehadert hat!

Ich stürze an den Wasserhahn. Begierig trinke ich Schluck für Schluck das gute Hamburger Leitungswasser und bete inständig, dass es auch wirklich so gesund ist, wie es immer heißt. Aber was sind schon ein paar Giftstoffe und Rückstände von Rost aus alten Rohren gegen etwas derart Gefährliches wie KALORIEN?

»Dann eben nicht. Aber jetzt komm und setz dich«, lacht Lina und macht es sich auf dem Küchenstuhl bequem. Vor ihr auf dem Tisch liegen in einem Bastkörbchen glänzende Croissants und nach Zimt duftende Milchbrötchen in friedlicher Koexistenz mit appetitlich aussehenden Laugenstangen. Lina hat wie immer hübsch gedeckt (Mist, ich habe die Blumen für sie zu Hause vergessen!), und die Auslage auf der Käse- und Aufschnittplatte ist Verführung pur! Natürlich ist auch nichts gegen Graved Salmon mit Honig-Senf-Soße einzuwenden. Ach, ich hätte wissen müssen, dass ich hier nicht mit einem kalorienarmen Fitnessdrink erwartet werden würde. Schließlich haben Lina und ich uns – wie jeden letzten Sonntag im Monat – zu einem gemütlichen Sonntagsbrunch verabredet. Zwei Singlefrauen, die eine Ende 20, die andere Mitte 40, die an einem Sonntag nichts anderes vorhaben, als sich gegenseitig den Tag zu versüßen. Weil's ja sonst kein anderer tut. Wobei Lina, anders als ich, mit ihrem Beziehungsstatus kein Problem hat. »Der Richtige wird schon kommen«, sagt sie immer, »und bis dahin habe ich wirklich genug andere Dinge, um die ich mich kümmern muss.« Sie arbeitet als Lektorin bei einem bekannten Verlag und ist dort, wie mir ihre Assistentin mal auf einer Party anvertraut hat, durchaus gefürchtet: »Frau Dr. Peters gehört beruflich ja eher zu den ganz Strengen«, flüsterte sie mir verschwörerisch zu. Ich kann mir das einerseits gut vorstellen – schließlich sind ihre blauen Augen wie dafür gemacht, eiskalt zu blitzen, wenn sie es will – und andererseits gar nicht, denn für mich ist Lina immer noch meine Babysitterin, die früher auf mich aufgepasst hat, als ich noch klein war. Wenn ich auf eins im Leben stolz bin, dann darauf, dass ich sie später als Freundin gewonnen habe – und das, obwohl ich für sie lange Zeit einfach nur ein Kind war. Ich glaube, ich habe immer schon zu ihr aufgesehen, was nicht nur daran lag, dass sie natürlich »die Große« war. Damals hatte Lina allerdings noch nicht ihre heute so typische Zielstrebigkeit entwickelt. »Aber irgendwann muss man sich entscheiden«, erklärte sie mir, als wir vor Jahren auf ihrer Promovierungsparty miteinander anstießen, »ob man einfach so vor sich hinlebt oder das Leben bei den Hörnern packt. Denn dann merkt man erst, was man wirklich will … und wie man es bekommt.«

Ich weiß zumindest, was ich gerade mehr als alles andere will, auch wenn ein inneres Stimmchen mir zuflötet, dass es vollkommen bescheuert ist. »Kann ich mal eben auf deine Waage steigen, bevor wir mit dem Essen beginnen?«, frage ich, immer noch atemlos, und bin schon auf dem Weg ins Bad, bevor sie mich mit einem »Bist du eigentlich noch ganz dicht?« zurückhalten kann.

Aber was ist das?, wundere ich mich, während Lina mir nun aus der Küche hinterherruft: »Das kannst du vergessen, die Waage habe ich längst weggeschmissen!«

Entsetzt gehe ich zurück und setze mich. »Wie? Du hast deine Waage weggeschmissen? Ist das nicht … äh … fahrlässig oder gar strafbar?«, frage ich völlig verwirrt und mustere dabei meine Freundin. Mit sich und der Welt zufrieden, sitzt sie da auf ihrem Korbstuhl, der Stoff der Hussen umspielt schmeichlerisch ihre nicht ganz schlanken Waden, die in einer perfekt sitzenden, aber alles andere als schmalen Hose stecken.

Zufrieden wie ein Buddha strahlt sie mich an und reicht mir den Brotkorb. »Ein Croissant, Süße?«, fragt sie, und ich sehe, wie ihre Augen herausfordernd glitzern.

Ich ringe mit mir.

Soll ich, oder soll ich nicht?

Disziplin, rufe ich mir selbst zu.

»Hast du auch Knäckebrot?«, frage ich mit zitternder Stimme, weil ich jetzt wirklich hungrig bin, und bete gleichzeitig, dass Lina dergleichen nicht im Haus hat. Knäckebrot ist nämlich so unsexy wie … nun ja, wie Knäckebrot eben.

Wie immer ist auf meine Freundin Verlass. »Bist du wahnsinnig? Ich denke, wir wollen nett und gemütlich frühstücken, und du kommst hier an und machst so einen Stress: Gehst zu Fuß die Treppen hinauf, trinkst Leitungswasser, fragst nach einer Waage, willst Knäckebrot. Ist irgendwas passiert?«, fragt sie besorgt und streicht sich dabei so hingebungsvoll Sahnequark auf ihr Croissant, als könne man damit alle Probleme der Welt hinwegfegen. Dem Quark folgt orangegelbe Aprikosenmarmelade, die wundervoll duftet und von Linas Mutter selbst gemacht wird.

Meine Augen bleiben am Etikett hängen. *Aprikosentraum* steht dort in der eleganten Handschrift, für die ich Ellen Peters, Linas Mutter, immer bewundert habe. Wobei der Name des köstlichen Brotaufstrichs eins unterschlägt. Ich war als Kind mal dabei, als bei Familie Peters Marmelade eingekocht wurde, und kann nur eins sagen: ZUCKERORGIE!

»Eigentlich nicht«, antworte ich und halbiere vorsichtig eine Laugenstange. »Ich war nur vorhin auf der Waage. Und was soll ich sagen? Seit dem letzten Mal, als ich draufstand, habe ich drei Kilo zugenommen!«, erwidere ich und lege alle Dramatik, zu der ich um diese Uhrzeit fähig bin, in meinen Tonfall. Dabei sehe ich Lina herausfordernd an.

Ich erwarte, dass sie so etwas sagt wie: »Finde ich gar nicht, bist du dir sicher? Die Waage ist garantiert kaputt, so schlank wie jetzt warst du schon lange nicht mehr!« Aber meine beste Freundin schweigt und lächelt mich an, während sie genussvoll in ihr Marmeladen-Sahnequark-Super-GAU-Croissant beißt. »Mmmmm …«, macht sie genießerisch, mustert mich kurz und hält mir die süße Pracht mit einem schelmischen Blick entgegen. »Hmmmm?«

Plötzlich habe ich keinen Appetit mehr. Auch nicht auf eine halbe Laugenstange ohne jeglichen Belag. Der Käse, der Lachs, die Marmelade – sie alle sehen mich vorwurfsvoll an, geradezu Furcht einflößend.

»Na ja, drei Kilo sind bei deiner Größe natürlich eine ganze Menge«, antwortet Lina dann doch. »Aber obwohl ich gar nicht sicher bin, ob ich sie wirklich sehen kann, steht eins fest: Sie stehen dir.«

Das ist nicht ganz der Trost, den ich erwartet habe, aber ich freue mich über das darin verborgene Kompliment. Genau das werde ich auch sagen, wenn Lina mal eine Figurkrise haben sollte. Obwohl: Wenn ich recht darüber nachdenke, kann ich mich nicht erinnern, dass Lina jemals mit so etwas zu kämpfen hatte, und sie thematisiert ihre Rundungen auch nicht. Sie wird zwar nicht dünner – im Gegenteil –, aber proportional zu ihrem Gewicht scheint auch ihre Laune zu steigen. Ganz im Gegensatz zu mir, die jetzt kurz vor dem seelischen Kollaps steht. Weil mir mein Äußeres dummerweise unglaublich wichtig ist. Und weil bei einer Größe von knapp 1,65 jedes Kilo wirkt, als hätte ich mir ein Kissen unter den Pulli gestopft und Essensvorräte hinter die Wangen, wie ein Hamster.

Lina kann mir meine trüben Gedanken offensichtlich vom Gesicht ablesen. Sie seufzt und mustert mich kritisch. Auf einmal weiß ich, wie sich ihre Autoren fühlen müssen, wenn sie mit ihnen über ihre Manuskripte diskutiert. Aber dann schüttelt meine beste Freundin kurz den Kopf und sagt mit einem beruhigenden Lächeln: »Nun entspann dich mal, und iss was. Dieses ewige Sich-infrage-Stellen und Grübeln über Äußerlichkeiten ist doch viel zu anstrengend – noch dazu, ohne dadurch nur eine einzige Kalorie zu verbrennen – und auch darum vollkommen überflüssig. Was wirklich zählt, sind innere Werte … und Krabbensalat!« Sie schiebt mir eine wunderschöne kleine Porzellanschale rüber, aus der mich diese leckere Sünde saftig und rosig anstrahlt. »Ich bin extra noch mal zu Fisch-Böttcher gegangen, weil ich ihn vergessen hatte – und ich weiß doch, dass du den besonders gerne magst.«

Da hat sie natürlich recht. Trotzdem streiche ich mir nur beinahe widerwillig etwas von dem Krabbensalat auf die halbe Laugenstange und achte peinlich genau darauf, dass möglichst viele Krabben auf dem Brot landen (Meeresfrüchte sind schließlich gesund wie Fisch und enthalten viel Eiweiß, was ungemein wichtig ist für den Muskelaufbau, so man welche hätte, die sich ausweiten wollen würden) und nicht zu viel von der Mayonnaise.

»Hättest du mal Lust auf ein Wellnesswochenende?«, frage ich, einer spontanen Eingebung folgend, und beiße beim Gedanken an ein schweißtreibendes Fitnesswochenende, das mich zehn Kilo schlanker und muskelgestählt in die Welt entlassen wird, nun doch zuversichtlich in meine Laugenstange.

»Eine sehr gute Idee!«, ruft Lina begeistert und malt vor Vorfreude lustige Kringel mit ihrer Gabel in die Luft. Dann trinkt sie einen großen Schluck Prosecco und strahlt mich an. »Lass uns das so bald wie möglich machen. Ich habe totale Lust, mich massieren zu lassen, im Whirlpool zu liegen, mich in Schlammbädern zu wälzen und abends so richtig schön essen zu gehen. Und zu schlafen. Und in die Sauna zu gehen. So was wie eine Schlaf- und Rollkur.« *Schwups,* zückt sie auch schon ihren Terminkalender und durchsucht ihn nach freien Wochenenden. »Da habe ich Vertreterkonferenz … da muss ich dringend durcharbeiten an diesem neuen Frauenroman … an dem Samstag treffe ich das neue Autorenduo zum Brainstorming …« Sie runzelt die Stirn, als ihr bewusst wird, dass sie das Wellnesswochenende offensichtlich genauso brauchen kann wie ich, wenn auch aus etwas anderen Gründen.

»Ich dachte eigentlich mehr an etwas mit Bewegung«, entgegne ich zaghaft, will aber gleichzeitig meiner Freundin nicht die Laune verderben. »Aquagymnastik, Nordic Walking, Pilates, Yoga und Schwimmen«, zähle ich auf, was mir als mögliche Foltermethoden einfällt. »Oder Tai-Chi, das soll ja auch sehr gesund sein!« Fragend schaue ich Lina an, aber die hört mir ganz offensichtlich gar nicht zu und ist immer noch mit ihren Terminen beschäftigt. Das ist ihr einziger wunder Punkt, den sie bei aller Selbstsicherheit und bei allem Das-Leben-bei-den-Hörnern-Packen einfach nicht in den Griff bekommt: Als Programmleiterin und Lektorin in einem Verlag sind die Wochenenden für sie in der Regel nicht für Entspannung reserviert, sondern für all die Aufgaben, die sie unter der Woche zwischen neun und neunzehn Uhr nicht gewuppt bekommt; da habe ich es als Sprechstundenhilfe einer Tierarztpraxis mit geregelten Arbeitszeiten natürlich wesentlich besser.

Ihre gefurchte Stirn glättet sich wieder.

»Weißt du was? Ab dem übernächsten Wochenende schaufle ich mir einfach die Zeit frei, komme, was da wolle«, sagt Lina und sieht mich erwartungsvoll an. »Wo fahren wir hin? Hast du schon eine Idee?«

Nein, habe ich nicht, denn mich beschäftigt gerade ein ganz anderes Problem: Um in einem Wellnesshotel bei den ganzen körperlichen Ertüchtigungen eine gute Figur zu machen, muss man *vorher* in Form kommen. Schließlich will man sich ja unter den kritischen Blicken der anderen im hautengen Sportdress – ganz zu schweigen vom Schwimmbad und der Sauna – wohlfühlen. Und das kann ich unmöglich innerhalb von 14 Tagen schaffen! Ich muss vorher unbedingt noch eine Diät machen und endlich mit Sport anfangen. Mal sehen: Wenn ich jetzt diszipliniert mit diesem Intervallfasten anfange, von dem ich neulich in einer Zeitschrift gelesen habe, und es außerdem mit dem Kalorienzählen etwas genauer nehme, kann ich mich steigern, und dann bin ich so weit abgehärtet, dass mir auch eine krasse Nulldiät nichts mehr ausmachen wird. Jeder braucht schließlich Ziele im Leben, und ich befürchte, das hier könnte meins sein. Ich überschlage im Kopf, wie viel ich in welcher Zeit abspecken kann, und wedle den Gedanken weg, dass ich für den ganzen Sport, den ich zu treiben gedenke (Treppensteigen? Pah! Hochintensives Intervalltraining mit Bodyweight-unterstützten Bootcamp-Einheiten!), eigentlich auch noch ein Sauerstoffzelt für mich besorgen muss und einen größeren Vorrat verschreibungspflichtiger Schmerzmittel organisieren sollte.

»Ich dachte eher an ein paar Tage im September«, sage ich (bis dahin sind es noch zwei Monate, das schaffe ich, TSCHAKKA!) und vermeide Blickkontakt mit Lina. Ich weiß auch so, dass sie mich völlig entgeistert ansieht. Zu Recht! »Bevor wir fahren können, muss ich erst noch abnehmen«, murmle ich vor mich hin und hoffe, dass meine Freundin nicht so genau hinhört.

Aber das tut sie.

Und sie ist wenig begeistert.

»Das ist doch jetzt nicht dein Ernst«, gackert sie los und fällt vor lauter Lachen fast vom Stuhl. »Meine Güte, Anna, wie kann man nur so unfassbar eitel sein?« Sie schüttelt den Kopf. »Oder bist du gar nicht eitel, sondern nur ein bisschen unglücklich … oder ziemlich verrückt?«

Das frage ich mich allerdings auch, während ich beschämt zu Boden blicke, als würde mir das Parkett Auskunft über meinen instabilen Seelenzustand geben.

»Ich … ja … also …«, versuche ich, mich aus der Affäre zu ziehen. Aber mit meinem Gestammel scheine ich nun bei Lina einen roten Knopf zu drücken. Ich muss gar nicht hinsehen, um mitzubekommen, dass sie sich auf einmal aufrichtet und mich mit gestrengem Blick anfunkelt.

»Jetzt hör mal, *sweetheart*«, sagt Frau Dr. Peters in einem derart strengen Ton, dass ich unwillkürlich zu ihr aufschaue. »Dieses ewige Ich-bin-zu-dick-Gejammer geht mir auf die Nerven. Und was noch viel wichtiger ist: Das ist ein Dolch, den du dir bei jeder sich bietenden Gelegenheit selbst ins Herz rammst, als würde es dafür einen Preis geben. Kleiner Verbraucherhinweis an dieser Stelle: Den gibt es nicht. Und darum gilt: *Entweder* es stört dich, meine Liebe, dann tu etwas dagegen und warte nicht weiterhin ab, dass es irgendwann von selbst passiert, *oder* du freundest dich damit an, dass du nun einmal so bist, wie du bist, nimmst die Dinge ein wenig leichter und genießt das Leben.«

»Du hast leicht reden«, wage ich aufzubegehren, wobei meine Stimme nicht nach einem zornigen Orkan klingt, wie ich es mir eigentlich wünschen würde, sondern eher nach einer piepsigen Maus.

»An mir ist nun wirklich gar nichts *leicht*«, entgegnet Lina ungerührt und streicht sich über die alles andere als schmalen Hüften. »Aber ich habe mich dazu entschlossen, es so zu nehmen. Fühle ich mich gerade wohl in meiner Haut? Ja. Kann ich etwas dagegen tun, wenn es nicht mehr so ist? Noch mal ja. Das Leben ist zu kurz, um sich selbst Vorwürfe zu machen.« Sie atmet einmal tief durch und verscheucht so die zornigen Wolken, die ich regelrecht aufziehen sehen konnte über ihrem Kopf. In versöhnlicherem Ton fährt sie fort: »Was hast du denn jetzt von unserem Frühstück, wenn du sowieso nur dein schlechtes Gewissen nährst? Dann bleibst du hungrig *und* fühlst dich trotzdem mies. Statt der berühmten Win-win-Situation entscheidest du dich für einen Lose-lose-Sonntag. Und was bringt das?«

»Nichts«, räume ich kleinlaut ein.

Lina legt eine Hand hinter ihr Ohr und beugt sich vor. »'tschuldigung, hast du was gesagt? Ich kann nichts hören … Also, was bringen diese Selbstvorwürfe?«

»Nichts!«, sage ich lauter.

»Was murmelst du da?«

»NICHTS! Es bringt NICHTS!«, brülle ich durch die Küche, und es tut erstaunlicherweise verdammt gut.

»Na also, geht doch! Möchtest du zur Belohnung vielleicht einen Friesenkeks?«, fragt Lina unbeirrt weiter, angelt nach der silbernen Dose, in der sie diese ganz besonderen Kalorienbomben aufbewahrt, und schafft es gleichzeitig, mir ein Glas Prosecco einzuschenken. Wenn es darum geht, mich zu verwöhnen, scheint diese Frau mehr Arme und Hände zu haben als eine indische Gottheit.

»Auf unsere Wellnesswoche?« Lina prostet mir zu.

»Auf unsere Wellnesswoche«, wiederhole ich immer noch etwas lahm und esse gehorsam einen Keks. Au Mann, ist der gut! Von Lina selbst gebacken nach dem Rezept ihrer Küchenfee-Mutter mit einem Hauch Rumaroma. Pervers lecker!

Liegt es nun daran, dass die Auseinandersetzung mit Lina meine emotionalen Wände ins Wanken gebracht hat, oder am einzigartigen Geschmack des Kekses? Jedenfalls kehrt nun eine Erinnerung zu mir zurück, die ich ansonsten geschickt ganz, ganz weit hinten in meinen Gedanken verborgen halte …

Kapitel 3

Und schon denke ich an Piet, den charmanten Surfer und Musiker, den ich vor drei Jahren im Urlaub auf Amrum kennengelernt habe.

Lina und ich waren für zwei Wochen auf die wunderschöne Nordseeinsel gefahren, um uns dort zu erholen, Spaß zu haben, mit nackten Füßen durch den hellen Kniepsand zu laufen und das einzigartige Gefühl zu erleben, wenn die sanfte Brandung über unsere Zehen flutet und der frische Wind uns um die Nase weht. Rad zu fahren, von der Terrasse des *Strand 33* in Norddorf dem Sonnenuntergang über dem Meer zuzuschauen und die frische Seeluft zu genießen. Ich kenne die Nachbarinsel von Sylt und Föhr, schon seit ich denken kann. Mit ihr verbinde ich diese ganz besonderen Erinnerungen, die vielleicht wirklich nur in unserer Kindheit entstehen können. Über die Jahre scheinen sie zwar die Farbe zu verlieren wie ein Polaroid-Foto, das langsam ausbleicht, aber ein kurzer Gedanke genügt, und all die Emotionen, die wir damit verbinden, sind wieder da: der Schmerz des ersten Sonnenbrands und der Geschmack des Erdbeereises, das man zum Trost bekam. Die Geborgenheit, die man fühlt, wenn man an Mamas Hand geht oder man auf Papas Schulter sitzt und aus vollem Halse lacht, weil er in die sanfte Brandung läuft. Das Lachen und das Glück. Ich erinnere mich noch, wie ich – damals vielleicht fünf oder sechs Jahre alt – mit meinen Eltern nach zwei wunderbaren Ferienwochen auf der Fähre stand und schrie, als würde mir das größte Leid angetan. »Aber was hast du denn, meine Lieblingsanna?«, wollte mein Vater wissen. »Freust du dich denn gar nicht, dass es jetzt nach Hause geht?«

»Aber zu Hause ist doch da!«, kreischte ich und deutete entrüstet mit meinem kleinen Finger auf die Insel …

Doch neben der alten Liebe zu Amrum, die nie vergehen wird, habe ich in meinem Urlaub vor drei Jahren auch noch ganz andere Gefühle kennengelernt. Man sagt so oft, dass zwei Herzen im selben Rhythmus schlagen … aber für eine wunderschöne Zeit habe ich erlebt, was damit gemeint ist.

Ganz plötzlich war er da, der gut aussehende Typ mit seinen langen hellblonden Haaren, die er meist nachlässig zu einem Zopf zusammengebunden trug. Ein junger Mann in meinem Alter, der abends in der Nähe des Strandkiosks gesessen und selbstvergessen Gitarre gespielt hatte. Unbeeindruckt von den Touristen, die stehen geblieben waren, um ihm zuzuhören, den Möwen, die um ihn herumstaksten, oder dem gigantischen Sonnenuntergang, der die Insel erst in goldenes Licht tauchte, um dann den Himmel in purpurfarbenen Flammen aufgehen zu lassen.

Zunächst hatten wir dem Musiker stumm gelauscht, dann flüsterte Lina mir zu: »Der ist ja wirklich gut, oder?«

»Psssst!« Ich legte einen Finger an die Lippen, ohne Lina dabei anzusehen, denn ich war wie gebannt von dem, was ich da sah. Es lag nicht nur daran, dass dieser Musiker toll spielte und sang und dabei auch noch unverschämt gut aussah. Nein, ich hatte das Gefühl, dass er … ach, wie sagt man das, ohne kitschig zu werden? Er leuchtete.

Lina, der ich das später genau so sagte, musste lachen, weil das eine Formulierung war, die sie sich gut in einem der Liebesromane ihrer Autorinnen vorstellen konnte. »Und ich finde gar nicht, dass das kitschig ist«, beteuerte sie, »das ist einfach nur schön. Wer das nicht so sieht, na, der hat es vielleicht noch nicht erlebt.«

»Das heißt, du hast auch schon mal so eine Begegnung gehabt?«

»Nein, Anna, das habe ich nicht …«, räumte sie ein. »Aber das heißt nicht, dass ich nicht daran glaube, dass es irgendwann genau so geschehen wird.«

Während der Musiker den vierten Song anstimmte, kam eine

alte Bekannte von Lina vorbei, die eine Ferienwohnung auf Amrum hat; ich hätte die beiden erschlagen können, weil ihre Begrüßung mir unangebracht laut vorkam. Lina hatte dann beschlossen, mit ihr ein Glas Wein trinken zu gehen, während ich Piet spontan mein Herz schenkte und mich nicht von seinem Anblick lösen konnte. »Bis später«, flüsterte sie, kurz auf ihr Handy tippend, was so viel heißen sollte wie »Ruf mich nachher an!«.

Ich weiß nicht, wie lange ich da am Strand stand und ihm zuhörte – es könnte eine halbe Stunde gewesen sein, vielleicht auch ein halbes Leben. Und irgendwann sah er mich direkt an. Mein Herz machte einen kleinen, erschreckten Hüpfer; bisher hatte er mich nur mit Blicken gestreift, wenn er sie – ganz in seiner Musik versunken – über seine Zuhörer gleiten ließ. Aber jetzt sah er mich direkt an.

»Ich gebe eigentlich keine Privatkonzerte«, sagte er mit einem verschmitzten Lächeln und stand auf, um sich den Sand von den Hosenbeinen zu klopfen.

Erst in diesem Augenblick wurde mir bewusst, dass ich inzwischen allein vor ihm stand. Wo waren die anderen Zuhörer geblieben? Hatten die denn nicht erlebt, was ich gerade fühlte? Diese Faszination, dieses Gefühl, gleichzeitig schwerelos dahinzuschweben und doch ganz im Hier und Jetzt verwurzelt zu sein. Von so etwas konnte man sich doch nicht so einfach losreißen!

Unwillkürlich griff ich nach meiner Handtasche. »Warte, ich habe sicher etwas Kleingeld …« Kaum hatte ich es gesagt, hätte ich mich ohrfeigen können. Was war das denn für ein blöder Spruch? Als sei er nur irgendein Straßenmusiker!

Er kam die drei Schritte zu mir herüber. »Lass mal«, sagte er knapp und sah mir dabei so offen in die Augen, dass mir tatsächlich ein wenig schwindelig wurde.

»Ich bin Piet.«

»Anna.«

»Hey, Anna.«

»Hey ...«

Los, sag irgendetwas Schlaues, du dusselige Kuh, fauchte ich mich in Gedanken an, aber es half nichts. Ich fühlte mich ein bisschen wie ein Reh – na ja, in meinem Fall vielleicht doch eher ein kleines plüschiges Kaninchen –, das, von zwei Scheinwerfern angestrahlt, regungslos verharren muss. Nur dass es einfach nur Piets Augen waren. Und er vermutlich gar nicht wollte, dass ich wie paralysiert dastand.

Stattdessen wandte er sich ab, ging ein paar Schritte, blieb stehen. Drehte sich um, sah mich an und fragte dann, als sei es das Normalste von der Welt: »Kommst du?«

Ich nickte stumm, griff nach seiner Hand, die er mir ganz selbstverständlich entgegenstreckte, und ließ mich von ihm davonziehen.

Hand in Hand spazierte ich mit Piet unter dem nachtblauen Himmel am Strand entlang. Wir sprachen nicht viel, weil Friesen nun mal nicht viele Worte machen und ich viel zu sehr damit beschäftigt war, mit allen Sinnen zu genießen: die frische, kühle Luft, die mir um die Nase wehte, das leise Plätschern der Wellen, das Gefühl des Sandes unter unseren Füßen und die Wärme von Piets Hand, die sich sanft und fest zugleich um meine gelegt hatte. Wir brauchten auch gar nichts zu sagen, denn eines war klar: Ich war verliebt.

Und Piet? Der auch! Bei ihm hatte es genauso schnell gefunkt wie bei mir, auch wenn Nordfriesen sonst eher ein bedächtigeres Tempo an den Tag legen. Natürlich sagte er mir das nicht sofort, das brauchte schon noch zwei Tage. »So was erlebt man ja sonst nicht«, grinste er mich fast verlegen an, als ich in seinen Armen lag und zu ihm hinaufschaute, so selig, wie ich es vielleicht noch nie zuvor in meinem Leben gewesen war.

»Wie gut, dass ich Merret getroffen habe«, sagte Lina am gleichen Abend, als ich kurz in unserer Pension vorbeikam, um mir ein paar saubere Klamotten zu holen und ihr zumindest ein bisschen Gesellschaft zu leisten, »sonst wäre das jetzt ein recht eintöniger Urlaub für mich geworden.« Aber natürlich nahm sie es mir nicht übel. »Nehmen wir deinen knackigen Inselkrebs nächste Woche direkt mit nach Hamburg?«, wollte sie stattdessen wissen. »Es wäre doch unverantwortlich, ihn hier mutterseelenallein zurückzulassen.«

»Daran habe ich noch gar nicht gedacht …«, behauptete ich. Auch wenn das natürlich in keiner Weise stimmte: Wenn ich nicht gerade Piets Gegenwart genoss, dachte ich eigentlich ununterbrochen darüber nach, was nach meinem Urlaub geschehen würde.

Piet, so stellte sich heraus, war Musikstudent und gerade auf dem Sprung nach Paris, um am dortigen Konservatorium zu lernen. Es blieb also nicht viel Zeit, bis unsere Wege sich trennen mussten. Zeit, die wir zu nutzen wussten …

Wir verbrachten fünf Tage und fünf traumschöne Nächte miteinander, nachdem ich mit Lina geklärt hatte, dass sie auch ohne mich zurechtkam, und Piet seinem WG-Mitbewohner Thore beigebracht hatte, dass er die Wohnung vorübergehend für sich allein brauchte. Das war gleichzeitig der Moment, in dem ich verstand, dass manche Männer wirklich wenig Worte brauchen. Ich hätte an Piets Stelle vermutlich erst einmal ein kleines Abendessen für Thore vorbereitet, ihm mehr als einen Gin Tonic gereicht und dann nach einleitendem Vorgeplänkel einen kleinen Vortrag darüber gehalten, wie wichtig es für junges Glück ist, sich ungestört entfalten zu können … nur um dann irgendwann ganz vorsichtig vorzufühlen, ob Thore eventuell – also wirklich nur, wenn es irgendwie möglich wäre (am besten aber sofort!) – irgendwo anders unterkommen könnte.

Und Piet? Der sagte, als Thore uns nach der ersten Nacht gemeinsam in der kleinen Küche beim Frühstück antraf, nur: »Das ist Anna.«

»Hey, Anna.« Thore sah mich so beiläufig an, als wäre es komplett normal für ihn, eine wildfremde Frau am Frühstückstisch vorzufinden, die eins von Piets T-Shirts trug.

»Anna ist jetzt zu Besuch hier«, erklärte Piet.

Thore sah ihn an. Sein Blick fragte: *Und?* Aber über seine Lippen kam kein Ton. Als es keine Antwort auf die unausgesprochene Frage gab, nickte er, grinste mich freundlich an und verschwand dann in seinem Zimmer. Ich hörte ihn telefonieren. Eine halbe Stunde später steckte er noch mal den Kopf in die Küche: »Ich bin dann mal weg.« Dazu hob er, als würde das alles erklären, eine Tasche, die verdächtig danach aussah, dass er einige Zeit nicht zu Hause übernachten würde.

Und das tat er dann auch. Als mir klar wurde, dass Piet ohne große Worte für sturmfreie Bude gesorgt hatte, meldete sich ein unangenehmer Verdacht in mir.

»Sag mal«, begann ich vorsichtig, »kommt das eigentlich regelmäßig vor, dass ihr hier … äh … Damenbesuch habt und der andere sich verziehen soll?«

»Nö.«

Das half mir natürlich nur bedingt weiter.

»Und woher wusste Thore dann, dass er sich besser verziehen sollte?«

»So halt.« Piet zuckte mit den Schultern, als wäre das eine Selbstverständlichkeit.

»Und da muss man gar nicht mehr sagen?«, bohrte ich nach.

Piet sah mich an und begann zu lächeln. Ein Lächeln, das mir durch und durch ging, weil es das Kunststück fertigbrachte, gleichzeitig neckend und sehr, sehr liebevoll zu sein … und irgendwie herausfordernd.

»Ich kann da jetzt gerne mehr zu sagen«, behauptete er. »Ich kann doch aber auch einfach küssen.«

Das hielt ich tatsächlich für eine ausgesprochen gute Idee.

Es folgten Tage und Nächte, die wie im Rausch vergingen. Und in denen Piet mich immer wieder mit Friesenkeksen fütterte, die er so sehr liebte. Mehr brauchte ich nicht, um glücklich zu sein: Piet, eine Handvoll Friesenkekse aus dem *Café Schult* in Norddorf und den Song »Guten Morgen, Anna« von Johannes Strate, den wir beide so mochten.

Ja, man kann über alles reden und viele Worte finden.

Aber manchmal kann man auch einfach genießen.

***

»*Guten Morgen, Anna*«, sang Piet mir an unserem letzten gemeinsamen Morgen leise ins Ohr, »*wollen wir heute ans Meer fahren oder aufs Sonnendach?*«

Ich lächelte ihn traurig an. »Das wäre schön, aber du musst ja nachher weg und lässt mich hier allein.«

»Das eine ja, das andere …« Er drehte eine Strähne meines Haars gedankenverloren um seinen Finger.

Es begann, in meinem Bauch zu kribbeln. »Das andere?«, fragte ich und ärgerte mich fast darüber, wie rau meine Stimme plötzlich klang.

»Du musst hier nicht allein bleiben … du kannst einfach mitkommen.«

»Nach *Paris?*«

»Nein, nach Kuala Lumpur, du kleiner Chaot!« Er küsste mich spielerisch auf die Nasenspitze. »Aber im Ernst: Paris. Warum denn eigentlich nicht? Überleg's dir. Ich hab nur ein winziges Zimmer, ja, aber das reicht schon für uns beide und den Anfang, und dann sehen wir weiter.«

»Und … und alles andere?« In meinem Kopf brach ein regel rechter Sturm los, die Gedanken schossen wild durch die Gegend und krachten aufeinander: *mein Job – Piet – der neue Fernseher, den ich noch nicht abbezahlt habe – Paris – kein festes Einkommen –*

Baguette und Käse und Rotwein auf einer Parkbank – was kostet eigentlich ein Baguette in Paris – was soll aus meiner Wohnung werden – meine Eltern bringen mich um – Piet, Piet, Piiiiiieeet – ich werde niemals eine Rente bekommen, wenn ich nicht dauerhaft einzahle – ich will nicht unter einer Brücke schlafen …

Er zuckte mit den Achseln, als wäre es das Einfachste auf der Welt. »Wird sich finden.«

Es gibt sie also wirklich, dachte ich, *die Momente im Leben, in denen wir selbst bestimmen können, was das Schicksal uns schenken wird.* Ich hatte das so noch nie gefühlt … und ich wusste instinktiv, dass ich mich darüber freuen sollte, diese Wahl zu haben.

Doch stattdessen fühlte es sich an, als wäre ein riesengroßer Felsbrocken über mich gehängt worden, bereit, jede Sekunde auf mich hinabzustürzen.

»Aber …«, begann ich und merkte, wie meine Augen feucht wurden.

Piet legte mir einen Finger auf die Lippen. Wusste er, was ich sagen wollte?

»Kein *Aber*, Anna. Wenn es richtig ist, gibt es kein Aber. Und wenn doch, dann …« Er schaute mich an mit einem offenen und zugleich undurchschaubaren Blick.

Ich blieb stumm.

In meinem Kopf drehte sich alles.

***

Als die Fähre in Wittdün ablegte, stand Piet an Deck. Er winkte mir nicht zu, sondern stand einfach da, und während er kleiner und kleiner wurde, rollten bei mir die ersten Tränen.

»Ihr könnt euch doch wiedersehen!«, hatte Lina versucht, mich auf dem Rückweg nach Norddorf zu trösten, doch ich gab dem Ganzen keine Chance, sondern starrte nur traurig auf die Tüte Friesenkekse, die Piet mir zum Abschied geschenkt hatte.

»Wie soll das auch funktionieren? Auf diese Distanz? Ich in Hamburg in einem festen Job, er in Paris als Student ohne Geld.«

Meine beste Freundin blieb stehen und sah mich nachdenklich an. »Hast du nicht gesagt, er leuchtet?«

Ich nickte stumm.

»Dann, meine Liebe«, sie zog mich an sich und ließ zu, dass meine Tränen ihre dünne Bluse durchtränkten, »leuchtet mir nicht ein, wo das Problem ist.«

***

Natürlich haben Piet und ich telefoniert. Ich würde gerne sagen, dass wir nächtelang gesprochen haben, aber das passte einfach nicht zu einem »Friesenjung« wie ihm.

Anfangs haben wir uns auch Mails geschrieben. Dann waren es irgendwann nur noch Nachrichten per Handy. Je kürzer sie waren, umso größer spürte ich die Distanz zwischen uns. Ich war untröstlich, weil Piet mir so sehr fehlte, und wie gelähmt, weil ich nicht wusste, was ich tun sollte.

»Willst du mich vielleicht nächstes Wochenende besuchen kommen«, schlug er mir vor, kaum dass ich wieder in Hamburg angekommen war.

»Super Idee«, flutschte es schneller aus meinem Mund, als mir lieb war, »aber …«

Aber nur wenn es dir keine Umstände macht, wollte ich eigentlich sagen.

Oder: *Aber ich weiß nicht, ob ich dann wirklich wieder stark genug bin, um mich noch einmal von dir verabschieden zu können, und deswegen ist es vielleicht besser, wenn ich gar nicht erst in den Zug zu dir steige.*

Oder: *Aber verlass dich nicht darauf, dass ich dann jemals wieder gehe.*

Stattdessen ließ ich diese verfluchten vier Buchstaben in der

Luft schweben, als würde ich ihm damit eine Frage stellen wollen, auf die ich die Antwort schon kannte.

Und so war es auch.

»Kein *Aber,* Anna.«

Ich machte nie wieder einen Vorstoß, ihn zu besuchen, und er fragte nie danach.

Irgendwann schlief der Kontakt ein. Wer ihn abgebrochen hat? Ich weiß es nicht mehr.

Irgendwann kam nur noch eine SMS pro Tag. Dann alle zwei Tage. Und schließlich, irgendwann, verging eine Woche, ohne dass wir voneinander hörten. Als mir das bewusst wurde, war ich drauf und dran, zum Bahnhof zu fahren und in den nächsten Zug zu springen.

Aber dazu hatte ich zu viel Angst.

Angst davor, was das für mein bisher so behütetes, in ruhigen und geregelten Bahnen verlaufendes Leben bedeuten würde. Angst davor, dass es nicht mehr so sein würde, wie es auf Amrum gewesen war. Davor, enttäuscht zu werden. Angst, weil die Friesenkekse ihren einzigartigen Geschmack verloren haben könnten.

Irgendwann erzählte mir Lina, dass ihre alte Freundin Merret ihn am Strand gesehen hatte. »Er hat da wohl irgendwo gesessen und gespielt. Weißt du, ob er Paris hat sausen lassen und jetzt wieder ganz auf Amrum ist?«, wollte sie wissen. »Dann sollten wir doch dringend unseren nächsten Inselausflug planen, oder?«

Sollten wir das?

Ich zuckte wortlos mit den Achseln und schnappte mir einen der üppig verzierten Cupcakes, die auf der von Lina reich gedeckten Kaffeetafel thronten und vermutlich so viel Kalorien hatten wie eine Hauptmahlzeit.

»Aber interessiert dich das gar nicht?« Lina rollte voller Unverständnis mit den Augen.

Die geschmeidige Zuckrigkeit der Glasur und die aus Marzipan ausgestochenen Ornamente schmeichelten sich an meinen Gaumen, gefolgt von der vanilligen Schwere des Teigs.

Aber. Aber. Aber.

Ohne nachzudenken, griff ich nach einem der appetitlichen, pastellfarbenen Macarons.

Kapitel 4

Sind die nicht lecker?«, fragt Lina und reißt mich damit aus meinen Träumereien, was auch ganz gut so ist, denn ich spüre, wie die Melancholie unerbittlich nach mir greift. »Es geht doch wirklich nichts über Friesenkekse …«

»Ja, das sind sie«, antworte ich betreten, während sich eine kleine Träne in meinen Augenwinkel schmuggelt. »Und sie schmecken nach Amrum!«

Lina lächelt, und ich weiß, dass sie mich versteht. »Möchtest du darüber sprechen?«, fragt sie sanft.

Ich schüttle den Kopf – und greife dann, ohne lange zu überlegen, nach einem Croissant.

»Aprikosentraum dazu?«, fragt Lina.

»Und wie!« Für den Rest des Frühstücks beschließe ich, es mir gut gehen zu lassen. Meine beste Freundin hat recht: Das Leben ist zu kurz, um Trübsal zu blasen und an ödem Knäckebrot herumzunagen.

»Und was ist nun mit dem Wellnessurlaub?«, fragt Lina, nachdem wir es uns eine Zeit lang einfach nur haben gut gehen lassen. »Vergiss das mit dem Wochen*ende,* wir machen sieben Tage, es soll sich doch lohnen!«

Ich nicke. »Kein Problem, ich stelle mich ganz auf dich ein, in der Praxis ist gerade sowieso kaum etwas los, da bekomme ich problemlos frei, wann immer ich will.«

Lina angelt nach ihrem Laptop und beginnt, loszusurfen, denn sie organisiert für ihr Leben gern. »An der Müritzer Seenplatte scheint es schöne und bezahlbare Wellnesshotels zu geben. Da können wir dann beide machen, was wir wollen: Du kannst herumspringen und dir sonst was zerren, und ich gönne mir eine ayurvedische Massage. Die einzige Bedingung ist, dass wir übernächstes Wochenende losfahren«, sagt Lina und sieht mich drohend an, während ich meinen Prosecco in einem Zug leere. Drohend, aber auch irgendwie verschmitzt.

»Okay, okay, ich gebe mich geschlagen«, stimme ich zu und versuche, nicht daran zu denken, was die Waage heute Morgen angezeigt hat.

Piet war meine Figur egal gewesen. »Du bist doch schlank, auf eine wunderbare weibliche Art«, hatte er gesagt, mich weiter mit Friesenkeksen gefüttert und mir die Krümel aus den Mundwinkeln geküsst. Das ist jetzt allerdings auch wie viele Kilos her? Ich versuche nachzurechnen:

zwei zugenommen *(damit ging das Unheil los)*
vier abgenommen
fünf zugenommen *(okay, das war Weihnachten, und in meinem Supermarkt hatte man – vermutlich extra für mich – einen riesigen Aufsteller mit Lindt-Schokolade aufgebaut, dessen einziger Sinn und Zweck es war, mich ins Verderben zu stürzen)*
vier abgenommen *(diese Heilfasterei hat mich allerdings auch fast in den Wahnsinn getrieben)* und die Hälfte mehr oder weniger im Vorbeigehen wieder eingeatmet *(womit mich das Heilfasten endgültig in den Wahnsinn trieb)*
drei Kilo runter
drei Kilo hoch *(die aktuelle Niederlage)*

Wer sollte da noch mitkommen? Wahrscheinlich wog ich inzwischen ein komplettes Seekuh-Gewicht mehr als zu der Zeit, als Piet mich das letzte Mal in den Armen hielt.

»Abgemacht!«, freut sich Lina. »Du musst dich um gar nichts kümmern, ich übernehme das alles.«

***

Zwei Wochen später stehen Lina und ich gestiefelt und gespornt am Altonaer Bahnhof. Sie hat mich mit dem Taxi abgeholt und – kaum dass wir ausgestiegen sind – untergehakt, als würde ich allein den Weg nicht finden.

»Dir ist schon aufgefallen, dass du mich seit geraumer Zeit nicht mehr babysitten musst?«, frage ich gespielt spitz, nachdem ich eigentlich nur schnell auf dem Abfahrplan nach dem richtigen Gleis schauen wollte und meine beste Freundin mich wie ein Kleinkind weiterschleifte.

»Ach, gönn mir doch die kleine Freude.«

Ich lasse mich also, ohne selbst nach links oder rechts zu schauen, durch den Bahnhof führen und freue mich auf die vor uns liegende gemeinsame Zeit. Auf die geplante Selbstkasteiung habe ich übrigens verzichtet, wenn man mal davon absieht, dass ich seit zwei Wochen tapfer jeden Aufzug meide und stattdessen die Treppe nehme. Außerdem habe ich mir so einen Fitness-Tracker gekauft und bin gewillt, jeden Tag 10 000 Schritte zu gehen. Also: Wenn ich jemals damit anfange …

Stattdessen habe ich etwas gemacht, was mir in gewisser Weise die Augen geöffnet hat: ein Coaching! Noch vor Kurzem hätte ich gedacht, dass das nur etwas für überlastete Wirtschaftsbosse ist, aber dann kam ich eines Abends mit meinem Nachbarn Randy – Verzeihung: *Randolph* – ins Gespräch. Der absolviert gerade eine Coachingausbildung und brauchte – wie er es mit einem charmanten Lachen ausdrückte – »ein mutiges Versuchskaninchen«. Ich solle mir einfach überlegen, welche Problemstellung ich in meinem Leben sehen würde.

»Na, über meine Fettleibigkeit sprechen wir dann besser nicht, ihr macht ja keine Ausbildung zu Ökotrophologen«, platzte es aus mir heraus. Randolph musterte mich erstaunt, sagte aber nichts, und ich ließ es auch auf sich bewenden.

Zwei Tage später kam ich in den Genuss eines Probecoachings. Etwas merkwürdig war es schon: Ich saß zwar gemütlich mit ihm in einem hellen, freundlichen Raum an einem Tisch, als hätten wir uns zu einem Nachmittagsplausch verabredet – rechts neben uns hatten aber vier andere angehende Coachs und der Kursleiter Platz genommen, die dabei zuhören wollten, wie Randolph und ich uns unterhielten. »Stell dir einfach vor, sie sind gar nicht da«, bat Randolph mich, »oder als würden sie hinter einem dieser Spiegel sitzen, die von einer Seite durchsichtig sind.«

»Du meinst, ich bin hier versehentlich bei einem Verhör auf der Polizeiwache gelandet? Ich war's nicht, ich war's nicht!«, neckte ich ihn, und wir mussten beide lachen – inklusive eine der Frauen, die auf der anderen Seite des imaginären Spiegels saßen. »Na, na«, tadelte ich sie mit betont ernster Miene, »wie soll ich mir denn so vorstellen, dass Sie gar nicht da sind? Contenance, meine Liebe, sonst verrate ich Ihnen nie, wo die Bombe tickt!«

Randolph nickte anerkennend. »Mangelnde Schlagfertigkeit kann man dir auf jeden Fall nicht vorwerfen.«

»Äh … das ist doch nichts Besonderes?«, fragte ich erstaunt.

»Nun, für dich vielleicht nicht, aber viele Menschen sind nicht so spontan, weil sie kein Vertrauen dazu haben, sich nicht zu blamieren.«

So hatte ich das tatsächlich noch nie gesehen. Aber deswegen war die Frage, die ich in dem Coaching erörtern wollte, passend … und ebenso einfach wie universell: »Warum kann ich nicht einfach zufrieden mit mir sein?«

Zwei spannende Stunden später – innerhalb der Randolph mich ausgefragt und mir gleichzeitig jede Menge Denkansätze gegeben hatte – fühlte ich mich so, als würde ich auf Wolken wandeln. Denn hey: So langweilig, disziplinlos und wenig liebenswert, wie ich mir manchmal vorkomme, bin ich offensichtlich gar nicht. Ich bin einfach nur ein bisschen ängstlich und sehr, sehr ungeduldig, was mich selbst angeht, und daran lässt sich laut Randolph und seiner Kursleiterin problemlos arbeiten.

Und noch eins ist durch dieses Coaching bei mir vom reinen Kalenderspruch zur inneren Überzeugung geworden: *Das Leben ist so kurz – man muss es genießen,* da hat Lina völlig recht!

Ich freue mich darauf, nun sechs Tage zusammen mit ihr zu verbringen. In Ruhe, mit Muße. Nur das tun, was uns Spaß macht … na ja, und ein bisschen Sport hier und da wird mich auch nicht gleich umbringen.

Wann geht es denn jetzt los? Versonnen schaue ich am Bahnsteig auf den Zuganzeiger.

»Westerland« steht da auf der Tafel.

Westerland?

Diesen Zug muss man nehmen, wenn man zu den Nordfriesischen Inseln will, nicht wenn man vorhat, Richtung Berlin zu fahren. Oje, wir sind falsch. Hätte ich doch bloß selbst auf den Plan geschaut! Ich will gerade sagen, dass wir uns vertan haben, doch dann sehe ich, dass Linas Lippen ein seltsames Lächeln umspielt. Ich kenne dieses Lächeln, es bedeutet: Ich habe einen Plan!

»Äh … falsch«, sage ich und deute auf die Anzeigetafel.

»Nö. Richtig!«

Sie drückt mir eine Klarsichtmappe mit Ausdrucken in die Hand, die ich bei einem schnellen Blick als Zugtickets und Reservierungsbestätigungen erkenne. Verwundert schaue ich sie weiter an, und sie lächelt immer noch. Dann zwinkert sie mir zu, zieht eine Tüte Friesenkekse aus ihrer Tasche, die sie mir in die Hand drückt, und tippt auf ihr Handy.

»Ruf mich an, wenn du da bist!«, sagt sie, während ich im wahrsten Sinne des Wortes nur Bahnhof verstehe. Was soll ich denn in Westerland? Und wieso grinst Lina wie das sprichwörtliche Honigkuchenpferd?

»Man kann einfach vor sich hin leben – oder man kann das Leben bei den Hörnern packen«, wiederholt sie ihr Mantra. Und weil sie vermutlich nicht ganz zu Unrecht davon ausgeht, dass ich gerade etwas schwer von Kapee bin, singt sie leise: »*Guten Morgen, Anna, bist du auch schon wach?*«

Aber …

Kein Aber! Denn jetzt endlich verstehe ich … und falle ihr um den Hals. Ich bin gerührt, aufgedreht und verwirrt.

»Wir wissen doch gar nicht, ob er wirklich da ist.«

»Und wir werden es nie herausfinden, wenn du deinen kleinen süßen Po jetzt nicht bald da reinbewegst.« Sie deutet auf die offene Tür des Abteils. »Beeil dich, sonst fährt der Zug ohne dich. Die Fähre legt um 13 Uhr in Dagebüll ab.«

»Ich, ich …«

»Los, los!«, scheucht Lina mich davon. »Und wenn du wieder zurück in Hamburg bist, will ich hören, dass die Amrumer Friesenkekse immer noch fantastisch schmecken«, ruft sie mir hinterher, während ich zum Zug eile. Glücklich, beseelt von der Vorfreude und unendlich dankbar dafür, dass ich so eine tolle Freundin habe.

Ich winke ihr zu, als die Regionalbahn sich in Bewegung setzt, und dann wird mir schlagartig klar, worauf ich mich da einlasse. Das ist so was von verrückt …

… und so was von wunderbar!

»Kaffee!«, rufe ich wenig später dem netten Herrn hinterher, der ebenfalls in Altona mit seinem Verkaufs-Wägelchen eingestiegen ist, randvoll mit kulinarischen Verführungen, denen ich eigentlich tapfer widerstehen sollte. Allerdings fühle ich mich gerade auch nicht schwer und dick, sondern aufgekratzt und so leicht, dass ich möglicherweise wie ein knallbunter Heliumballon abheben werde, wenn ich nicht etwas zu mir nehme. Das hier ist also eigentlich ein NOTFALL, nicht wahr? »Und die beiden Schokoriegel da, bitte, und die Geleefrüchte.« Das geht doch locker als Obst durch, das ist gesund. Und schließlich muss ich gewappnet sein für das Abenteuer, das mich auf Amrum erwartet. Linas Friesenkekse hebe ich mir für später auf, wenn ich in Norddorf den endlos langen und breiten Sandstrand entlanglaufe.

Während ich Riegel eins und zwei direkt hintereinander in meinem Mund zerschmelzen lasse (gibt es etwas Köstlicheres? Außer natürlich eine Tüte Paprika-Chips auf einem Sitz zu verdrücken, während man ein gutes Buch liest oder sich hingebungsvoll in eine neue TV-Serie hineinfallen lässt ...), blättere ich durch die Mappe, die ich gerade bekommen habe. *Wie schön, dass Lina mich in einem Apartment im Hotel* Seeblick *eingebucht hat, in dem wir auch vor drei Jahren gewohnt haben,* denke ich, während hinter dem Zugfenster die typische norddeutsche Landschaft an mir vorüberzieht: flaches, weites Land, Windräder, die ihre Arme dem Himmel entgegenrecken, grasende Kühe und Schafe, vereinzelt ein paar Bauerngehöfte, Schilder mit Ortsnamen wie Husum, Friedrichstadt, Bredstedt und Klanxbüll.

Ob Piet immer noch in dem Haus am Übergang zur Amrumer Heide wohnt?, frage ich mich und versuche, mir ein Wiedersehen mit ihm auszumalen. Natürlich weiß ich, wie er jetzt aussieht, denn ich verfolge seine Karriere auf YouTube, Facebook und Instagram. Piet ist seit zwei Jahren sehr erfolgreich als Singer-Songwriter und spielt seine Songs zum Teil auf Öömrang, dem Amrumer Friesisch. Er hat Auftritte in ganz Norddeutschland, nur in Hamburg hat er bisher noch nie Station gemacht. Seine Texte handeln von der ganz eigenen Schönheit der Nordsee, dem Leben und immer wieder der Liebe. Es gibt aber auch Songs über das Pendeln zwischen zwei Welten, über einsame Spaziergänge in Paris, über unerfüllte Sehnsucht ... Keine Ahnung, wie oft ich diese Liedtexte daraufhin abgeklopft habe, ob ich noch immer in seinem Herzen bin. Wie ein Luchs habe ich darauf geachtet, ob es darin irgendwo einen versteckten Hinweis, ein Zeichen, eine Botschaft an mich gibt. Doch außer einer Coverversion von Johannes Strates »Guten Morgen, Anna« habe ich nichts entdecken können, was eindeutig nur auf mich und auf unsere gemeinsame Zeit gemünzt wäre.

Oder ist das bereits die Botschaft?

Kapitel 5

Zwei Stunden weitere Träumereien und ängstliches Magengrummeln später legt die Fähre in Wittdün an. Wolken haben sich über den zuvor blitzblauen Himmel geschoben und lassen nun das Wasser der Nordsee grünbraun schimmern statt blau, wie vorhin, als ich mir an Deck der *Schleswig-Holstein* den Nordwind um die Nase habe wehen lassen. Hoffentlich ist das kein Zeichen, denke ich und binde mir ein Tuch um den Hals. Auf den Nordfriesischen Inseln weht fast immer eine steife Brise, gut, wenn man dagegen gewappnet ist. Und noch dazu mit einem so schönen Stoff: Als zusätzliches Dankeschön für meine Dienste als »Versuchskaninchen« hat Randolph mir gestern ein kleines Päckchen vorbeigebracht, in dem sich dieser wunderbare Schal verbarg. Er ist über und über mit großen Rosenblüten bedruckt, die mich an seinen wilden Vorgarten erinnern. »Die sind wirklich wunderschön«, sagte ich.

»Das sind Apfelrosen«, erklärte er mir und dass er fest davon ausginge, dass sie Glück bringen würden. Während ich daran denke, wandert meine Hand wie von unsichtbaren Fäden gezogen an meinen Hals und fühlt den glänzenden, seidigen Stoff. Glück. Ja, das kann ich jetzt vermutlich brauchen.

Gemeinsam mit zahllosen anderen Urlaubern steige ich in den Bus, der mich nach Norddorf bringen soll. Mein Herz schlägt höher, als der Leuchtturm in meinem Blickfeld auftaucht: Dort haben Piet und ich Hand in Hand gestanden und auf *seine* Insel hinabgeschaut … Wir lassen die urige Kneipe *Die Blaue Maus* hinter uns – was haben wir dort Spaß gehabt und Whiskey gebechert, als gäbe es kein Morgen mehr! –, fahren an der Windmühle der Gemeinde Nebel vorbei, einem der Wahrzeichen von Amrum, und *schwups,* bin ich auch schon am Ende meiner Reise – oder vielmehr am Anfang.

Nachdenklich schaue ich auf mein Smartphone. Keine Ahnung, wie viele Anläufe ich unternommen habe, um Piet eine Nachricht zu schicken. Vom coolen *Hey, ich bin zufällig gerade in der Gegend* (ja klar, auf dem Weg von Ottensen in die Hamburger Innenstadt kommt man ja zwangsläufig an Amrum vorbei) bis zu einem *Wir müssen reden* (was mich dann doch irgendwie an einen Westernfilm erinnert und an zwei Cowboys, die um zwölf Uhr mittags die Revolver zücken, um eben nicht miteinander zu sprechen) war so ziemlich alles dabei. Doch jeder Satz erschien mir zu banal, deshalb habe ich nicht auf *Senden* gedrückt, sondern alles fein säuberlich gelöscht. Die Worte verschwanden von meinem Display, die eigentliche Frage ließ sich aber nicht so einfach wegwischen: Ist es wirklich richtig, was ich tue?

Kann man auf diese Weise seinem Schicksal auf die Beine helfen, oder bringt man nicht vielmehr das Leben desjenigen durcheinander, der einen gar nicht mehr auf dem Zettel hat?

Ich pule die allerletzte Geleefrucht aus der zerknautschten Tüte und stecke sie mir in den Mund. *Ungeduldig,* hallt die Stimme von Randolph durch meinen Hinterkopf. *Du musst den Dingen Zeit geben, sich zu entwickeln, und nicht immer davon ausgehen, dass es sofort eine Lösung geben muss.*

Leichter gesagt als getan.

***

»Moin«, begrüßt mich der nette Strandkorbvermieter, als ich nach dem Einchecken im Hotel in Richtung Kniepsandstrand stürme. Einerseits weil ich solche Formalien gerne geregelt habe … und andererseits weil es doch ein wunderbarer Zufall wäre, wenn Piet auch gerade am Strand sein sollte. Ist er aber natürlich nicht. Das Leben ist kein Wunschkonzert.

»Na, wie lange darf's denn sein?«

»Fünf Tage, ab morgen«, antworte ich und bemerke erst jetzt, dass das fast der Zeitrahmen ist, den Piet und ich damals für unsere Liebe zur Verfügung hatten.

»Na denn man 'nen schönen Aufenthalt auf unserer Insel«, erwidert der Strandkorbvermieter, gibt mir die Bescheinigung und zwinkert mir zu. Für einen Nordfriesen ist er damit schon ganz schön quasselig. Aber das ist doch ein guter Start.

Wie aufs Stichwort verzieht sich genau in diesem Moment eine große Wolke, die sich vor die Sonne geschoben hatte, und das warme Strahlen fühlt sich auf meiner Haut fast wie ein Kuss an. Voller Vorfreude streife ich mir die Flip-Flops von den Füßen, gehe ein Stück in Richtung Wassersaum und bleibe dann stehen.

Vor mir rauscht das Meer, meine Zehen stecken in weichem, warmem Sommersand, und ich könnte tatsächlich schreien vor Glück.

Wellnesshotel mit Fitnesshölle? Also wirklich! Wie hatte ich jemals auf die Idee kommen können, woanders hinzufahren als hierher? So schön es an anderen Orten auch ist, doch nirgends duften die weißen und pinken Heckenrosen – ach halt, das habe ich ja nun gelernt: die Apfelrosen – so intensiv wie hier, nirgendwo ist der Sand feiner, heller und breiter, der Himmel weiter und die Wolken so beeindruckend. Amrumer Wolkenspiele suchen ihresgleichen, genau wie die hohen Dünen, die einer Mondlandschaft ähneln.

Ich atme tief ein und aus und versuche, so viel Amrumer Luft wie möglich zu inhalieren. Schade, dass man die nicht in Flaschen abfüllen und mit nach Hause nehmen kann.

Von irgendwoher erklingen die Töne einer Gitarre, und für einen kurzen Augenblick bleibt mein Herz stehen.

Sollte das …

Nun gilt es, Ruhe zu bewahren! Was dazu führt, dass ich vor lauter Aufregung erst einmal über meine eigenen Füße stolpere und mit einem höchst uneleganten Plumps im warmen Sand lande. Da liege ich nun und frage mich, ob ich vielleicht doch ein kleines bisschen verrückt bin.

Immerhin: Eine bessere Gelegenheit, meinen sprunghaft angestiegenen Blutdruck wieder unter Kontrolle zu bekommen, gibt es womöglich nicht … denn die Gitarrenklänge sind näher, als ich zuerst dachte.

Mit klopfendem Herzen gehe ich in die Richtung – und weiß nicht, ob ich erleichtert oder enttäuscht sein soll, als ich sehe, wer da spielt: Es ist nicht Piet, sondern ein blondes Mädchen von 17, vielleicht 18 Jahren, die mit viel Hingabe, aber wenig Talent einen Song vor sich hinklampft, der entfernte Ähnlichkeit mit *Someone like you* von Adele hat.

»Das ist wirklich grässlich«, ereifert sich eine ältere Dame, die mit einer anderen Frau danebensteht.

»Na, und wennschon, Irmtraud«, sagt diese. »Pia hat Spaß, das ist die Hauptsache.«

»Ich kann euch voll hören, Mama«, beschwert sich das Mädchen mit einem genervten Gesichtsausdruck, ohne dabei Irmtraud – ihre Oma vielleicht? – eines Blickes zu würdigen.

»Das Kind wird hier noch alle anderen Gäste verscheuchen«, mutmaßt Irmtraud und wirft mir dabei einen auffordernden Blick zu, so als würde sie erwarten, dass ich *»O weh, o weh«*-rufend von dannen stürmen würde. Von wegen, den Gefallen werde ich dem Drachen ganz sicher nicht tun.

»Ich. Bin. Kein. Kind. Mehr«, giftet Pia die ältere Dame nun an, obwohl sie mit dem Tonfall eindrucksvoll beweist, dass sie es vermutlich tatsächlich immer noch ist. »Ich bin schließlich bald 18.«

»Du bist gerade 17 geworden«, korrigiert ihre Mutter trocken. Ich muss lächeln, als ich das höre. Wie wenig konnte ich es in dem Alter erwarten, endlich erwachsen zu werden! Wie erstrebenswert schien es mir zu sein, endlich die ganze Verantwortung für mich zu haben und jeden Tag das treffen zu müssen, was man gemeinhin als »erwachsene Entscheidungen« bezeichnete.

Schön blöd.

Denn es war sicher auch eine erwachsene Entscheidung, Piet damals nicht nach Paris zu folgen: Wie hätte ich dort Geld verdienen sollen? Konnte ein Sommerliebesfeuerwerk wie das, was wir erlebt hatten, den Alltagstest bestehen? Was würde in einem, in drei, in zehn Jahren sein? Ich hatte mich, ganz erwachsen, für den rationalen, vernunftbedingten Weg entschieden.

Und was hatte mir das gebracht, diese »erwachsene« Entscheidung?

»Aber …«, will Pia ihrer Mutter widersprechen.

»Nichts *ABER*«, keife ich los, ohne nachzudenken – was dazu führt, dass Pia mit offenem Mund zu mir herüberstarrt, ihre Mutter mich mit erstaunter Neugier mustert und Irmtraud beifällig nickt: »Siehst du, Tanja, ich sage es doch: Deine Tochter treibt alle in den Wahnsinn!«

»Äh, nein, gar nicht …«, beginne ich, mich aus der Affäre zu winden, »ich wollte eigentlich nur sagen …«

Drei Augenpaare schauen mich erwartungsvoll an.

»*Aber,* wollte ich sagen, aber kannst du auch *House of the rising sun* spielen? Das ist zwar eigentlich zu alt für dich, aber … äh … ich höre das so gerne.«

»Klar kann ich!«, strahlt Pia und will dies sofort unter Beweis stellen. »Da kenne ich sogar den ganzen Text auswendig.«

»Um Himmels willen!«, stöhnt Irmtraud.

Dafür gibt es allerdings keinen Grund: Das Mädchen muss zwar wirklich noch üben, aber diesmal gelingen ihr die Griffe schon deutlich besser als bei der Adele-Nummer – und noch dazu hat sie eine klare, volle Stimme, die weit trägt und wie dazu gemacht ist, abends am Lagerfeuer Menschen zu Tränen zu rühren. Nun ist es zwar helllichter Tag, und nirgendwo brennt etwas, aber trotzdem: Die ersten Passanten bleiben stehen und kommen sogar, angelockt von der Musik, deswegen zu uns herüber. Ich sehe, wie Pia strahlt, ihre Mutter gerührt schaut und Irmtraud wirkt, als wüsste sie noch nicht so genau, ob sie die Zähne zusammenbeißen solle oder lieber behaupten, das Kind hätte das alles doch ganz eindeutig von ihr geerbt.

Als der letzte Ton verklingt, brandet Applaus von sicher zwanzig Zuhörern auf. Pia springt auf und verbeugt sich mit einem breiten Grinsen und so übertrieben, dass ihr Publikum lacht und noch lauter klatscht. Dankbar grinst sie in meine Richtung und gibt mir ein Zeichen, dass sie unbedingt mit mir sprechen möchte. Ich beschließe, mich trotzdem in der Kunst des polnischen Abgangs zu üben, und verschwinde. Aber auch ich habe ein breites Grinsen im Gesicht. Manchmal muss man sich einfach nur einen Schubs geben, wenn man etwas erreichen will, und auf sich selbst vertrauen.

***

Die Sonne strahlt, Kitesurfer malen mit ihren bunten Schirmen lustige, bunte Tupfen an den Himmel. In Gedanken an Piet und daran, wie gerne er kitet und surft, schlendere ich in Richtung der Surfschule Boyens. Dort steht der Kiosk, in dessen Nähe ich Piet kennengelernt habe.

Ein bisschen wehmütig studiere ich die Angebotstafel, denn ohne ihn ist es hier nur halb so schön. Das Lachen der Kinder in den Ohren, die in der Nähe auf einem Holzschiff herumtoben, bestelle ich einen Aperol Spritz »to go« und setze mich dann zu Fuß der majestätischen Düne mit Blick auf den Strand. Den Strandkorb habe ich ja erst ab morgen, für den Moment tut es auch ein Strandlaken, das ich wohlweislich in meine große Tasche gesteckt habe.

Die Kinder haben das Holzschiff verlassen und toben durch den Sand, ein Surfer geht vorbei und wirft mir einen längeren Blick zu, aber ich bin abgelenkt durch ein Paar, das Hand in Hand mit den Füßen durchs Wasser schlendert. Die beiden Männer sind sicher schon 70, einer im berühmt-berüchtigten Rentner-Beige, einer bunt wie ein Paradiesvogel. Ich schaue ihnen nachdenklich nach. *Wie lange sie wohl zusammen sind … und wie haben sie wohl herausgefunden, dass sie zusammengehören*, frage ich mich. Heute ist das zum Glück kein Problem mehr, aber damals, als die beiden jung waren … Was mussten sie womöglich alles riskieren für ihre Liebe? Vermutlich mehr als nur die Sicherheit eines monatlichen Gehaltsschecks …

»Na? Ganz allein hier?«, fragt mich der junge, attraktive Typ, der noch einmal zu mir zurückgekommen ist und sein Longboard lässig unterm Arm trägt. Und weil ich nicht sofort antworte, legt er direkt nach mit einem neugierigen: »Surfst du?«

Ist das jetzt eine Anmache, oder will er mich dazu überreden, einen Surf-Kurs bei Boyens zu belegen?

»Nein, ich kann nicht surfen, und ja, ich bin alleine hier«, gebe ich zurück. »Warum?« Wie jede Frau beherrsche ich die Kunst, ein *Warum?* so klingen zu lassen, dass man es unschwer als *Geh einfach weiter, Burschi* erkennen kann.

»Warum, warum?«, erwidert der Typ grinsend, der offensichtlich wiederum wie jeder Mann die Kunst beherrscht, nur das zu hören, was er hören will. Er stützt sich auf sein Board, das nun hochkant im Sand steckt. »Darf man ein hübsches Mädchen wie dich nicht fragen, ob es sich lohnt, sie anzusprechen? Könnte ja sein, dass dein Freund gleich um die Ecke biegt und mir aus Eifersucht eins auf die Nase gibt.«

»Den Schlag würdest sogar du überstehen«, kontere ich, »da ich keinen Freund habe. Oder wirft dich schon leichter Gegenwind um?« Ich puste leicht in seine Richtung.

Er taumelt gespielt einen Schritt nach hinten, fängt sich dann aber wieder. »Geht grad noch so. Ich bin übrigens Lasse.«

»Na, Stehvermögen hast du, das muss man dir lassen, Lasse.«

Ich kichere über meinen eigenen Wortwitz, und Lasse – der ihn vermutlich schon unendlich oft gehört hat – stimmt ein.

»Das habe ich wirklich … und was hast du? Vielleicht sogar einen Namen?«

Lasse ist auf eine charmante Weise frech … und sieht irre gut aus, wie er so dasteht mit seinen zerzausten, Meerwasser-nassen Haaren und seinem schwarzen Neoprenanzug, unter dem sich nicht ein einziges Problemzönchen abzeichnet, dafür aber eine einladend trainierte Brustmuskulatur, die mir zuzurufen scheint, dass ich dringend mal mit meinen Fingern über sie streicheln sollte … *Hach* …

Entschlossen stelle ich meinen Aperol Spritz zur Seite – wenn jetzt schon Männermuskeln das Wort an mich richten, obwohl die doch eigentlich eher stumm sein sollten, sagt mir das vor allen Dingen, dass ich ohne Sonnenschirm keinen Alkohol mehr trinken sollte! Außerdem gilt Linas Motto: *Augen auf bei der Urlaubsflirt-Wahl.* Sie hat zweifelsohne recht: Für gut aussehende Sonnyboys, die Surfen, Skifahren oder Tauchen unterrichten, gilt dieselbe Regel wie für attraktive Barkeeper, süße Kellner und sexy Rettungsschwimmer: Du hast sie schnell, aber unter Garantie nicht für dich allein!

»Ich heiße Anna«, antworte ich.

»Dacht ich's mir doch«, sagt er und stößt dabei ein amüsiertes Schnauben aus.

Wie jetzt, denke ich und sage folgerichtig: »Wie jetzt?«

Er grinst breit – und rappt dann los: »Na, Anna / wie die Ananas / die gut gelaunt / im Sande saß.« Er schießt den etwas humpelnden Reim so locker aus der Hüfte, als wäre das ein Lied, das jeder kennt.

»Du bist also der Spaßvogel vom Dienst auf Amrum?«, will ich wissen und kontere mit: »Der Lasse / der's nicht lassen kann / der schmeißt sich hier / an alles ran.«

Oje, gut, dass ich mein Glas schon zur Seite gestellt habe – noch ein Schluck Aperol Spritz, und ich verbringe den Rest des Tages, oder vielmehr des Abends, denn es ist ja schon etwas später, mit albernen Wortspielen.

Lasse hebt entschuldigend die Hände. »Schuldig im Sinne der Anklage, Euer Ehren«, räumt er ein. »Aber wenn du hier nicht auf deinen Freund wartest, warum nutzt du dann nicht die Gelegenheit und fragst mich, ob ich nachher mit dir essen gehe? Du isst doch gern, nicht wahr?«

Ich zucke zusammen. Ist das jetzt einfach eine frech verpackte Frage ... oder eine Beleidigung, mit der er auf mein Hüftgold anspielt, das man unter dem weiten Shirt doch eigentlich gar nicht sehen darf? Ich addiere im Geist die Liste der Kalorien, die ich bislang zu mir genommen habe:

einen Apfel zum Frühstück *(fürs gute Gewissen)* und ein Croissant *(fürs gute Gefühl)*
zwei Becher Kaffee mit *(ja, ich geb's ja zu, Voll-)*Milch und später ein Kaffee im Zug mit so einem Kondenspöttchen
zwei Schokoriegel
eine Tüte Geleefrüchte
eine Flasche Eistee *(auf der stand, dass er mit 50 Prozent weniger Zucker zubereitet worden ist, wobei offenblieb, was die Referenzgröße sein könnte – vermutlich Zuckerwatte)*
ein Fischbrötchen *(weil: Das muss ich traditionell als Erstes essen auf Amrum, sonst geschieht ein Unglück)*
eine große Portion Pommes *(zugegeben, für die habe ich jetzt keine Entschuldigung wie für das Fischbrötchen, außer natürlich: POMMES!)*
einen Aperol Spritz

Hmm. Zugegeben, das entspricht vermutlich dem, was ein Topmodel in der Woche zu sich nimmt, aber ich finde, ich muss mich dafür nun wirklich nicht schämen, immerhin ist es schon kurz vor sechs. Und zum Abendessen kann ich ja immer noch eine Karotte knabbern …

»Anna? Anna, hörst du mir zu?« Lasse sieht mich irritiert an. Auweia, wie lange habe ich denn vor mich hin gestarrt?

Schuldbewusst zucke ich zusammen. »Sorry, ich habe gerade …« Nein, Anna, du wirst diesem Adonis nun ganz sicher nicht verraten, dass er deinen wunden Punkt getroffen hat. »Äh, ich bin gerade … also nein, weil …«

Wie komme ich jetzt aus dieser Nummer raus? Will ich Lasse auf die Nase binden, dass ich nicht mit ihm essen gehe, weil ich ja eigentlich lieber Ausschau nach Piet halten will … den ich vielleicht gar nicht treffen werde? Den Gedanken habe ich seit meiner Abfahrt in Hamburg immer wieder hin und her bewegt, aber danach stets erfolgreich verdrängt. Vielleicht ist Piet in Paris. Oder – das wäre Ironie des Schicksals – gerade in Hamburg, um in irgendeinem Studio sein neues Album aufzunehmen. Das er vermutlich irgendeiner langbeinigen Blondine widmet, die ihn seit Monaten mit ihrem schmalen Leib umgarnt. Genau. Miss Anorexia, Konfektionsgröße Zero-Minus und so viel im Kopf wie auf den Hüften, ergo: Hohlraumversiegelung im Schädelbereich mit reizvoller Außenstruktur. Warum bin ich eigentlich noch nicht früher auf diese sehr, sehr, *sehr* naheliegende Wahrheit gekommen? Das war hier alles von Anfang an zum Scheitern verurteilt und …

Ungeduldig, raunt Randolph in meinem Kopf, und seine fünf Co-Coaches stimmen ein wie ein gut gelaunter Gospelchor: *un-geduldig, unge-duldig, un-geduldig – o Jesus, praise the lord!*

»Soll ich mir vielleicht schon mal Sorgen um dich machen, bevor ich dich überhaupt kennengelernt habe?« Lasse hat den Kopf leicht schief gelegt und mustert mich eindringlich. »Hier auf Amrum beantworten wir Fragen meist in ganzen Sätzen. Solltest du auch mal probieren.«

»Ich leide unter peratrokraler Sprachapnoe«, behaupte ich, ohne ob des frei erfundenen Krankheitsbildes auch nur mit der

Wimper zu zucken, »und darüber machen wir jetzt bitte keine Witze. Was ich eigentlich sagen wollte: Ja, ich würde gerne etwas mit dir essen gehen. Wo denn und wann?«

Einerseits könnte ich mir selbst auf die Schulter klopfen für meine rasante Antwort, andererseits höre ich das Schrillen einer Alarmanlage: *Hilfe, ich habe ein Date!* Was soll ich nur anziehen? Ich habe doch fast nur Sportklamotten für einen Wellnessurlaub an der Müritzer Seenplatte dabei. Geht meine hellblaue Jogginghose als stylishe Jogpant durch? Hm, wohl eher nicht … Beschämt denke ich daran, wie sehr diese Hose außerdem mittlerweile am Bund spannt und dass sie neulich in der Waschmaschine Bekanntschaft mit einem kirschroten Top gemacht hat, was, nun ja …

»Na also, geht doch«, höre ich Lasse, der dabei einen Blick auf seine Armbanduhr wirft, wie aus weiter Ferne, weil ich so mit der Garderobenfrage beschäftigt bin. »Was hältst du davon, wenn wir um acht am *Strand 33* erst einen Sundowner auf der Terrasse nehmen und danach was essen? Dann kann ich vorher noch 'ne Runde ins Wasser und … hallo? Also wirklich, junge Frau … Hier oben spielt die Musik.«

Erst jetzt bemerke ich, dass mein Gedankensturm über die aktuelle Outfitverfügbarkeit dafür gesorgt hat, dass mein Blick abgeschweift und nach unten gesackt ist. Ich schaue also nicht mehr zu Lasses unfassbar meeresgrün leuchtenden Augen nach oben, sondern starre aus meiner sitzenden Position gedankenverloren geradeaus – und damit genau auf jenen Bereich des Neoprenanzugs, wo der Bauch aufhört und die Beine noch nicht angefangen haben.

Erde! Tu! Dich! Auf!

Natürlich habe ich auch schon mit Männern zu tun gehabt, die sich mehr oder weniger ausschließlich mit meinem Dekolleté unterhalten und mein Gesicht maximal mit einem Blick gestreift haben. Lina meint, dass man so etwas als Kompliment werten sollte oder als trotz Evolution vererbte Resterinnerung des Mannes an die Zeit, als er vorwiegend damit beschäftigt war, Säbelzahntiger zu verjagen, und Frauen in Ermangelung von Karrieremöglichkeiten recht eingeschränkt waren in dem, was sie mit ihrem Leben anfangen wollten. Ich finde diese Busengaffer trotzdem einfach nur eklig. Und jetzt passiert mir so was? Es ist mir so unfassbar peinlich, Lasse in den Schritt gestarrt zu haben, dass ich mich hastig aufrapple, die Augen geradezu manisch auf sein Gesicht gerichtet, und stammle: »Genauso machen wir's, ich muss dann auch los, wir sehen uns, ciao, bis später, pass auf dich auf, gute Wellen wünsche ich dir, also fürs Surfen, und dann … ja.« Mit hochrotem Kopf trete ich die Flucht an.

Ich bin schon ein paar Schritte weit gekommen, als ich mich doch noch einmal umdrehe. Lasse, der sich gerade abwenden wollte, fängt meinen Blick auf und grinst. »Das war jetzt sehr seltsam, Anna … aber auch sehr nett.« Und damit geht er in Richtung Strand weiter. Täusche ich mich, oder wackelt er dabei provozierend ein bisschen mit dem Po, als wollte er sagen: *Kannste ruhig gucken, stört mich gar nicht.*

Natürlich gucke ich nicht.

Also: zumindest nicht lange.

Dann mache ich mich mit immer noch glühenden Wangen auf zu meinem Hotel.

So, wie der gebaut ist, trainiert er mindestens fünfmal die Woche, geht mir durch den Kopf, und isst bestimmt nie so schlimme Sachen wie Friesentorte, Waffeln, rote Grütze mit Sahne oder … oder Friesenkekse.

Ich schiebe den Gedanken an Piet und sein Lieblingsgebäck entschieden zur Seite. Ganz egal, ob er nun in Hamburg mit Miss Anorexia flirtet, allein durch die Gassen des Montmartre schlendert, um Inspirationen für neue Lieder zu sammeln, oder tatsächlich irgendwo hier auf Amrum ist: Ich habe heute ein Date, und zwar mit einem heißen Surferboy. Lina wäre stolz auf mich! Und ich bin es auch, jedenfalls ein bisschen …

Kapitel 6

Die Zeit bis 20 Uhr verfliegt im Nu. Ich spaziere den Strand entlang, bewundere die bunten Strandkörbe in Farben wie Lila (was mich sofort an Milka erinnert, yummy!) und mit Herzchen-Motiven, die so wunderhübsch und romantisch aussehen. Ich mache ein paar Fotos für Lina, bis mir einfällt, dass ich vollkommen vergessen habe zu fragen: Wie verbringt sie denn jetzt eigentlich ihren Urlaub?

Was bin ich bloß für eine Egoistin?

»Lina, wo steckst du?«, will ich wissen, als ich sie zum Glück schnell erreiche. Ganz selbstverständlich ist das nicht, weil meine beste Freundin zu Handys ein ähnlich entspanntes Verhältnis hat wie zu ihrer Figur: Sie macht sich nicht zur Sklavin eines Smartphones, von Whatsapp-Gruppenchats und dem Warten auf Nachrichten von Typen, die sich nach einem Date schneller in Luft auflösen, als man *Schoki* sagen kann.

»An der Müritzer Seenplatte, wo sonst?«, antwortet Lina. »Darauf wollte ich nun wirklich nicht verzichten. Ist ziemlich schön hier. Du solltest beim nächsten Mal unbedingt mitkommen.«

»Du bist also auch ohne mich zum Wellness gefahren?«, frage ich erleichtert – dann muss ich zumindest kein schlechtes Gewissen haben, dass ich hier Sonne, Sand und Strand genieße und den Anblick knackiger Surfer und sie allein zu Hause in ihrer Wohnung sitzt.

»Klar, aber nur übers Wochenende, länger passt es bei mir zeitlich gerade nicht.«

»Also, dass du mich so reingelegt hast …«, spiele ich ihr die Grollende vor, kann ein Lächeln in meiner Stimme aber nicht verhindern.

»Es hat so viele Vorteile, mit mir befreundet zu sein«, lobt sie sich selbst, »und was soll ich sagen: Du hast jetzt einen weiteren erlebt!«

Wir müssen beide lachen.

»Und wie läuft's bei dir?«, will Lina dann wissen. »Hast du dich schon bei Piet gemeldet oder herausgefunden, ob er zurzeit auf Amrum ist?«

»Mehr so indirekt«, versuche ich, mich aus der Affäre zu ziehen.

»Was nach meiner jahrelangen Erfahrung in der geheimnisvollen Sprache Anna-isch wie folgt ins Deutsche übersetzt werden kann: gar nicht«, kontert sie.

Ich murmle ein wenig betreten etwas von »Später« und »Kommt noch« und »War jetzt so viel anderes zu tun« vor mich hin. Immerhin verzichtet Lina mir zuliebe auf einen gemeinsamen Urlaub. Und nun traue ich mich nicht, aktiv zu werden, wie peinlich.

»Du hast einfach mal wieder Schiss!«, stellt Lina fest, und da gibt's kein Vertun, sie hat recht. Ich nicke zustimmend, was ziemlicher Blödsinn ist, denn Lina kann das nicht sehen.

»Na gut«, sagt sie, nachdem sie einmal hörbar Luft geholt hat. »Kann ich auch irgendwie verstehen. Immerhin habe ich dich sozusagen unvorbereitet ins kalte Wasser geschubst. Hast ja auch noch ein paar Tage Zeit. Und sonst? Was machst du heute Abend?«

»Das zumindest sind gute Neuigkeiten!« Ich erzähle ihr von meiner Verabredung mit Lasse, lasse aber auch meine peinliche Aktion nicht aus, was Lina mit einem amüsierten »Viel Spaß« quittiert:

»Nur ein Tipp von mir als erfahrener Frau: Solltest du deinen Surfer später aus seinem Neoprenanzug oder seiner Jeans schälen, *dann* wäre es unhöflich, *nicht* hinzugucken!« Sie gackert vergnügt los.

»Lina, also wirklich!«

»Nicht ›also wirklich‹ – manchmal muss man das Leben bei den Hörnern packen und manchmal … nun … an anderer Stelle!«

Wir prusten wieder los.

»Frau Dr. Peters, ich muss doch sehr bitten«, sage ich streng. »Haben Sie etwa schon Alkohol getrunken heute?«

»Genauer gesagt, habe ich nach dem Begrüßungs-Champagner hier schon viel zu lange *keinen* Alkohol mehr angeboten bekommen«, erklärt Lina. »Das wird sich jetzt gleich bei meinem Kleopatra-Bad im Whirlpool mit einem Glas Sekt hoffentlich ändern. Und dazu darf ich nicht zu spät kommen.«

Ich wünsche ihr viel Spaß und verspreche, mich am späten Abend noch mal zu melden. Falls es überhaupt spät wird, denn die Amrumer klappen die Bürgersteige auch in der Saison früh hoch. Und wer weiß, ob Lasse und ich uns überhaupt etwas zu sagen haben …

Kapitel 7

In der Tat bin ich kurze Zeit später sprachlos. Und zwar nicht, weil Lasse und ich uns nichts zu erzählen haben oder die Chemie nicht stimmt, sondern weil auf der Terrasse des *Strand 33* nicht der sympathische Surferboy auf mich wartet, sondern – OMG, ich drehe gleich durch! – Piet.

Als ich ihn entdecke, bleibt mir fast das Herz stehen, aber immerhin sind meine Reflexe so gut, dass ich meine Handtasche fallen lasse und ihr so schnell hinterhertauche, als wäre darin mindestens das verschollene Bernsteinzimmer versteckt oder die Nuklearcodes der USA. Während ich so tue, als würde ich meine Habseligkeiten wieder in die Tasche stopfen, schaffe ich es irgendwie, meinen Lippenstift, das Handy, einen Kugelschreiber und ein schon etwas unschön aussehendes Päckchen Taschentücher sowie einige Bonbons, von denen ich lieber gar nicht wissen möchte, wie lange ich sie schon mit mir herumschleppe, immer wieder neu um mich herum zu verteilen, damit ich auch wirklich einen Grund habe, auf Tauchstation zu bleiben.

Vorsichtig linse ich dabei immer wieder über den Tisch, der mir Sichtschutz gibt, um Piet zu beobachten.

Er sieht aus wie vor drei Jahren, nur noch toller. Erwachsener, reifer, cooler. Das kann ich sogar auf diese Entfernung erkennen. Kein Wunder, dass Heerscharen von Mädels bei Facebook und YouTube unter seine Videos Kommentare wie »Marry me« oder »Ich will ein Kind von dir« schreiben, was ich persönlich ultrapeinlich finde. Aber wo ich ihn so sehe …

Mist, was mache ich denn jetzt?

Wenn Piet mitkriegt, dass ich mit Lasse zum Essen verabredet bin, wirkt das so, als würde ich mir einen neuen Urlaubsflirt suchen, kaum dass ich auch nur einen Fuß auf den Amrumer Kniepsand gesetzt habe. Doch wenn ich mich jetzt vom Acker mache, versetze ich Lasse, was auch nicht gerade nett ist, und der kann ja nun wirklich nichts dafür. Außerdem habe ich Hunger. Sehr großen sogar! Die frische Nordseeluft hat mich immer schon gekillt, was das anbelangt. Garnelen aus dem Wok, Bruschetta, Currywurst, Burger und Flammkuchen tanzen verführerisch vor meinem inneren Auge auf und ab, das Küchen-Team in diesem Restaurant macht wirklich einen guten Job.

Ob ich mich einfach von hinten ins Restaurant schleiche und darauf vertraue, dass Piet sich nicht genau in dem Moment umdreht, bevor ich mich mit dem Rücken zu ihm hinsetzen kann?

Ach Mist, Lasse und ich wollten ja auf der Terrasse einen Sundowner als Apero trinken. Blöder Plan! Natürlich könnte ich mich mit dem Rosen-Seidenschal und meiner Sonnenbrille tarnen – das würde mit etwas gutem Willen als Reminiszenz an den Stil von Jackie Kennedy durchgehen. Passt jetzt nicht soooo optimal zu meinem recht legeren Restoutfit, aber Männer achten doch angeblich eh nicht so genau darauf, was Frauen tragen …

»Kann ich Ihnen helfen?«, reißt mich eine Stimme aus meinen wilden – und eventuell nicht ganz realitätstauglichen – Plänen. Ich schaue hoch und sehe, dass ein Kellner neben mir steht und mich irritiert ansieht. Wie lange kruschele ich hier schon am Boden rum? Lieber nicht darüber nachdenken … Einen kurzen Moment überlege ich, dem Fremden meine Situation zu erklären, aber dann stehe ich vermutlich als Irre da. Und im schlimmsten Fall als Irre, die eigentlich den aufstrebenden Sängerstar von Amrum stalkt. Nein, das geht auf keinen Fall.

»Alles ganz wunderbar«, flöte ich so unbeschwert, wie ich es gerade irgendwie hinbekomme, »ich habe einfach eine … äh … eine dyslapsische Tremoneuralstörung in der Hand, deswegen fällt mir gelegentlich etwas runter, aber jetzt ist alles okay.«

Mein Trick, Menschen mit erfundenen Krankheitsbezeichnungen so zu irritieren oder peinlich zu berühren, dass sie lieber nicht nachfragen und das Weite suchen, klappt immer.

Oder besser: fast immer.

Denn tatsächlich geht der Kellner nun mit betroffenem Gesicht neben mir in die Knie, hilft mir, in Windeseile meine Sachen zusammenzusuchen, und sagt: »Oh, entschuldigen Sie, das konnte ich ja nicht wissen … Soll ich einen Arzt holen?« Dabei greift er mir fürsorglich an den Arm und hilft mir auf die Beine wie einer gebrechlichen älteren Dame. Das ist natürlich einerseits freundlich und entzückend – und andererseits ein absoluter Super-GAU. Ich kann mich ja nun schlecht zu Boden fallen lassen, um weiterhin außerhalb des Sichtradius von Piet zu bleiben. Oder vielleicht doch?

Nein, ich verwerfe den Gedanken, schenke dem Kellner ein gewinnendes Lächeln und erkläre ihm, dass er sich keine Gedanken machen muss und ich jetzt wirklich gut alleine zurechtkomme. Er nickt mir freundlich zu und verschwindet. Ich streife mir nervös die Haare aus dem Gesicht und beschließe, so schnell wie möglich zu verschwinden. Ich kann Lasse sicher auch abfangen, bevor er ins *Strand 33* kommt, und dann wird sich schon irgendeine Möglichkeit finden, diesen Abend mit Anstand zu beenden und meinen knurrenden Magen zu beruhigen. Genau. Das werde ich jetzt machen. Und vorher sicherheitshalber überprüfen, ob Piet immer noch gedankenverloren auf sein Handy starrt.

In genau dem Moment hebt er den Kopf – und schaut genau in meine Richtung.

»Anna«, sagt er mit seiner einzigartigen Stimme, in der keinerlei Überraschung mitschwingt. Für einen kurzen Augenblick frage ich mich, ob ich die letzten zwei Jahre nur geträumt habe. Man hört ja immer wieder davon: Einen Moment ist man abgelenkt, schon gleiten die Gedanken in einen ewig langen Albtraum ab, und man erwacht erst aus ihm, wenn man es am wenigsten erwartet. Morphologe REM-Funktionsstörung und so …

Aber wem will ich nun gerade eigentlich etwas vormachen?

An Flucht ist jedenfalls nicht mehr zu denken. Also gehe ich zum Angriff über: Ich ziehe den Bauch ein, straffe die Schultern, wurschtle mir durchs Haar, das an der Nordsee immer aussieht wie das Nest eines Austernfischers, und steure, so souverän es irgendwie geht, auf mein Schicksal zu, bereit, es anzunehmen, wie es einem in Frauenmagazinen immer geraten wird.

»Hallo, Piet«, sage ich, als ich mit klopfendem Herzen vor ihm stehe, und schicke – bevor ich es verhindern kann – hinterher: »Was machst du denn hier?«

Was für eine blöde Frage, wenn eine Frau, die nachweislich in Hamburg lebt, einen Amrumer fragt, was er denn auf seiner Insel zu suchen hat ... Aber mal ehrlich: Wie begrüßt man einen Mann, in den man so verknallt war ... und möglicherweise immer noch ist ... dass es wehtat und -tut? Ich kann ihm ja nun schlecht die Hand geben. Einfach nur »Moin« sagen erscheint mir auch der falsche Weg. Und ein Kuss auf die Wange ist zwar genau das, was ich mir gerade intensiv wünsche ... aber was, wenn ich mal wieder nicht so richtig zielgenau bin und rein zufällig mit meinen Lippen auf seinem Mund lande?

Doch Piet weiß, was in so einem Fall zu tun ist; ich denke, das macht die Erfahrung mit Groupies, wobei ich an die – und ganz besonders an die vermaledeite Miss Anorexia – gerade wirklich nicht denken will.

Er steht auf, umarmt mich und flüstert mir »Moin, schön, dich zu sehen« ins Ohr. Das Ohr beginnt sofort zu kribbeln, genau wie meine Zehen ... und einfach jeder Millimeter meines Körpers.

Wie konnte ich nur vergessen haben, wie schön Piets Stimme ist, auch wenn er nur etwas sagt und nicht singt. Diese ganz besondere Sprachmelodie mit der unwiderstehlichen Mischung aus rauer Nordsee, Friesisch, Zärtlichkeit, Wellenrauschen und Wärme.

»Setz dich doch.«

Piet deutet auf den coolen Lounge-Chair gegenüber von seinem

Platz. Keine Ahnung, wieso, aber mir schießt plötzlich durch den Kopf, wie es hier noch vor sechs Jahren aussah, als ich zum ersten Mal mit Lina auf Amrum war. Da gab's dieses stylishe Mobiliar noch nicht.

Dinge und Zeiten ändern sich, denke ich wehmütig und wünschte, es könnte wieder so sein wie damals, als Piet und ich nach seinem spontanen Konzert am Strand begonnen hatten zu flirten. Damals war alles so leicht und locker wie der Teig von Nordseewellen, einem Kuchen, den ich sehr liebe.

»Ich … ich …«, stammle ich wenig intelligent und fühle mich hilflos.

Was soll ich bloß tun?

Wenn ich mich jetzt hinsetze, kann ich die Terrasse nicht überblicken und sehe Lasse nicht. Also kann ich mich nicht darauf vorbereiten, aufzuspringen und so zu tun, als hätte ich mir spontan die Wartezeit verkürzt, weil ich zufällig einen Freund aus alten Zeiten wiedergetroffen habe. Oder sollte ich versuchen, Lasse ganz unauffällig mit ein paar Handbewegungen oder einer spontanen Pantomime-Nummer zu erklären, dass er bitte wieder gehen soll, ich ihn aber natürlich als Mensch sehr schätze und mich gerade einfach in einem emotionalen Ausnahmezustand befinde? Das kann ja nicht so schwer sein …

»Einen Aperol Spritz, wie immer?«, fragt Piet. Ich bejahe schicksalsergeben, er winkt dem Kellner zu und gibt die Bestellung auf. »Und jetzt komm, setz dich. Wir müssen hier nicht stehen wie Fremde, oder?«

Ich kann nicht anders, ich nicke und lasse mich – leider deutlich weniger elegant und damenhaft, als mir lieb ist – auf den Sessel plumpsen. *Hiermit gebe ich mich offiziell geschlagen,* denke ich. Ich wollte meinem Schicksal doch gelassen entgegensehen? Darauf vertrauen, dass sich die Dinge so entwickeln, wie sie gut für mich sind? Noch so ein Mantra aus einem der Magazine, die Lina verschlingt wie andere Leute Gummibärchen. Also los.

»Wie geht's dir? Lange Zeit nichts gehört«, fragt Piet mit einer solchen Selbstverständlichkeit, als würden wir uns mindestens zweimal im Jahr hier treffen, um einander zu erzählen, was so alles passiert ist. Gute Freunde, die sich gegenseitig auf dem Laufenden halten.

Wir sind aber keine guten Freunde, schießt es mir durch den Kopf. *Und ich will auch gar nicht mit ihm befreundet sein. Ich will geliebt werden. Ich will, dass Piet mich in den Arm nimmt. Ich will, dass alles so ist wie früher, nur anders, weil ich nämlich auch noch mutig sein will und spontan.*

»So weit alles bestens«, antworte ich. Oh Mann, was für eine lahme Antwort. Aber was soll ich auch jemandem sagen, der eine gut laufende Karriere als Musiker und Sänger hat, der durch die Lande tourt und zahllose Follower in jedem erdenklichen Social-Media-Kanal hat, die ihn umschwärmen wie Motten das Licht? Ich habe weder eine bahnbrechende Erfindung gemacht noch die Tierarztpraxis übernommen, in der ich arbeite. Ich habe weder die Welt umsegelt noch ein Buch geschrieben. Ich habe einfach nur ein paar Kilos zugelegt, mein Leben gelebt und … nun ja … was man eben so tut …

»Fein«, erwidert Piet, ganz der wortkarge Friese, für den meine drei Worte vermutlich so aussagekräftig sind wie für andere Menschen das neue *BRIGITTE*-Dossier.

Und vermutlich, regt sich in mir der Widerspruchsgeist, *soll dieses »Fein« nun auch eine Menge aussagen, weil für Piet vier Buchstaben vermutlich eine komplexe und in sich schlüssige Argumentationskette darstellen.*

»Ja, *fein*«, erwidere ich deswegen, merke aber, wie sich in meine Nervosität und Aufregung ein Hauch Zickigkeit mischt.

Piet sagt daraufhin … nichts.

Und ich? Nun, ich folge seinem guten Beispiel.

Fast meine ich, dass die Möwe, die gerade vorbeifliegt, den Schnabel öffnet, nach einem Blick auf uns aber sofort beschließt, dass jetzt jeder Laut den emotionalen Impakt einer Tretmine haben könnte.

Bin ich froh, dass mein alter Freund, der Kellner, genau in dem Moment auftaucht, als sich das Schweigen zwischen Piet und mir so unangenehm anzufühlen beginnt wie eine Nacht in der Tiefkühltruhe.

»Auf dein Wohl«, sagt Piet und hebt das Glas. Er trinkt – wie immer um diese Zeit – einen Gin Tonic. Ich versuche, nicht daran zu denken, wie gut seine Lippen danach schmecken … »Toll siehst du aus.«

Ich lasse beinahe meinen Aperol Spritz fallen. Hat der nicht mehr alle Nadeln an der Tanne? Zu viele Pfunde auf den Rippen, krause Haare, eine etwas verwaschene Jeans zu einem hübschen, aber vor allem kaschierend weiten T-Shirt und Flip-Flops mit lila Blümchen drauf – was soll daran, bitte schön, toll aussehen? Hätte ich gewusst, dass ich Piet so schnell begegnen würde, hätte ich …

Nun ja … hätte ich …

Was für ein Unsinn, gestehe ich mir selbst ein. Natürlich habe ich darauf gehofft, dass ich ihm irgendwo über den Weg laufe, seit die Fähre in Wittdün angelegt hat. Und der Gedanke, dass es irgendeine Bedeutung haben könnte, was ich in dem Moment trage, ist mir tatsächlich die ganze Zeit nicht gekommen. Bin ich vielleicht cooler, als ich mir zugestehen will … oder einfach nur vollkommen verpeilt?

»Danke, du auch«, erwidere ich und gebe meinem Herzen den Befehl, ein bisschen vom Gas zu gehen. Erstens ist dieser Trommelwirbel in meinem Inneren total anstrengend, zweitens hört man das Gewummere bestimmt rüber bis nach Nebel. *Entspann dich, Anna,* ermahne ich mich selbst. *Es ist ja nicht so, dass du hier auf einem Verhörstuhl sitzt und Piet jetzt ohne Vorwarnung von freundlichem Geplänkel aufs emotionale Eingemachte umschwenken wird.*

Was er natürlich genau in diesem Augenblick tut.

Kapitel 8

»Wieso hast du damals so ablehnend reagiert, als ich dich gefragt habe, ob du mich in Paris besuchen willst?« Piets graublaue Augen haben mich ins Visier genommen – und seine Frage treibt mich in die Enge.

Soll ich die Wahrheit sagen?

Zugeben, dass ich Angst vor einem Wiedersehen hatte, und noch dazu in einer Stadt, in der bekanntlich die Liebe wohnt? Dass ich nicht wusste, wie ich meine Gefühle für ihn und meine Ängste vor der Situation miteinander in Einklang bringen könnte? Und dass ich schon damals die unterschwellige Sorge spürte, dass er inzwischen viele hübsche Französinnen kennengelernt hatte? Französinnen sind mir schließlich noch unheimlicher als Miss Anorexia: Sie essen, trinken und feiern andauernd, vor allem spätabends, was total auf die Hüften geht, wie jeder weiß, der schon mal Bekanntschaft mit der Unerbittlichkeit einer Waage gemacht hat. Halten die Mademoiselles alle ihr Gewicht, weil sie rauchen wie ein Schlot – obwohl ihre Haut natürlich stets so porenfein und porzellanschön leuchtet, als könnten sie das Karriere-Aus der gesamten Visagisten-Zunft bedeuten? Oder hat französischer Champagner einfach weniger Kalorien als ein gewöhnlicher Prosecco aus dem Supermarkt, den unsereins trinkt?

Das alles eignete sich natürlich weniger, um Piets Frage zu beantworten. Und ein *Ich hatte Angst vor meiner eigenen Courage* will mir einfach nicht über die Lippen kommen.

»Ich hatte damals einfach keine Zeit«, murmle ich betreten. »Zu viel zu tun in der Praxis. Eine Kollegin war krank, ich musste einspringen … und dann ging natürlich das eurasische Fleckfieber bei Hunden um, da hatten wir Ausnahmezustand, und wenn du nie erlebt hast, wie ein Kanarienvogel sich verändert, wenn er plötzlich das disassoziative Agresso-Balzverhalten zeigt, das man – wie du ja vielleicht weißt – sonst nur bei … äh … Kormoranen beobachten kann, dann …«

Himmel, hilf, ich rede mich gerade um Kopf und Kragen! Piet hört meinem Redeschwall trotzdem so aufmerksam zu, als würde das, was ich gerade von mir gebe, tatsächlich Sinn ergeben. Und das ärgert mich auf einmal. Was bildet er sich eigentlich ein? Will er mir hier etwa den Schwarzen Peter dafür zuschieben, dass wir uns getrennt haben – was wir, wenn man es mal nüchtern betrachtet, ja nicht einmal sind, weil man dazu vielleicht irgendwann einmal offiziell hätte sagen müssen, dass man ein Paar ist, und demnach auch, dass man sich getrennt hat.

Aber … und ich merke, wie mein Hals sich verengt … dieser Insel-Casanova versteckt sich bekanntlich immer dahinter, dass er nicht gerne viele Worte macht. *Von wegen, Freundchen, so einfach lasse ich mich nicht in die Ecke drängen!* Weswegen ich nun zuerst mein Glas auf ex austrinke. Dann gebe ich dem Kellner ein Zeichen, dass ich Nachschub brauche. Sein Blick scheint mich zu fragen, ob Alkohol bei meiner ominösen Handgelenkskrankheit eine gute Idee ist. Ich gucke so zurück, dass die Botschaft »*Schnauze, sonst Beule – und jetzt her mit dem nächsten Glas!*« auch ohne Worte deutlich rüberkommt. Und dann schieße ich, an Piet gewandt, zurück: »Du hast damals übrigens nicht so gewirkt, als würde es dir viel ausmachen, dass ich nicht komme.«

Zack, das hat gesessen. Ich sehe deutlich, dass dieser Treffer gelandet ist. Was bedeutet, dass sich Piets rechte Augenbraue für das Zehntel einer Sekunde um mindestens 0,000009 Millimeter in die Höhe gehoben hat. Wir Frauen sind Männern bekanntlich dadurch überlegen, dass wir solche Zeichen überdeutlich erkennen und zu bewerten wissen; mir ist immer schon schleierhaft gewesen, warum die meisten Verhörspezialisten in Filmen männlichen Geschlechts sind. Vermutlich, weil eine Frau gar nicht erst mit Schlafentzug und Waterboarding anfangen müsste. »Du sagst mir jetzt, wo die Bombe versteckt ist«, würde reichen – und schon könnte man nach einem Blick ins Gesicht des Täters sagen: »Aha, 70 Kilometer von hier unter einem großen Stein, ich kann gerade nicht erkennen, ob es ein grauer oder brauner ist, aber daneben steht ein Kaktus, ganz eindeutig.«

Piet sagt … nichts.

Nun gut. Das ist ja nicht so ungewöhnlich für ihn.

Aber weil ich so gut in Fahrt bin, lege ich direkt nach: »Du hättest dich ja auch melden können, als du wieder auf Amrum warst.«

Noch ein Treffer, aber weil der Ober gerade meinen zweiten Drink serviert, entgeht mir leider, welche Reaktion sich auf Piets Gesicht abzeichnet. Verdammt! Das bringt mich nun natürlich etwas aus dem Konzept. Ebenso wie sein Schweigen. Zugegeben, seit seiner Frage sind nicht mehr als drei Minuten vergangen, aber wer schon mal unerwartet mit den Fingerspitzen an einem Felsvorsprung hing, der weiß, wie lang drei Minuten sein können.

»Lebst du jetzt wieder dauerhaft hier, oder pendelst du?«

Was ist denn das nun für eine Frage? Ich merke, dass sich meine wütende Überlegenheit unter seinem ruhigen Blick in Luft auflöst. Zumal mich statt seines Wohnortes viel mehr sein Beziehungsstatus interessieren würde.

»Aus den Interviews mit dir in der letzten Zeit war das nicht wirklich herauszulesen.«

Kaum habe ich das ausgesprochen, möchte ich die Worte wieder zurücknehmen. Und ich befürchte, ich versuche das sogar und mache mit dem Mund eine merkwürdige Grimasse, ein bisschen wie ein Karpfen, der nach Luft schnappt.

»Du liest also meine Interviews?« Piet lächelt, und ich beginne zu schmelzen wie das Eis des wunderbaren Cafés *Cappuccino* in Norddorf in der Sommersonne. »Kennst du auch mein Album?«

»Ja, kann sein … Ich glaube, ich hab es neulich mal mit einem halben Ohr gehört«, erwidere ich, denn das kann ich ja offen zugeben, ohne dass mir ein Zacken aus der Krone fällt. Und er muss nicht wissen, dass ich jede, aber auch wirklich *jede* Zeile auswendig aufsagen könnte. »Es ist wirklich ganz gut geworden. Nette Texte, hübsche Melodien«, gebe ich mich unbeeindruckt und hoffe, ihn mit diesem Understatement aus der Reserve locken zu können. Aber wenn überhaupt, dann sind die Anzeichen dafür jetzt selbst für mich mit allen Wassern gewaschene Expertin nicht zu erkennen. Verdammt, der ist gut, der Kerl. Hoffentlich kommt er nie auf die Idee, eine Zweitkarriere als international operierender Terrorist zu starten, denn dann wäre die Welt wirklich ernsthaft in Gefahr …

»Herzlichen Glückwunsch«, rette ich mich schnell auf sicheres Terrain. »War bestimmt gar nicht so leicht, das Geld dafür zusammenzubekommen, alles selbst zu produzieren und zu vermarkten.«

Mist!

Fehler!

Habe ich ihm gerade wirklich zu verstehen gegeben, dass ich natürlich im Detail weiß, dass er wirklich alles selbst gemacht hat, weil ich ihn regelmäßig google, binge, yahooe und … wenn ich ehrlich bin … mit einer gewissen Verfolgungsenergie cyberstalke?

Piet nickt und schaut versonnen in die Ferne. Ich folge seinem Blick über den Strand von Norddorf, an dem in zwei Stunden die Sonne als Feuerball im Meer versinken wird. Schon jetzt ist der Anblick der Abendsonne und der Farben, die sie auf die Wolken malt, atemberaubend, die perfekte Kulisse für ein Date. Nur leider habe ich gerade keins.

Wobei, da war doch was …

Ich schaue auf die Uhr. Es ist bereits zwanzig nach acht. Werde ich hier gerade versetzt? Oder hat Lasse mich nicht erkannt und ist nach einem schnellen Blick in die Runde wieder nach Hause gegangen? Der Arme, das tut mir leid … Wenn ich ehrlich bin, hoffe ich aber, dass der smarte Surferboy nicht doch noch auftaucht.

Es ist schon verrückt. Gestern war ich unglücklich, weil es keinen Mann in meinem Leben gab. Und jetzt fühlt es sich so an, als wäre da definitiv einer zu viel. Das Schicksal hat eben immer wieder viel Spaß daran, Pingpong mit uns zu spielen.

»Dann weißt du also auch, dass ich deinen Song gecovert habe«, sagt Piet so leise, dass ich ihn kaum verstehe. Eine leichte Brise trägt die Worte *deinen Song* über meinen Kopf hinweg hinaus aufs offene Meer …

»War das eigentlich sehr teuer?«, frage ich und könnte mich gleichzeitig ohrfeigen. MEIN SONG! Hallo, Anna? Das ist hier gerade total romantisch – und du quasselst von so etwas Unwichtigem wie Geld?

Piet zuckt mit den Schultern, schmunzelt und sagt: »Das war mir jeden Cent wert. Aber um deine Frage zu beantworten: Ich lebe wieder dauerhaft auf Amrum, weil ich mir kaum einen schöneren Ort vorstellen kann. Hier sind meine Wurzeln, hier ist meine Heimat. Paris war toll, und ich bin wirklich gerne auf Tour, aber … na, man muss wissen, wo man zu Hause ist.«

Ich nicke, wie gut ich das verstehen kann: Mein Herz schlägt für Amrum, seit ich das erste Mal hier war, damals mit meinen Eltern. Für Kinder ist dieser breite Sandstrand mit Treibholz, Muscheln, Krebsen und Dünengras ein Abenteuerspielplatz ohnegleichen. Später, als ich älter wurde, verliebte ich mich in die Heidelandschaft, die Amrum von ihren Nachbarn Sylt und Föhr unterscheidet. Ich besuchte die sprechenden Grabsteine auf dem Friedhof von Nebel, erkundete mit dem Rad die Insel, verliebte mich in den Leuchtturm, badete in der Brandung, sammelte Muscheln und lauschte den Schreien der Möwen, die um die Strandkörbe der Touristen herumstaksen wie die Wächter der Nordsee.

»Dann wohnst du wahrscheinlich auch immer noch in derselben Wohnung?«, will ich wissen.

Er nickt.

»Und wie geht's Thore?«

»Der ist vor einem Jahr nach Flensburg gezogen.«

»Aber hatte er nicht diesen guten Job hier?«, frage ich erstaunt nach, während ich in meiner Erinnerung krame, was Piets Mitbewohner noch mal genau beruflich macht.

»Ja. Aber dann kam Rieke aus Flensburg zu Besuch.« Piet sagt das so, als würde es alles erklären. Vielleicht ist das sogar so. Ich frage trotzdem noch mal nach.

»Ja, und?«

Piet seufzt mit einem Lächeln. »Und jetzt hat er einen weniger guten Job, aber ein deutlich besseres Leben in Flensburg mit Rieke.«

Ich bin versucht, mehr herausfinden zu wollen, aber als ich merke, dass ich die Frage mit dem Wort *Aber* beginnen würde, schlucke ich sie schnell hinunter.

Manchmal gibt es eben kein *Aber*.

»Also hast du die Wohnung jetzt für dich«, stelle ich fest.

Er schüttelt den Kopf. »Könnte ich, brauche ich aber nicht, also habe ich mir einen neuen Mitbewohner gesucht. Mit Lasse läuft's auch prima, der ist total gechillt und spielt übrigens auch auf meinem Album mit.«

Lasse?

Die Alarmglocken läuten schrill.

Wie viele Lasses sind wohl gerade in Norddorf unterwegs?

Kann es sein, dass sich Piet und mein Lasse … also, nicht *meiner*, aber *der* Lasse, mit dem ich hier eigentlich sitzen sollte … kennen? Nein, vollkommen unmöglich. Lasse ist ein typisch nordischer Name, hier heißt vermutlich jeder dritte Junge so.

»Das freut mich«, antworte ich lahm. »Was macht der denn so, der Lasse?«

»Er arbeitet in der Saison für die hiesige Surfschule«, erhärtet Piet meinen Verdacht.

Ich merke, wie meine Knie weich werden und die Hand, die automatisch nach dem Aperol-Spritz-Glas greift, etwas wackelig ist.

»Im Winter gibt er Skikurse in Österreich oder fährt zum Kiten nach Brasilien, je nachdem, wie es seine Finanzen hergeben. Ich bin ziemlich sicher, dass ihr beiden euch gut verstehen würdet. Er ist mindestens so schlagfertig wie du.«

»Na, Anna / wie die Ananas / die gut gelaunt / im Sande saß«, schießt es mir durch den Kopf, gefolgt von einem *»Der Lasse / der's nicht lassen kann / der schmeißt sich hier / an alles ran«*.

Auweia.

Auweia.

AUWEIA!

Ich trinke in großen Schlucken und wedle mit dem leeren Glas in Richtung des Kellners.

»Er ist mittlerweile mein bester Kumpel«, fährt Piet fort. Ungewöhnlich, dass er sich für seine Verhältnisse so tief in die emotionalen Karten blicken lässt … Irre ich mich, oder blitzt da etwas in seinen Augen auf? Und auf einmal beschleicht mich das Gefühl: *Will er mich etwa verkuppeln? Damit er mich von der Backe hat?*

»Apropos: Wie geht's eigentlich deiner Freundin Lina?«, will Piet nun wissen. Hat der heute Quasselwasser getrunken, oder was? »Wieso ist sie nicht mitgekommen? Oder geht ihr heute Abend einfach mal wieder getrennte Wege?« Der letzte Teil der Frage wird begleitet von einem verschwörerischen Zwinkern. Offenbar erinnert auch Piet sich noch an die Zwickmühle, in der ich steckte, als ich damals meine gesamte Zeit mit ihm alleine verbringen wollte. Da brauchte es schon so eine tolle Freundin wie Lina, die sich meinem Glück nicht durch Meckern, Herumjammern oder Druckausüben in den Weg stellte, sondern einfach sagte: »Hab Spaß und genieß die Zeit.«

»Super«, antworte ich. »Allerdings hat sie es diesmal vorgezogen, sich in ein Wellness-Dings an der Müritzer Seenplatte einzumieten, statt an die Nordsee zu fahren.« Ich tue jetzt einfach mal so, als wäre es komplett abwegig, sich in einem Luxushotel verwöhnen zu lassen, wenn man stattdessen auch nach Amrum fahren kann … »Wenn sie wüsste, dass ich dich hier treffe, würde sie dich bestimmt grüßen lassen.«

Konnte ja niemand ahnen, dass wir uns hier wirklich über den Weg laufen würden. Nee, also wirklich, auf die Idee käme doch niemand …

»Ich habe irgendwann mal ihre Freundin gesehen, die hier wohnt, glaube ich«, sagt Piet.

»Jaja, als du am Strand gespielt hast, ich weiß …«

Okay. Nun muss ich wirklich nicht auf versteckte Zeichen achten: Die Augenbraue, die Piet hochzieht, und das Lächeln, das dabei um seine Lippen spielt, schreien geradezu in die Welt hinaus: *Ah, interessant, du informierst dich also über mich.*

Verdammt!

»Hey, du bist doch jetzt Piet Sivers, nicht wahr?« Neben uns sind drei junge, bildhübsche Mädels mit bauchfreien Tops und Beinen bis zum Himmel aufgetaucht, die vor unserem Tisch hin und her und auf und ab hüpfen, als seien sie auf Droge.

»Hey, du bist doch jetzt im Alter für einen Sport-BH, nicht wahr?«, will ich der Blondine des Trios entgegenschleudern, schlucke die Bemerkung aber runter; ich will nicht in einem Promi-Revolverblatt landen, in dem dann unter einem wackligen Schnappschuss von Piet und mir steht:

ZICKENTERROR: Ruiniert die Unbekannte das gute Verhältnis des Publikumslieblings zu seinen Fans? Exklusivbericht auf Seite 7!

Piet nickt freundlich, aber wer ihn so gut kennt wie ich, der merkt, dass ihm die Situation nicht angenehm ist.

»Dürfen wir ein Autogramm haben?«, fragt die Blondine aufgeregt und klatscht dabei in die Hände.

»Und Selfies?«, fordert das Girlie mit den feuerroten Haaren und katzengrünen Augen.

»Und einen Kuss?« Auweia, die Dritte im Bunde, Typ Schneewittchen, scheint die Draufgängerin des Trüppchens zu sein.

»Und für dich einen kleinen Nackenschlag?«, platzt es leise, aber hörbar aus mir heraus. Schneewittchen und ihre beiden Zwerginnen schauen mich entgeistert an. »Ich meine natürlich den Kellner«, behaupte ich schnell und winke ihm mit meinem erstaunlicherweise schon wieder geleerten Glas zu. »Hallo? Bekommt man hier noch etwas zu trinken?«

Das Fantrio wendet seine Aufmerksamkeit wieder dem Objekt seiner Begierde zu – und inszeniert sich für die Selfies, die vermutlich zeitgleich auf Instagram, Snapchat und wo auch immer hochpoppen, wie die Profis: Arm um Piet, Brust raus und ab ins Hohlkreuz, das mir vermutlich einen veritablen Bandscheibenvorfall bescheren würde, beim Jungvolk aber für eine perfekte Polinie sorgt. Neidlos räume ich ein, dass sie dabei nicht einmal den Bauch einziehen müssen – denn wo sich bei mir eine sanfte Rundung zeigt, ist bei ihnen alles flach. Die Nachwuchs-Kardashians haben zwar ein begrenztes Ausdruckspotenzial, können aber in Zehntelsekunden von Duckface auf Happy-Happy, von leicht verrucht auf mädchenhaft schüchtern umstellen.

Ich beobachte fasziniert, wie Piet mit den Mädels umgeht: freundlich, souverän, lässig. Nur als das zunehmend enthemmte Schnee*flittchen* das Thema Kuss noch einmal anschneidet, sagt er »Nein«, und das sehr deutlich.

»Verstehe«, erwidert die Rothaarige daraufhin und deutet auf mich. »Aber das da ist wohl deine Freundin?«

»Nee, wohl eher *eine* Freundin«, sagt Schneewittchen mit leicht verächtlichem Unterton. »Oder meint ihr allen Ernstes, dass so ein Traumtyp wie …«

Weiter kommt sie nicht, denn Piet sagt freundlich, aber SEHR bestimmt: »Und jetzt lasst ihr Süßen uns alleine, ja? Schönen Abend noch.« Die drei machen ein Gesicht, als hätte man ihnen gerade die Sahne von der Torte gemopst, allerdings habe ich den

Verdacht, dass in den letzten Jahren keine von denen auch nur im Ansatz in die Nähe von etwas wie Sahne, heißer Schokolade, Pudding oder Mousse au Chocolat gekommen ist. *Generation lowcarb at its best.* Schließlich muss man auf den Selfies aussehen, als müsse man zugefüttert werden, damit man Komplimente erntet.

»Aber …«, begehrt die Rothaarige noch mal auf, aber dann taucht der Kellner auf, stellt das frische Glas vor mir ab und bugsiert die Girlies dann freundlich, aber nachdrücklich davon.

»Sorry«, sagt Piet. »Das kommt leider immer mal wieder vor, besonders im Sommer. Wollen wir noch woandershin? Irgendwohin, wo es ein bisschen ruhiger ist?«

Natürlich möchte ich *Ja* sagen, und zwar sofort. Aber eigentlich bin ich hier doch mit einem anderen Mann verabredet, auch wenn der inzwischen so verspätet ist, dass es ihm recht geschehen würde, wenn ich ihm einen Korb gäbe.

Dabei fällt mir etwas ein, was ich bisher noch gar nicht bedacht habe. »Hast du denn gar keine Verabredung?«, frage ich verwundert. »Oder sitzt du immer am frühen Abend hier, trinkst alleine einen Sundowner mit Blick aufs Meer und schreibst dabei so wunderschöne Texte wie den von *Wolkenstunden?*«

Und schon wieder verplappert!

Dafür, dass ich doch so getan habe, als würde ich seine Musik nur oberflächlich kennen, habe ich mich nun deutlich zu weit aus dem Fenster gelehnt …

Piet schüttelt nur leicht den Kopf, winkt den Kellner heran und zahlt. Als ich aufstehe, reicht der dienstbeflissene Mann mir schnell die Handtasche. »Wird es denn gehen«, fragt er fürsorglich, »mit Ihrer dys… äh … Ihrer dys-dingens Störung?«

Ich spüre, wie ich rot anlaufe. »Ja, also …«

»Das ist alles kein Problem«, wirft Piet leichthin ein, »sie hat im Hotel noch eine ganze Packung Zertofogal-Superforte-Tabletten, davon nimmt sie eine, dann ist alles wie weggeblasen.«

Der Kellner nickt anerkennend ob so viel medizinischem Fachverstand, und ich kann ein Lachen kaum unterdrücken: Piet kann sich also noch an meine Masche mit den erfundenen Krankheiten erinnern und spielt, ohne mit der Wimper zu zucken, mit. *So einen Mann muss man doch einfach lieben,* denke ich.

Aber das war ja auch nie das Problem …

Kapitel 9

Dies ist meine allerliebste Tageszeit am Meer: Die meisten Urlauber haben den Strand verlassen, weil ihre Kinder duschen und essen müssen oder sie selbst irgendwo einen Tisch reserviert haben. Nur noch wenige gehen jetzt hier spazieren, liegen im Sand oder laufen am Wassersaum entlang. Die Möwen suchen zwischen den Strandkörben nach Essensresten, die Beach-Volleyballspieler haben das Spielfeld verlassen, die Nordsee liegt friedlich – und je nach Tide in weiter Ferne oder zum Greifen nah – im Blickfeld derer, die diese ganz besondere Abendstimmung genießen wollen.

»Lass uns nach links«, sagt Piet.

Ich ahne, wohin es gehen soll. Es gibt einen Platz zwischen den Dünen, der nur sehr schwer zu finden ist, weil man den Durchgang zwischen dem Strandhafer kaum erkennen kann. Dort, im Schutz des Dünengrases und der Höhe der Düne, ist man noch nicht so weit im Naturschutzgebiet, dass man ernsthaften Schaden anrichten würde, aber doch weit genug entfernt von allen, die nicht ahnen, dass sich dort – in einer Sandkuhle – einer der schönsten Plätze der Insel versteckt.

»Hier schreibe ich meine Songs«, beantwortet Piet nun meine Frage – und deutet auf den Platz, der vor drei Jahren eine große Rolle für uns gespielt hat. Hier haben wir uns zum ersten Mal geküsst, die Haut des anderen kennengelernt, einander liebkost und …

… und wie heißt es doch so schön? Was am Strand passiert, bleibt auch am Strand. Ich muss kichern, weil es nicht selten passiert, dass man – gerade im Sommer – irgendwo ein Bikinihöschen findet, das an einem Strauch hängen geblieben ist, oder eine Badehose, weil sich das Liebespaar etwas übereilt Shorts und

Shirts überziehen musste, um unangenehmer Aufmerksamkeit zu entgehen. Piet und mir ist das natürlich nie passiert … nun ja … »nie« wie in »einmal ist keinmal«.

»Ich kann verstehen, dass dich hier die Muse küsst«, murmle ich und versuche, mich gegen die süßen Erinnerungen zu wehren, die mich überfluten wie eine gigantische Nordseewelle. »Das ist vielleicht der beste Ort auf Amrum: Man ist zugleich mit der Insel verbunden, aber auch versteckt vor allem.« Dann lasse ich mich rückwärts in den immer noch warmen Sand fallen und schaue in den unendlichen Himmel über uns.

Piet hockt sich neben mich. Ich spüre mehr, als dass ich es sehe, wie er mich mit seinen großen graublauen Augen betrachtet. »Weißt du eigentlich, dass noch niemand meine Liebe zu dieser Insel so sehr verstanden hat wie du? Das macht dich wirklich einzigartig, Anna … und …«

Ich schaue ihn an, und obwohl ich keine Gedanken lesen kann, spüre ich doch ganz intensiv, was er eigentlich sagen will: »*… und nicht nur das.*« Ich merke, wie meine Hände schwitzig werden und es in meinem Bauch kribbelt, als würden dort Ameisen und Schmetterlinge in der typischen Amrumer Tracht gemeinsam einen der für diese Insel typischen Tänze aufführen.

»Ach, komm«, sage ich und versuche zu ignorieren, dass meine Stimme nicht locker und leicht, sondern etwas rau klingt. »Es wird in den letzten Jahren doch sicher mehr als eine Frau gegeben haben, der du die Insel gezeigt hast …« Natürlich denke ich an Miss Anorexia, auch wenn ich eigentlich weiß, dass es sie vermutlich gar nicht gibt.

»Ja, schon.«

Wie jetzt? Ich weiß gar nicht, ob ich hören möchte, was Piet jetzt zu sagen hat. Aber so wortkarg, wie er sonst sein kann, nun spürt er offensichtlich das Verlangen, mir etwas erzählen zu wollen.

»Es gab da mal kurz jemanden … aber …« Er zuckt mit den Schultern.

Es gibt sie also wirklich, die dürre Blondine, die ich so oft in Gedanken verflucht habe?

»… aber es hat einfach nicht gepasst«, sagt Piet. »Sie …« Er sucht nach den richtigen Worten.

»Sie wollte ja nicht mal Friesenkekse essen«, komme ich ihm zu Hilfe, »weil sie mehr an ihrer Figur interessiert war als an diesem kurzen Glücksmoment, wenn man ihn im Mund zerknuspert.«

Piet sieht mich irritiert an.

»Du kennst Sonja doch gar nicht.«

Sonja? Auweia. Auf einmal hat Miss Anorexia einen Namen! Damit wird sie mir jetzt nun wirklich etwas zu real.

»Und ganz ehrlich: Sie hat Friesenkekse geliebt. Und Fliederbeerensuppe und Pharisäer.« Er grinst. »Eigentlich hat sie alles geliebt, was süß ist. Sie war … na, sie war tatsächlich ganz gut beieinander, nicht so schlank wie du.«

Miss Anorexia ist *fett?* Ich könnte gleichzeitig schreien und lachen und einen albernen kleinen Tanz aufführen, unterlasse das aber und sage stattdessen: »Und?«

Piet schaut nun auch in den Himmel und schweigt einen Moment. Auf einmal sieht er, der souveräne Star, dem Teenies zujubeln, und der attraktive Mann, der vermutlich jede Frau haben könnte, verloren und verletzlich aus.

»Kein *Und*«, sagt Piet dann. »Nur ein *Aber.*«

Ich traue mich nicht, darauf einzugehen. Und nach einer kleinen Ewigkeit sagt Piet: »Sonja war toll, wirklich. Eine echte Hammerfrau. Aber …«

Sag: Aber sie war nicht du, schreie ich in Gedanken. *Sag den kitschigsten Satz, den man in so einer Situation sagen kann!*

»Aber«, sagt Piet, und ich sehe, wie es verdächtig zuckt um seine Mundwinkel, »sie hatte eben keine zerebraldialogische Wahnsinnsdialogitis.«

Ich pruste los. »Ist doch eigentlich gut«, stoße ich heraus, als ich mich schließlich wieder beruhigt habe. »Dann war sie wenigstens vollkommen gesund und bei klarem Verstand.«

Piet nickt. »Auch wieder wahr.« Und dann raunt er dem Sonnenuntergang zu: »Aber wie sollte das gut gehen mit meiner chronischen prekognitiven Sehnsuchtszerose?«

Kapitel 10

Lina hat mir mal erzählt, was für sie einen perfekten Abend mit einem Mann ausmacht: »Wir müssen nonstop miteinander reden können«, erklärte sie mir, »und er soll eine Herausforderung für mich sein. Ich will mich geistig strecken müssen. Immer auf der Hut sein, in Sätzen eine zweite oder auch dritte Ebene finden und sie so parieren, dass ich eigentlich Applaus dafür verdienen würde.«

Ja, das passt zu meiner besten Freundin. Und ich habe selbst auch manchmal Spaß daran, mir mit meinem Gegenüber die verbalen Bälle schnell zuzuspielen. Aber ein perfekter Abend ist für mich etwas anderes. Den habe ich dann, wenn ich gar nichts sagen muss, weil ich mich in der Gegenwart des Mannes so wohlfühle, dass schon ein »Ach ja …« und ein zustimmendes »Mhh mmmh« reichen.

Genauso einen Abend erlebe ich gerade. Die Wolken über uns jagen einander, alles verfärbt sich zartrosa … Es ist einfach traumhaft. Typisch Amrum eben. Piet und ich sitzen nah beieinander und schauen in den Himmel. Es fühlt sich an, als wären wir angekommen und gleichzeitig in Bewegung – gemeinsam, nicht einsam.

»Ich wünschte, ich könnte ewig hier so mit dir sitzen«, bricht er irgendwann das Schweigen. Und dann, als müsse er sich zu der Frage überwinden: »Wann fährst du denn wieder zurück nach Hamburg? Du wohnst doch noch in Hamburg, oder?«

»In knapp einer Woche«, antworte ich und überlege, wie ich all das interpretieren soll, was gerade auf mich einbrandet wie das Meer, das ich in der Ferne hören kann. Mit einem Mal fühlt sich alles so schön und vertraut zwischen uns an, als wären wir nie auch nur eine Sekunde getrennt gewesen.

Aber wie kann das sein?

Ist nicht nur Amrum die Heimat meines Herzens, sondern auch Piet? Kann ein Mensch überhaupt die Heimat für einen anderen sein? *Ich will nach Hause,* singt ganz weit hinten in meinem Kopf die kratzige Stimme von Ina Müller eins ihrer schönsten Lieder, *ich will nach Hause – jetzt wo ich weiß, wer das ist.*

»Das heißt in fünf Tagen und Nächten«, fragt Piet. »Hatten wir das nicht schon mal?«

»Ja, scheint unser Schicksal zu sein«, murmle ich und muss mit aller Kraft dem Bedürfnis widerstehen, seine gebräunten, nackten Arme mit dem goldenen Flaum zu streicheln. Oder seine Haare, die von der Salzluft und von der Sonne hell geworden sind wie Sommerweizen.

Vielleicht war es der Fehler meines Lebens, Piet nicht in Paris besucht zu haben. Wer weiß, was sich daraus alles entwickelt hätte?

Aber vielleicht war es auch genau richtig so. Denn wenn ich meinem Herzen damals gefolgt wäre, würde ich genau diesen Moment gerade nicht erleben, der mich warm umhüllt und gleichzeitig in schwindelerregender Höhe schweben lässt. Und das fühlt sich so unendlich aufregend an und so lebendig, dass ich heulen könnte.

»Hast du denn damals nie daran gedacht, mal nach Hamburg zu kommen?«, frage ich, weil ich das Bedürfnis habe, endlich all das zu klären, was in den vergangenen drei Jahren unausgesprochen und ungetan geblieben ist.

»Doch, hatte ich.« Er zieht sein Handy aus der Tasche, scrollt durch seine Fotos und zeigt mir dann eins. Es ist ein Selfie, aber wenn man mal außer Acht lässt, wie unverschämt gut er aussieht, erkennt man gleich, wo er steht – denn hinter ihm wuchern Apfelrosen vor einem Haus, neben dem ich ein weiteres wohlbekanntes Gebäude erkenne. »Ich stand letztes Jahr sogar mal vor deiner Haustür«, bestätigt Piet meine Vermutung. »Ich fand die Idee irgendwie cool, dir das Bild zu schicken und zu warten, wie lange du brauchst, um zu verstehen, was es bedeutet. Dann schien es mir auf einmal nicht mehr fair zu sein, dich so unangemeldet zu überfallen, alte Geschichten aufzuwärmen, dich womöglich zu stören, wenn du mit einem anderen …«

»Es gab keinen anderen«, höre ich mich sagen, obwohl das nun definitiv mega-uncool ist. »Also … natürlich gab es da mal jemanden, aber keinen, der mir wirklich so nahegekommen ist, wie du es damals warst.« Ich schwebe immer noch weit, weit oben. Und ich weiß: Jetzt ist entweder der Moment gekommen, in dem ich abstürze … oder mir Flügel wachsen. »Das mit uns war schon etwas Besonderes, das man nicht alle Tage findet.«

So, jetzt ist es raus! Und es ist mir egal, ob das gerade ultrapeinlich war oder ob Piet sich insgeheim ins Fäustchen lacht, weil ich mich im Grunde nicht viel anders benehme als seine Groupies, oder … oder …

»Bei mir ist es ganz genauso«, sagt Piet so leise, dass ich erst denke, ich hätte mich verhört. Doch plötzlich liegt meine Hand in seiner. Sie sieht dort so gut aus. So als gäbe es keinen anderen Platz auf der Welt, wo sie hingehören würde.

»Und ich bin sehr froh, dass Lasse dich sofort erkannt hat, als du am Strandkiosk aufgetaucht bist.«

Kapitel 11

»Lasse hat mich sofort erkannt …?« Ich ringe nach Luft. Was geht denn hier ab? Mein Lasse ist also wirklich sein Lasse? Das ist alles ein bisschen zu viel für mich! »Woher weiß der denn, wer ich bin und wie ich aussehe?« Um mich herum dreht sich plötzlich alles, mein Herz wummert so wild, dass ich befürchte, dass es gleich zerspringt.

Und genau jetzt knurrt auch noch mein Magen – laut wie ein hungriges Raubtier. Ich muss endlich etwas essen, sonst kollabiere ich! Ob die Uraltbonbons in meiner Tasche mich wohl retten werden? Jetzt ist jedenfalls kein guter Zeitpunkt, um ans Kaloriensparen zu denken, ich brauche meine ganze Kraft, um jetzt nicht durchzudrehen.

»Ich …«, beginnt Piet, aber ich hebe energisch die Hand, um ihn zum Schweigen zu bringen, wühle mit der anderen in meiner Tasche und stopfe mir wenig später fünf unterschiedliche Hals-, Husten- und Werbegeschenkbonbons aus der Apotheke in den Mund. Der Geschmacksmix ist, sagen wir mal, exotisch … mit einem leichten Hang zum »uhhhhhhhh« … aber darauf kann ich nun wirklich keine Rücksicht nehmen.

Der Hunger vergeht natürlich nicht sofort, und mit den Bonbons im Mund sehe ich vermutlich aus wie ein Hamster nach erfolgreichem Beutezug, aber das ist mir gerade herzlich egal.

»Jötz könns do spröchn«, quetsche ich ziemlich undeutlich, aber auffordernd an den Bonbons vorbei heraus. *Zucker fürs Nervenkostüm … und nun bitte Antworten für mein Seelenheil!*

Piet seufzt. »Ich habe Lasse von dir erzählt, das ist doch ganz normal. Du bist schließlich nicht irgendein Mädchen, das ich mal kannte … Du bist die Frau, die mich verlassen hat, weil … ja, *warum* weiß ich eigentlich gar nicht genau.« Er sieht mich nachdenklich an. »Weil du Angst davor hattest, was auf uns zukommen würde?«

Ich nicke stumm.

»Weil du nicht darauf vertraut hast, dass es für uns kein *Aber* geben würde, sondern immer nur ein *Und?*«, fährt er fort.

Ich nicke noch einmal und beginne, so geräuscharm wie möglich die Bonbonreste in meinem Mund zu zerkauen. Soll man ja eigentlich nicht – zumindest hat meine Mutter das früher immer behauptet –, aber ich muss nun wirklich möglichst schnell wieder in den Vollbesitz meiner Sprachfähigkeit kommen.

»Weil du nicht sicher warst, ob du deinen Gefühlen mehr trauen darfst als deinen Sorgen?«

Ich nicke zum dritten Mal. Und sage dann leise: »Ja. Genau. Es tut mir leid. Ich … ich bin einfach nicht so stark und spontan wie du. Ich bin«, ich zucke hilflos mit den Achseln, »ich bin doch einfach nur ich.«

»Mensch, Anna …« Er schaut mir tief in die Augen. »Meinst du denn, dass es mir anders gegangen ist? Mich hat das doch auch voll aus der Bahn geworfen, das mit uns. So was habe ich vorher noch nie erlebt … und mir war damals gleich klar, dass ich so eine Chance im Leben sicher kein zweites Mal bekommen würde. Aber …«

Ich muss fast lachen, und das hört man sicher in meiner Stimme, als ich betont deutlich sage: »Ach … es gibt bei dir also auch ein *Aber?*«

Piet grinst mich an, ein bisschen verschämt, ein bisschen verschmitzt. »Ertappt … *Aber* ich habe damals eben auch Schiss gehabt vor meiner eigenen Courage. Ich habe gedacht: Wenn ich bereit bin, mein ganzes Leben für sie über den Haufen zu werfen, dann muss sie das auch machen, ohne Wenn und ohne Aber. Stattdessen war da auf einmal eine Distanz zwischen dir und mir, die viel größer zu sein schien als die zwischen Paris und Hamburg. Und gleichzeitig …«

Mein Herz macht gerade wirklich, was es will – und jetzt beschließt es, für ein paar Schläge auszusetzen.

»… und gleichzeitig habe ich mich dir die ganze Zeit immer noch so nah gefühlt, ich konnte dich immer noch hören, sehen, schmecken und fühlen.« Piet greift wieder nach meiner Hand. »Das hat nie aufgehört, Anna. Und …« Er räuspert sich. Für einen wortkargen Friesen wie ihn muss das jetzt gerade der absolute Horror sein, aber ich sauge trotzdem begierig jedes Wort in mich auf. »Ich will nicht, dass das jemals wieder aufhört.«

»Ich doch auch nicht!«, hauche ich – und lasse mich in seine Arme fallen, in eine Umarmung und in einen Kuss, der niemals enden soll.

Grrrrrrrmmmmmmffffff, meldet sich dann allerdings mein Magen erneut. Lachend lösen Piet und ich uns voneinander.

»Du schmeckst … interessant«, sagt er und tut dann so, als horche er in die Ferne. »Kann es sein, dass du Hunger hast, oder brüllt hier ein Löwe?«

»Mit meinem Hunger ist nicht zu spaßen«, sage ich so ernsthaft wie möglich, während er in der Tasche seines Hoodies nestelt und – ich bin im Himmel – eine brandneue Packung Friesenkekse zutage fördert.

»Die habe ich besorgt, als Lasse sagte, dass du hier bist«, erklärt er und steckt mir einen Keks in den Mund.

Ich genieße den einzigartigen Geschmack, schnappe mir dann blitzschnell die Packung und lache: »Meine!«

Bevor ich mir den nächsten Keks gönne, komme ich aber wieder auf meine ursprüngliche Frage zurück. »Lasse wusste also, wer ich bin – aber woher wusste er, wie ich aussehe? Im Gegensatz zu dir gibt's von mir ja keine Poster in der *BRAVO*.«

Täusche ich mich, oder wird Piet tatsächlich etwas rot?

»Nun, ja, also …« Er räuspert sich. »Es könnte möglich sein, dass ich ein Bild von dir in meinem Zimmer an der Wand habe.«

»Wie bitte?« Ich bin baff.

»Kannst du dich noch erinnern, wie wir die Bootstour gemacht haben? Da habe ich mit dem Handy diesen schönen Schnappschuss von dir mit der Odde im Hintergrund gemacht.«

Natürlich habe ich diesen Ausflug zur Nordspitze Amrums nicht vergessen. »Und das hast du dir abziehen lassen?«

»Unter anderem …« Kein Zweifel, er ist tatsächlich etwas rot geworden. Ich ziehe ihn zu mir heran und gebe ihm einen langen Kuss.

»Na, wer ist jetzt hier der Star und wer das Groupie?«, necke ich ihn dann.

»Du bist kein Star«, sagt Piet.

Wie meint er das denn jetzt? Ich will mich gerade entrüstet aufrichten, aber er zieht mich wieder zu sich heran und raunt mir ins Ohr: »Du bist meine Sonne.«

Ich schmelze dahin und schmiege mich an ihn.

Als es langsam, aber sicher frisch wird hier draußen, beschließen wir, uns doch ein etwas kuschligeres Plätzchen zu suchen. Hand in Hand verlassen wir die Dünen und machen uns auf den Weg in meine Unterkunft, damit ich mir einen Pulli holen kann.

»Lasse hat mich also am Strand erkannt und erst mal abgetastet, ob ich einen Freund habe«, nehme ich den Faden wieder auf. »Und dann hat er sich mit mir verabredet, damit er dir genau sagen kann, wann du wo sein musst, um mich zu treffen.«

Piet nickt. »Super Plan, oder?«

Ich muss daran denken, wie ich mich im *Strand 33* zum Vollidioten gemacht habe, aber dazu sage ich jetzt lieber nichts.

»Wirklich super … und was für ein Glück, dass Lasse mich erkannt hat. Ich meine … nun ja …« Sage ich ihm das Offensichtliche, oder sage ich es ihm nicht? »Ich habe ja ziemlich zugenommen in den letzten drei Jahren.«

Piet bleibt stehen und schaut mich erstaunt an.

»Wo denn?«, will er wissen. »Hinterm Ohr vielleicht?« Er tut so, als würde er nachschauen.

»Ach, du Idiot …« Ich schlage spielerisch nach ihm und versuche, das ungute Gefühl zu verscheuchen, das sich immer meldet, wenn es um meine Figur geht.

»Nein, im Ernst«, sagt Piet und zieht mich an sich. »Ich müsste doch merken, wenn du dich in meinem Arm anders anfühlen würdest. Und darum kann ich dir ganz ohne Waage versichern: Du bist eindeutig nicht dicker geworden! Und selbst wenn … wo wäre das Problem? Für mich wirst du einfach immer hübscher. Findet Lasse übrigens auch. Der war sowieso ziemlich begeistert von dir.« Er hebt mahnend den Zeigefinger. »Könnte es sein, dass du sogar ein klitzekleines bisschen mit ihm geflirtet hast? Bist du etwa nach Amrum zurückgekommen, um dem nächsten Inseljungen das Herz zu brechen?«

»Neeee«, beeile ich mich zu versichern. Und dann erzähle ich Piet die ganze Geschichte und wie Lina die Dinge einfach in die Hand genommen hat, ohne mich vorher zu fragen.

»Ich mochte Lina schon immer«, sagt Piet und setzt, um mich ein bisschen zu ärgern, schwärmerisch hinterher: »Eine tolle Frau wie sie gibt's selten.«

»Und Lasse sieht wirklich klasse aus«, kontere ich grinsend. »Solltest du es dir also noch mal überlegen, ob es wirklich weitergehen soll mit dir und mir, gib mir bitte vorher seine Handynummer …«

»Da mach dir nicht zu große Hoffnungen: Lasse steht nicht so auf kleine Annas mit dem süßesten Lächeln der Welt, sondern auf seinen Maik mit dem Dreitagebart. Und der ist übrigens heute bei uns, darum habe ich Lasse versprochen, dass er sturmfreie Bude hat.«

»Aha, so ist das. Und wo gedenkst du, die Nacht zu verbringen?«, will ich wissen.

»Och, vielleicht finde ich eine Stadtschönheit, die mir Unterschlupf gewährt?«

»Da könnte ich dir vielleicht hilfreich zur Seite stehen: Mein Zimmer ist klein, aber groß genug für zwei.«

Piet bleibt schon wieder stehen, um mich zu küssen – wenn das so weitergeht, kommen wir nie ins Hotel …

»Groß muss es gar nicht sein. Hauptsache, ich kann ganz nah bei dir sein«, flüstert er mir ins Ohr. »Und jetzt versprich mir bitte, dass wir uns nie wieder trennen, egal ob einer von uns nach Paris oder Rom geht, Urlaub an der Müritzer Seenplatte macht oder in Hamburg wohnen bleibt.«

»Ich verspreche es«, antworte ich feierlich. »Aber …«

»O nein, Anna, nicht schon wieder ein *Aber!*«, knurrt Piet schicksalsergeben.

»*Aber* bevor wir gemeinsam glücklich sind, bis dass der Tod uns scheidet, muss ich dringend etwas essen!« Denn wenn ich eins ganz sicher weiß, dann das: Die Zeit des Kalorienchaos ist endgültig vorbei!

Der Duft von Glück und Friesentee

Kapitel 1

Oh nein, das auch noch!

Ich hasse Überraschungen. Reicht es nicht, dass ich im Verlag zurzeit jede Menge Stress habe, muss jetzt auch noch diese Hochzeit auf Sylt auf mich zurollen wie die Brandung der Nordsee?

»Alles in Ordnung, Frau Peters?«, fragt Birte, die reizendste Volontärin der Welt, die beschlossen hat, neben ihrer Ausbildung im Lektorat auch noch meine Assistenz zu übernehmen und meine große Stütze zu sein.

Ich lege die *GALA* zur Seite, die in der Klatschspalte ausführlich über die Hochzeitsvorbereitungen von Jolly Hope, der Bestseller-Queen des Grundmann Verlags, berichtet. Meiner Starautorin also.

»Alles bestens«, antworte ich mechanisch, denn schließlich will ich mir als Vorgesetzte keine Schwäche anmerken lassen.

»Sicher?«, gibt sich Birte unbeeindruckt von meinem sonst doch eigentlich sehr ausgeprägten Schauspieltalent und sieht mich prüfend an.

Tatsächlich fühlt es sich an, als würde ich gerade Achterbahn fahren, und noch dazu beginnen meine Wangen, meine Stirn und sogar meine Ohrläppchen zu glühen. Hat plötzlich jemand die Heizung aufgedreht, oder komme ich spontan in die … nun ja … Wechseljahre? Mit gerade mal 48?

Sei nicht albern, Lina, rufe ich mich energisch zur Ordnung.

»Soll ich Ihnen einen Tee holen? Oder ein Glas Wasser? Sie sehen etwas blass aus, wenn ich das so sagen darf.« Birte sitzt mir gegenüber und schaut mich besorgt über den Rand ihres Laptops hinweg an.

Ein doppelter Whiskey wäre mir jetzt lieber, möchte ich herausplatzen, aber zum Glück habe ich mich doch noch recht gut im Griff. Und das, obwohl ich vorhin diesen Brief erhalten habe, der nun gnädigerweise unter dem großformatigen Heft verborgen ist – auch wenn dieses mir dann den Rest gegeben hat …

Laut antworte ich: »Eine Karaffe mit Wasser, Zitrone, Eis und Minze wäre toll«, weil ich weiß, dass Birte dann eine Weile mit der Zubereitung beschäftigt sein wird. Prompt springt sie auf, legt das Notebook auf den Besprechungstisch und eilt aus meinem Büro.

Ich atme tief durch. So. Nun sollte ich mich wieder meiner Arbeit zuwenden, mit der Effizienz, für die ich bekannt und wohl auch ein wenig berüchtigt bin. Womit fange ich an? A-Priorität hat natürlich das Exposé einer neuen Reihe historischer Kriminalromane, zu dem Marlene Konrad, eine meiner wichtigsten Autorinnen im Genre »Historienschmöker«, heute noch dringend Feedback bekommen möchte. Ich seufze. Natürlich verdanke ich meiner Autorin den Karrieresprung hier im Verlag, aber auch manches graue Haar. Ihrem Debüt »Die Marketenderin« folgten in rascher Folge »Die Liebe der Marketenderin«, »Schicksalsjahre einer Marketenderin«, »Der Ritter und die Marketenderin« und schließlich »Die Tochter der Marketenderin« – allesamt Bestseller, die nach einer Fortsetzung verlangten. Irgendwann waren wir dann tatsächlich bei Titeln wie »Das Geheimnis der Enkelin der Marketenderin« angekommen, und als Marlene allen Ernstes vorschlug, man könne doch problemlos eine Urenkelin erfinden, musste ich ein Machtwort sprechen. Daraufhin haben wir gemeinsam die Serie um die »Bettelnonne« Auguste aus der Taufe gehoben, die ebenfalls sehr erfolgreich wurde. Und nun will Marlene, offensichtlich des Herzschmerzes überdrüssig, auf Mord und Totschlag im Mittelalter umschwenken. Ich bin sicher, sie weiß ganz genau, dass ihr Exposé sterbenslangweilig ist, und erwartet mit der ihr eigenen Skrupellosigkeit, dass ich sie mit meinen Ideen rette …

Was liegt noch an? Ich muss dringend versuchen, mein Autorenduo Kollwitz und Marquardt zu erreichen, die mir irgendetwas

Wichtiges mitteilen wollen, dann aber jeden Telefontermin platzen lassen. Und schließlich dräut auch noch der Anruf bei einem Literaturagenten, der es bei einer Auktion um die Rechte an einem Liebesroman nicht ganz so ernst genommen hat mit der Wahrheit und unseren Verleger deswegen in eine Größenordnung getrieben hat, bei der selbst mir, einer mit allen Wassern gewaschenen Verlagsfrau, ein wenig blümerant wird. Die Kunst besteht nun darin, ihm so deutlich die Leviten zu lesen, dass wir uns auf einen anderen Preis einigen, und dabei so charmant und verbindlich zu bleiben, dass er mich und den Grundmann Verlag nicht auf seine *Never-ever-again*-Liste setzt. Für solche heiklen Aufgaben bin ich die Beste.

Also, normalerweise.

Aber heute …

Seufzend greife ich wieder nach dem Hochglanzmagazin und schlage es zielsicher an der Stelle wieder auf, die mich gerade so aus dem Konzept gebracht hat. Ich starre erneut auf die Fotos der blutjungen und bildschönen Starautorin. Sie zeigen die Glückliche bei der Verlobungsfeier mit ihrem nicht minder attraktiven zukünftigen Bräutigam Fabian, einem Immobilienmakler, der sich auf den Verkauf von Luxuswohnungen auf den Nordfriesischen Inseln spezialisiert hat. Und das, obwohl er schon mit dem berühmten goldenen Löffel im Mund geboren wurde.

Wie heißt es noch mal?

Geld kommt zu Geld.

Dasselbe gilt wohl auch für Schönheit.

Ob das göttliche Fügung ist? Hat es irgendetwas mit Darwin oder der mendelschen Vererbungslehre zu tun? Oder ist es nur eine kleine Gehässigkeit des Schicksals, die uns Normalsterblichen eine Glitzerfee wie Jolly Hope und ihren Beau vor die Nase setzt, damit es uns zuflüstern kann: »Mach es dir ruhig mit einer Tüte Chips auf dem Sofa bequem, denn egal, was du tust, so toll wirst *du* niemals werden.«

Unter dem Klatschmagazin, das ich heimlich Woche für Woche inhaliere wie andere Nordseeluft, war bisher ein himmelblauer Umschlag verborgen, der mich nun wieder unverschämt anblitzt. Auf ihm steht in geschwungener, vermutlich von einer eigens dafür beschäftigten Kalligrafin geschriebener Schrift *Dr. Lina Peters,* also mein Name. Und in silberfarbenen, hochgeprägten Lettern das böse Wort EINLADUNG.

Soll ich das Kuvert heimlich verschwinden lassen und behaupten, ich hätte den Inhalt nie bekommen?

Behaupten, dass ich am 30. Mai leider schon eine lange Reise nach Australien geplant habe?

Dass ich gekündigt habe und der Verlagsbranche den Rücken zukehre? Nein, das würde nun wirklich niemand glauben, denn ich bin schließlich als eine der besten Lektorinnen und Programmleiterinnen des Landes bekannt. Aber vielleicht könnte ich behaupten, dass ich ab morgen ein Sabbatical einlege? Spontaneität ist doch angeblich so wichtig im Leben …

Natürlich weiß ich, dass das alles Hirngespinste sind. Und bevor Birte wieder ins Büro kommt, sollte ich einen Lösungsansatz gefunden haben, der etwas realistischer ist.

Anna, ich brauche deine Hilfe, tippe ich darum als Nachricht in mein Handy. *Ich bin zur Hochzeit von Jolly Hope und Fabian Wundersam eingeladen und habe nicht die allerallergeringste Lust, dahin zu fahren. Was soll ich tun?*

Meine beste Freundin ist gerade nicht online, mir bleibt also nichts anderes übrig, als mich für den Moment mit Arbeit abzulenken. Tja, daran mangelt es auch jenseits der A-Prioritäten nun wahrlich nicht.

Als Programmleiterin lastet ein großer Teil der Verantwortung auf meinen Schultern, Nacken- und Rückenschmerzen sind deshalb meine treuesten Begleiter und äußerst hartnäckig. In stressigen Phasen wie Frühjahr und Herbst, wenn alle Neuerscheinungen gleichzeitig auf den Markt drängen, verkauft und promotet werden wollen, wird aus einem zehnstündigen Arbeitstag blitzschnell einer, der sich anfühlt, als ginge er nahtlos in den nächsten über.

In diesen Phasen sind Kopfschmerztabletten, Espresso mit Tonic Water (ein toller Tipp von Annas Freund, dem Amrumer Singer-Songwriter Piet), Schokoriegel und die spätabendliche Badewanne unverzichtbare Helferlein und – was das heiße Schaumbad mit Aromaölen betrifft – ein echter Trost. Genau wie Anna und unser gemeinsames, legendäres Sonntagsfrühstück. Aber an das kann ich gerade gar nicht richtig denken, weil sich in meinem Hinterkopf wieder eine schrille Sirene meldet: »*Wir brauchen mindestens fünf Titel in der Top Ten der Bestsellerliste, sonst sind wir schneller vom Markt, als man das Wort Ramschverkauf buchstabieren kann*«, liegt unser Verleger Volkmar Jansen mir im Dauer-Droh-Modus in den Ohren. Klingt wie eine Vorstufe von Tinnitus … und fühlt sich genauso grauenhaft an.

Begreift der Mann denn nicht, dass das Verlags-Team, unsere Autoren und natürlich ich unser Bestes geben, um in Zeiten der Branchenkrise trotzdem am Ball zu bleiben?

Apropos Ball: Sollte ich nicht doch noch eine gute Ausrede finden, Sylt und der Traumhochzeit fernzubleiben, hätte ich nichts anzuziehen. Denn laut Einladung wird um elegante Abendgarderobe gebeten. Ja, sind wir denn bei den Royals? Ich habe weder einen Tanzkurs absolviert, noch verfüge ich über irgendein Kleidungsstück, das auch nur annähernd an eine Abendrobe der Güteklasse »Oscar-Verleihung« oder zumindest »Meghan Markle schüttelt bei irgendeinem Event Hände« herankommt. Zumal mir auch deren hyperschlanke Figur fehlt, auf der man im Zweifelsfall auch einen Kartoffelsack so drapieren könnte, dass er hinreißend aussieht. Würde ich besagten Sack tragen, würde man vermutlich davon ausgehen, dass noch alle Kartoffeln drin sind. Ich müsste also einkaufen gehen … was nun ganz sicher nicht zu meinen liebsten Freizeitbeschäftigungen zählt, zumal meine Freizeit in der

Regel jenseits der Ladenöffnungszeiten liegt und ich einfach kein Fan von Onlinebestellungen bin.

Und das ist bei Weitem nicht die einzige Herausforderung dieser Einladung: *Anstelle von Geschenken freuen wir uns darüber, wenn ihr euch die Unterkunft auf Sylt selbst organisiert,* steht es Silber auf Zartblau in der Einladung.

Organisiert bedeutet in diesem Fall *bezahlt.*

Geld kommt zu Geld … behält es aber auch ganz gerne. Schließlich ist Sylt nicht gerade für günstige Preise bekannt.

Immerhin, der Einladung liegt eine Liste von Hotels und möglichen Unterkünften auf der Insel der Schönen und Reichen bei, mit der Anmerkung, man solle sich alsbald um die Buchung kümmern, da Sylt bekanntermaßen sehr stark besucht sei.

In meinem Hirn rattert eine Liste mit Kosten, die auf mich zukommen: Anreise, Unterkunft, Kleidung, Geschenk … denn mit Sicherheit erwarten die beiden Baldvermählten *nicht,* dass man den freundlichen Hinweis, keine Geschenke zu machen, ernst nimmt. Ich mag Jolly Hope, aber ich kenne sie auch ziemlich gut. Ihr Motto ist, frei nach Karl Lagerfeld: *Natürlich kann man Verzicht üben, aber warum sollte man?*

»Wieso heiratet ihr nicht in Gorleben oder Erlangen?«, murmle ich wütend vor mich hin. »Das wäre weitaus günstiger.« Die Verlagsbranche ist für vieles bekannt, aber nicht für üppige Gehälter. Außerdem musste ich mir gerade erst eine neue Waschmaschine kaufen, meine Miete wurde erhöht, und mein Auto hat ein Date mit dem TÜV. »Ich sollte eine Zweitkarriere als Henne, die goldene Eier legt, anstreben«, grolle ich.

»Wie bitte?«, fragt Birte verwirrt, die ein Tablett mit einer Karaffe, einem Glas und einer Schale Zitronenwaffeln vor sich her balanciert. Oops, wann ist die denn reingekommen?

Ich antworte: »Nichts, nichts«, nehme ihr die Karaffe mit dem Wasser ab und bedanke mich für die Mühe. »Also weiter im Text«, nehme ich dann den Faden wieder auf, nachdem Birte Platz genommen und ihr Notebook aufgeklappt hat, »wie läuft es mit dem aktuellen Programm? Sind alle Manuskripte *in time?* Hat sich das Problem mit der Übersetzerin von *Only Love to give* geklärt? Werden die Kollegen sich diesmal an den Abgabetermin für die Werbetexte halten, oder muss ich wieder streng werden? Und was hat sich mein besonderer Freund, der Vertriebsleiter, jetzt wieder für Ausreden einfallen lassen, dass die Verkaufszahlen nicht optimal sind?« Während Birte mich auf den Stand der Dinge bringt, den ich genau genommen sowieso schon kenne – man kann mich Kontrollfreak nennen, ja, aber ich habe gerne alle Fäden fest in der Hand –, merke ich, wie meine Gedanken abschweifen ... und ich auf einmal wie durch Zauberhand an der Nordsee entlangspaziere.

Die Aussicht auf ein paar Tage Auszeit am meiner Meinung nach schönsten Meer der Welt ist durchaus verlockend. Zuletzt war ich mit Anna dort, die nicht nur in ihren Freund Piet, sondern auch in die Insel Amrum verliebt ist. Aber das ist schon Monate her. Definitiv zu lang!

Sonnenuntergänge und ausgedehnte Spaziergänge am Strand, im Sommer am allerliebsten mit nackten Füßen, um die das herrlich erfrischende Wasser spielt.

Das Kreischen der auf dem Sand umherstaksenden Möwen.

Gesunde, salzhaltige Luft, Gift für jede Frisur und Sonnenbrille, aber Balsam für die Seele.

Die bunten Schirme der Kiter, die über dem Nordmeer tanzen.

Mein geliebter Friesentee und dazu ein paar leckere Friesenkekse. Und am Abend Sundowner mit Wellenrauschen als Zugabe nach einem herrlichen Tag ... mit der Aussicht auf eine Nacht voller Wärme und Zärtlichkeit ...

Nun ja.

Für die Wärme und Zärtlichkeit fehlt mir etwas recht Entscheidendes.

Obwohl ich gern Single und quasi mit meinem Beruf verheiratet bin, erfasst mich für eine Nanosekunde so etwas wie Neid.

Wieso bin ich nicht mehr so jung wie Jolly Hope? Oder vielmehr: Wieso, bitte schön, fehlt mir ihre selbstverliebte Leichtigkeit, mit der sie so erfolgreich durchs Leben schwebt und die Herren der Schöpfung schon allein mit ihrem Lächeln um den Finger wickelt?

Warum kann ich mich nur schwer auf Männer einlassen, obwohl ich sie mag? An meiner Tür hat seltsamerweise noch kein smarter Millionär geklingelt, um mir eine Traumimmobilie zu verkaufen oder mir einen Diamantring zu schenken.

Gut, zugegeben, zumindest auf diese Frage gibt es zwei einfache Antworten. Zum einen käme ich nie auf die Idee, mir ein repräsentatives Eigenheim zu kaufen … und zum anderen kommen die wenigsten Männer auf die Idee, dass sie bei mir landen können. Aber weshalb denken alle, ich sei so tough, dass mir nichts auf der Welt etwas anhaben kann und ich am allerliebsten solo unterwegs bin? Im Job ist es natürlich hilfreich, dass alle großen Respekt vor mir haben. Aber im Privatleben?!

»Und dann sollten wir sicher bald darüber sprechen, dass Jolly Hope signalisiert hat, dass sie nach der Hochzeit mindestens ein Jahr Auszeit nehmen wird, um sich ganz auf ihr Privatleben zu konzentrieren«, höre ich Birte wie durch eine Wand von Seenebel sagen.

Wie bitte?

Mein Gesicht beginnt wieder zu glühen, und das Achterbahngefühl katapultiert mich in den nächsten Looping.

»Aber ist ja bestimmt nichts Neues für Sie«, fährt Birte im Plauderton fort. »Seit gestern ist sie auf Sylt wegen der Hochzeitsvorbereitungen. Hach, wie gern würde ich da auch mal hinfahren. Aber mehr als einen Tagesausflug kann ich mir leider nicht leisten.«

»Wie bitte? Eine *Auszeit?*« Vor Schreck fangen sogar die Eiswürfel in meinem Glas an zu zittern. »Seit wann wissen Sie das?«

»Sie … also … sie hat gestern angerufen, und es klang so, als wüssten Sie das alles schon länger und wären damit einverstanden … sonst wäre ich damit doch sofort zu Ihnen gekommen!« Birte sieht so schuldbewusst aus, als hätte ich sie beim Klauen erwischt. »Komisch, das ist doch sonst nicht Jollys Art.«

»Wahrscheinlich hatte sie Angst vor meiner Reaktion«, sage ich mehr zu mir selbst. »Und zwar zu Recht. Immerhin kann das den Verlag schnell eine Million und mehr kosten!«

Ich fluche innerlich, dass wir mit Jolly keinen bindenden Mehrbuchvertrag mehr haben, sondern ihrem Wunsch nachgeben mussten, dass sie frei und unbeschwert von irgendwelchen Deadlines arbeiten kann. Bisher hat sie uns allerdings auch noch nie hängen lassen … aber einmal ist wohl immer das erste Mal. Nicht auszudenken, wie unser Verleger reagiert, wenn er das erfährt. Ich muss diese Katastrophe auf alle Fälle verhindern!

Aber wie?

Das leise *Pling* einer Whatsapp-Nachricht signalisiert, dass Anna mir geschrieben hat. Aus dem Augenwinkel kann ich nur die ersten Worte lesen:

Es ist die Aussicht auf den Singletisch, nicht wahr?

Meine beste Freundin ist zwar 20 Jahre jünger als ich, kennt mich aber in- und auswendig.

»Ich kümmere mich darum«, sage ich und muss mich arg beherrschen, nicht zu schreien. »Aber Birte, das bleibt zwischen uns beiden, verstanden? Volkmar Jansen werden wir damit nicht behelligen, bevor ich eine Lösung gefunden habe.«

Kann dieser Tag noch furchtbarer werden?

Andererseits: Wo steht eigentlich geschrieben, dass die Welt sich nur noch um Jolly Hope dreht?

»Und jetzt, Birte, krempeln wir die Ärmel hoch. Bringen Sie unsere Analyse der deutschen, amerikanischen und britischen Bestsellerlisten Hardcover, Quality Paperback und Taschenbuch der letzten zwölf Monate auf den aktuellen Stand, erstellen Sie ein

Dossier zu den Themen, die bei den heiteren Liebeskomödien gerade besonders gut laufen, und eine Prognose, in welche Richtung sich das Interesse der Leserinnen entwickeln wird. Die Leserinnen von Jolly Hope sind für ihr großes Herz bekannt – in dem ist sicher auch noch Platz für eine neue Autorin.«

»Außerdem checke ich, welche neuen Serien demnächst bei Netflix und Co. starten werden«, sagt Birte und tippt dabei alles in ihr Notebook. Ich könnte sie küssen! Die Ausbildung bei mir trägt Früchte, und das erfüllt mich selbst jetzt, da große Gewitterwolken über meinem Kopf aufgezogen sind, mit Freude.

»Genau das! Und dann machen Sie mir … nein, dann machen Sie *uns* Termine mit den wichtigsten Literaturagenturen – wir fangen hier in Hamburg an, dann Berlin und München.«

»Na klar«, erwidert Birte geschäftig, aber ich sehe, wie sie strahlt, weil ich sie in die wichtigen Akquisetermine mit einbeziehen will. Und dann stürmt sie los. Auch sie weiß ganz genau, wie wichtig es jetzt für den Verlag ist, dass wir neben unserer Starautorin noch ein weiteres Standbein aufbauen, und zwar pronto.

Kapitel 2

Kaum ist Birte aus der Tür, angle ich nach meinem Handy und lese Annas Nachricht ganz.

Es ist die Aussicht auf den Singletisch, nicht wahr? Wenn der Gedanke, auf der Hochzeit ohne Begleitung aufzutauchen, solche Panik bei dir verursacht, könnte ich dich mit Piets Cousin bekannt machen. Du weißt schon: Sven, Mitte 40, Single und wohnt auf St. Pauli ...

»Pffffff!«, mache ich lautstark. Sie kann es einfach nicht lassen … Das ist nun schon das sechste – oder sechzehnte? – Mal, dass Anna mich mit diesem Typen verkuppeln will! Früher war sie sicher gewesen, dass ihr Bruder Peer der Richtige für mich wäre, und tatsächlich kann man mit keinem anderen Mann so entspannt eine Kneipentour machen wie mit ihm … aber mehr leider auch nicht, ganz davon abgesehen, dass er für mich viel zu jung ist. Nachdem meine beste Freundin das irgendwann eingesehen hat, zog sie den mir unbekannten Sven wie ein Kaninchen aus dem Hut. »Nur ein Blind Date, was kann denn da schon passieren?«, fragte sie immer wieder. Doch ich habe keine Lust auf so eine Aktion, denn ich kenne die Ü-40-Single-Szene in Hamburg allzu gut: Die meisten Männer, die in dieser Altersklasse frei herumlaufen, sind entweder komplett bemackt, allgemein beziehungsgestört oder neuerdings polyamor veranlagt. Das ist der Modebegriff für *Ich leg alles flach, was nicht bei drei auf den Bäumen ist.* Kennste einen, kennste alle – da wird auch Sven keine Ausnahme bilden. Denn das ist die bittere Wahrheit: Die guten Männer sind alle schon vergeben. Klar trennen sich einige von ihnen in der Midlife-Krise von ihren Frauen, aber zum einen will ich diese »Nestflüchter« ganz sicher nicht, und zum anderen suchen die sich mit größter Wahrscheinlichkeit sowieso erst einmal ein deutlich jüngeres Modell. Wenn sie die dann nach ein paar Jahren in den Wind schießen, weil ein Altersunterschied von 25 Jahren zwar am Anfang grandios im Bett sein mag, aber schließlich doch zu einer gewissen Sprachlosigkeit führt, weil man einfach wenig gemeinsame Themen hat, kommen sie wieder reumütig auf den Markt … und ich war noch nie ein Freund von »Rudis Reste-Rampe«.

Also tippe ich:

Danke für den Vorschlag, aber ich fürchte, ich muss da alleine durch. Habe gerade erfahren, dass Jolly sich eine Auszeit vom Schreiben nehmen will, was ich natürlich verhindern muss, auch wenn wir schon an einem Plan B arbeiten. Also bleibt mir nichts anderes übrig, als in den sauren Apfel zu beißen und zur Hochzeit zu fahren.

Ich schicke die Nachricht ab und schreibe noch ein schicksalsergebenes

Notfalls auch alleine.

hinterher. Beim Gedanken an den Singletisch schüttelt es mich. Es gibt natürlich Hochzeiten oder runde Geburtstage, bei denen die Gastgeber sich Mühe mit der Sitzordnung geben … aber ich habe schon zu oft Pech gehabt. Meine alte Freundin Merret hat gerade ihren 50. Geburtstag gefeiert. Und obwohl sie sonst immer ein gutes Händchen für die Zusammenstellung einer Tischgesellschaft hat, fand ich mich neben einer verbiesterten Single-Lady unbestimmbaren Alters wieder, außerdem Merrets Onkel Friedbert, der seine Hände nicht vom Schnapsglas und seinen Blick nicht von meinem Dekolleté lösen konnte, und einer alleinerziehenden Freundin, die ihre drei Söhne dabeihatte … Und nein, ich kann mich nicht einen ganzen Abend entspannt mit Früh-, Mittendrin- und Spätpubertierenden über *Grand Theft Auto* und den Klimawandel unterhalten, für den sie mich aus nicht nachvollziehbaren Gründen persönlich verantwortlich zu machen schienen. Und warum musste ich am Tisch der Hölle ausharren? Weil ich im Gegensatz zu den allermeisten anderen Gästen keinen »plus eins«-Begleiter aufweisen konnte.

Dabei kommt mir eine Idee:

Du hast nicht zufällig Lust, mitzukommen?

Noch bevor Annas Antwort kommt, fällt mir ein, dass ihre Mama am 30. Mai 55 Jahre alt wird und diesen halbrunden Geburtstag in einem entzückenden Gasthof an der Elbe feiert. Ganz kuschelig unterm Reetdach, mit Apfelrosen-Deko und Tanz auf der Terrasse, wenn es warm genug ist.

Ob das als Ausrede zählt? Schließlich habe ich diese Einladung Anfang Januar bekommen. Und wie heißt es so schön? *First come, first serve.*

Aber dann stelle ich mir das Gesicht von Volkmar Jansen vor, wenn ich ihm erkläre, dass wir einen Bestseller weniger im Programm haben, weil mir die Mutter meiner besten Freundin wichtiger ist als Jolly Hope … und das ist ein Anblick, den man wirklich niemandem zumuten kann.

Pling, eine neue Nachricht von Anna.

Ich kann leider nicht, da ist Mamas Geburtstag. Soll ich ihr dann schon absagen für dich, oder meldest du dich selbst bei ihr?

Ich muss spontan an den Spruch denken: »Wieso telefonieren, wenn man die Dinge auch in acht Stunden via Whatsapp klären kann?«

Pling.

Mach dir darüber keine Gedanken, Mama hat bestimmt Verständnis, wenn du nicht kommst, schließlich haben deine Karriere und Jollys Hochzeit Vorrang. Aber bitte, es bleibt bei morgen Abend?

Oh ja, darauf freue ich mich schon! Ich schicke fast alle Piktogramme, die mein Handy hergibt: Daumen hoch, klatschende Hände, blaue Sternchenaugen, eine Pizza, Spaghetti, ein Glas Rotwein – und einen Glücksklee.

Gleichzeitig fällt mir siedend heiß ein, dass ich morgen vermutlich eine Spätschicht mit Birte einlegen muss, um ihre Analysen durchzuarbeiten, eine Strategie festzulegen und schon mal ein paar Ideen zu Papier zu bringen, mit welchen inhaltlichen Vorstellungen wir bei den Agenturen anklopfen wollen.

Mist!

Habe ich denn kein Recht auf Privatleben?

Und wieso ist sogar Anna der Meinung, dass mein Job Vorrang vor *allem* hat? Schließlich wird ihre Mutter nur einmal 55, so einen schönen Abend darf man sich doch eigentlich nicht entgehen lassen.

Überhaupt: Ist eine Hochzeitsfeier wirklich der richtige Rahmen, um die glückliche Braut von ihren Plänen, sich für ein Jahr aus dem Verlagszirkus auszuklinken, abzuhalten? Mal ganz abgesehen davon, dass ich dieses Problem schnell lösen muss – und zwar am besten gestern … Aber vorher warten noch andere Herausforderungen auf mich, also atme ich einmal tief durch, straffe die Schultern und greife dann zum Hörer meines Telefons, während ich mit der anderen Hand die Nummer des Agenten tippe, mit dem ich noch ein Hühnchen rupfen muss.

***

Obwohl ich die nächsten Stunden fokussiert arbeite und wahlweise die Eiskönigin, den Kuschel-Coach oder den Blitzableiter spiele, schweifen meine Gedanken zwischendurch ab. Mir wird klar, dass ich inzwischen wohl wirklich neidisch auf dieses Zauberwesen namens Jolly Hope bin, das sich von der einstigen *selfmade*-eBook-Autorin zur Bestseller-Queen des Grundmann Verlags gemausert hat. Binnen kürzester Zeit hat sie mehr Geld verdient als ich in den letzten zehn Jahren zusammen, Boni und Weihnachtsgeld mit eingerechnet. Denn Jolly war schlau genug, nur die Print-Rechte an uns zu geben, und kassiert nach wie vor von jedem verkauften eBook sowie den Film- und sonstigen Rechten hundert Prozent aller Einnahmen. Warum? Weil sie bei der Verhandlung, in die sich Volkmar Jansen unbedingt einmischen wollte, ebendiesen so gekonnt um den perfekt manikürten Finger gewickelt hat, dass meine mahnenden Einwände kein Gehör mehr fanden. Denn auch wenn die meisten Mitarbeiter von Grundmann mich als Herz des Verlags ansehen: Im entscheidenden Moment gilt meine Kompetenz und Expertise nichts mehr, wenn der Herr Verleger gerade einen Testosteronschub bekommt.

Da ist es wieder, mein altbekanntes Problem: Ich bin nur semizufrieden mit meinem Leben. Ich liebe meinen Job, ich liebe Bücher – aber ich stoße dabei auch immer wieder an das gläserne Dach über mir. Und vor allem hätte ich gerne mehr Zeit für mich!

»Darf ich mal ganz kurz stören?«, reißt mich eine Stimme aus meinen trüben Gedanken. Dafür müsste ich Johannes Meyer, unserem Sachbuchlektor, vermutlich dankbar sein … aber wenn ich inzwischen eins hasse, dann sind das diese »nur ganz kurzen« Störungen. Ob irgendeiner meiner Mitarbeiter sich vorstellen kann, dass ich mich auch mal auf meine eigenen Aufgaben konzentrieren muss?

Aber: einatmen, ausatmen, mit strahlendem Lächeln *»Sicher doch«* sagen und …

Bevor ich dazu komme, schwallt Meyer mich bereits zu. Er hat Probleme mit einem Buchprojekt, das er gemeinsam mit einer Psychotherapeutin namens Dorothea Langenhagen-Münz entwickelt hat – irgendeine abenteuerliche Theorie, dass man Pflanzen als Therapeuten einsetzen kann, was ich für absoluten Humbug halte. Meyer hat diese unangenehme Angewohnheit, dass er gerne frei schaltet und waltet und jedes seiner noch so absurden Projekte durchdrückt … und dann, wenn ihm eins um die Ohren fliegt, zu mir gelaufen kommt, damit ich den Karren aus dem Dreck ziehe. Andererseits laufen unsere Ratgeber mit esoterischen Themen ausgesprochen gut, und irgendwie war mir die koboldhaft kleine Frau Doktor tatsächlich sympathisch, als wir uns kennenlernten. »Sie sind diejenige, die hier alles am Laufen hält, das merkt man«, sagte sie zu mir und hievte einen Blumentopf mit einer etwas mickrig aussehenden Orchidee auf den Tisch. »Die hier wird Ihnen helfen, Ihre innere Balance zu halten.« Zwei Monate später entschied Birte, dass es weder mir noch der vor sich hin siechenden Pflanze guttat, wenn wir weiter Zeit miteinander verbrachten, und evakuierte sie zu sich nach Hause, wo sie angeblich prächtig gedeiht.

»… und so lasse ich mich nicht von einer Autorin behandeln, die macht mich w-a-h-n-s-i-n-n-i-g«, plustert sich Meyer am Ende seines Monologs noch einmal auf und will gerade fortfahren, als ich ihn unterbreche.

Oder besser gesagt: das Geräusch, das meine Faust macht, als ich sie wütend auf den Tisch donnern lasse. *Huch!* So etwas ist mir eigentlich noch nie passiert. Aber wenn ich schon mal dabei bin, kann ich auch eigentlich direkt weitermachen.

»Herr Meyer, zum einen: Ich bin Ihre Chefin, nicht Ihr seelischer Mülleimer. Wenn Sie ein konkretes berufliches Problem mit *Ihrem* Wunschprojekt haben, bei dem ich Ihnen helfen kann, mache ich das sehr gerne. Aber kommen Sie mit Lösungsideen zu mir, nicht mit einem Wust von ›*Ich will nicht, ich kann nicht, und ich weiß nicht*‹. Haben wir uns verstanden?«

Offensichtlich bin ich nicht nur direkt, sondern auch laut geworden, denn er starrt mich mit offenem Mund an.

»Also …«, sagt er dann, »ich befürchte, wir werden uns an dem

Projekt alle die Finger verbrennen.« Er sieht mich giftig an. »Das ist, als würde man auf der Titanic stehen und den Eisberg näher kommen sehen und denken: ›Ach, da werde ich schon eine Lösung finden‹ …«

»Nun, Herr Meyer, wenn Sie sich auf der Titanic wähnen, haben Sie doch jede Menge Löschwasser für Ihre brennenden Finger in greifbarer Nähe.« Ich funkle ihn an.

»Und …«, beginnt er noch einmal.

»*Und* jetzt: Schön die Tür von außen schließen und eine eigene Strategie entwickeln. Glauben Sie mir, es ist toll, wenn man selbst ein Problem löst.«

Tatsächlich dreht Meyer sich auf dem Absatz um und stürmt aus meinem Büro, wenn auch ohne die Tür zu schließen.

Ich atme tief durch.

Dass ich hier im Verlag so gefürchtet bin, kommt sicher nicht von ungefähr. Ich weiß, dass es wichtig ist, nicht nur die nette Chefin zu sein, sondern die Mitarbeiter auch zur Selbstständigkeit zu … sagen wir mal … *ermuntern.* Aber bei Meyer ist mir die Hutschnur geplatzt, und das soll eigentlich nicht passieren.

Es wird mir gerade alles irgendwie zu viel. Klarer Fall für eine Notfallsitzung bei meinem guten Freund, dem Coach Randolf Thesenfitz.

***

»In einer Stunde habe ich tatsächlich noch eine Lücke, weil jemand krankheitsbedingt abgesagt hat«, sagt Randy, wie ich ihn nenne, nach einem Blick in seinen Terminkalender. »Danach leider nicht mehr, weil ich für drei Wochen mit Olivia und den Kindern in den Urlaub fahre. Aber das ist sicher keine Option, wie ich dich kenne.«

Missmutig schaue ich auf die Uhr: Es ist Viertel vor vier am Nachmittag. In einer Stunde? Während andere um diese Zeit den

Computer ausschalten, drehe ich für gewöhnlich richtig auf, vor 19.30 Uhr komme ich eigentlich nie aus dem Büro. Am effizientesten lässt es sich nämlich arbeiten, wenn die Telefone nicht mehr klingeln, keine Meetings stattfinden und die Mitarbeiter alle weg sind.

Doch drei Wochen ohne die Aussicht auf ein professionelles Coaching in dieser misslichen, geradezu bedrohlichen Situation? Kommt nicht infrage!

»Bin so gut wie unterwegs«, sage ich zu Randy und lege auf. Leicht gestresst scanne ich mein Eingangskörbchen, in dem heute wieder einmal verschärft Ebbe und Flut herrscht – für jedes Projekt, das ich abgearbeitet habe, sind potenziell zwei dazugekommen. Was muss ich trotz der Zeitknappheit dringend heute noch erledigen?

Obenauf liegt das erste, frisch aus der Druckerei eingetroffene Exemplar eines Ratgebers, den ich mit einem persönlichen Gruß an den Autor schicken will: *Nimm das Glück in beide Hände*, lautet der Titel. Und darunter steht: *Die Kunst, sich auch in schwierigen Situationen selbst zu lieben.*

Ich schaue das Buch verdutzt an.

Denn tatsächlich stammt der Untertitel von mir, und ich habe ihn gegenüber dem Autor regelrecht durchboxen müssen. Er wollte lieber einen nüchternen Untertitel, während ich der festen Überzeugung war, dass die Quintessenz seines Buchs viele Leserinnen und Leser ansprechen würde.

Warum bin ich aber nie auf die Idee gekommen, dass dieser Satz auch eine Botschaft an mich selbst sein könnte? Wieso vertraue ich zur Abwechslung nicht mal selbst auf das Mantra eines der erfolgreichsten Autoren im Bereich Ratgeber … und handele danach?

Zack, zack, alles in die Handtasche geworfen, was wichtig sein könnte, die Jacke gepackt und dann ab durch die Mitte! Ich merke, wie sich statt der Hitzeflashs nun ein breites Grinsen auf meinem Gesicht ausbreitet. Geht doch alles, wenn man nur will!

Im Flur kommt mir Birte entgegen: »Herr Jansen hat gerade angerufen, er erwartet Sie um 16 Uhr in seinem Büro.«

Verdammt, verdammt, verdammt! War mein Ausbruch aus dem Disziplinkäfig wirklich nur so kurz?

Zwei Seelen toben in meiner Brust:

Die eine schreit nach Freiheit.

Die andere besinnt sich darauf, wer mein Gehalt bezahlt, nämlich Volkmar Jansen.

»Wollten Sie jetzt schon gehen?«, fragt Birte erstaunt.

»Ich? Nein. Natürlich nicht. Um diese Zeit? Haha, Birte, der war gut …«, behaupte ich, merke aber, dass dies nicht wirklich überzeugend kommt. »Bin gleich wieder da, ich muss nur eben schnell zur Apotheke.« Schließlich brauche ich eine Begründung, quasi in Hut und Mantel auf Fahnenflucht zu sein und dabei erwischt zu werden. Aber was heißt eigentlich erwischt? Schließlich geht es bei meiner Sitzung bei Randy in erster Linie um meinen Job. Wie immer. Und ich habe bestimmt eine Million Überstunden.

»Aber das kann ich doch machen«, bietet die tollste Volontärin der Welt an und dirigiert mich wieder in Richtung meines Büros. »Was brauchen Sie denn?«

Oje, was soll ich auf diese Frage antworten? Kopfschmerztabletten, Antischmerzsalbe, Valium, Aufputschmittel, Schlaftablette? Ein neues Leben?

Urlaub gibt's ja leider nicht auf Rezept, es sei denn, es handelt sich um eine ärztlich verordnete Kur.

Hm … vielleicht sollte ich mal zum Arzt gehen und checken lassen, wie viele Seemeilen ich von einem Burn-out entfernt bin?

»Ich … ich brauche meine … nun ja, Nachtcreme mit Hyaluron-Filler, die es ausschließlich in Apotheken gibt«, stammle ich, weil mir zum Glück gerade noch einfällt, dass jegliche Nennung von Arzneimitteln ein eindeutiges Zeichen von Schwäche wäre – keine gute Idee! Da gebe ich doch lieber zu, dass ich seit meinem

40. Geburtstag mehr Geld als gewöhnlich für Kosmetika, sprich Anti-Aging-Produkte, ausgebe.

»Kein Problem«, erwidert Birte, ohne mit der Wimper zu zucken. »Welche Marke bevorzugen Sie?«, will sie dann wissen, während ich mein Portemonnaie aus der Tasche klaube. »Sammeln Sie Bonuspunkte?«

Bonuspunkte? Weil ich so viel von diesem Zeug brauche, dass ich mir von der Rückerstattung ein Facelifting leisten sollte, oder was jetzt genau? Ich fühle mich, als würde mein Gesicht zum wiederholten Mal am heutigen Tag signalrot aufleuchten.

Oh, oh! Wenn meine Freundin Anna wüsste, dass mein Seelenhaushalt zurzeit schwankt wie ein in Seenot geratenes Schiff, sie wäre entsetzt ...

In ihren Augen bin ich im Reinen mit mir selbst trotz unreiner Haut, die von Tag zu Tag trockener wird, und überflüssigen Pfunden, zu denen sich von Jahr zu Jahr weitere ansammeln wie bei anderen Menschen Sperrmüll. »Ich benutze Accenterine plus für ...« – ich schlucke kurz, bevor ich mit gewohnt souveräner Stimme fortfahre –, »für die reife Haut: Und nein, ich besitze keine Bonus-Sammelkarte.«

Birte rauscht ab, die 38 Euro in der Hand, die dieser kleine Cremetiegel kostet, der noch nicht mal hübsch aussieht.

Ich wette, Jolly Hope lässt ausschließlich Produkte von *La Mer* an ihre Alabasterhaut und natürlich die sanften, kompetenten Hände ihrer Kosmetikerin. Diese abartig teuren Cremedosen stehen dann, hübsch und farblich harmonisch aneinandergereiht, in einem traumschönen Badezimmer mit frei stehender Badewanne und Löwenfüßen, in dem sogar ein gemütlicher Korbsessel Platz hat ...

Lina, jetzt ist aber Schluss!, rufe ich mich selbst zur Ordnung. Was ist denn auf einmal los?

Ich kenne Jolly nun schon seit vier Jahren und hatte noch nie ein Problem mit ihr. Man muss nämlich auch gönnen können – und das kann ich im Normalfall.

Sorry, kann doch nicht. Eiliges Meeting beim Verleger, schreibe ich Randy und schicke in einer zweiten Nachricht fünf weinende Herzchen hinterher.

Keine Ahnung, ob diese Emoticons Randys Herz rühren oder er einfach seinen *Gutes-Karma-kommt-zu-denen-die-Gutes-tun-*Tag hat: Er bietet mir tatsächlich an, abends um 20 Uhr auf ein Glas Rotwein in seine Wohnung zu kommen.

Du bist ein Engel!, texte ich ihm, während ich mich bereits auf den Weg zu meinem Chef mache.

Ich bin der Freund, den du verdienst, schreibt Randy zurück und setzt, was für ihn mehr als unüblich ist, einen Smiley mit Herzaugen dahinter. Natürlich ist das nur eine kleine und eigentlich bedeutungslose Geste, aber ich merke, dass sie mich trotzdem rührt.

Kapitel 3

»Haben Sie es schon gehört?«, fragt Volkmar Jansen mit einem deutlich lauernden Unterton und deutet Punkt 16 Uhr auf einen Platz auf seiner Besetzungs- äh … Besprechungscouch. Nein, ich habe diesen Job nicht ergattert, weil ich hübsch, jung und naiv war (denn das war ich noch nie), sondern weil ich bei unserem Vorstellungsgespräch damals deutlich gemacht habe, dass ich hart arbeite, kreativ denke und für jedes Problem eine Lösung finde. Und glücklicherweise hatte sich keine zartgliedrige, großäugige Literaturnymphe auf den Job beworben, denn wer weiß, ob Jansen sich dann tatsächlich für das »Arbeitstier« entschieden hätte, wie er mich manchmal nennt, wenn ich nicht dabei bin. Er meint das vermutlich als Kompliment.

»Aber natürlich«, gebe ich mich ruhiger, als ich mich fühle: Ich werde innerlich gehörig durchgeschüttelt! Wie, um Himmels willen, hat er schon von Jollys Sabbatical gehört?

Jansen zieht die Augenbrauen zusammen. »Sie wussten also schon, dass unser Autoren-Dreamteam Caro Kollwitz und Sören Marquardt sich in den Kopf gesetzt hat, künftig Krimis zu schreiben, die in der Mongolei spielen? Dann hätte ich erwartet, dass Sie damit sofort zu mir kommen, Frau Peters!«

Was ist das heute nur für ein schrecklicher Tag!

»Herr Jansen, Sie kennen mich: Ich komme nicht mit Problemen, ich komme mit Lösungen, und die beiden waren nicht zu erreichen«, improvisiere ich mit einem entspannten Lächeln und leicht zitternden Knien.

»Natürlich, natürlich«, muffelt der Verleger vor sich hin. »Aber ich meine, was soll das? Toskana ja, obwohl das abgegrast ist, von mir aus auch Cornwall, Kroatien, Gardasee oder Kanada. Aber die Mongolei?«

Ich versuche, diese neue Hiobsbotschaft zu verstoffwechseln, und frage mich, warum a) jetzt alle auf einmal beschlossen haben, durchzudrehen, und b) was ich über die Mongolei weiß. Da wohnt man doch in diesen komischen Zelten, genannt Jurten, und trinkt Yakmilch, die vermutlich genauso seltsam schmeckt, wie sie sich anhört. Dann gab es da noch Dschingis Khan, die Wüste Gobi – und ganz viel Steppe, also ödes Ödland. Was die Mongolei sicher nicht hergibt, ist ein großes Verkaufspotenzial für Krimis, die dort spielen.

»Ich verstehe, dass Caro Kollwitz und Sören Marquardt einen neuen Impuls für die Zusammenarbeit suchen, und bin natürlich darüber mit ihnen im Gespräch«, sage ich und setze in Gedanken dazu: *wenn ich sie denn endlich mal erreichen würde.* Sind die beiden womöglich schon auf Rechercherreise und immer dann in einem Funkloch, wenn ich sie anrufen will? Trotzdem, so etwas sollte mir eigentlich nicht passieren! Mir wird furchtbar warm, ein kleines, feines Rinnsal bahnt sich den Weg an meinem Rücken entlang in Richtung des Bündchens meines Rocks.

»Verständnis ist keine Option«, bescheidet der Verleger mir, als wäre ich eine Anfängerin. »Sie reden denen das aus, und zwar ganz schnell, ja? Wo kommen wir denn da hin, wenn jeder plötzlich seinen Launen und privaten Vorlieben freien Lauf lässt! Nur weil die beiden ihren letzten Urlaub in der Mongolei verbracht haben, müssen wir das doch nicht ausbaden. Und erst recht nicht unsere Leser. Die wollen Südfrankreich! Zitronen, Tartes, La Mer, Wein, L'ámour …«

Während er sich ganz offensichtlich gerne selbst beim Reden zuhört, mustert er mich. »Sie sehen heute irgendwie gestresst aus«, sagt er dann. Wie immer, wenn er das Gefühl hat, mich in die Enge treiben zu können, bekommt seine Stimme diesen lauernden Unterton. »Irgendetwas, was ich wissen müsste?«

Der Mann hat zwar nicht halb so viel Ahnung von der Verlagsarbeit, wie er denkt, aber Intuition hat er, das muss man ihm lassen …

Los, Lina, feuere ich mich innerlich an, *pack den Stier bei den Hörnern.* Das ist schließlich mein Erfolgskonzept: *Sag ehrlich, was Sache ist. Problematisiere die Situation nicht, sondern biete eine konstruktive Lösung an.*

Aber welche?

Ich habe ja selbst noch kein Wort mit Jolly über ihre Auszeit-Pläne gesprochen!

»Jolly Hope …«, starte ich den Versuch einer Beichte, doch plötzlich wird mir eines klar: Weder mein Autorenduo noch das Zauberwesen hat mich in seine Pläne eingeweiht. Der Verleger und die Volontärin sind aus irgendeinem Grund besser informiert als ich, eine Katastrophe, die mich schnell den Job kosten kann. Wenn ich das jetzt zugebe, bin ich geliefert!

Also: Kinn hoch, Bauch rein, Schultern gestrafft. Ich bin Dr. Lina Peters, erfolgreiche Programmleiterin und jede Sekunde Herrin über die Dinge, die im Grundmann Verlag passieren!

»Jolly Hope hat ein Problem mit ihrem aktuellen Roman und hat mich gebeten, zu ihr nach Sylt zu kommen, um ein bisschen mit ihr zu brainstormen. Deshalb werde ich in den kommenden drei bis fünf Tagen nicht hier sein.«

Oops, werde ich nicht?

Aber tatsächlich gefällt mir die Idee!

»Und was unsere Mongolei-verliebten Schätzchen betrifft, so können Sie auch diese Angelegenheit getrost mir überlassen. Erst neulich sprachen Caro und ich beim Abendessen in unserem Lieblingsrestaurant Ti Breizh darüber, dass die Welle der Provence-Bücher sicher bald abflaut, Nordic Noir bald Schnee von gestern ist – und dass wir dieser Entwicklung natürlich vorbeugen wollen. Ob die Mongolei das Setting der Stunde ist, müssen wir weiter verifizieren, aber es ist auf alle Fälle interessanter und Zielgruppen-affiner, als man zunächst denkt. *Buddhismus meets Dschingis Khan* ist doch nichts anderes als eine Parabel auf die moderne Leistungsgesellschaft mit ihrer Sehnsucht nach *Hygge*-Feeling und Entschleunigung. Und darum: Mongolische Steppenlandschaft sticht skandinavischen Fjord! Heute bei Grundmann, morgen in jeder Buchhandlung. Ich kümmere mich darum, sobald ich auf Sylt angekommen bin.«

Volkmar Jansens Gesichtszüge werden weicher, sein Bauch unter dem maßgeschneiderten weißen Hemd runder; offenbar war er bis eben arg angespannt und freut sich nun, dass die Geschicke des Hauses bei mir in besten Händen sind. Jedenfalls so lange, bis er seinen nächsten Misstrauens-Flash bekommt.

»Frau Peters, Frau Peters, Sie erstaunen mich immer wieder. Sehr gut, machen Sie das.«

»Dann kommen Sie in dieser Zeit ohne mich klar?« Ohne die Antwort des Verlegers abzuwarten, stehe ich auf. Das mache ich oft so, und diese Taktik funktioniert eigentlich immer: Ich stelle scheinbar eine Frage – in Wahrheit gebe ich aber nur eine Feststellung zu Protokoll, der gefälligst niemand zu widersprechen hat.

»Aber sicher, und viel Spaß auf Sylt. Grüßen Sie Jolly Hope, und essen Sie eine Auster für mich mit«, ist ausnahmsweise alles, was Volkmar Jansen zu meinem Spontantrip zu sagen hat. Ohne mich umzudrehen, marschiere ich aus dem Verlegerbüro, während das Blut in meinen Adern rauscht, als sei es Nordseewasser.

Himmel, hilf!

Was habe ich da angezettelt?

Kapitel 4

»Das nenne ich mal eine proaktive Übersprungshandlung«, sagt Randy lächelnd. Ich bin mir nicht sicher: Ist dieses Lächeln ein Zeichen für Anerkennung … oder macht der Coach sich über mich lustig? »Und es ist sehr gut, dass du mal ein paar Tage rauskommst. Hast du denn schon eine Übernachtungsmöglichkeit auf Sylt?«

»Wer sagt denn, dass ich fahre?«, gebe ich zurück. »Jolly weiß von nichts und ist ganz sicher nicht scharf darauf, dass ich ihr bei der Organisation der Feier, der Wahl des Brautstraußes oder dem Probeessen dazwischenfunke.«

»Jetzt stelle ich dir mal die Frage, die ich allen stelle, die mich konsultieren: Was möchtest *du?*« Nun macht Randy wieder ein ernstes Gesicht.

Während ich in mich hineinhorche, sehe ich versonnen in mein Glas, in dem sich noch ein kleiner Schluck Rotwein befindet. Wenn ich den ausgetrunken habe, wird es Zeit, mich zu verabschieden, denn Randy besteht darauf, dass dieses Treffen nicht privater Natur ist und spätestens um neun vorbei sein muss, weil er noch nicht gepackt hat.

Was möchtest du …

Was möchtest …

Was …

»Ich will einfach nur meine Ruhe und sonst gar nichts«, platzt es mit einer solchen Heftigkeit aus mir heraus, dass ich mich selbst erschrecke. »Ich möchte auch tun und lassen können, wonach mir der Sinn steht: Heiraten, in die Mongolei auswandern oder einfach mal vier Wochen Urlaub machen, ohne dass mir eine Konferenz, die Buchmesse in London oder Leipzig oder Bologna oder Frankfurt in die Quere kommen oder Mitarbeiter, die alle Probleme an mich delegieren, oder Autoren, die nicht das tun, wofür wir sie engagiert haben«, donnere ich Randy entgegen. »Ich möchte mal ein Buch lesen, in dem es nicht um die Schwippschwägerin einer Bettelnonne geht, ganz privat! Ich möchte mir in Ruhe Klamotten kaufen, ohne dass ich sie daraufhin checke, ob sie auch businesstauglich sind. Mich verabreden können, ohne Sorge haben zu müssen, dass ich es erst kurz vor Mitternacht aus dem Büro schaffe.« Es platzt nun alles aus mir heraus, aber es fühlt sich anders an als vor ein paar Stunden, als ich Sachbuch-Meyer mit meiner stürmischen Ansage eine Föhnfrisur verpasst habe – ich lade mir keine weitere Last auf die Schultern, sondern kann sie endlich mal abschütteln! »Und wenn ich schon mal dabei bin, dann möchte ich auch endlich einen Mann kennenlernen, der mich nicht als strenge Lektorin sieht oder als allzeit bereite Problemlöser-Chefin oder als Arbeitstier, dem man mal traut, mal aber auch nicht. Weil ich nämlich mehr bin als mein g-o-t-t-v-e-r-d-a-m-m-t-e-r Job!«

Bin ich es wirklich, die da herumschreit?

Hui, das fühlt sich gut an!

»Und, wie fühlst du dich jetzt?«, fragt Randy prompt.

Ja, wie eigentlich?

Suuuper, möchte ich sagen, *gigantomanisch! Mein inneres Kind vollführt gerade einen Freudentanz!* Und dies fasse ich dann so zusammen: »Erleichtert.«

»Das kann ich mir vorstellen.« Randy sieht mich an, als sei er stolz auf mich für meinen Ausbruch. »Da scheint sich ja einiges angestaut zu haben. Ich dachte immer, du liebst deinen Beruf und möchtest gar nicht anders leben. Bislang hast du immer abgewunken, wenn ich darauf zu sprechen kommen wollte, weil dir mehr auf der Seele lag, dass dir deine Freundinnen nicht in dem Maße zur Seite stehen wie du ihnen, weil sie denken, dass du alles so tough wuppst. Kann es sein, dass es da einen deutlichen Zusammenhang gibt – in die eine wie die andere Richtung?«

In meinem Hals bildet sich ein Kloß in der Größe eines Königsberger Klopses, wie ihn meine Mutter immer gekocht hat. Ich mochte als Kind weder Kapern noch diese helle Soßenpampe, aber ich habe nie einen Ton gesagt. Einfach nur runtergeschluckt und gehofft, dass es am nächsten Tag Spaghetti bolognese geben würde. Ich antworte etwas, das eher nach *»Hrglmpfhhh«* als nach einem anständigen Satz klingt, doch zu mehr bin ich gerade nicht in der Lage. Meine Augen füllen sich mit Tränen. Ich kann mich nicht erinnern, wann ich zuletzt geweint habe. Ich glaube, es ist wirklich so weit: Ich komme in die Wechseljahre – meine absonderliche Stimmung ist kein Zeichen eines drohenden Burn-outs, sondern für einen aus den Fugen geratenen Hormonspiegel.

Hilfe, ich bin eine pubertierende Endvierzigerin!

»Na, na, na, das wird schon alles wieder«, spricht Randy mir Mut zu und reicht mir eine Box mit Papiertaschentüchern. Während ich mir die Augen tupfe, fällt mein Blick auf die Uhr neben der Tür, die mir zeigt, dass es fünf vor neun ist. Zeit zu gehen.

Und Zeit, mich zusammenzureißen, mir zu überlegen, was ich in Sachen Jolly Hope unternehme, und natürlich auch, wie ich Caro und Sören von ihrem Jurtenzauber-Trip runterbekomme und krimischreibtechnisch nach Tel Aviv lenke oder von mir aus auch nach Lissabon. Oder sollte ich mit meiner Spontanidee in Jansens Büro gar nicht so falschgelegen haben? *Mongolische Steppenlandschaft sticht skandinavischen Fjord!* Wie heißt eigentlich die Hauptstadt der Mongolei … und: Gibt's da überhaupt eine?

»Ich würde wirklich empfehlen, dir eine Auszeit zu gönnen und in dich hineinzuhorchen«, sagt Randy mit ernstem Blick. »Unser Körper ist darauf gepolt, lange Zeit Dinge zu leisten, die unumgänglich sind und die von uns erwartet werden. Trotzdem darf man den Bogen nicht überspannen. Fahr ans Meer, sprich kurz mit dieser Jolly, und kümmere dich dann um dich selbst. Wir können diese Thematik gern weiter vertiefen, wenn ich wieder da bin, okay? Bis dahin passt du bitte auf dich auf, lässt dir den Wind um die Nase wehen und denkst zur Abwechslung mal an gar nichts außer an dich selbst. Versprochen?«

Ich antworte brav: »Versprochen.« Dann wünsche ich Randy und seiner Olivia tolle Ferien und mache mich auf den Weg nach Hause.

Denk zur Abwechslung mal an gar nichts außer an dich.

Nach den Coaching-Gesprächen mit Randy fühle ich mich oft erschöpft, aber auch erleichtert. Heute ist es etwas anders: Der Druck, das Debakel mit Jolly Hope und meinem Autorenduo schnellstmöglich in Ordnung zu bringen, hat sich nicht so leicht verflüchtigt, wie ich gehofft hatte, lastet nun wieder zentnerschwer auf meinen Schultern – und auf meiner Seele. Gleichzeitig weiß ich, dass ich den ersten Schritt in die Richtung der Lösung schon gegangen bin: Ich werde nach Sylt fahren! Und wer weiß, vielleicht klappt es dort dann auch mit der *Kunst, sich in schwierigen Situationen selbst zu lieben.*

Daheim angekommen, checke ich als Erstes die infrage kommenden Unterkünfte von Jollys Liste. Doch die sind entweder unbezahlbar – die Vorstellungen der zukünftigen Frau Wundersam, was sich Normalsterbliche leisten können, scheinen seit ihrem Erfolg etwas verblasst zu sein – oder ausgebucht. Hat denn alle Welt auf einmal frei und genug Geld, um es auf Sylt zu verpulvern?

Ob es auf der Insel auch so etwas wie Airbnb gibt?

Und tatsächlich: Vor meinen Augen eröffnet sich auf dem Bildschirm mit einem Schlag eine Wunderwelt von schnuckeligen Wohnungen unter Reetdächern, am Strand, im Wäldchen, in der Nähe des Hörnumer Leuchtturms, mit Blick aufs Keitumer Watt oder in der Braderuper Heide.

Ich schicke drei Anfragen los – und erhalte zu meiner Überraschung trotz der späten Stunde direkt die Zusage für eine kleine Wohnung in einem urigen Friesenhaus in Archsum. Dieses Dorf ist nicht so mondän wie Kampen, nicht so bekannt wie Keitum und nicht so überlaufen wie Westerland … also eigentlich perfekt, um richtig runterzukommen.

Ich klicke auf »Bestätigen« und atme tief durch. So. Der erste Schritt ist getan. Nun weiter … aber *first things first:* Ich mache mir eine Flasche Wein auf, schenke mir ein Glas ein und setze mich dann vor meinen Laptop.

Eine Dreiviertelstunde später habe ich alles so organisiert, dass ich wirklich für einige Tage nicht ins Büro muss: Ein paar Termine sind verschoben oder delegiert, Birte ist detailliert gebrieft, die letzten eiligen Mails sind beantwortet, und der Vertriebsleiter ist so eingenordet, dass er sich sicher nicht mehr traut, die gemeinsam festgelegten Planzahlen als freundliche Empfehlung anzusehen, sondern als deutliche Ansage, in welcher Auflagenhöhe er unsere Spitzentitel in den Handel bringen muss. *Geht doch,* denke ich zufrieden und merke, dass sich die Last ein kleines bisschen von meinen Schultern hebt. Oder sollte das am inzwischen dritten Glas Wein liegen? Ach, und wennschon!

Nur eins finde ich wirklich schade: dass ich die Verabredung mit Anna morgen absagen muss. Ihre Rückmeldung kommt prompt:

> Wie schade, ich hatte mich schon so auf unseren Mädelsabend gefreut. Aber natürlich ist es jetzt wichtiger, die Dinge mit Jolly und Caro zu klären. Viel Glück und viel Spaß auf Sylt. Neid! Und wenn irgendwas ist, du weißt, wo du mich findest. Hab dich lieb!

Kapitel 5

Am nächsten Morgen stehe ich, gemeinsam mit vielen anderen Nordseeliebenden, am Altonaer Bahnhof und warte auf den Regionalzug, der die einen nach Niebüll bringt, von wo sie via Dagebüll mit der Fähre nach Föhr oder Amrum übersetzen. Die anderen kommen mit ihm auf dem direkten Weg nach Morsum, Keitum oder Westerland.

Keine Ahnung, woran es liegt, aber schon kurz nach Elmshorn fühle ich mich so leicht wie die Feder einer Silbermöwe. Vielleicht weil ich hier im Zug keinen Empfang habe, ich also weder telefonisch noch über Mail erreichbar bin? Meine Lektüre ist ausnahmsweise ein Modemagazin anstelle eines Manuskripts oder Besprechungsprotokolls. Ich trage weder einen kneifenden Hosenanzug noch High Heels, sondern eine Jeans mit hohem Stretchanteil und Sneakers.

Anders ausgedrückt: Es geht mir gerade gut, richtig gut!

In meinem Keramik-Coffee-to-go-Becher, der so viel besser in der Hand liegt als ein umweltbelastendes Teil aus Pappe, ist noch ein Rest köstlichen Friesentees, den ich seit einigen Jahren viel lieber trinke als Kaffee, zudem warten ein Marzipan-Mandelhörnchen und ein Baguette mit Camembert auf den Moment, in dem ich genussvoll hineinbeißen werde. *So fühlt sich das also an, wenn es einem ganz einfach gut geht,* denke ich versonnen, während die Landschaft an mir vorbeizieht.

Nachdem wir bereits eine Weile in Richtung Nordsee gefahren sind, tauchen die ersten Windräder in meinem Blickfeld auf, und Müdigkeit überkommt mich. Warum nicht ein kleines bisschen schlafen? Am helllichten Tag – wie dekadent … und herrlich! Westerland ist Endstation, es kann also gar nichts schiefgehen. Ich schließe die Augen, kuschle mich in das Nackenkissen, das ich bei allen Fahrten dabeihabe, und versuche, mich sorglos dem Hier und Jetzt hinzugeben.

Plötzlich sehe ich Jolly Hopes Gesicht vor mir.

Sie trägt einen Schleier, auf dem Geldscheine befestigt sind, und hat Dollarzeichen in den Augen. Hinter ihr veranstalten Caro und Sören einen seltsamen Tanz um ein rundes Holzding, tragen Kartoffelsäcke, rauchen Joints und singen *Freedom's just another word for nothing left to lose,* eine Zeile aus dem Janis-Joplin-Song *Me and Bobby McGee.* Fabian Wundersam steht vor einem Pult und leitet eine Auktion: Drei Millionen Euro werden aktuell für eine kleine Ferienwohnung in Archsum geboten, der Bieter ist Volkmar Jansen. Er schwenkt seine Bieternummer und schreit: »Sie darf die Immobilie auf gar keinen Fall in die Finger kriegen. Sie muss ihren Job machen, sonst gehe ich pleite.«

Mit *sie* bin dann wohl ich gemeint …

Und was mache ich? Füttere seelenruhig ein Känguru mit Spaghetti bolognese, sehe aus wie Winnetous Schwester und fühle mich so wohl wie noch nie zuvor. Endlich bin ich am Ziel meiner Träume: tapfer wie die stolze Indianerin Nscho-tschi, allerdings in Australien, zusammen mit einem meiner absoluten Lieblingstiere neben Wombats und Winnie Puh.

»Die Fahrkarten, bitte!«

Awww, dieses Känguru ist aber auch wirklich putzig, wenngleich ein wenig größer, als ich dachte. Und wieso trägt es so eine komische Mütze auf dem Kopf? Sieht ein bisschen aus wie ein Kapitän auf hoher See.

Caro und Sören singen jetzt *Freiheit ist die einzige, die fehlt* von Marius Müller-Westernhagen, schlagen das bunte Tuch beiseite, das den Eingang ihrer Jurte verdeckt, und verschwinden Hand in Hand in ihrem mongolischen Wigwam. Volkmar Jansen hat die Auktion gewonnen: Vier Millionen Euro sind es ihm wert, dass ich keine Chance habe, auf Sylt zu wohnen. Fabian Wundersam reibt sich vor Freude die Hände.

»Die Fahrkarten, bitte!«

Oops, seit wann können Kängurus sprechen? Und wieso sind sie so streng?

»Sie können von mir aus gern so tun, als ob Sie schlafen, aber auf so einen Trick falle ich nicht rein. Zeigen Sie mir sofort Ihre Fahrkarte, oder ich muss Sie wegen Schwarzfahrens belangen.«

Oh, oh, das Känguru ist ja mies drauf!

Schwarzfahren?

Mit einem Schlag bin ich hellwach und voll im Hier und Jetzt, ganz wie die Achtsamkeitsratgeber es vorschlagen.

»Sorry, ich hatte gerade so einen schönen Traum«, murmle ich und krame benommen nach meinem Schleswig-Holstein-Ticket.

Plötzlich lächelt das Känguru aka Schaffner und knipst mein Zugticket ab. »Es gibt also noch Menschen, die Träume haben, wie schön«, sagt er – wohl mehr zu sich selbst als zu mir. »Na dann: gute Fahrt und süßes Weiterträumen.«

Verdutzt schaue ich ihm hinterher. Was wollte er mir denn damit sagen? Hat er sich über mich lustig gemacht, war das eine Anmache, oder was? Aber er kontrolliert ganz entspannt weiter die Fahrkarten meiner Mitreisenden, beantwortet Fragen, sucht Zugverbindungen heraus und sieht ab und zu aus dem Fenster. Mir schwant, er wollte einfach nur etwas Nettes sagen. Ein schöner Gedanke, finde ich. Viele Menschen sind heute nicht mehr in der Lage zu so einem *random act of kindness* – ein Lächeln für Passanten, ein Kompliment für eine Kellnerin, ein freundliches Wort für eine Kassiererin im Supermarkt. Ich ertappe mich selbst dabei, dass ich es in der Eile des Alltags vergesse. Dabei ist es so leicht, der Verkäuferin, die mit stoischem Gesicht das Geld für ein Franzbrötchen in Empfang nimmt, mit einem aufrichtigen »Ich wünsche Ihnen einen schönen Tag« ein gutes Gefühl zu geben.

Ich schaue wieder aus dem Fenster. Ach, herrlich … Ob der Schaffner überhaupt noch einen Blick für die Schönheit der vorüberziehenden Landschaft hat, die sich vor unseren Augen entfaltet wie ein soeben ausgepacktes Geschenk: Das Frühlingsgras glänzt in sattem Grün, weiße Schäfchenwolken segeln über den strahlend blauen Himmel … Wir fahren an Gärten vorbei, kleinen Seen und über die Brücke des Nord-Ostsee-Kanals. Abgelegene Höfe, vom Wind gebeugte Bäume mit zerzauster Laubkrone tauchen in meinem Blickfeld auf und verschwinden dann wieder. Ich sehe Rehe, Kühe und später Schafe, die gemeinsam mit den süßen Lämmchen auf dem Deich weiden. Natürlich stören ab und zu weniger idyllische Bilder mein romantisches Bild von Nordfriesland, aber sie gehören ebenso dazu wie die Hochhäuser von Westerland zur dortigen Promenade.

Das eine geht womöglich nicht ohne das andere, denke ich. *Yin und Yang – Gegensätze bedingen Einheit.*

***

Bin spontan auf Sylt. Zeit und Lust auf einen Kaffee?, tippe ich eine Stunde später in mein Handy, während der Zug kurz davor ist, in den Bahnhof einzufahren.

Oder sollte ich sie vielleicht lieber mit Champagner locken? Zumindest Crémant? Die Zeiten, in denen sich Jolly über ein schlichtes Glas Sekt zur Feier eines Spitzenplatzes auf der Bestsellerliste gefreut hat, sind längst Schnee von gestern …

Zu meiner Überraschung plingt es nahezu sofort: Lust, Hochzeitstorten zu verkosten?, kommt es binnen Sekunden zurück, als läge Jolly auf der Lauer. Bin gerade bei der Patisserie »Tortenträume« in Kampen und kurz vorm Durchdrehen. Treffen wir uns doch dort.

Na also, geht doch!

Nobel geht die Welt zugrunde … Etwas anderes fällt mir nicht ein, als das Taxi am Strönwai, dem Beginn der Kampener Einkaufs- und Gastromeile, in Richtung der edlen Patisserie einbiegt, in der ich Jolly gleich treffe. Eine Designerboutique reiht sich an die nächste, Immobilienmakler sind hier genauso zu Hause wie edle Restaurants und Bars, in denen schon Playboy Gunter Sachs sich vergnügte. Am Straßenrand und vor den Luxushotels parken Ferraris in trauter Eintracht mit SUVs und dem obligatorischen Porsche. Wofür die Menschen ihr Geld ausgeben … Oder kann es sein, dass nicht alle das Privateigentum der Besitzer, sondern vielmehr Mietwagen sind? Bei dem Gedanken an einen föhngewellten Schnösel, der hier auf dicke Hose macht mit seinem Megaschlitten, sich den aber nur für ein paar Tage leisten kann, muss ich grinsen. Und das wird noch breiter, als aus der einen oder anderen Luxuskarre – Klischee, komm raus, du bist umzingelt! – Blondinen auf Louboutins mit Absatzhöhen steigen, die selbst Laufsteg-Coach Jorge González den Angstschweiß auf die Stirn treiben würde. Haare wie Sahnebaiser, Lippen wie Bienenstich, Fingernägel wie Himbeertarte … und dazu gerne mal ein Begleiter, dessen Alter und Optik andeuten, dass bei diesen Paaren womöglich eher Geld als Gefühle die Hauptrolle spielen könnten.

Ist das hier überall so?, frage ich mich, bevor der Fahrer vor *Torententräume* hält. Nein, dann doch lieber Single als einen Toyboy, der sich meine Kontonummer besser merken kann als meinen Geburtstag …

»Lina, da bist du ja«, ruft Jolly, die aus der Tür gestürmt kommt, und fällt mir um den Hals. »Ich brauche deinen klugen Rat, bevor ich komplett wahnsinnig werde … oder an einem Zuckerschock sterbe.«

Sie zieht mich hinter sich her, als wäre ich eine Schlenkerpuppe oder ihre beste Freundin – oder möglicherweise auch beides. Ich bin ein bisschen verdutzt über so viel Herzlichkeit, aber es fühlt sich auch gut an, so herbeigesehnt worden zu sein.

Wenige Sekunden später stehe ich neben Jolly vor hauchdünnem Porzellan mit verschiedenen Tortenproben, die aussehen wie

Petits Fours für einen Kindergeburtstag. Himmel, hilf! Ich wusste gar nicht, dass es so viele Pastelltöne gibt.

»Champagner für meine Freundin«, ordert Jolly bei der hübschen Mitarbeiterin der Patisserie, deren Namensschild sie als Maren ausweist, und macht dabei eine wedelnde Handbewegung, als würde es dadurch schneller gehen; sie konnte immer schon mit einem Augenaufschlag von liebenswert zu befehlsgewohnt umschalten. Allerdings schwingt noch etwas anderes in ihrer Stimme mit. Ich mustere meine Starautorin: Honigblonde Haarsträhnen fallen ihr wirr ins Gesicht, die Augen stehen auf Halbmast, und Jolly duftet momentan eher nach Gin als nach Chanel No. 5. Wie viel hat sie denn schon getrunken?

»Oh Mann, ich kann mich nicht entscheiden«, haucht sie, was verdächtig nach einem Lallen klingt, und versucht, ihr hübsches Köpfchen auf meine Schulter zu legen. Dazu muss sie sich allerdings bücken, denn uns trennen locker fünfzehn Zentimeter: fünf Zentimeter Körpergröße und weitere zehn Zentimeter Absatzhöhe. Also versucht sie, wieder hochzukommen und ihren Kopf stattdessen auf meinem Scheitel zu platzieren, aber das ist dann doch zu viel Koordination auf einmal. »Oops, mir ist ein bisschen schwindelig«, lautet ihr Kommentar …

… bevor sie umkippt! Ich kann Jolly gerade noch auffangen, bevor sie zu Boden geht wie die Verliererin eines Boxkampfs.

»Oh mein Gott!«, entfährt es Maren, die gerade mit meinem Champagner wieder auftaucht.

»Der kann jetzt auch nicht helfen«, seufze ich, während ich Jolly in einen Sessel wuchte. »Ich hätte gern eine Karaffe Wasser und, wenn es geht, ein paar Salzcracker«, bitte ich die Patisserie-Mitarbeiterin, die sofort auf dem Absatz kehrtmacht, um erstaunlich schnell mit dem Gewünschten zurückzukehren. »Und jetzt lassen Sie uns einen Moment allein, Maren, ja?«, ordne ich mit ruhiger Stimme an, so als wäre es ganz normal, dass hier gerade eine Kundin umgekippt ist.

»Alles in Ordnung?«, wende ich mich dann an meine derangierte Starautorin. Das Zauberwesen sieht auf einmal alles andere als elfengleich aus, sondern betrunken – und todunglücklich. »Mach dir keine Sorgen, wenn du die passende Torte noch nicht gefunden hast«, tröste ich sie. »Das wird schon. Trink erst mal Wasser, und dann sehen wir weiter.«

Jolly nickt, umklammert das Glas wie einen Rettungsring und sieht auf einmal aus wie zwölf. »Man muss so lange suchen, bis man das Passende findet, nicht wahr?«, fragt sie mit leiser, flehentlicher Kinderstimme.

Spricht Jolly von der Torte … oder geht es hier um etwas ganz anderes?

»Das sollte man auf jeden Fall«, stimme ich ihr zu. »Sonst kann es sein, dass man eine Entscheidung sein Leben lang bereut.«

Jolly reißt ihre hellblauen Kulleraugen auf. »Du willst mir doch nicht sagen, dass *du* in deinem Leben schon mal eine falsche Entscheidung getroffen hast?«

Eine?

Ha!

Die Liste ist endlos, also fange ich am besten erst gar nicht damit an …

»Aber natürlich habe ich das«, erwidere ich.

Jolly rappelt sich auf und streicht sich die Haarsträhne hinters Ohr. Sie hat gehorsam ein großes Glas Wasser geleert und einen Cracker gegessen, ihr Blick ist deutlich klarer als noch eben.

»Und das ist auch nicht schlimm«, fahre ich fort, »solange man daraus lernt, dass man beim nächsten Mal entweder eher aus dem Bauch heraus entscheidet – oder mehr auf seinen Verstand hört. Je nachdem, was man für ein Typ ist.« Oje! Ich klinge gerade wie Coach Randy.

»Bist du deshalb Single?«, fragt Jolly und klingt dabei ungewohnt schüchtern. »Weil du den Richtigen noch nicht gefunden hast?«

Alles klar, es geht hier also definitiv nicht darum, ob auf der Hochzeit Schokotorte, Macarons oder Zitronenkuchen vernascht werden soll, sondern darum, ob der Bräutigam noch auf der Speisekarte steht. Die erfolgsorientierte Geschäftsfrau in mir jubiliert: Wenn Jolly und Fabian nicht heiraten, will sie bestimmt auch keine Auszeit, und wer weiß, wie das gebrochene Herz ihr Schreiben beflügeln wird … PR-technisch kann man das natürlich auch perfekt ausschlachten! *Vom Traualtar geflohen, auf die Bestsellerliste gesprungen …*

Während die Programmleiterin bereits die Vermarktungsstrategie parat hat, sorgt sich der mitfühlende Mensch in mir um Jollys Wohlergehen und gewinnt die Überhand. Ich würde nicht sagen, dass Jolly eine Freundin für mich ist, aber sie ist auf jeden Fall ein Mensch, dem ich in den letzten Jahren über das rein berufliche Verhältnis hinaus nahegekommen bin. Und darum spüre ich eine Verantwortung für sie.

»Was hältst du davon, wenn wir jetzt gehen und einen kleinen Spaziergang am Meer machen? Ich habe drei Stunden bewegungslos im Zug gehockt, und du brauchst offensichtlich noch ein bisschen Zeit, um die richtige … äh … Wahl zu treffen. Für den Kuchen … und alles andere.«

Jolly nickt stumm. Ich bringe sie dazu, ein weiteres Glas Wasser zu trinken, helfe ihr in den Mantel, entschuldige mich bei Maren für die Umstände und verspreche, noch einmal zurückzukommen, um die Auswahl abzuschließen.

***

Nachdem ich Jolly auf die Straße geschoben habe, bin ich erleichtert, dass sie wieder in der Lage ist, gerade zu stehen. »Willst du dir etwas Bequemeres anziehen?«, frage ich mit Blick auf das enge Etuikleid und die High Heels. »Ich könnte dich nach Hause bringen, in der Zwischenzeit in meinem airbnb einchecken, und dann machen wir uns später auf den Weg. Welcher Strandabschnitt ist denn am schönsten?«

Jolly zieht die Nase kraus, offenbar fällt ihr auch diese Entscheidung schwer. »Am liebsten gehe ich in Kampen spazieren, aber dazu habe ich heute keine Lust. Wo wohnst du denn eigentlich? Und was machst du überhaupt hier?«

Nachdem Jolly gehört hat, dass ich die nächsten Tage in Archsum bin, um mal auszuspannen (haha!), entscheidet sie spontan, dass das Keitumer Watt der ideale Ort ist, um ungestört spazieren zu gehen, Austernfischer zu beobachten und darüber zu sprechen, wie es mit den Hochzeitsvorbereitungen läuft.

Nachdem ich sie in einem der teuersten Hotels in Kampen abgeliefert habe, geht's mit dem Taxi weiter zu meinem Domizil. Größer könnte der Kontrast kaum sein: Im Gegensatz zu den mondänen, ein wenig genormt wirkenden Häusern des Schickimicki-Hotspots ist Archsum, der kleinste Ort im Nordosten Sylts, eher ein Bauerndorf. Ein Traktor kreuzt unseren Weg, als wir in die schmale Straße einbiegen, in der meine Unterkunft liegt, von irgendwoher höre ich das Gackern von Hühnern und das Muhen einer Kuh. Um Archsum herum erstrecken sich die Salzwiesen, auf denen Schafe grasen, wie ich während der Fahrt sehen konnte.

»So, da sind wir«, sagt der Fahrer und deutet auf den Eingang eines Friesenhäuschens, das nicht ganz so pittoresk aussieht wie auf den Website-Fotos, sondern ein wenig heruntergekommen wirkt: Die Farbe am Türrahmen und den Fensterläden ist abgeblättert, der Vorgarten nicht so gepflegt, wie es sonst auf der Insel üblich ist.

Nachdem ich gezahlt und meinen Koffer in Empfang genommen habe, suche ich nach dem Schlüssel, der laut Vermieter im blau bemalten Briefkasten steckt, dessen Tür auch sofort aufspringt, als ich leicht dagegendrücke.

S. W. steht auf einem der vier Klingelschilder, auf den anderen bloß Ziffern. Ich habe die Nummer eins gebucht und schließe nun die Tür auf, die quietscht und knarrt, als wäre sie von einem Dämon besessen. Hoffentlich erwartet mich im Inneren des Hauses keine böse Überraschung …

Ein paar Augenblicke später weiß ich: Glück gehabt! Die kleine Wohnung sieht genauso kuschelig und schnuckelig aus wie im Internet. Es ist zwar ein bisschen dunkel, wie im Erdgeschoss meist der Fall – zudem steht vor dem Fenster eine majestätische Silberpappel –, aber trotzdem wunderschön.

»Alles gut bei Ihnen, Frau Peters?«, höre ich von draußen eine Stimme, anschließend ertönt ein Klopfen.

Ich ziehe eine Augenbraue hoch – stehe ich hier unter Beobachtung, oder was?

Ich öffne die Tür … und blicke in die meerblauen Augen eines Mannes, geschätzt Mitte vierzig, Typ Naturbursche mit kariertem Hemd, Zimmermannshose und derben Schuhen mit Schutzkappe an den Füßen.

»Alles bestens«, antworte ich etwas atemlos, obwohl es dafür eigentlich keinen Grund gibt. Wer ist dieser Mann? Und wieso macht mein Herz gerade einen Hüpfer, wie es sonst nur der Fall ist, wenn der Verlag mit einem der Titel die Bestsellerliste stürmt? »Und Sie sind …?«

»Wer ich … also, ich bin …«, legt er los, schaut mich dann aber etwas irritiert an. Ja, was denn nun?

»Sie sind?«, hake ich erneut nach.

»Sorry«, erwidert der bestaussehende Kerl, den ich seit Langem gesehen habe, streift die Arbeitshandschuhe ab und gibt mir die Hand. »Weber mein Name, ich bin der Besitzer des Hauses. Wir haben gemailt, erinnern Sie sich? Wollte nur fragen, ob alles so weit okay ist oder ob Sie noch etwas brauchen.«

Ob ich etwas brauche? Von diesem Bild von einem Mann?

Ein Kuss wäre schön!

Oder Sex. Hatte ich ewig nicht mehr … und kann man eigentlich immer gebrauchen … Ich spüre, wie sich ein giggeliges kleines *Hihi* in mir bildet, das ich aber energisch hinunterschlucke. Ich bin doch kein Teenager mehr!

Trotzdem komme ich nicht umhin, mir einzugestehen, dass mein Gegenüber mir ausgesprochen gut gefällt. Herr Weber ist groß, gut gebaut, hat breite Schultern, an die man sich bestimmt wunderbar anlehnen kann, und einen angenehm festen Händedruck. Außerdem duftet er gut – eine Mischung aus Meeresbrise, Wald und Zedernholz – und hat das umwerfendste Lächeln, das ich seit Langem gesehen habe: eine tolle Mischung aus leichter Belustigung und Warmherzigkeit. Ganz eindeutig nicht vermackt, beziehungsgestört oder poly-*was-auch-immer*.

Wieso gibt es solche Männer nicht in Hamburg?

»Sie … Sie sind der Vermieter? Das ist ja … äh … wunderbar. Und … tja, also …« Lass dir etwas einfallen! Du kannst schließlich mit jedem noch so zickigen Autor auf der Welt Small Talk machen, dann dürfte das mit diesem attraktiven Mann doch nicht allzu schwer sein. »Tragen alle auf der Insel so eine erstaunliche Tracht?«

Lina, du dumme Kuh!

Was schwafelst du hier für einen Blödsinn?

»Tracht?« Mein Vermieter sieht mich – zu Recht! – an, als hätte ich nicht mehr alle Tassen im Schrank. »Ach, Sie meinen die Arbeitshandschuhe und die Cordhose? Na, die Sylter Tracht sieht doch etwas anders aus … Ich habe gerade hinten im Garten gearbeitet, als ich hörte, dass ein Auto vorfährt. Wenn also bei Ihnen alles in Ordnung ist, würde ich gern weitermachen. Schönen Tag noch.« Spricht's und dreht sich um, ohne meine Antwort abzuwarten. Hm, das erinnert mich an etwas oder an wen. Stimmt! Das ist meine Taktik, wenn ich bestimmten Dingen den Riegel vorschieben will. Alles klar, Botschaft verstanden, ich hab's vergurkt.

Offenbar kriege ich außerhalb meiner sicheren Verlagsmauern

gar nix mehr auf die Reihe. Und dort neuerdings auch nicht mehr alles …

Dabei fällt mir ein, dass ich mir ja auch noch meine Autorin Caro Kollwitz vorknöpfen und ihr den Mongolei-Krimi ausreden muss. Ich greife nach meinem Handy, erreiche aber wieder nur ihren Anrufbeantworter. Nein, diesmal spreche ich ihr keine Nachricht aufs Band, das hat in den letzten Tagen ja auch keine Erfolge gebracht.

Wir sollten uns nächsten Mittwochabend auf ein Essen treffen, um über eure neuen Buchpläne zu sprechen, die du bereits mit unserem Verleger besprochen zu haben scheinst, schreibe ich ihr stattdessen eine Nachricht. Um es kurz zu machen: Den neuen Schauplatz müssen wir noch mal überdenken.

Kaum habe ich die Nachricht verschickt, denke ich: *Shit!* Das Thema wollte ich doch subtiler angehen. Kann man Whatsapp-Nachrichten eigentlich löschen? Doch zu spät: Die beiden blauen Häkchen lassen mich wissen, dass Caro die Nachricht bereits gelesen hat. Interessant. Ist sie in der mongolischen Steppe gerade aus einem Funkloch in eine Jurte mit WLAN gestolpert, oder was? Ich warte einen Moment ab, aber es tut sich nichts. Egal! Bevor ich mich diesem Thema widme, muss ich sowieso erst mal die Sache mit Jolly regeln.

Brauchen Sie noch etwas?

Ich muss schleunigst meinen sexy Vermieter vergessen, dessen warme, leicht kratzige Stimme sich in meinem Gehirn verankert hat wie ein ganz besonders schöner Ohrwurm.

Pling, eine Nachricht von Anna.

Und, gut angekommen?, will sie wissen.

Ja, texte ich ihr zurück, alles sehr schön hier. Besonders der Vermieter. Absolut der Hammer, der Typ. Wieso läuft einem so ein Prachtexemplar nicht in Altona über den Weg, sondern hier in Archsum?

Darüber sollte mal ein Buch geschrieben werden …

Kapitel 6

»Also, wie läuft's mit den Hochzeitsvorbereitungen, abgesehen von der Torte?«, frage ich, als Jolly und ich Keitum hinter uns lassen und vorbei an Café Nielsens Kaffeegarten die Treppe hinunter zum Watt gehen.

Jolly trägt einen Parka mit Fellkragen (hoffentlich *fake fur,* denke ich) und ich mein Stirnband. Das ist gut gegen Nordwind, wie ich von Amrum weiß.

Sie schweigt. Das ist für Jolly recht ungewöhnlich, aber ich sollte sie auch nicht zwingen, über ihre Gefühle zu sprechen.

Nachdem wir einige Minuten still nebeneinanderher gelaufen sind, entscheide ich mich, doch noch einmal nachzuhaken. »Bist du glücklich?«

Sie zieht sich fröstelnd den Kragen enger um den Hals, dabei funkelt der Brilli ihres Verlobungsrings in der Sylter Sonne. Was der wohl gekostet hat? *Im besten Fall ein Vermögen, im schlimmsten Fall die Freiheit,* hat Annas Mutter dazu einmal gesagt.

»Ich weiß nicht so recht«, murmelt Jolly so leise, dass ich es kaum hören kann. Eine steife Brise fegt über uns hinweg, Austernfischer und Seeschwalben trällern ihre Lieder, von weit weg ertönt das Wiehern eines Pferdes. »Wahrscheinlich ist es normal, dass einem kurz vor der Hochzeit die Düse geht, oder?«

Tja, was soll ich auf diese Frage antworten? Ich war noch nie verheiratet … und habe noch nie einen Antrag bekommen, mal abgesehen von Sebastians. Aber da waren wir beide fünf und im Kindergarten.

»In Büchern und Filmen ist das ein beliebtes Thema«, erwidere ich, denn dabei fühle ich mich auf sicherem Terrain – und es wäre eventuell auch die Möglichkeit, elegant auf das Thema umzuleiten, das mich wirklich nach Sylt führt. »Schließlich sind diese Zweifel oft genug Auslöser für Chaosaktionen, Übersprunghandlungen der Hauptfiguren und wunderbar geeignet für alles, was eine Story vorantreibt. Aber das brauche ich dir ja nicht zu sagen, du beherrschst das Jonglieren mit komplizierten Situationen doch wie keine andere. Wird dir …«

Los, Lina, gib Gas! Wer weiß, wann so eine Gelegenheit wiederkommt.

»… wird dir das Schreiben nicht fehlen?«

Uff! Nun ist es raus.

Jolly hat mich offenbar nicht gehört oder ignoriert meine Frage geflissentlich. Statt zu sagen: *»Aber natürlich, wie konnte ich nur jemals behaupten, pausieren zu wollen«*, bleibt sie stehen und schaut gedankenversunken aufs Wattenmeer, das träge und traumschön vor uns liegt.

Auf einmal wird mir wieder unangenehm warm im Gesicht, und ich habe das Gefühl, in ein sich wild drehendes Karussell gesetzt worden zu sein: Warum muss ich diesen Moment ruinieren, indem ich versuche, über die Arbeit zu sprechen, anstatt die Ruhe und die Natur zu genießen?

Ich atme tief durch. Einmal, zweimal, dreimal. Ich hebe mein Gesicht dem Himmel entgegen, höre das Lied der Vögel und das leise Rauschen des Windes an meinen Ohren. Und siehe da, die merkwürdige Hitze auf meinen Wangen weicht der Wärme der Sonne, der Schwindel vergeht, und ich spüre, wie ich mit beiden Füßen fest auf dem Boden stehe.

Ich öffne die Augen wieder und sauge ein, was die Natur mir bietet. Beobachte die Austernfischer, die sich in den Prielen baden, die das trockengefallene Watt gebildet hat. In weiter Ferne erkenne ich einen Hafen – das ist bestimmt Keitums Nachbarort Munkmarsch. Ein Duftpotpourri aus Algen, Salz und Fisch kitzelt meine Nase, davon muss ich niesen und automatisch lachen: So viel gesunde Seeluft bin ich als Großstadtpflanze gar nicht gewohnt!

Aus heiterem Himmel beginnt Jolly zu weinen.

Ich lege betreten meine Hand auf ihre Schulter, aber Jolly schüttelt sie weg. »Was heißt, ob mir das fehlen wird?«, schmettert sie mir anklagend entgegen. »Natürlich wird es das. Ich lebe seit Jahren für diesen Beruf! Ich liebe ihn, meine Fans und den Erfolg. Es gibt für mich kaum etwas Schöneres als Lesereisen, die Loveletter-Convention, meine Auftritte auf Buchmessen und in Talkshows ...« Dann werden ihre Züge wieder sanfter. »Ich liebe es, mit dir den nächsten Roman zu plotten, zu recherchieren, mir die künftigen Leserstimmen auszumalen. So etwas gibt man ganz sicher nicht leichtherzig auf!«

Wenn es mal mit dem Schreiben nichts wird, kann Jolly es auf alle Fälle als Schauspielerin versuchen – diese Szene ist geradezu filmreif.

»Warum hast du dann bei Birte durchblicken lassen, dass du dir nach der Hochzeit eine längere Auszeit nimmst?«, frage ich ... und verkneife mir mit einiger Mühe den Zusatz: *Und wieso kommst du damit nicht zu mir?*

»Weil Fabian das gern so möchte«, erwidert Jolly nun wieder mit belegter Stimme. Nach den einzeln kullernden Tränen scheint inzwischen ein ganzes Meer in ihren Augen zu glitzern, und wenn sie so weitermacht, wird gleich ein reißender Strom über ihre Wangen laufen.

Ich reiche ihr ein Taschentuch und warte. Es macht keinen Sinn, weiter in sie zu dringen; sie muss bereit sein, sich mir anzuvertrauen, auch wenn alles in mir natürlich schreit: *Spuck's aus!*

»Er liebt es zwar, sich in meinem Glanz zu sonnen«, sagt Jolly schließlich, »aber er ist auch eifersüchtig, obwohl er das natürlich nie zugeben würde. Fabian möchte, dass ich immer bei ihm bin und nicht wegen Lesungen durch die Lande trudle. Er mag es auch nicht, wenn ich mich wochenlang hinter meinem Schreibtisch verschanze, weil ich gerade einen Schreib-Flow habe.«

Oh, oh! Dieses Problem lässt sich nicht allein durch eine Auszeit lösen, das wird ein Dauerthema zwischen den beiden, denke ich, und mit einem Mal tut Jolly mir leid. Ich weiß, dass sie Fabian liebt – und kann nur ahnen, wie sehr ihr dieses Dilemma zusetzt. Tja, Schönheit und Geld allein machen eben auch nicht glücklich …

»Was soll ich denn jetzt machen?«, stellt Jolly die Frage, vor der mir graut. Denn egal, was ich jetzt sage oder rate, es ist keinesfalls neutral. Noch dazu steht es mir auch nicht zu, denn ich bin ihre Lektorin, keine enge Freundin. Am liebsten würde ich jetzt Coach Randy hierherbeamen, der wüsste, was zu tun ist. Und mit der *Kunst, sich in schwierigen Situationen selbst zu lieben,* komme ich jetzt vermutlich auch nicht weiter.

»Tut mir leid, aber das kannst nur du allein herausfinden … oder vielmehr: ihr beide gemeinsam.« Natürlich liegt mir auf der Zunge zu sagen, dass Fabian sich schließlich sehenden Auges in eine Schriftstellerin verliebt und nun nicht das Recht hat, ein Hausmütterchen oder gar ein dekoratives *trophy wife* aus ihr zu machen. Aber das ist etwas, was Jolly selbst erkennen muss. »Bestimmt gibt es eine Kompromisslösung, wenn ihr euch darum bemüht.«

»Ach was, ich bin doch schneller weg vom Fenster, als ich gucken kann, wenn ich pausiere«, sagt Jolly und sieht mich anklagend an. »Ich weiß, wie diese Branche tickt. Wenn klar ist, dass ich in den nächsten ein, zwei Jahren kein Buch liefere, baut ihr sofort meine Nachfolgerin auf.«

Schuldig im Sinne der Anklage! Mein erster Reflex ist, schuldbewusst zu sein, aber dann siegt meine Überzeugung: *Was du nicht willst, dass man dir tu, das füg auch keinem andern zu …* Natürlich habe ich schon einen Plan in Gang gesetzt, um einen Ersatz für Jolly aufzubauen – aber darüber kann sie sich nicht beschweren, wenn sie gleichzeitig keine Skrupel gehabt hätte, mir den Boden unter den Füßen wegzuziehen.

»Genau aus diesem Grund habe ich weder dich noch Volkmar Jansen offiziell informiert«, erklärt Jolly jetzt. »Manchmal kann man ein Problem doch auch einfach aussitzen …? Bei Birte habe ich mich aus Versehen verplappert, und ich habe mich darauf verlassen, dass sie den Mund hält. Aber da habe ich mich wohl in dem Mädchen getäuscht.«

Nun kann ich nicht verhindern, dass Ärger in mir aufsteigt. Jolly hat kein Recht, Birte in die Verantwortung zu nehmen, ihre Verbündete zu sein – es ist ihr Job, mit derart wichtigen Informationen zu mir zu kommen. Aber bringt es etwas, meiner besorgten Starautorin die Fakten des Lebens nahezubringen? Nein, natürlich nicht. Meine Aufgabe ist es jetzt, für sie da zu sein. Auch wenn das bedeutet, gegen die wirtschaftlichen Interessen des Verlages zu handeln. Jolly braucht gerade keine Lektorin, sondern eine Freundin.

»Ach was, mach dir doch über so etwas keine Sorgen«, bemühe ich mich daher, sie zu beschwichtigen. »Ein Jahr können wir locker überbrücken. Wir bringen einfach den Roman, den du gerade abgeschlossen hast, erst einmal als Klappenbroschur heraus, das ist sowieso eine Idee, mit der ich seit einiger Zeit spiele, und in der darauffolgenden Saison veröffentlichen wir dann die Taschenbuchausgabe. Du wirst sehen, da fällt niemandem auf, dass es kein neues Buch von dir gibt.«

Lina, was redest du da für einen Blödsinn?

»Oder wir erzählen deinen Fans, dass du dir eine Auszeit nimmst, um etwas ganz besonders Bahnbrechendes zu schreiben«, fantasiere ich vor mich hin. »Du erfindest gerade ein neues Genre, das sie lieben werden, und …«

Auch das ist blanker Unsinn. Welches Genre soll das denn bitte sein? Es gibt nichts mehr, das es nicht schon gibt. Mit dem Unterschied, dass Jolly die ganz große Gabe hat, dennoch alles in einem neuen Ton zu erzählen, der Millionen Leser mitten ins Herz trifft. Das muss ihr erst mal einer nachmachen.

»Glaubst du wirklich, dass das so einfach ist?«, fragt Jolly betreten. Das trifft mich unerwarteterweise wie ein Stich ins Herz. Ich habe Jolly als Menschen kennengelernt, der mit ungeheurer Leichtigkeit und sehr großem – vielleicht übergroßem? – Selbstvertrauen durchs Leben schwebt. Sie nun so skeptisch zu erleben bedeutet, dass die Angst vor der Zukunft sehr tief in ihr sitzt.

»Vertrau doch einfach darauf, dass alles gut wird, und freu dich darüber, dass du bald den Mann deiner Träume heiratest. Fabian ist …« Tja, was ist Fabian – ein Millionärssöhnchen, der sein perfektes Spielzeug haben will? Natürlich ist das meine Wahrnehmung, aber es muss nicht Jollys Wahrheit sein. »… Fabian ist, das hast du mir schließlich selbst oft gesagt, ein Guter, auch wenn ich es natürlich nicht gern höre, dass er dich so für sich vereinnahmen will. Wahrscheinlich möchte er aber auch nur so bald wie möglich eine Familie mit dir gründen und weiß genau, dass dafür … äh … Ruhe und Zeit nötig sind.«

Eine Familie gründen? Oh nein, darüber habe ich noch gar nicht nachgedacht! Zugegeben, als freiberufliche Autorin kann man Kind und Karriere sicher einfacher vereinbaren als viele andere Frauen. Trotzdem ist die Vorstellung, dass Jolly mit einem Kind auf dem Arm und einem unter dem Herzen vor einem Laptop sitzt und zwischen Fläschchen geben und Windeln wechseln den nächsten romantischen Bestseller schreibt, keine, die man meinem Verleger problemlos als Erfolgsmodell verkaufen kann … Andererseits: Wer, wenn nicht ich?

Jolly sieht mich nachdenklich an. »Lass uns mal ein Stück weitergehen«, sagt sie schließlich, »wir müssen hier ja nicht direkt Wurzeln schlagen.«

Und so gehen wir los, zwei Frauen, wie sie unterschiedlicher nicht sein könnten. Oder stimmt das gar nicht? Vielleicht ist die Leichtigkeit, die ich so mit Jolly verbinde, doch nicht so luftig und flirrend. Und vielleicht bin ich gar nicht so an den Boden der Tatsachen gefesselt, wie es sich oft anfühlt. Wenn ich kreativ bin im Beruf, wenn ich mit Autoren Ideen ausarbeite, Agenten einwickle, wenn ich mit unseren Lektoren an Texten arbeite und mir durchaus freiwillig die Nächte um die Ohren schlage – ist das, was mich zu alldem befähigt, nicht auch eine Form von Unbeschwertheit?

Was willst du?, echot Randys Frage einmal mehr in meinem Kopf. In seiner Praxis wusste ich, was ich darauf antworten musste, und es war ein Ausbruch all meiner tief sitzenden Ängste und Ärgernisse. Aber war das nur die halbe Wahrheit? Will ich dieses Leben vielleicht genauso, wie es ist … nur eben nicht immer? Ist es einfach nur eine Frage der Balance?

Während Jolly und ich schweigend am Meer entlangmarschieren, während ich die wunderbare Luft einatme und dem Lied der Natur lausche, werden meine schweren Gedanken immer leichter und leichter, bis sie sich aufzulösen scheinen. Es fühlt sich fast so an, als würde ich gar nicht mehr denken, sondern mit offenen Augen träumen. Würde ich nicht den Boden unter meinen Füßen spüren, wäre es fast, als schwebte ich durch diesen schönen Tag.

Und ohne dass ich recht weiß, warum, schiebt sich plötzlich ein Bild vor mein inneres Auge … und ein Lächeln, das amüsiert und warmherzig zugleich sein kann. Mein attraktiver Vermieter, der Herr Weber. Wie heißt er noch einmal mit Vornamen, S-irgendwas? Sebastian, Sascha, Sven, Severin … Alles Namen, die mir ausgesprochen gut gefallen. Hach!

Hormonspektakel hoch fünfzig!

Die Vorstellung, dass er im gleichen Haus wohnt wie ich, macht mich auf einmal ein kleines bisschen kirre – und hoffnungsvoll. Mal sehen, womit könnte ich den blöden ersten Eindruck korrigieren, den er garantiert von mir hat?

Soll ich später eine gute Flasche Wein kaufen, dazu ein paar Oliven und Cracker, und dann einfach vor seiner Tür stehen?

Soll ich behaupten, dass irgendwas in der Wohnung nicht stimmt, um ihn damit zu mir zu lotsen? Ein tropfender Wasserhahn, eine nicht funktionierende Heizung, eine außer Kontrolle geratene Mieterin …?

»Ich kann keine Kinder bekommen«, sagt Jolly plötzlich leise und reißt mich damit aus meinen Tagträumen. Für einen Moment glaube ich, mich verhört zu haben. »Und obwohl Fabian liebend gern eine ganze Fußballmannschaft hätte, hat er das anstandslos akzeptiert, statt sich von mir zu trennen. Da ist es ja wohl das Mindeste, dass ich mich nun auf seine Bedürfnisse einstelle, nicht wahr?«

»Oh mein Gott, das tut mir furchtbar leid«, stammle ich, während mein Gehirn eine einzige Information ausspuckt: *Wenn Jolly die Mutterrolle verwehrt bleibt, braucht sie erst recht etwas, an dem ihr Herz hängt, eine Betätigung, die sie ausfüllt und zufrieden macht.* Wenn sie weiterschreibt, werden die Bücher für Jolly so etwas wie ihre Kinder sein und jedes neue ein frisch geborenes Buch-Baby. Das sollte mich nun vermutlich erleichtern … aber stattdessen habe ich ein schlechtes Gewissen, so etwas überhaupt zu denken.

»Und du?«, fragt meine Autorin und sieht mich ein bisschen unsicher an, so als wüsste sie nicht, ob sie damit eine Grenze überschreitet. »Wünschst du dir keine Familie?«

»Man kann auch so glücklich werden«, sage ich langsam und bedacht. »Bei mir sieht's nicht danach aus, als würde ich in diesem Leben Mutter werden. Zum einen fehlt mir der Mann dazu, und zum anderen bin ich inzwischen wirklich zu alt dafür. Doch dafür liebe ich meinen Job, meine Freundinnen, meine Familie, meine Unabhängigkeit …«

… und möglicherweise einen kernigen Friesen, auch wenn der noch nichts ahnt von seinem Glück …

»Genau darum bist du ja auch mein großes Vorbild, vor dem ich enormen Respekt habe«, schnieft Jolly, deren Augen-Make-up sich inzwischen ganz aufgelöst hat und sie wie einen Pandabären aussehen lässt, der noch nicht ganz entschieden hat, ob er herzzerreißend oder doch ein kleines bisschen glamourös aussehen will. »Du bist so souverän, unabhängig und tough.« Nun ist auch das letzte Tempo verbraucht. »Was glaubst du, was für eine Heidenangst mir die bloße Vorstellung eingejagt hat, dir das mit der Auszeit zu sagen. Wahrscheinlich habe ich mich unterbewusst absichtlich bei Birte verplappert, in der Hoffnung, dass sie es dir dann erzählt und ich das nicht selbst machen muss.«

»Wobei das Ergebnis ja dasselbe ist«, erwidere ich, und dann lachen wir beide. »Aber wieso hat eigentlich fast jeder Angst vor mir? Respekt zu haben finde ich gut und wichtig. Aber *Angst?*«

»Nun ja, Angst ist vielleicht ein bisschen übertrieben«, sagt Jolly. »Aber du bist äußerst kritisch, hast keine Scheu, deine Meinung offen zu sagen, und du bist sehr, sehr anspruchsvoll. Wenn du etwas nicht magst oder dagegen bist, bekommen deine Augen diesen fiesen Gletscherwasserblick, und man fühlt sich sofort wie ein kleines, unartiges Kind.«

Ach du meine Güte! Das klingt ja furchtbar!

»Ist das wirklich so?«

Jolly grinst und hakt sich bei mir unter. »Nee, das habe ich nur erfunden, weil ich eine fantasiebegabte Autorin bin ... *Natürlich* stimmt das! Wenn man dich besser und länger kennt, merkt man schon, dass hinter deiner unantastbaren Fassade eine gefühlvolle, empathische Frau steckt, aber bis es so weit ist ...«

»Dann haben wir ja beide etwas, worüber wir in den nächsten Tagen nachdenken sollten«, murmle ich. Ob Caro Kollwitz auch so denkt wie Jolly? Wahrscheinlich hätte ich wirklich nicht so mit der Tür in die mongolische Jurte fallen sollen. Aber warum wird das, was mich beruflich so erfolgreich macht – meine toughe, zupackende Art –, nun gerade zu etwas, was sich wie ein Dolch gegen mich zu wenden droht?

Eine Weile gehen wir noch nebeneinanderher, dann räuspert sich Jolly. »Du, ich würde gerne wieder zurück ins Hotel.« Sie legt mir kurz die Hand auf die Schulter. Ich sehe, dass sie ziemlich blass um die Nase ist, und möchte gerade wirklich nicht in ihrer Haut stecken. »Wollen wir uns morgen oder übermorgen noch mal treffen, wenn wir uns beide klarer darüber sind, wie es mit mir und meiner Schreiberei weitergeht?«

»Klingt nach einem guten Plan.« Ich habe ebenfalls das dringende Bedürfnis, allein mit meinen Gedanken und Gefühlen zu sein.

Kapitel 7

Nachdem ich mich von Jolly verabschiedet habe, dreht sich mein Gedankenkarussell munter weiter – aber immerhin fühle ich mich nicht mehr so, als würde ich auf einer Achterbahn durchgeschüttelt.

Womöglich schrecke ich mit meiner Art nicht nur Autoren und Verlagsmitarbeiter ab, sondern auch Männer? Es ist ja nicht so, dass ich keine kennenlernen würde, aber die meisten von ihnen finden mich zu »kopflastig« oder nicht anschmiegsam genug – was auch immer das heißen mag.

Aber umgekehrt ist es auch nicht viel anders. Erfolgreiche Geschäftsmänner sind oft eitle Pfauen und zu dominant. Dann gibt es diese hippen Künstlertypen, gerade in Hamburg, doch die kreisen in der Regel um sich selbst und sind im Grunde eher scharf auf einen Buchvertrag als darauf, mit mir einen romantischen Spaziergang an der Elbe zu machen. Bleiben die ganz normalen Männer. Die Buchhalter, Sachbearbeiter, Handwerker. Lauter Jobs, die ich … ach, es ist schrecklich, das zu sagen … langweilig finde. Ich habe immer gesagt, dass ich einen Mann suche, dessen Beruf mich interessiert, der es mit mir aufnehmen kann und der mir etwas entgegenzusetzen hat.

Ich habe allerdings keine genaue Vorstellung, was das konkret bedeutet.

Und dann gibt es da ja nun auf einmal diesen Mann, der offensichtlich gerne im Garten arbeitet und nebenbei Ferienwohnungen vermietet … und mich sicher für das hält, was ich vermutlich bin: eine doch recht vermackte Frau.

Reiß dich zusammen, Lina, rufe ich mich selbst zur Ordnung, als ich merke, dass ich anfange, mich selbst zu bemitleiden. Denn dazu gibt es nun wirklich keinen Grund.

Es gibt Menschen, die schneiden sich an den Scherben ihrer Beziehungen, wenn diese in die Brüche gegangen sind. Ich habe mir daraus ein hübsches Mosaik gebastelt, das irgendwo in meinem Hinterkopf verstaubt. Wenn ich ausnahmsweise nicht nonstop beschäftigt bin oder abends im Bett zu müde, um einschlafen zu können, hole ich es manchmal kurz hervor und werfe einen flüchtigen Blick darauf. Was ich sehe, sind die Highlights und Tiefpunkte: der schönste Urlaub, der beste Sex, der schlimmste Streit. Was fehlt, ist Normalität. Die Ruhe, die man genießt, wenn man den Richtigen gefunden hat.

Ich hatte zweieinhalb Beziehungen in meinem Leben und viereinhalb Affären – die Sache mit Claus entzieht sich einer genaueren Einordnung, auch wenn er für viele der Scherben verantwortlich ist. Ich kann mit Freude an diese Zeiten zurückdenken oder mit Wut, aber seltsamerweise nur mit wenig Trauer. Es war immer gut so, wie es war. Die Männer, die ich an mich herangelassen habe, waren vielleicht nicht für eine Überraschung gut – die schätze ich bekanntlich wenig –, passten aber auf die eine oder andere Art gut in mein Leben zu dem Zeitpunkt. Eigentlich genau so, wie ich es mag. Große Gefühle, wenn mein Herz danach verlangte, und großes Drama, wenn meine innere Drama-Queen ein Ventil brauchte. Doch inzwischen sehne ich mich nach etwas anderem in meinem Leben, und das ist weder himmelhochjauchzend, noch sollte es zu Tode betrübt sein. Ich möchte das, was in der Mitte liegt: Stabilität, Rückhalt, meine Hand in der eines Mannes, der mir das Gefühl gibt, dass alles in Ordnung ist, auch wenn ich mich an seinen Ecken und Kanten stoße oder schneide.

***

Auf dem Weg zurück nach Archsum komme ich an einem schnuckligen Dorfladen vorbei, der Sylter Spezialitäten wie Ziegenkäse führt und auch ein ansehnliches Weinsortiment hat. Neben Kandis und Sahne, um mir einen richtigen Friesentee machen zu können, kaufe ich schließlich drei Flaschen. Ich weiß, dass ich eine davon meinem Vermieter schenken werde – leider bin ich nicht so sicher, mit wem er die dann letztlich trinkt.

Pling.

Als könnte sie Gedanken lesen, schreibt Anna mir eine Nachricht: Du bist also in Archsum und findest deinen Vermieter sexy?, will sie wissen.

Ja, tippe ich.

Und habt ihr euch schon ein bisschen länger unterhalten?

Ich seufze.

Schön wär's. Ich kann mich ihm ja wohl kaum direkt an den Hals werfen, oder?

Die Antwort lässt nicht lange auf sich warten:

Nun steh deinem Glück doch nicht immer so bockig im Weg.

Grummelig versenke ich das Handy in meiner Tasche. Was soll das denn jetzt? Schlimm genug, wenn meine Starautorin ein falsches Bild von mir hat, da muss ich mir nun wirklich keine kleine Frechheit von meiner besten Freundin gefallen lassen.

***

In der Wohnung angekommen, verstaue ich meine Einkäufe, tausche meine Sneakers gegen kuschelige Hausschuhe und greife dann zum Handy, um einen weiteren Versuch zu starten, Caro anzurufen. Und tatsächlich, diesmal geht nicht die Mailbox ran, sondern es klingelt … und dann höre ich eine wohlvertraute Stimme.

»Kollwitz?«

Mit einem fröhlichen »Hey, Lina« habe ich nicht gerechnet, aber sie klingt wirklich ziemlich reserviert. Habe ich sie womöglich beim Schreiben gestört?

»Ja, öh … Hallo, Caro«, sage ich zur Begrüßung. Oops, wieso bin ich so nervös? »Ich habe in den letzten Tagen versucht, dich zu erreichen, aber irgendwie hast du nie reagiert, obwohl ich dir Nachrichten hinterlassen habe …«

»Sorry, ja, da ist einiges liegen geblieben bei mir in letzter Zeit.«

Obwohl ich gerne ein *»Aha, und deswegen hast du es dann direkt beim Verleger probiert, um ihm eure neue Idee zu pitchen«* abfeuern würde, weiß ich, dass es besser ist, nicht gleich in den Angriffsmodus zu gehen.

»Ich wollte mich jetzt nur mal kurz melden und hören, wie's so läuft. Ich bin gerade für einige Tage auf Sylt, um auszuspannen und den Kopf freizubekommen.«

»Das ist sicher eine gute Idee«, erwidert Caro, immer noch ungewohnt einsilbig.

»Durch Zufall bin ich hier über Jolly gestolpert … und nun ja … wir haben ein bisschen geredet … über Projekte und dies und das …« Mein Herz trommelt wie wild, beinahe so, als hätte ich gleich ein Date mit Herrn Weber. »Um es kurz zu machen: Jolly sagt, dass ich ihr manchmal ein bisschen Angst mache und zu überkritisch bin. Und darum … also … Vielleicht war es nicht angebracht, dir die Nachricht zu schicken, die ich jetzt aber auch leider nicht mehr zurücknehmen kann. Lass uns doch bitte ganz in Ruhe über eure Idee mit der Mongolei sprechen. Ich war womöglich zu vorschnell und …«

»Genau aus diesem Grund wollte Sören auch erst mit Volkmar Jansen sprechen«, sagt Caro. »Er hat sich zwar auch nicht vor Begeisterung überschlagen, aber er war zumindest offen für eine Diskussion und deutlich freundlicher.«

Wenn du wüsstest, denke ich, aber das kann ich meiner Autorin so natürlich nicht sagen. »Ich bin also … unfreundlich?« Wenn Anna das hören könnte, würde sie Caro vermutlich eine verpassen. Natürlich bin ich kritisch und wäge erst mal ab, denn das ist mein Job, aber *unfreundlich?*

Caro seufzt. »Das bist du nicht generell, aber in der letzten Zeit scheinst du besonders unter Strom zu stehen … und manchmal bekommst du dann einen recht ruppigen Ton. Natürlich haben Sören und ich nicht Jollys Erfolg, aber unsere Bücher verkaufen sich auch ziemlich gut, und wir sind offen für alles, was wir gemeinsam besprechen – wenn wir es denn tun. Ich … ich habe mich ehrlich gesagt unwohl gefühlt, dass wir hinter deinem Rücken zu Herrn Jansen gegangen sind, aber Sören hielt das für die richtige Idee. Schließlich war es damals sein Vorschlag, dass wir zusammen schreiben.«

Rummms, das sitzt.

Ich kann mich tatsächlich noch an die Besprechung mit dem zukünftigen Autorenduo erinnern – und daran, dass mein lieber Verleger sehr bewusst den Eindruck erweckt hat, dass *er* auf die Idee gekommen ist, Sörens Karriere in diese Richtung zu lenken. Ich hätte das damals vermutlich deutlich klarstellen sollen, wollte Volkmar Jansen aber nicht in den Rücken fallen. Das hat man also davon, wenn man denkt, dass es eine Frage der Höflichkeit und Professionalität ist, den Chef nicht auflaufen zu lassen …

»Dazu sage ich jetzt mal besser nichts«, presse ich hervor und höre selbst, wie kalt ich dabei klinge.

»Sag mal, merkst du es eigentlich nicht, dass du mich gerade wieder abkanzelst wie ein Schulmädchen?«, ärgert sich Caro. »Mensch, Lina, wir kennen uns doch nun schon richtig lange, und es hat bekanntlich gedauert, bis wir uns zusammengerauft haben. Du weißt, ich schätze dich und deine Ideen und Meinungen sehr … nur ist es so, dass Sören und ich den Eindruck haben, dass wir für dich vor allem funktionieren müssen. Rein ins Schema F und dann schnell weiter, weil du immer so wahnsinnig viel zu tun hast. Dafür habe ich in gewisser Weise Verständnis, jeder in der Branche weiß, dass du wie eine Maschine arbeitest. Aber … also …« Sie sucht nach den richtigen Worten. »Ich bin keine Schraube in deinem Getriebe.«

Autsch. *Treffer, versenkt* würde man bei *Schiffe versenken* sagen. Erst Jolly und nun auch noch Caro.

Und das Allerschlimmste ist: Ich selbst spüre ja auch, dass ich nicht mehr ich selbst bin. Ich bin irgendwo zwischen Meetings, Kalkulationsblättern und der immer komplizierteren Programmplanung verloren gegangen. Dass meine Autoren den Verleger nun ausgerechnet für den besseren Ansprechpartner halten, ist zwar ein Witz – sie ahnen ja nicht, dass sie für Volkmar Jansen keine tiefere Bedeutung haben als ein Bankautomat –, aber vermutlich nur die logische Konsequenz.

Was soll ich tun?

Unsere Branche steckt nun mal in einer fetten Krise, täglich verlieren Verlagsmitarbeiter ihre Jobs, Autoren ihre Buchverträge. Da kann man doch nicht einfach den Kopf in den Sand stecken und weitermachen wie bisher, wenn massiv Sand im Getriebe ist, und die Realität verdrängen.

»Es tut mir leid, Caro«, sage ich matt. »Das war mir weder bewusst, noch war das meine Absicht. Es ist genau, wie du gesagt hast: Wir arbeiten nun schon so lange zusammen … und du weißt deswegen hoffentlich genau, wie sehr du mir am Herzen liegst. Ihr beiden. Egal ob mit euren Soloprojekten oder gemeinsam.« Ich atme tief durch. »Ich würde mich wirklich freuen, wenn wir, sobald ich zurück in Hamburg bin, beim Essen über alles sprechen könnten. Wenn ich euer Vertrauen in der letzten Zeit verloren habe, dann gebt mir die Chance, es wiederzuerlangen. Und wenn das bedeutet, dass wir gemeinsam durch die Mongolei reiten, dann sattle ich direkt mein Yak und galoppiere mit euch in Richtung Sonnenuntergang.«

Caro prustet los.

Was ist denn jetzt so lustig?

»Ach, Lina, wunderbar – du hast keine genaue Vorstellung, wie ein Yak aussieht, oder?« Sie kichert immer noch vor sich hin. »Google das gleich mal, dann verstehst du, wieso der Gedanke, dich hoch zu Ross – oder genauer gesagt: zu Yak – zu sehen, wirklich köstlich ist.«

Ich schmunzle. »So schlimm steht es zwischen uns also doch noch nicht, wenn du dich immer noch über mich amüsieren kannst? Dann freue ich mich umso mehr auf unser Essen! Halten wir das direkt fest? Birte kümmert sich um die Reservierung und schickt einen Outlook-Termin rum.«

»Na klar, das machen wir«, erwidert Caro, nun deutlich zugänglicher. »Und es tut mir leid, wenn wir dich bei deinem Verleger in eine dumme Lage gebracht haben. Das war sicher keine schöne Überraschung … und die magst du ja sowieso nicht.«

Kurz bin ich irritiert. Meint sie damit, dass ich eine Spaßbremse bin? Woher kommt die überhaupt, meine Abneigung gegen Überraschungen jeder Art?

Eigentlich weiß ich es natürlich.

Ich habe nichts gegen Überraschungen – ich mag einfach keine Situationen, die ich nicht kontrollieren kann. Claus, mein Ex mit dem *Vielleicht-*, *Vielleicht-aber-auch-nicht*-Beziehungsstatus hat sich darüber oft amüsiert und mich mit einem an James Bond erinnernden »Mein Name ist Zwang … Kontroll Zwang« aufgezogen. Aber ich fühle mich wirklich besser, wenn ich genau weiß, worauf ich mich einlasse. Wenn ich kalkulieren kann, wie ich ein Ziel durch harte Arbeit oder Einsatz jeder Art erreichen kann. Die Dinge einfach auf mich zukommen lassen, wie ich es gelegentlich meinen Freundinnen oder Mitarbeitern predige, das ist wirklich nichts für mich. Damit bin ich immer gut gefahren.

Aber wird es vielleicht Zeit, damit aufzuhören?

»Bist du noch da?«, fragt Caro besorgt. »Du nimmst mir das bitte nicht weiter übel?«

»Ach was, schon vergessen. Lass uns darauf ein Friedens-Gläschen trinken. Wenn du magst, gern im *Mamsons* in der Hafen-City, das soll der beste Asiate mit mongolischem Essen in Hamburg sein.«

»Sehr gerne, ich freue mich darauf.«

Als Nächstes rufe ich Birte an und bitte sie darum, einen Tisch für uns zu reservieren. »Klar, mache ich gerne. Soll ich Ihnen kurz einen Überblick geben, was hier gerade passiert?«

Ich muss nicht lange überlegen, bevor ich antworte. Und das liegt weniger daran, dass in gerade mal 24 Stunden wohl nichts Entscheidendes vorgekommen ist. »Haben Sie die Situation im Griff, Birte?«

»Öh … ja, glaube schon.«

»*Glauben* Sie es, oder *wissen* Sie es?« Ganz kann ich aus meiner Haut noch nicht raus.

Aber Birte nimmt mir das nicht übel, und ich höre das Lächeln in ihrer Stimme, als sie sagt: »Ich *weiß*, dass ich die Situation hier im Moment im Griff habe.«

»Dann brauche ich auch keinen Überblick. Ich vertraue Ihnen, Birte, und zwar 100 Prozent. Wenn etwas brennt, rufen Sie mich an … oder löschen Sie selbst, Sie können das.«

»Danke, Frau Dr. Peters!«

»Ich danke Ihnen, Birte.«

Da aller guten Dinge drei sind, könnte ich nun natürlich auch Volkmar Jansen anrufen … aber man muss nichts übertreiben, auf den Kotzbrocken verzichte ich heute gerne. Darum schreibe ich ihm nur eine kurze Nachricht: *Läuft mit allen Autoren auf den verschiedenen Fronten*. Das muss reichen.

Kapitel 8

Statt einen weiteren Gedanken an meinen Verleger zu verschwenden, schalte ich den Wasserkocher an, werfe einen Teebeutel in meinen Thermobecher und genieße sieben Minuten später den herb-süß-sahnigen Geschmack von Friesentee mit Kluntje und Wulkje, wie man hier den Kandiszucker und den kleinen Schuss Sahne nennt. Zufrieden setze ich mich an den gemütlichen Holztisch der Wohnküche mit Blick auf den Garten, der hinter dem Friesenhäuschen liegt.

Leider ist von meinem Vermieter weit und breit keine Spur zu sehen.

Wobei … halt! Das stimmt so nicht. Wenn ich mir anschaue, was er aus diesem Garten gemacht hat, ist das ein echtes Wunderwerk, ganz anders als der Vorgarten.

Ich öffne das Fenster, um das kleine Paradies genauer in Augenschein zu nehmen: Es ist umzäunt vom typisch nordischen Friesenwall, bepflanzt mit Sylter Heckenrosen, von denen die ersten ihre zarten Blütenköpfe entfalten, als wollten sie dem Betrachter *Moin* sagen. Schmetterlinge umkreisen tänzelnd Frühlingsblumen wie Hyazinthen, Bellis und Vergissmeinnicht. Wie die anderen Blumen heißen? Keine Ahnung. Ich bin keine Botanikerin, sondern Lektorin. Mit Büchern kenne ich mich besser aus … aber eigentlich ist auch etwas ganz anderes wichtig als ihre konkreten Namen: Sie sehen wunderschön aus!

»Wieso kommen Sie nicht raus und schauen sich den Garten richtig an statt nur durchs Fenster?«

Hui, Herr Weber ist ja doch da. Wo kommt der denn auf einmal her? Und wieso sieht der schon wieder so unverschämt gut aus?

Ohne lange zu überlegen, sause ich los. Nicht dass der Traumtyp mir noch durch die Lappen geht! Raus aus meiner Wohnungstür, durch den Hausflur nach hinten und ab in den Garten. Da steht er. Ein Bild von einem Mann, lässig auf eine Gartenharke aufgestützt und mit einem Lächeln, das mir vermutlich verraten soll: *Hallo, geheimnisvolle Unbekannte, darf ich Ihnen ein Kompliment machen oder einen Antrag?*

»Schicke Schuhe«, grinst der schönste Friese der Welt mich stattdessen an, »gibt's die auch in Hellblau?«

Was?

Herrje!

Ich könnte mich ohrfeigen: Ich trage doch tatsächlich die rosa Pantoffeln mit dem Konterfei von *Hello Kitty* an den Füßen, die Anna mir zu Weihnachten geschenkt hat, um mich ein bisschen zu ärgern.

Statt mich zu verteidigen, murmle ich: »Toller Garten«, und überlege dabei fieberhaft, wie ich jetzt ebenso unauffällig wie geschickt auf die Flasche Nero d'Avola zu sprechen komme, die in der Küche darauf wartet, getrunken zu werden.

»Ist das da drüben Wein?«, frage ich, zugegeben ziemlich dümmlich. Weiß doch jeder, dass das Efeu ist, der sich zwischen die Heckenrosen geschummelt hat!

»Eine Frau, die hellrosa Pantoffeln trägt, offenbar asiatische Cartoon-Katzen mag und Efeu nicht erkennt, wenn er direkt vor ihr rankt … Wie kommt jemand wie Sie auf diese Insel?«

Seine Miene lässt keinerlei Aufschluss darüber zu, ob er mich auf den Arm nimmt oder sich gerade dafür verflucht, dass er mich in den Garten eingeladen hat.

»Ich bin beruflich hier«, erwidere ich, in der Hoffnung, dass das wichtig klingt und er mich halbwegs ernst nimmt. »Akute Krisenintervention.«

Los, spring schon drauf an!

Frag nach, und gib mir die Chance, mit meiner Professionalität und beruflichen Expertise zu brillieren!

»Dann hoffe ich, dass es Ihnen gelingt, diese Krise abzuwenden«, gibt er sich denkbar unbeeindruckt. »Hat sie etwas mit Schuhen zu tun?«

»So ähnlich«, murmle ich – und weiß nicht, was ich darauf schlagfertig zurückgeben kann. Verdammt, ich bin sonst nicht auf den Mund gefallen. Doch sosehr es mich auch nervt, mein Gehirn gleicht gerade einer Wolke aus Zuckerwatte – rosa Zuckerwatte. »Mit Hochzeitsschuhen, um genau zu sein.«

»Verstehe«, sagt er. »Ein Aschenputtel-Problem sozusagen. Tja, das ist in der Regel äußerst schwer aus der Welt zu räumen.«

Natürlich weiß ich, dass er einen netten Scherz machen will, aber mein auf stetiges Hochtempo gedrilltes Hirn springt von Aschenputtel sofort zu ihrer englischsprachigen Schwester Cinderella und dem unter ihrem Namen bekannten Komplex: der Angst der Frauen vor Unabhängigkeit.

Nee, nee, mein Guter – damit bist du auf dem komplett falschen Dampfer. Hier geht's um das genaue Gegenteil!

»Sorry, aber Sie sind auf dem Holzweg. In diesem konkreten Fall geht es darum, die Unabhängigkeit einer äußerst talentierten, megaerfolgreichen jungen Frau zu bewahren«, gebe ich kühl zurück. »Und ich verlasse die Insel nicht eher, bevor mein Vorhaben geglückt ist.«

Nun weiten sich seine meerblauen Augen. »Da habe ich mich gerade vielleicht in ein Fettnäpfchen gesetzt? Das wollte ich nicht. Ganz im Gegenteil, dieses Problem klingt spannend und ganz nach meinem Geschmack«, sagt er schnell und deutet auf den Tisch mit vier Stühlen in einer lauschigen Ecke des Gartens, unweit von einem schnuckligen Teich entfernt, der im Sommer sicher viele Libellen anzieht. »Ich mag unabhängige, starke Frauen, die wissen, was sie wollen … und ich bin ein guter Zuhörer. Mögen Sie mir davon erzählen?«

Ein Mann, der starke Frauen mag und von sich selbst behauptet, dass er gerne zuhört? Das muss ich sofort Anna stecken. Aber vorher …

»Sie haben nicht zufällig Lust auf ein Glas Rotwein?«, frage ich. »Es ist zwar noch ein bisschen früh, aber …«

»Sehr gern«, erwidert mein Vermieter. »Ich hole Gläser, ein paar Oliven und eine Decke für Sie, es ist ja doch noch etwas frisch so ohne Jacke.« Spricht's und verschwindet.

Wow, dieser Mann ist zu gut, um wahr zu sein. Warum bloß lebt er auf Sylt? Diese Insel ist zwar nicht ganz so weit von Hamburg entfernt wie die Mongolei, aber auch nicht gerade um die Ecke …

Aber egal. *Du musst diesen Mann ja nicht gleich heiraten, Lina,* schelte ich mich in Gedanken. Dann lehne ich mich zurück, spüre die letzten Strahlen der Spätnachmittagssonne auf meinem Gesicht und fühle mich einfach nur wohl.

»Sie haben es sich schon gemütlich gemacht, sehr schön.« Mein Vermieter ist zurück und beginnt nun, knuspriges Weißbrot, Ziegenkäse, den ich besonders gerne mag, und Oliven auf den Tisch zu stellen. Dann will er mir eine flauschige Decke reichen, schaut sich aber erst einmal um: »Fehlt nur noch der Wein«, sagt er schmunzelnd. »Oder haben Sie es sich anders überlegt?«

Ich dämliche Kuh! Sitze da und sonne mich, statt die Flasche Nero d'Avola zu holen, die gleich Amor spielen soll.

Aber halt. Erst mal den Ringfinger meines Gegenübers checken.

»Das können wir ändern«, erwidere ich und schalte auf Souverän-Modus. Der Mann mag selbstbewusste Frauen? Nun, das kann er haben.

»Aber erst einmal schlage ich vor, dass wir mit dem Siezen aufhören – ich bin Lina.« Ich strecke ihm die Hand entgegen.

»Ich weiß«, sagt er und schüttelt meine Hand. »Sven.«

Stimmt, das stand so auf der Reservierungsbestätigung, erinnere ich mich jetzt. Und tschakka, kein Ehering zu sehen!

So würdevoll es mit rosa Puschelschuhen an den Füßen möglich ist, rausche ich von dannen.

In der Wohnung entscheide ich mich gegen einen Schuhwechsel. Ich habe diese Schuhe, also stehe ich auch dazu. Jawoll!

Sven entkorkt den Rotwein, als ich wieder im Garten bin, und schenkt ihn in dickwandige Gläser, die mich spontan an einen Urlaub auf Mallorca erinnern. Wir stoßen an und genießen den samtigen Geschmack, der mich immer ein wenig an dunkle Schokolade und Kirschen erinnert.

»Was machst du, wenn du nicht im Garten herumwerkelst?«, frage ich, neugierig darauf zu erfahren, womit Sven sich den lieben langen Tag beschäftigt. Ob er gerne liest? Ich finde Männer, die ein Buch oder einen eReader in der Hand halten, ziemlich sexy … Außerdem hätten wir dann sofort einen Anknüpfungspunkt, über den wir sprechen könnten.

»Ich treffe mich mit Mieterinnen zum Rotwein-Trinken, gehe gern am Meer spazieren, fotografiere oder höre Musik.«

Okay, kein Bücherwurm, aber man kann nicht alles haben.

»Welche Art von Musik?« Lieber Gott, so es dich gibt: Lass ihn jetzt nicht »Heavy Metal« antworten!

»Da bin ich vielseitig und lasse mich gerne überraschen, ganz egal, ob es alter Soul und Funk ist, ein bisschen Jazz, aber auch moderne Sachen. Zurzeit hat es mir ein Singer-Songwriter ganz besonders angetan, weil er in seinen Songs die friesische Sprache hochleben lässt und zudem ein toller Texter ist. Kommt direkt von unserer Nachbarinsel. Waren Sie schon mal auf Amrum? Ist ebenfalls wunderschön.«

Amrum?

Singer-Songwriter?

»Du kennst Piet?«, frage ich erstaunt. Ich weiß natürlich, dass er inzwischen einen ziemlichen Bekanntheitsgrad hat, aber ich dachte immer, er sei eher ein Frauenschwarm mit wenig männlichen Fans.

Sven nickt. »Zugegebenermaßen höre ich seine Musik erst, seit er auf Friesisch singt, aber: ja.«

»Das ist ja ein Zufall. Ich bin die beste Freundin seiner Freundin Anna.«

»Ich weiß.«

Kapitel 9

Wie jetzt?

Ich merke, wie mein Mund aufklappt, aber da der Karpfen-an-Land-Look mir noch nie stand, schließe ich ihn schnell wieder. Das hilft mir allerdings nicht dabei, die nun übergroß im Raum stehende Frage zu klären.

»Wie? Du weißt das?«, platzt es darum aus mir heraus. »Woher denn, bitte schön?«

»Ich habe dich neulich von Weitem bei einem von Piets Konzerten im Knust gesehen.«

»Im Knust? Aber das ist ja in Hamburg.«

Sven lacht. »Wieso sagst du das so, als sei es furchtbar schockierend? Darf ich nicht auch mal in Hamburg sein?«

»Doch … doch, äh, natürlich.« In meinem Gehirn geht es zu wie am Bahnhof zu Beginn der großen Ferien. »Kennst du dann auch Anna?«

»Aber sicher. Und ich bin sehr froh, dass Piet und sie sich nach langen Irrungen und Wirrungen endlich wiedergefunden haben und ein Paar geworden sind … woran du ja offensichtlich einen großen Anteil hattest.«

Stimmt, ich habe Anna damals unter dem Vorwand eines Wellnesswochenendes an der Müritz nach Amrum gelockt, um dort ihre verloren gegangene große Liebe wiederzufinden.

»Dann kennst du Piet aber besser als nur als Fan oder Bekannter«, schlussfolgere ich. »Hat er mal hier Urlaub gemacht?«

»Bislang noch nicht, denn ich habe dieses Haus erst vor ein paar Monaten geerbt und bin immer noch dabei, es auf Vordermann zu bringen. Wie du vielleicht gesehen hast, müssten die Fensterläden dringend neu gestrichen werden, der Vorgarten wird auch noch eine Herausforderung für sich, und …«

Bevor er weiterreden kann, lege ich ihm schnell die Hand auf den Unterarm, um ihn zum Schweigen zu bringen, und merke, wie die Berührung ein kribbelndes Gefühl in mir auslöst.

»Aber woher kennst du Piet?« Ich habe da plötzlich einen Verdacht, und der würde auch Annas kryptische Nachricht erklären.

»Wir sind Cousins.«

»Du bist der St.-Pauli-Sven?«, platzt es aus mir heraus. Mein Gehirn hat endlich die Teile des Puzzles zusammengesetzt, wozu redigiere ich schließlich immer mal wieder Krimis …

»Und wenn es so wäre?« Sven lächelt.

»Dann hätten wir uns schon viel früher kennenlernen können!«

»Ja, genau.« Wieder weiß ich nicht, ob er das Ganze hier für einen großen Spaß hält … oder ob er mich mag und einfach etwas zappeln lassen möchte?

Sven grinst mich an – ein bisschen spitzbübisch, aber auch warmherzig und vor allem sehr, sehr sexy. »Hätten wir, im Prinzip. Anna und Piet sind schon eine ganze Zeit der Meinung, dass wir beiden gut zusammenpassen würden. Und nachdem Anna mir von dir vorgeschwärmt hat, wollte ich dich kennenlernen. Aber du hast ja wohl immer furchtbar viel zu tun und zudem enorme Prinzipien, wie ich hörte: keine Blind Dates.«

Ich weiß nicht, was ich zuerst machen möchte: im Erdboden versinken, Anna anrufen und ihr eine Megaszene machen, dass sie mich nicht vorgewarnt hat, oder mich spontan in Svens Arme werfen, um klarzustellen, dass ich mehr bin als ein prinzipientreues Arbeitstier …

Stattdessen frage ich: »Und wieso hast du dich nicht früher zu erkennen gegeben?«

Nun ist es an Sven, ein bisschen herumzudrucksen. »Tja, also … Als deine Reservierung reinkam, hat es bei deinem Namen schon geklingelt, aber so selten ist er ja nun auch nicht. Dann standest du auf einmal vor mir und hattest im Gegensatz zu mir keine Ahnung und …« Er zuckt mit den Achseln. »… und ein Mann wird ja wohl auch mal einen kurzen Moment von Schüchternheit haben dürfen, oder?«

Du darfst alles haben, was du willst, möchte ich schreien, *solange du* mich *dazu willst!*

»Ich hab dann Piet angerufen, der hat mit Anna gesprochen … und ich glaube, ich habe noch nie in meinem Leben in so kurzer Zeit so viele Textnachrichten bekommen.«

»Das kann ich mir vorstellen«, lache ich. »Was hat sie denn geschrieben? Hoffentlich nur Gutes!«

»Hey, wird das hier ein Verhör?« Sven hebt die Hände, als müsse er sich spielerisch verteidigen. »Aber ich weiß jetzt zumindest, dass du Ziegenkäse, Oliven und Rotwein magst … und Friesentee, den habe ich deswegen gerade auch noch schnell besorgt, ich steh da nicht so drauf …«

In meinem Bauch regen sich plötzlich jede Menge Schmetterlinge – vermutlich haben sie Durst, also leere ich mein Weinglas in einem Zug.

»Ach, eigentlich bin ich ganz pflegeleicht«, behaupte ich.

»Na, das klingt bei Anna etwas anders!«, neckt er mich.

»Vorsicht, junger Mann!« Ich drohe ihm mit hocherhobenem Zeigefinger, bin aber ziemlich sicher, dass mein Lächeln verrät, dass ich gerade nicht die gestrenge Lektorin bin. »Was ich damit sagen will: Du hättest dir keine Umstände machen müssen.«

»Das waren keine Umstände, das waren Herausforderungen. Zumal ich mir nach dem Konzert im Knust selbst in den Hintern getreten habe, dass ich Idiot nicht einfach auf dich zugegangen bin, um mich vorzustellen. Weil es doch nun wirklich ziemlich bescheuert ist, eine tolle Frau wie dich einfach ziehen zu lassen.« Er sieht mich intensiv an, und ich habe das Gefühl, dass er mir nicht nur in die Augen schaut, sondern auch in mich hinein. Aber das ist mir nicht unangenehm, im Gegenteil.

Und: *tolle Frau?*

Ich?

Hach!

»Weißt du, Lina ... Ich habe, genauso wie du, meine Vorstellung von bestimmten Dingen. Dazu gehört auch, dass ich fest daran glaube, dass alles so kommt, wie es kommen soll.«

»Ist das so?«, frage ich.

»Aber natürlich. Hätte ich sonst nach dem Konzert eine zweite Chance bekommen, dich kennenzulernen? Wärst du sonst hier, obwohl es auf Sylt nun wirklich mehr als eine Übernachtungsmöglichkeit gibt? Und ganz davon abgesehen: Hätte ich sonst das unendliche Glück gehabt, dieses Häuschen von meinem Onkel zu erben? Es ist perfekt dafür geeignet, ab und zu von Sylt aus zu arbeiten, wenn mir der Sinn nach Meerluft steht, und es ansonsten zu vermieten. Zudem liebe ich es, im Garten herumzuwerkeln.«

»In Hamburg leben, aber von Sylt aus arbeiten? Das muss ein Traum sein!«, schwärme ich. »Darf ich fragen, was du machst? Man kann schließlich nicht in jedem Beruf Homeoffice-Zeiten einlegen, auch wenn das zurzeit hip ist.« Meine innere Alarmanlage schrillt ausnahmsweise nicht los, sondern merkt fast schüchtern an: *Vielleicht doch so ein eitler Künstler, von denen man besser die Finger lässt?*

»Stimmt, als Zahnarzt wäre das schwierig oder als Handwerker ... Aber ich bin Jurist. Genauer gesagt, Anwalt für Medienrecht.«

»Und da wohnst du auf St. Pauli?«

»Was soll das denn bitte heißen?«, fragt Sven. »Darf ich nur ein Penthouse in Harvestehude haben, auch wenn das nun wirklich gar nicht zu mir passen würde?«

Ich beiße mir auf die Zunge, weil ich schon wieder in ein Fettnäpfchen getreten bin. Mit rosa Puschelschuhen an den Füßen kann man wohl gar nicht anders ...

»Ich wohne fast direkt an der Elbe, und die ist ja bekanntlich das Tor zur Nordsee. Vom Bahnhof Altona bin ich in drei Stunden auf Sylt, besser geht's doch kaum. Ohne Auszeiten am Meer würde ich verkümmern. Die Erholung beginnt schon im Zug, findest du nicht?«

Ich denke an das federleichte Gefühl von Freiheit und Unabhängigkeit, das ich heute Morgen beim Bahnfahren verspürt habe. »Du hast absolut recht.«

»Aber das ist vermutlich nichts für einen Karrieremenschen wie dich?«, neckt er mich.

»Wenn du dich da mal nicht täuschst …«

Natürlich ist es vollkommen verrückt, aber die Idee ist schneller in meinem Kopf aufgetaucht, als mein sonst so rational arbeitender Verstand sie unter »Unrealistisch« ablegen kann: Vielleicht sollte ich auch einen Teil meines Jobs von woanders machen, Meetings natürlich ausgenommen, aber die sollten sich problemlos auf Dienstag bis Donnerstag legen lassen. Womöglich könnte ich meine Stundenzahl reduzieren … oder zumindest nicht mehr so viele Überstunden machen. *Birte ist eine großartige Volontärin, hat einen ausgeprägten Spürsinn für Stoffe und Trendthemen und versteht sich zudem blendend mit meinen Autoren*, denke ich. *Wieso sie nicht zur Junior-Lektorin befördern und ihr den Teil meiner Aufgaben übertragen, die ich nicht zwingend selbst machen muss?*

Allerdings sind das alles Luftschlösser. Volkmar Jansen steht laut eigener Aussage bereits mit einem Bein im Grab, wenn ich mit ihm meine Urlaubsplanung besprechen will – er würde nie zulassen, dass ich mich während der Arbeitszeit seinem unmittelbaren Zugriff entziehe. *Ohne Sie geht hier gar nichts*, sagt er oft genug … vorzugsweise dann, wenn er mir nicht gerade demonstrieren muss, dass er der größte Verleger aller Zeiten ist und allein den Durchblick hat.

Ohne Sie geht hier gar nichts.

Ja, genau.

Und vielleicht ist es an der Zeit, dass *er* begreift, was das bedeutet. Klar, ich brauche den Grundmann Verlag, weil ich meinen Job liebe und mein Gehalt sehr zu schätzen weiß … aber der Grundmann Verlag braucht vor allem auch mich. Denn es gibt viele Verlage in Deutschland, aber nur eine Lina Peters.

Der Gedanke wärmt mich mindestens so wie die Decke, die Sven mir fürsorglich um die Schultern gelegt hat. Auf einmal erkenne ich, dass ich mir viel zu lange viel zu viel habe gefallen lassen – und dass das kein Grundgesetz ist, sondern einfach nur daran liegt, dass ich es zulasse.

Also ist es auch an mir, es zu ändern!

Aber du willst doch unentbehrlich sein, flüstert mein inneres Teufelchen mir zu.

Wenn du so weitermachst, landest du bald in einer Klinik, hält mein Schutzengel dagegen.

Ja, ich ticke so: schneller, weiter, besser … Aber vielleicht ist nun wirklich die Zeit gekommen, den Blinker rechts zu setzen und die Überholspur zu verlassen.

»Bist du noch da oder ganz woanders?«, fragt Sven und schenkt mir Wein nach.

»Sorry«, erwidere ich und ziehe mir die Decke fest um die Schultern. »Mir kam da gerade eine Idee, die mit dem Thema Entschleunigung zu tun hat. Offenbar hast du eine inspirierende Wirkung auf mich.«

Er sieht mich aufmerksam an. »Und das heißt?«

Ich überlege, wie ich all das, was mir gerade im Kopf herumgeht, zusammenfassen kann. »Man lebt nur einmal«, sage ich schließlich.

Zu meiner Überraschung schüttelt Sven den Kopf.

»Das sehe ich anders.«

»Du glaubst aber nicht an Reinkarnation?«, frage ich skeptisch.

»Nein!« Er lacht. »Aber ich finde, dass du deine Perspektive ändern musst. Man *stirbt* nur einmal – und man hat die Chance, jeden Tag bis dahin mit so viel Leben zu füllen, wie es geht. Das kann der Job sein, denn ich liebe meinen wirklich, und dir scheint Büchermachen im Blut zu liegen. Das sollte aber auch der frühe

Feierabend sein, wenn die Batterien mal leer sind. Das sind Abende mit Freunden, Musik hören, im Garten arbeiten. Leben, das ist …« Er überlegt kurz. »Leben, das ist die Dankbarkeit dafür, wo und wie wir leben. Glück daran zu empfinden, wenn die Sonne scheint, aber auch dafür, wenn es regnet.«

»Das Lachen eines Kindes beim Rutschen auf dem Spielplatz«, sage ich.

»Ein kühles Bier nach dem Sport.«

»Der Duft von frisch gebackenem Brot.«

»Der Moment, wenn im Frühjahr die ersten Blumen blühen.« Er seufzt. »Du verstehst mich, oder?«

Oh ja, das tue ich! Versonnen hänge ich einen Moment lang meinen Gedanken nach an all die kleinen Glücksmomente, die wir alle viel zu oft ungewürdigt verstreichen lassen, weil gerade irgendetwas anderes wichtiger zu sein scheint. *Aber damit ist jetzt Schluss,* nehme ich mir vor. Ich will nicht nur einmal leben, sondern jeden Tag, jede Stunde und, wenn es geht, auch jede Minute. Vielleicht besteht die Kunst, sich in schwierigen Situationen selbst zu lieben, ja auch darin, empfänglich zu sein für all das, was das Leben uns bietet?

»Was denkst du?«, will Sven wissen.

Dass du mich jetzt gerne küssen kannst, denke ich. *Dass ich einem Mann gegenübersitze, zu dem ich mich hingezogen fühle, auch wenn ich noch keine Ahnung habe, wie du wirklich tickst.* Erstaunlicherweise spüre ich tief in mir, dass dieser Gedanke mir gerade keine Sorge bereitet, weil ich mich in diesem Moment und in Svens Nähe einfach nur sicher und geborgen fühle. *Frag mich doch einfach, ob ich deine Frau werden will, dann verbringen wir künftig die Hälfte der Wochen auf dieser wunderschönen Insel.*

Aber das verrate ich natürlich nicht. Sondern wiederhole, was er vorhin gesagt hat: »Vielleicht kommt wirklich alles, wie es kommen muss.«

Kapitel 10

Natürlich knöpfe ich mir Anna noch am gleichen Abend vor, weil sie mich nicht sofort angerufen hat, als sie wusste, wer mein Vermieter ist.

»Ja, hätte ich«, gibt sie zu bedenken. »Aber dann wäre dir vermutlich wieder eine Ausrede eingefallen, um ihn nicht kennenzulernen. Ich kenne dich doch!«

»Vielleicht hast du recht«, lenke ich ein. »Ich bin manchmal ganz schön schwierig, oder?«

»Manchmal ja. Aber du bist es immer wert.«

***

Am nächsten Morgen rufe ich im Verlag an. Volkmar Jansens Sekretärin warnt mich vor: »Der Chef hat schlechte Laune, Sie wissen ja, wie er sein kann, wenn Sie nicht da sind.«

Und wie ich das weiß …

»Alles geregelt mit Jolly Hope?«, bellt mir der Verleger entgegen, kaum dass ich zu ihm durchgestellt worden bin.

»Ich arbeite daran«, beruhige ich ihn.

»Soso, Sie arbeiten dran. Vergessen Sie nur nicht, wie wichtig diese Bücher für unseren Verlag sind – auch für Ihre persönliche Zukunft, Frau Dr. Peters.«

»Keine Sorge, Herr Jansen, das habe ich sehr genau im Auge. Und deswegen werden wir am Dienstag ein Gespräch über meine persönliche Zukunft führen.«

Ich höre geradezu, wie Volkmar Jansen zusammenzuckt. »Was gibt es da zu reden?«, herrscht er mich an, aber das leise Zittern in seiner Stimme verrät, dass das überlegene Gehabe gerade nur gespielt ist.

»Wir werden darüber reden, dass ich ab sofort freitags und, wenn es sich ergibt, auch montags im Homeoffice arbeiten werde«, erkläre ich ihm freundlich. »Und bevor Sie jetzt unüberlegt etwas dazu sagen: Nein, das ist nicht verhandelbar.«

»Das ist doch … also wirklich, ich muss schon sagen …« Einen Moment lang herrscht Schweigen. Dann räuspert sich mein Chef. »Dieser Nordseewind scheint Ihnen einige Flausen in den Kopf geblasen zu haben.« Immerhin: Er klingt weniger aggressiv. Vielleicht hat er in Windeseile überschlagen, wie viele Autoren seinem Verlag blieben, wenn ich gehen sollte – und wie viele mir, ohne mit der Wimper zu zucken, folgen würden.

»Ganz im Gegenteil, Herr Jansen: Der Wind hat mir einiges an Ballast aus dem Kopf gepustet, und das ist auch gut so. Wir sprechen nächste Woche?«

»Das machen wir, Frau Dr. Peters. Ich … äh … ich wünsche Ihnen noch eine schöne Zeit.«

Die werde ich haben – da bin ich sicher!

***

Danach treffe ich mich mit Jolly, und ich habe mir vorher genau überlegt, was ich ihr sagen werde: dass es auf gar keinen Fall das Problem des jungen Hochzeitspaares sein darf, wie es mit dem Verlag weitergeht. »Du hast Grundmann so viel Geld eingebracht, da ist es doch wohl das Mindeste, dass wir dir diese Auszeit gewähren, ohne eine interne Konkurrenz in deinem Genre aufzubauen. Es gibt noch genug andere tolle Projekte, die Potenzial zu mehr haben. Erst neulich hat Birte …«

Jolly hebt abwehrend die Hand. »Wenn ich dich kurz unterbrechen darf?«

»Ja, natürlich.«

»Ich finde es lieb, dass du das sagst. Und wie meine Großmutter immer so schön sagte: ›Willst du was gelten, mach dich selten.‹ Ich habe viel nachgedacht, und ich glaube nicht, dass meine Fans es mir übel nehmen würden, wenn ich pausieren wollte. Außerdem besteht gerade in künstlerischen Berufen wie denen, die du und ich haben, schnell die Gefahr, kreativ auszubrennen. Um sich immer wieder neu zu erfinden, muss man mal durchschnaufen können, Eindrücke sammeln und sich treiben lassen. Wobei ich das ehrlich gesagt jedem empfehlen würde, sofern er das einrichten kann, schließlich kann sich jeder auf die eine oder andere Art kleine Fluchten leisten.«

Ich nicke anerkennend. »Ich werde dafür sorgen, dass du und dein Mann eure Liebe leben könnt, ohne dass du dir Sorgen um deine Autorenkarriere machen musst.« Dabei fällt mir etwas anderes ein. »Wenn, also … hmm … also, wenn du für dich entschieden hast, dass du heiraten willst.«

»Das habe ich.« Jolly lächelt mich an. »Fabian und ich haben gestern Nacht telefoniert, und ich habe ihm sehr klar gesagt, dass ich mir eine lange Hochzeitsreise mit ihm wünsche – und danach wieder am Schreibtisch sitzen werde. Schreiben ist mehr für mich als nur ein Zeitvertreib oder ein Job: Schreiben ist das, was mich ausmacht, und das lasse ich mir von nichts und niemandem nehmen.«

Ohne lange nachzudenken, nehme ich meine Starautorin in die Arme und drücke sie kurz an mich. Nicht weil sie mir gerade eine berufliche Sorge von der Schulter schubst, sondern weil ich einfach verdammt stolz auf sie bin.

»Und was hat er gesagt?«, will ich dann natürlich wissen.

»Dass ihm das nicht gefällt, aber dass er sich damit arrangieren wird, weil er mich liebt und will, dass ich glücklich bin.«

Hach, romantisch! Auf einmal fühlt es sich an, als würden rund um Jolly und mich jede Menge kleine rosa Herzchen in der Luft tanzen …

»Und weißt du, Lina, was mich *jetzt* glücklich machen würde?«

»Das wäre?«

»Ich möchte, dass du mir bei der Auswahl dieser Hochzeitstorte hilfst. Nicht in deiner Funktion als Programmleiterin des Grundmann Verlags, sondern … sondern als meine Freundin.«

Erst nicke ich, dann fallen wir uns direkt noch einmal um den Hals … und dann ist es an mir, eine Bitte loszuwerden: »Sag mal, Jolly … ich will mich nicht aufspielen oder so, aber … also … ich freue mich auf deine Hochzeit, ehrlich, nur möchte ich bitte auf keinen Fall am Singletisch sitzen.«

»Um Gottes willen!«, ruft sie so laut, dass ich kurz zusammenzucke. »Mit Fabians Großcousin Manfred, der sich gerade zum dritten Mal hat scheiden lassen, und der sauertöpfischen Sekretärin von Fabians Vater, die heimlich in ihn verliebt ist, und all den anderen, die wir einladen müssen, weil es sich so gehört?« Sie schüttelt den Kopf. »Da würde ich dich nie hinsetzen, das wäre ja vollkommen verrückt. Du bist natürlich für den Tisch links von meinem eingeplant, also da, wo die Menschen sind, die mir viel bedeuten.«

Ich merke, wie meine Augen feucht werden.

»Allerdings wäre es nett, wenn du mir noch Bescheid sagst, ob du allein kommst.« Es klingt so, als wüsste sie die Antwort bereits, denn sie fährt ohne Unterbrechung fort: »Falls nicht, Fabian hat diesen wirklich reizenden Geschäftsfreund in deinem Alter, der sich letztes Jahr von seiner Frau getrennt hat, ganz böse Geschichte, und jetzt hat er zum Glück auch seine Neue in den Wind geschossen – du glaubst es nicht, 20 Jahre jünger …« Sie rollt bedeutungsschwanger mit den Augen.

Ich lächle sie an. »Ich komme nicht allein.«

Jolly macht große Augen: »Wirklich? Du hast einen Freund? Das wusste ich ja gar nicht!«

»Ich auch nicht.«

Sie mustert mich. »Ist es etwas Festes?«

»Es ist noch ein bisschen frisch, um das zu sagen, aber es hat Potenzial. Und das ist ja gerade das Schöne am Leben: dass wir immer wieder überrascht werden!«

Quellennachweis

EIN KUSS, DER NACH LAVENDEL SCHMECKT: Dieser Kurzroman basiert auf der Geschichte *Monsieur X*, die 2005 in der Anthologie *Sommer, Meer und Lachen*, herausgegeben von Marie van Helden, im Knaur Taschenbuch Verlag, München, erschien. Copyright © der ursprünglichen Fassung 2005 Gabriella Engelmann; Copyright © der überarbeiteten Neu- bzw. Originalausgabe 2017 dotbooks GmbH, München.

ZEIT DER APFELROSEN: Dieser Kurzroman basiert auf der Geschichte *Und es war Sommer*, die 2011 unter dem Pseudonym Rebecca Fischer in der Anthologie *Immer schön cool bleiben*, herausgegeben von Uta Rupprecht, im Diana Verlag, München, erschien. Copyright © der ursprünglichen Fassung 2011 Gabriella Engelmann; Copyright © der überarbeiteten Neu- bzw. Originalausgabe 2017 dotbooks GmbH, München.

INSELGLÜCK UND FRIESENKEKSE: Dieser Kurzroman basiert auf der Kurzgeschichte *Süße Sünden*, die 2006 in der Anthologie *Schokokeks & Liebesperlen – Verwöhngeschichten für tolle Frauen*, herausgegeben von Marie van Helden, im Knaur Taschenbuch Verlag, München, erschien. Copyright © der ursprünglichen Ausgabe 2006 Gabriella Engelmann; Copyright © der überarbeiteten Neu- bzw. Originalausgabe 2018 dotbooks GmbH, München.

DER DUFT VON GLÜCK UND FRIESENTEE: Copyright © der Originalausgabe 2019 dotbooks GmbH, München.

Verlieben Sie sich auch in die anderen bezaubernden
Roman-Highlights von Gabriella Engelmann:

Zu wahr, um schön zu sein

»Wenn etwas kaputt ist, muss man es reparieren!«
45 Jahre lang hat Caro nach diesem Motto gelebt – bis sie ausgerechnet am Tag ihrer Silberhochzeit vor den Scherben ihrer Ehe steht. Als wäre das nicht genug, verliert Caro nach dem Mann auch noch ihren Job, ihr Sohn Felix baut ordentlich Mist, und Caros esoterisch angehauchte Hippie-Mutter Flora kommentiert all das mit nervigen Kalendersprüchen.
Zum Glück sind Caros beste Freundin Sylvia und die Lotsenwitwe Hedwig zur Stelle, um mit Humor und guten Ratschlägen Caros Kampfgeist zu wecken. Denn wenn etwas unwiderruflich kaputt ist, muss frau es schließlich irgendwann ersetzen, oder nicht?

Ich dachte schon, du fragst mich nie

Kann das Chaos noch ein bisschen größer werden?, fragt Sophie Hartmann sich. Tochter Pauli leidet am ersten Liebeskummer, Schwester Geli an notorischem Hang zu falschen Männern, und dann bricht sich Tochter Liv ausgerechnet kurz vor Eröffnung des gemeinsamen Restaurants die Hand. Dummerweise ist Sophie in der Küche ein Totalausfall, selbst mit ihrem Wahlspruch »Familie ist das Allerwichtigste« stößt sie hier an ihre Grenzen.
Zum Glück beweist das Schicksal Sinn für Humor und schickt Hilfe von unerwarteter Stelle. Doch während sich in Sophies Umfeld alles zum Besten wendet, muss sie selbst erkennen, dass sie ihre eigenen Wünsche und Träume viel zu lange begraben hat …

Die Büchernest-Serie von Gabriella Engelmann:

Auf der Nordsee-Insel Sylt treffen Sie auf die Buchhändlerin Larissa, ihre Freundin Nele, Tante Bea und viele weitere sympathische Figuren. Sie leiden mit ihnen, wenn ihnen das Leben Steine in den Weg legt – und genießen jede Seite, wenn sie gemeinsam die Tücken des Alltags bewältigen, versprochen!

Inselzauber

Bei ihrer ersten Begegnung sind sich Larissa und Nele herzlich unsympathisch, dabei haben sie mehr gemeinsam, als sie ahnen. Schon bald stellen die beiden fest, dass man zusammen stärker ist als allein.

Inselsommer

Die Hamburger Galeristin Paula fragt sich: Soll sie einen Neuanfang wagen oder festhalten, was sie hat? Ein Inselurlaub bei Buchhändlerin Bea und deren Nichte Larissa soll Klarheit in Paulas Gefühle bringen.

Wintersonnenglanz

Larissa liebt die Herbst- und Wintermonate auf Sylt. Doch in diesem Jahr kann sich die besondere Magie einfach nicht entfalten. Wie gut, dass wenigstens Larissas beste Freundin wieder zurück in Keitum ist …

Strandkorbträume

Larissa sucht händeringend nach Personal für ihr Buchcafé Büchernest. Kurzerhand beschließt Sophie, in ihre alte Heimat zurückzukehren um auszuhelfen. Ein Sommer auf Sylt soll den Neuanfang bringen. Denn nach einem enttäuschenden Liebes-Aus braucht Sophie vor allem neue Träume und gute Freundinnen.

»Macht den Kopf frei und das Herz leicht«
– *tina*